Jessica Fellowes

DIE SCHWESTERN VON MITFORD MANOR – DUNKLE ZEITEN

Jessica Fellowes

DIE SCHWESTERN VON MITFORD MANOR

DUNKLE ZEITEN

Roman

Aus dem Englischen
von Andrea Brandl

PENDO

Mehr über unsere Autoren und Bücher:
www.pendo.de

Wenn Ihnen dieser Roman gefallen hat, schreiben Sie uns unter Nennung des Titels »Die Schwestern von Mitford Manor – Dunkle Zeiten« an *empfehlungen@piper.de*, und wir empfehlen Ihnen gerne vergleichbare Bücher.

Von Jessica Fellowes liegen im Piper Verlag vor:
Band 1: Die Schwestern von Mitford Manor – Unter Verdacht
Band 2: Die Schwestern von Mitford Manor – Gefährliches Spiel
Band 3: Die Schwestern von Mitford Manor – Dunkle Zeiten

FSC
www.fsc.org
MIX
Papier aus verantwortungsvollen Quellen
FSC® C083411

ISBN 978-3-86612-489-9

Titel der englischen Originalausgabe:
»The Mitford Scandal«, Sphere, an Imprint of Little, Brown Book Group, London 2019

Redaktion: Amelie Soyka
Satz: Satz für Satz, Wangen im Allgäu
Gesetzt aus der Garamond
Druck und Bindung: CPI books GmbH, Leck
Printed in the EU

Für meine Schwester Cordelia und meine Nichte Elody

1928

KAPITEL 1

Der Tanzball im Stadthaus der Familie Guinness an einem Dienstagabend im Juni, auf dem Höhepunkt der Londoner Ballsaison, begann ganz normal, vorhersehbar. Keiner konnte ahnen, dass er mit einem Todesfall enden würde.

Louisa arbeitete als Aushilfe in der Küche am Grosvenor Place – vorübergehend, wie sie sich häufig in Erinnerung rief. So ehrenhaft eine Anstellung in einem Haushalt wie diesem sein mochte, hatte sie ihre Tage als Dienstbotin eigentlich endlich hinter sich lassen wollen. Aber es ging nun mal nicht anders, von irgendetwas musste die Miete schließlich bezahlt werden. Nach einem scheinbar endlosen Winter stand der Hyde Park mittlerweile in voller Blüte, ganz wie die Debütantinnen, die sich eifrig durch die Saison tanzten, ebenso zart und bezaubernd wie die herrlich bunten Blumen überall in der Stadt. Die Jagd der jungen Damen der besseren Gesellschaft nach einem geeigneten Heiratskandidaten kümmerte Louisa herzlich wenig; dass ihr die damit einhergehenden Anlässe über einige Monate eine zusätzliche Verdienstquelle bescherten, kam ihr dagegen mehr als gelegen.

Die Gastgeberin, Lady Evelyn, hatte für diesen Anlass das Haus im mittelalterlichen Stil geschmückt, mit Wildblumensträußen in Zinngefäßen anstelle der langstieligen Rosen, die normalerweise die Speiseräume der Villen von Mayfair zierten. An die Decken waren rußgeschwärzte Balken genagelt worden, und die Räume wurden von trüben, kerzenförmigen Glühbirnen erhellt. In den Kaminen glomm statt eines lodernden Feuers lediglich eine qualmende Glut, deren warmer Schein selbst dem faltigsten Witwen-Dekolleté noch einen sanften Schimmer verlieh. Von der Haushälterin losgeschickt, begab sich Louisa über die Hintertreppe nach oben und durch die tapetenbespannte Tür, um den Diener zurückzupfeifen, der viel zu früh eines der Tabletts mit den Pflaumen im Speckmantel hinaufgetragen hatte. Die Köstlichkeit sollte als »Frühstück« um ein Uhr morgens serviert werden. Allerdings war es erst kurz vor Mitternacht, und Louisa bemühte sich, so unauffällig wie möglich den Diener in einem der weitläufigen, schwach erleuchteten Räume rund um die Eingangshalle zu finden, in denen sich unzählige Gäste tummelten. Sie durchquerte gerade die Bibliothek, als sie eine Gestalt ausmachte, die sie innehalten ließ: Nancy Mitford, gemeinsam mit ihrer jüngeren Schwester Diana.

Es war mehrere Jahre her, seit Louisa die beiden das letzte Mal gesehen hatte, und während Nancy noch genauso aussah wie damals, war Diana kaum wiederzuerkennen: Ihre Schönheit, die sich in Mädchenjahren allenfalls vage angedeutet hatte, war zu einem wahren Meisterwerk aus sanften Pinselstrichen in Rosé und Crème erblüht. Die beiden unterhielten sich angeregt mit einem Mann und bemerkten ihr einstiges Kindermädchen, das sich hinter der Säule versteckte, nicht. Vielleicht hätte Louisa hinübergehen und die beiden Mitford-Mädchen begrüßen sollen, doch sie wirkten so selbstsicher und strahlend, und Louisa wollte nicht, dass ihre früheren Schützlinge sie in Dienstmädchenuniform sahen. Ihrer Kenntnis nach war Louisa nach London gegangen, um dort als moderne, erfolgreiche, unabhängige junge Frau zu leben – eine Illusion, die sie mit ihren Briefen an Nancy noch untermauert hatte.

»Wären Sie ein Keks«, sagte Nancy gerade zu dem Mann, »dann zweifellos ein Ingwerplätzchen.«

»Wie kommen Sie denn darauf?«

»Auf den ersten Blick wirken Sie bekömmlich und gesund, allerdings knackt es beim Reinbeißen, und der Abgang ist ziemlich scharf.«

Lächelnd nippte er an seinem Gin-Cocktail. »Ich denke, damit kann ich leben. Sie dagegen wären ein Schokoladeneclair. Jeder Bissen ist himmlisch, richtet aber pures Chaos an.«

»Ich weiß nicht recht, ob ich schockiert oder entzückt über diese Einschätzung sein soll.«

»Die perfekte Erwiderung.«

Diana drückte den Rücken durch und hob den Kopf, um ihren Schwanenhals zur Geltung zu bringen. »Und was wäre ich, Mr Meyer?«

Louisa sah zu, wie er sie eingehend musterte, ehe er antwortete: »Ein Florentiner. Schön anzusehen, aber sehr spröde.«

Diana löste sich aus ihrer Pose und trat einen Schritt zurück. »Ich bin wirklich nicht sicher, ob ich …«

»Psst! Sieh nur. Da ist Bryan Guinness.« Nancy wies mit dem Kinn auf einen schlanken jungen Mann auf der anderen Seite des Raums, der übertrieben betont auf eine Frau mit einem Hörrohr am Ohr einredete.

Diana schnappte sich eine Sektschale vom Tablett eines vorbeikommenden Dieners. »Na und?«

»Sei nicht so begriffsstutzig. Du hast den ganzen Sommer mit ihm getanzt, und jeder Idiot kann sehen, was du für ihn empfindest.« Nancy nahm Diana das Glas aus der Hand. »Und damit ist jetzt Schluss. Du bist erst siebzehn, und zwei Gläser Champagner sind mehr als genug für dich.«

In gespielter Empörung bleckte Diana die Zähne, gab sich jedoch geschlagen. »In fünf Tagen werde ich achtzehn, und er ist ein hervorragender Tänzer, deshalb steht er so oft auf meinem Kärtchen, aber … na gut, du hast recht. Ich gehe hinüber, um ihn zu begrüßen.« Sie schlenderte davon. Louisa zog sich tiefer in die Schatten zurück. Eigentlich sollte sie schleunigst von hier verschwinden, dennoch bewog sie etwas, stehen zu bleiben und zu lauschen.

Nancy sah ihrer Schwester mit einem abfälligen Schnauben hinterher, dann hielt sie abrupt inne.

»Was ist los? Schmollen Sie etwa?« Ein schockierter Ausdruck lag auf Mr Meyers Gesicht, Louisa hatte jedoch den Verdacht, dass er besonders dick auftrug.

»Lassen Sie das. Es ist schon demütigend genug, eine jüngere Schwester zu haben, deren Schönheit ganz London schamlos bewundert, auch ohne einen Ehemann so reich wie Krösus an ihrer Seite – wohingegen mir noch nicht einmal jemand einen Antrag gemacht hat. Aber Muv würde das ohnehin nicht erlauben.«

»Wieso denn nicht?«

»Zu viel Geld. Verdirbt den Charakter.«

»Nun ja, ich wüsste jedenfalls, wie ich …«

»Jaja, wissen wir. Trauben und Chaiselongues. Sie sind so was von provinziell.«

Einen Moment lang herrschte peinliche Stille, ehe er das Thema zu wechseln versuchte. »Ist das nicht eine ganz grauenhafte Party? Was meinen Sie?«

»Ach, ich weiß auch nicht. Die üblichen Verdächtigen eben.

Oh, sehen Sie nur, da drüben ist Evelyn Waugh.« Nancys Züge erhellten sich. »Ein junger, aufstrebender Schriftsteller. Aber das habe ich leider bereits geschrieben. Eigentlich sollten ja die Mulloneys hier sein. Die sind immer für eine Story gut.«

»Wer ist das?«

»Kate und Shaun Mulloney, ein sehr attraktives und sehr amüsantes Paar.« Sie seufzte. »Allerdings gibt es schon jetzt leider nicht mehr über sie zu erzählen, dabei dauert die Saison noch ein paar Wochen.« Mürrisch ließ sie die Mundwinkel wieder nach unten sacken.

Seine Körpergröße und seine schlanke Figur in dem gut geschnittenen Anzug mochten zwar durchaus die Blicke auf Mr Meyer lenken, sein Gesicht jedoch war trotz seiner ebenmäßigen Züge nichtssagend und keineswegs erinnerungswürdig. Louisa überlegte, ob sie ihn schon einmal irgendwo gesehen hatte oder ob sein Allerweltsgesicht es sie lediglich glauben machte. Sie verfolgte, wie er den Blick durch den Raum schweifen ließ und die Namen der Gäste herunterratterte. »Prinzessin Mary, Lady Lascelles, der Duke und die Duchess of Abercorn, die Duchess of Devonshire … ihr Kleid ist wunderschön, andererseits sollte es das wohl auch sein, schließlich ist sie …«

»… die Obersthofmeisterin von Königin Mary«, stimmte Nancy mit ein.

Er lachte leise. »Wieso die reichste Frau Englands einer Arbeit nachgehen muss, ist mir ein Rätsel. Die Duchess of Portland, die Duchess of Rutland …« Er verstummte.

»Was sie tut, ist ja keine Arbeit im herkömmlichen Sinne, sondern es ist schlicht die bedeutendste Aufgabe für eine Frau im königlichen Haushalt.« In dieser Erwiderung erkannte Louisa auf Anhieb Nancys Vater. So heftig die Unstimmigkeiten zwischen ihnen in manchen Punkten sein mochten, sprachen sie in Fragen des höfischen Protokolls mit einer Stimme.

»Verbindlichsten Dank, Ma'am.« Mr Meyer zog seinen imaginären Hut. »Wäre ich die reichste Frau Englands, würde ich den ganzen Tag auf besagter Chaiselongue liegen und mich von einem willigen, hübschen Adonis in Toga mit Trauben füttern lassen, statt um eine königliche Dörrpflaume herumzuscharwenzeln.«

Nancy erwiderte nichts darauf. Sie schien all seine Abfälligkeiten längst in- und auswendig zu kennen.

»Ich sollte mich allmählich ans Telefon begeben«, sagte sie stattdessen. »Mein Redakteur scharrt bestimmt schon mit den Hufen. Keine Ahnung, wie wir etwas Brauchbares zu Papier kriegen sollen. Und dann werde ich mit Bryan reden. Vielleicht gelingt es mir ja, ein wenig Sand ins Getriebe zu streuen.«

Sie ging davon, vermutlich um sich nach einem Telefon umzusehen und bei dem Gesellschaftsmagazin anzurufen, das, wie Louisa wusste, sie netterweise ein paar Kolumnen schreiben ließ. Allerdings hatte sie, wie sie Louisa gestanden hatte, bei Weitem noch nicht genug Geld mit ihren Veröffentlichungen verdient, um die gelangweilte Überdrüssigkeit ihrer Freunde zu rechtfertigen, die sich betont verschlossen zeigten, sobald sie in ihre Nähe kam.

Mr Meyer vergrub die Hände in den Hosentaschen und schlenderte sich selbst überlassen ziellos durch den Ballsaal. Louisa folgte ihm nicht, denn sie hatte endlich den gesuchten Diener erspäht.

Im Dienstbotenbereich im Untergeschoss des Hauses herrschte nicht minder hektisches Treiben. Zwar waren die leisen Jazzklänge auch hier zu hören, doch niemand vom Personal hatte die Zeit, stehen zu bleiben und ihnen zu lauschen. Ein steter Strom aus eigens für den Abend engagierten Dienern hastete mit Silbertabletts bewaffnet die Treppen hinauf und hinunter, um Champagner zu servieren oder die leeren Gläser in die Küche zurückzubringen. Die zweite Köchin und eine Handvoll Küchenmädchen hatten das Abendessen für die Familie und einige Freunde vor dem Ball zubereitet und wieder abgeräumt, aber auch für sie war der Abend längst nicht vorüber, denn nun galt es, das Frühstück vorzubereiten. Bleche voller Speckstreifen warteten darauf, im Ofen geröstet zu werden, und ein Küchenmädchen stand über einer riesigen Schüssel mit hundertfünfzig Eiern, die sie aufschlagen sollte. Auf dem hohen Holztisch in der Mitte des Raums lagen riesige Butterstücke, die portioniert werden mussten, außerdem Brotlaibe, die in Scheiben geschnitten und getoastet werden würden. Eine der Küchenhilfen rührte ständig in einem riesigen Topf voll safrangelbem Kedgeree, einem Reisgericht mit Fisch und Eiern, damit der Reis nicht am Boden kleben blieb. Im Raum herrschte eine brüllende Hitze, dazu schufen das Klappern der Töpfe und Pfannen, die immer wieder abgewaschen werden mussten, und lautstark gebellte Anordnungen eine ohrenbetäubende Lärmkulisse.

Es war also kein Wunder, dass Louisa als Einzige das Klopfen an der Hintertür wahrnahm. Sie sah sich um, da sie aber weder die Haushälterin noch die Köchin entdecken konnte, trat sie selbst zur Tür und öffnete. Ein Mann stand vor ihr, die Hände tief in den Manteltaschen vergraben, den Porkpie-Hut trotz der frühsommerlichen Wärme fest auf den Kopf gedrückt, und blickte sie eindringlich an. Er schien ein anständiges Bad bitter nötig zu haben, und Louisa überlegte, ob sie eine Münze hatte, mit der sie ihn abwimmeln könnte, doch der Mann bettelte weder um Brot noch um Bares. »Ich bin ein Freund von Ronan«, nuschelte er stattdessen.

Louisa musterte ihn verwirrt. »Wie bitte?«

Auch er schien durcheinander zu sein. »Sind Sie nicht Rose?«

Louisa fragte sich, wer Rose sein mochte – sie kannte nicht jeden der Dienstboten mit Namen –, als sich ein Mädchen an ihr vorbeischob. »Danke, Miss«, sagte sie, »das ist für mich.« Im ersten Moment rührte Louisa sich nicht von der Stelle, aber das Mädchen sah den Mann an und sagte: »Ich bin Rose«, ehe sie ihr Wort wieder an Louisa richtete. »Danke, Miss.« Sie war jünger als Louisa und traute sich unübersehbar nicht, sie einfach wegzuschicken, dennoch lag es auf der Hand, dass sie sie nicht hierhaben wollte.

»Natürlich.« Louisa wandte sich zum Gehen, drehte sich jedoch noch einmal um, gerade noch rechtzeitig, um zu sehen, wie der Mann Rose ein kleines Päckchen übergab, das sie eilig unter ihrer Schürze verschwinden ließ.

Wenig später rief Mrs Norris, die Haushälterin, zwei Dienstmädchen zu sich, die mit Gläsern voll beladene Tabletts auf ihren dünnen Ärmchen balancierten. Unter ihren Augen lagen dunkle Ringe – die beiden waren bereits seit halb sechs Uhr früh auf den Beinen und hatten das Haus für die Feierlichkeiten vorbereitet. Mrs Norris seufzte. »Ihr beide geht jetzt zu Bett, Mädchen. Ich brauche euch gleich morgen früh wieder, um Ordnung zu machen.«

»Danke, Mrs Norris«, erwiderten sie artig und stellten die Tabletts neben der Spüle ab. Die Haushälterin nickte Louisa als wohlwollendes Zeichen des Respekts kurz zu, ehe sie die Küche verließ. Louisa betrachtete die Schar von Dienstboten, die allesamt ihren Tätigkeiten nachgingen, und lächelte in sich hinein. Ja, der Verdienst kam ihr durchaus gelegen, doch auch die Gesellschaft war ihr durchaus willkommen.

Ihr Blick fiel auf die beiden Mädchen, die ihrer über der Eierschüssel stehenden Kollegin zuzwinkerten, während die eine mehrere Pflaumen im Speckmantel stibitzte. Prompt kassierten sie einen empörten Tadel der zweiten Köchin – »Oi, die sind für den jungen Mr Guinness« –, ehe sie den Dienstbotenaufgang hinaufstürmten. Ihr Kichern versetzte Louisa einen Stich. Die Tage unbeschwerter Freundschaft mit einer anderen Hausangestellten lagen lange zurück.

Trotz ihrer müden Füße sprangen die beiden Mädchen, beflügelt von der Musik und dem Stimmengewirr der Gäste, munter die Hintertreppe hinauf. An einer Stelle konnten sie die Damen in ihren prachtvollen, mit Perlenschnüren besetzten Abendkleidern sehen, die beim Tanzen so schön glitzerten. Dot stieß Elizabeth in die Seite. »Stell dir bloß vor, wie es wäre, so ein Kleid zu haben«, raunte sie und blickte wie gebannt auf ein mit Gold- und Silberlamé verziertes Prachtstück. Grinsend verbiss sich Elizabeth ein Kichern.

Im vierten Stock stießen sie auf ihre gemeinsame Freundin Nora, ein Küchenmädchen, das sich ebenfalls auf dem Weg in die Dienstbotenquartiere machte. Einen Moment lang standen die drei im Treppenhaus und lauschten den gedämpften Klängen der Musik, ehe Elizabeth zu erzählen begann, was Dot und sie im Ballsaal beobachtet hatten. »Ich glaube, wir haben sogar den Prince of Wales gesehen.«

»Im Leben nicht«, erwiderte Nora und knuffte sie in den

Oberarm, obwohl ihre weit aufgerissenen Augen verrieten, dass ihr eine Frage auf der Seele brannte. Hatten sie? Oder hatten sie nicht? Vielleicht ja, vielleicht nein. Die Herrschaft war jedenfalls reicher, als sich einer von ihnen vorstellen konnte, und es kamen die feinsten Leute durch die Eingangstür hereinspaziert, die tagtäglich auf Hochglanz poliert werden musste.

»Wir können sie doch beobachten«, meinte Elizabeth mit einer Kopfbewegung auf das breite, von einem Geländer umgebene Oberlicht auf dem Treppenabsatz. »In der Mitte ist ein kleines Loch. Da!«

Die beiden anderen Mädchen beugten sich über das Geländer. »Von hier sehen wir jedenfalls nichts.« Nora schmollte. Sie war müde und hungrig, außerdem ärgerte sie sich, weil sie vom Geschehen nichts mitbekommen hatte, so als wäre sie zum Regal Cinema in Marble Arch gegangen und gezwungen worden, vor der Tür zu warten, während sich drinnen alle vor Vergnügen über den Kinofilm auf die Schenkel schlugen.

Mit ihren achtzehn war Dot älter als die anderen Hausmädchen und fühlte sich ein wenig verantwortlich für sie. Einige waren gerade einmal vierzehn, wenn sie in den Haushalt kamen, und vermissten ihre älteren Schwestern schmerzlich – zumeist hatten die sie großgezogen, während ihre Mütter mit den Babys beschäftigt waren. Dot gefiel sich in der Rolle der Älteren, Erfahrenen, die ihnen Disziplin, aber auch Zuneigung entgegenbrachte und beim Erwachsenwerden zur Seite stand. Sie öffnete das Geländertürchen.

Nora schlug sich die Hand vor den Mund und rief: »Was machst du da?«

»Keine Angst«, erwiderte Dot. »Ich halte mich einfach am Geländer fest. Wir können uns ein Stück hinauslehnen und durch das Loch gucken. Willst du denn nicht den Prince of Wales sehen?«

»Aber er ist doch gar nicht da«, stieß Nora hervor, die den Tränen nahe war. »Was, wenn Mrs Norris hochkommt?«

»Tut sie nicht«, wiegelte Elizabeth ab. »Sie ist beschäftigt.«

Die Hände fest um das Geländer gelegt, trat Dot auf Zehenspitzen durch das Türchen. Plötzlich wurde ihr heiß. Schweißperlen bildeten sich auf ihrer Stirn, die sie mit dem Ärmel abwischte. Ihr Gesicht war blasser als das elfenbeinfarbene Seidenband ihrer Haube. Mit entschlossener Miene folgte Elizabeth ihr. Nora hoffte inbrünstig, dass eine der beiden einen Rückzieher machte, damit auch sie unbeschadet aus dieser Zwickmühle herauskam. Ein Geräusch ließ sie aufmerken. Sie wandte sich um und sah ein weiteres Dienstmädchen heraufkommen, das jedoch nicht dem Haushalt angehörte. Sie konnte nur hoffen, dass es das Trio nicht verraten würde.

Dot ging in die Hocke und drehte sich, eine Hand immer noch um das Geländer, die andere auf das Oberlicht gelegt, nach vorn. Die Schemen unter dem Milchglas bewegten sich, schienen umherzuflattern wie Glühwürmchen im Dunkeln. Ein winziger Schrei entfuhr ihr, als sich ihre Hand für einen Moment vom Geländer löste, doch sie verstummte sofort und umfasste es fester, so resolut, als würde sie ein Ofengitter schrubben.

Elizabeth war an ihrer Seite, kurz davor, sich mit einer Hand auf dem Glas abzustützen. Die Musik vibrierte in ihren Ohren, als sie sich vorbeugten, um einen Blick auf die Männer und Frauen unter ihnen zu erhaschen, die rauchten und lachten, lauter als die Hyänen im Londoner Zoo.

Um halb eins hieß es in der Küche, das Frühstück sei bald fertig. Die zweite Köchin schickte Louisa ein weiteres Mal nach oben, damit sie die Diener informierte, dass sie gebraucht würden, denn das Kedgeree sollte gemeinsam mit dem Rührei serviert werden.

In der Eingangshalle, in der sich auch die Treppe zur Küche und den anderen Dienstbotenräumen im Untergeschoss befand, herrschte ein stetes Kommen und Gehen von Gästen, die entweder von anderen Partys in Mayfair und Knightsbridge eintrafen oder sich auf den Weg dorthin machten – das typische bunte Treiben eines Abends auf dem Höhepunkt der alljährlichen Ballsaison. Kaum oben angekommen, erblickte Louisa zu ihrer Überraschung Rose, das Dienstmädchen von vorhin, das kurz mit jemandem sprach, den sie kannte: Clara Fischer, eine von Nancys Freundinnen von früher. Die bildhübsche Schauspielerin im Stil einer Clara Bow gehörte zu den wenigen Menschen aus Nancys Dunstkreis, die stets ganz normal mit Louisa geredet und ihr nicht nur Anweisungen entgegengebellt hatten. Louisa sah zu, wie Rose zwischen den Gästen verschwand und Clara ihr Glas einem Mann reichte, während sie in ihrem Abendtäschchen kramte. Er hatte aus dem Gesicht frisiertes Haar und strahlend saphirblaue Augen, die er jedoch kein einziges Mal auf Clara richtete; stattdessen ließ er den Blick unablässig umherschweifen. Louisa beschloss, dass dies nicht der richtige Moment war, um Miss Fischer zu begrüßen: Die Amerikanerin hätte zwar gewiss nichts dagegen gehabt, von einer Dienstbotin angesprochen zu werden, bei ihrem Begleiter war Louisa sich jedoch nicht ganz so sicher. Gerade als sie sich auf die Suche nach weiteren Hausdienern machen wollte, sah sie, dass Nancy auf die beiden zutrat. Louisa hörte sie »Shaun, Darling!« rufen, woraufhin er um ein Haar die beiden Gläser in seinen Händen fallen ließ. Er musste dieser zuvor erwähnte glamouröse Gentleman sein.

Auch jetzt erschien es Louisa unpassend, von ihrem einstigen Schützling entdeckt zu werden. Daher wandte sie sich ab und ging durch den Ballsaal, wo sie einen oder zwei Diener fand und nach unten schickte, ehe sie einen Salon betrat, der den Damen als eine Art Warteraum diente, wenn ihre Kärtchen für die nächsten Tänze noch nicht voll waren. Dank der cremefarben gestrichenen Wände und der Milchglasscheibe des Oberlichts war es hier heller als im Rest des Hauses. Von der Decke hing ein Kronleuchter an einer langen Kette, dessen Glasverzierungen aussahen, als würden sie in der Luft schweben.

Trotz des Stimmengewirrs und der Musik glaubte Louisa ein Knacken von oben zu hören, gefolgt von einem spitzen Schrei. Sie hob den Blick, und zu ihrer Verblüffung nahm sie Schatten durch das Milchglas wahr, mehr als einen, noch dazu zu große, als dass es sich um die Hauskatzen hätte handeln können. Waren das etwa Menschen? Das Glas wäre doch kaum dick genug, um das Gewicht eines Erwachsenen zu tragen. Hektisch sah Louisa sich um, ohne genau zu wissen, was sie zu erspähen hoffte – etwas, um die Gestalten im Notfall aufzufangen? Sollte sie eine Warnung rufen? Sie wollte keine Szene machen, vielleicht war es ja ein Diener, der etwas reparierte, und es wäre furchtbar peinlich, wenn sie …

Unwillkürlich war Louisa einen Schritt nach hinten getreten, als jemand ihren Arm packte. Es war Mr Meyer, der ihren Namen natürlich nicht kannte. »Vorsicht«, warnte er, ehe er, ihrem Beispiel folgend, nach oben schaute und einen erschrockenen Laut ausstieß. »Was ist das?«

»Ich weiß es nicht.« Louisas Puls raste.

Bevor einer von ihnen noch etwas sagen konnte, gab es einen berstenden Knall, gefolgt von einem Regen aus Glasscherben, während Hände hochgerissen wurden, Männer schützend die Arme um nackte Damenschultern schlangen, ehe das grauenvollste Geräusch ertönte – der dumpfe Knall eines menschlichen Körpers, der auf dem Boden aufschlug.

Ein junges Dienstmädchen. Tot.

Über ihnen klammerte sich ein zweites Hausmädchen an den Kronleuchter, die Augen fest zusammengekniffen, den Mund zu einem stummen Schrei aufgerissen, während ihr das Blut über das kreidebleiche Gesicht strömte.

KAPITEL 2

Im ersten Moment standen alle wie versteinert da und blickten erschüttert auf das reglos inmitten der Glasscherben liegende Dienstmädchen, den grotesk verdrehten Körper, das Blut, das aus einer tiefen Kopfwunde auf den Fußboden strömte. Minutenlang war der Salon noch immer erfüllt von der Musik und dem Stimmengewirr der anderen Gäste, das in ungeminderter Lautstärke aus dem Ballsaal herüberwehte, ehe der Lärm allmählich verebbte und schließlich vollends erstarb, als sich die ersten Umstehenden aus ihrer Erstarrung lösten. In der nachhallenden Stille stürzten mehrere Personen zu dem Dienstmädchen, jemand breitete einen Mantel über ihm aus, Rufe nach einem Krankenwagen wurden laut, außerdem solle jemand nach oben laufen, die Haushälterin rufen und Mr Guinness informieren. In all dem Aufruhr und Chaos rannten Dienstboten und Gäste nach oben, um das andere Dienstmädchen zu retten – es hatte sich an den Scherben verletzt und krallte sich mit vor Angst steifen Fingern an der Kette des Kronleuchters fest. Vereinzelt waren Frauen in Tränen ausgebrochen, eine musste in ein angrenzendes Zimmer geführt werden, wo sie sich von einem hysterischen Anfall erholen konnte. Das Geschnatter setzte wieder ein, lauter sogar als zuvor, nur die Musik blieb gedämpft.

Bryan Guinness, ein schmal gebauter Mann im Smoking mit dunklen Augen und einer auffallend hohen Stirn in einem ansonsten wohlproportionierten Gesicht, war das erste Familienmitglied, das auf die Hilferufe aus dem Salon reagierte. Er kam angelaufen, drückte einem Freund sein Glas in die Hand und kniete neben der Leiche nieder, anscheinend ohne sich darum zu sorgen, dass sich die Scherben durch seine Hosenbeine bohren und er sich die Knie verletzen könnte. »Was ist passiert? Was ist passiert?«, fragte er wieder und wieder und musterte nacheinander die bleichen Gesichter der umstehenden Frauen und Männer.

Ein älterer Herr packte ihn entschlossen beim Ellbogen und zog ihn auf die Füße. »Es scheint, als sei das Oberlicht zerbrochen, als die beiden Mädchen darauf traten, um einen Blick auf die Party zu werfen.«

»Ist sie tot?«

Der Mann nickte.

»Armes Mädchen.« Bryan verzog schmerzerfüllt das Gesicht.

Wenige Minuten später waren auch seine Eltern zur Stelle, begleiteten ihn hinaus und ermunterten die anderen Gäste, ihnen zu folgen. Zwei Diener wurden angewiesen, bei der Toten auszuharren, bis der Krankenwagen eintraf, was zum Glück nicht allzu lange dauerte. Sie sollten dafür sorgen, dass die Leiche weggebracht wurde, ebenso wie das verletzte Dienstmädchen, das trotz der dicken Decke, die man ihm um die Schultern gelegt hatte, am ganzen Leib zitterte. Lady Evelyn und Walter Guinness standen unterdessen an der Tür, um die Gäste unter wortreichen Entschuldigungen für die unglücklichen Umstände und den verursachten Schrecken zu verabschieden.

Guy Sullivan konnte über die Atmosphäre kühler Gelassenheit nur staunen, als er den Salon mit dem schwarz-weißen Marmor am Ort des Geschehens im Haus am Grosvenor Place betrat. Obwohl ihm zumindest die Schmach erspart blieb, wie seine Kollegen in der wollenen Ganzjahresuniform während der heißen Sommermonate schmoren zu müssen, war ihm auch in seinem Anzug mächtig warm geworden. Über ihm waren die Spuren des zerborstenen Oberlichts immer noch deutlich zu sehen, nur der Kronleuchter war mittlerweile abgenommen worden, weshalb die Kette lose von der Decke baumelte. Ansonsten wirkte alles, als wäre nichts passiert, schon gar kein tragischer Todesfall. Das Haus war blitzsauber, die Sonne schien durch die Fenster, und überall standen Blumenarrangements. Während sein Vorgesetzter, Detective Inspector Stiles, Mr Guinness befragte, wurde Guy durch die Dienstbotenquartiere im Untergeschoss und über die Hintertreppe hinauf in den vierten Stock geführt. So ein Dienstbotenleben bestand im Grunde aus nichts als einem endlosen Treppauf, Treppab, dachte er. Eine eingehendere Untersuchung des Geländers um das Oberlicht hatte nichts Verdächtiges ergeben, vielmehr machte es einen stabileren Eindruck als jedes Gefängnistor. Guy studierte die Liste der Gäste, die am Abend des Vorfalls anwesend gewesen waren, als sein Blick auf zwei Namen fiel – die ehrenwerten Nancy und Diana Mitford, wohnhaft 26 Rutland Gate.

Mehr als zwei Jahre waren vergangen, seit er sie zuletzt gesehen hatte, damals im Zuge der Ermittlungen in einem Mordfall im Haus ihrer Eltern in Oxfordshire. Eigentlich war er nicht in offizieller Funktion dort gewesen, hatte aber den Übeltäter entlarvt, und der Erfolg hatte ihm zur raschen Versetzung ins Morddezernat der Londoner Polizei verholfen. Diana war damals ein fünfzehnjähriges Mädchen gewesen, Nancys Bekanntschaft hatte er hingegen bereits einige Jahre zuvor gemacht, als sie als Debütantin erste Schritte auf dem gesellschaftlichen Parkett unternommen hatte, in Begleitung ihrer Anstandsdame, dem Kindermädchen der Redesdales, Louisa Cannon.

Louisa. Obwohl er lange nichts mehr von ihr gehört hatte, stockte ihm beim Gedanken an sie der Atem. Er verstand nicht ganz, wie sie sich aus den Augen verlieren konnten. Über Jahre hinweg waren sie Freunde, wobei er stets darauf gehofft hatte, es würde sich mehr daraus entwickeln. Dabei hatten sie sich unter reichlich unseligen Umständen kennengelernt, als Louisa aus einem fahrenden Zug gesprungen war, um ihrem Onkel Stephen, einem brutalen Rohling und Ganoven, zu entkommen. Dabei hatte er auf Anhieb erkannt, was für ein bildhübsches Geschöpf sich unter den schäbigen Kleidern und dem zerknautschten Hut verbarg, selbst in ihrer misslichen Lage. Auch den bemerkenswerten Kampfgeist der jungen Frau bewunderte er. Ein Mordfall hatte sie einander nähergebracht, und dann hatte sie das Schicksal ein zweites Mal zueinandergeführt. Obwohl sie ihn schier zur Verzweiflung getrieben hatte und er sich auch nach Jahren der Freundschaft nie ganz darüber im Klaren gewesen war, was er ihr bedeutete, hatten sie doch nie gänzlich die Verbindung verloren, zumindest bis vor Kurzem.

Soweit Guy wusste, hatte Louisa vorgehabt, ihre Stellung im Haushalt von Lord und Lady Redesdale aufzugeben, um nach London zurückzukehren und dort ihr Glück zu versuchen. Sie war zu ehrgeizig gewesen, um sich mit einem Leben als Dienstbotin abzufinden. In Ermangelung einer anderen Adresse hatte Guy ihr nach Mitford Manor, dem Mitford'schen Familiensitz, der eigentlich Asthall Manor hieß, geschrieben, in der Hoffnung, dass seine Briefe an sie weitergeleitet werden würden, sollte sie sich dort nicht mehr aufhalten. Doch er erhielt nie eine Antwort, daher musste er davon ausgehen, dass sie seine Briefe entweder nicht erhalten oder aber beschlossen hatte, sie zu ignorieren. Wahrscheinlich hatte sie längst einen anderen kennengelernt und war verheiratet, wollte es ihm aber nicht sagen. Das wäre verständlich, schließlich hatte er keinen Hehl aus seinen Gefühlen für sie gemacht, ohne sicher sein zu können, dass sie sie erwiderte.

Ein kräftiger Schlag auf die Schulter riss ihn aus seinen Grübeleien. »Nun gut, zurück aufs Revier. Wir sollten schleunigst einen Bericht verfassen und alles für die offizielle Untersuchung vorbereiten. Mehr als zwei, drei Tage wird es nicht dauern, schätze ich.«

Obwohl sich DI Stiles' Hand wie die Pranke eines Bären anfühlte, war er groß und sehr schlank. Er trug stets einen hellgrauen Anzug mit einem pastellfarbenen Hemd dazu. Der Kontrast zwischen ihnen hätte nicht größer sein können: Zwar waren beide Männer etwa gleich groß und von ähnlicher Statur, das war aber auch schon alles an äußerlicher Übereinstimmung. Guy trug eine runde Brille mit dicken Gläsern und hatte ein herzliches Lächeln, Stiles frisierte sein silbergraues Haar mit so viel Pomade aus dem Gesicht, dass es glänzte, und sein Schnäuzer sah wie aufgemalt aus. Es ging das Gerücht, der Mann, mit dem er zusammenlebe, sei gar nicht sein Bruder. Guy konnte ihn gut leiden, hauptsächlich, weil er kein arroganter Schnösel war, obwohl er durchaus so aussah. Tatsächlich hegte Stiles für alles eine Abneigung, was auch nur annähernd nach Snobismus roch, und er hatte Guy ins Herz geschlossen. Während der vergangenen Monate hatte sich so etwas wie eine inoffizielle Partnerschaft zwischen den beiden entwickelt, wobei Guy nicht sicher war, ob dieser Umstand hauptsächlich daher rührte, dass er größere Bereitschaft zeigte als Stiles, die lästige Laufarbeit zu erledigen, vor allem wenn Stiles Pläne für die Abendgestaltung hatte.

»Es macht Ihnen doch nichts aus, wenn ich Ihnen meine Notizen überlasse, oder, alter Knabe? Ich muss in einer halben Stunde im *Dog and Duck* sein. Pflichtprogramm«, sagte Stiles in dieser Sekunde prompt.

»Kein Problem, Sir.« Guy wusste, dass dies sein Stichwort war, den Ort des Geschehens zu verlassen und alleine in ihr Büro zurückzukehren.

Am nächsten Tag saß Guy an seinem Schreibtisch im Revier in der Pavilion Road in Knightsbridge, wohin er mit seiner Beförderung zum Detective Sergeant versetzt worden war, und tippte pflichtschuldig seine eigenen und Stiles' Notizen ab. Alles deutete auf einen tragischen, aber eindeutigen Unglücksfall hin. Früher am Morgen hatte Guy das zweite Dienstmädchen, Elizabeth, befragt, das den Unfall überlebt hatte. Die junge Frau wirkte immer noch völlig verstört, allerdings konnte ihr nichts vorgeworfen werden. Sie hatte geschildert, dass sie und Dot unbedingt einen Blick auf die prachtvollen Roben der anwesenden Damen hatten werfen wollen und daher auf das Oberlicht geklettert waren, um durch ein Loch zu spähen. Normalerweise wären sie gleich wieder zurückgeklettert und hätten ihren Spaß gehabt, aber nun hatte ihr kleines Abenteuer einen tödlichen Ausgang genommen.

Nora, das dritte Mädchen, bestätigte Elizabeths Aussage. Allerdings erwähnte sie etwas, was Guy nicht mehr aus dem Sinn gehen wollte: Sie hatte ein viertes Dienstmädchen die Treppe heraufkommen sehen, welches sie nicht gekannt habe. »Sie hat nicht zum fest angestellten Personal gehört«, erklärte Nora. »Wahrscheinlich gehörte sie zu dem Personal, das von einem anderen Haushalt für den Abend ausgeliehen wurde. Aber deshalb verstehe ich nicht, was sie dort oben zu suchen hatte. Danach habe ich sie nicht mehr gesehen.« Wer auch immer das Mädchen gewesen sein mochte, sie könnte eine wichtige Zeugin sein. Guy würde noch einmal sämtliche Namen auf der Liste durchgehen, die die Haushälterin ihm gegeben hatte, was einiges an Zeit in Anspruch nehmen würde. Mehr als sechzig Hausangestellte hatten an dem Abend bei den Guinness gearbeitet, die Hälfte davon lediglich für diesen speziellen Anlass. Andererseits bekäme er wohl kaum die Genehmigung für eine genauere Untersuchung, da der Vorfall höchstwahrscheinlich als gewöhnlicher Unfalltod ohne Hinweis auf verdächtige Umstände deklariert werden würde.

DI Stiles trat zu ihm, einen Zettel mit der Telefonnummer eines Pubs namens *Queen Victoria* in Yorkshire in der Hand, und meinte, er solle dort anrufen und eine Nachricht für Mr Albert Morgan unter Angabe einer Uhrzeit hinterlassen, zu der jener Herr ihn zurückrufen sollte. »Ich habe die Nummer bekommen, weil ich ja die Ermittlungen im Todesfall des Dienstmädchens leite, habe aber jetzt einen Termin außer Haus«, erklärte Stiles zwinkernd. »Sie übernehmen das doch für mich, oder?«

Guys Neugier war geweckt. Er rief die Nummer an, und um zwölf Uhr hatte er Mr Morgan an der Strippe. Der erklärte ihm wortreich und mit ausgeprägtem Akzent, dass er bloß ein einfacher Bauer sei, der mit den Londonern nichts weiter am Hut habe, bis Guy ihn drängte, ihm zu verraten, worum es denn gehe.

»Um meine Tochter. Rose. Sie ist verschwunden. Ihre Mum und ich haben nichts von ihr gehört, und bei der Arbeit ist sie auch nicht erschienen. Jemand aus diesem großen Haus, wo sie arbeitet, hat angerufen und wollte wissen, ob sie heimgekommen sei, aber das ist sie nicht.«

Guy notierte sich die Einzelheiten: Rose stand seit einem Jahr im Dienst bei einer gewisse Lady Delaney in deren Haus am 11 Wilton Crescent, allerdings war sie vor ein paar Tagen weggegangen, um bei der großen Feier einer anderen Familie auszuhelfen. »Die Haushälterin hat uns gesagt, bei der Party sei es zu einem tragischen Unfall gekommen, bei dem ein Dienstmädchen verunglückt sei. Es ist zwar nicht unsere Rose, das wissen wir schon, aber seitdem wurde sie nicht mehr gesehen.« Die Stimme des Vaters klang brüchig, doch er fing sich rasch wieder. »Es sieht ihr gar nicht ähnlich, dass sie uns nicht Bescheid gibt, wo sie steckt. Sie weiß, dass wir uns immer Sorgen um sie machen, weil sie jetzt in der Großstadt lebt. Sie soll nur erfahren, dass sie jederzeit nach Hause kommen kann und wir nicht böse auf sie sind. Sie ist ja erst siebzehn, noch ein halbes Kind.«

Guy beteuerte, er werde alles daransetzen, seine Tochter wiederzufinden. »Bestimmt geht es ihr gut, Mr Morgan. Ich melde mich. Kann ich unter dieser Nummer anrufen, wenn ich Sie erreichen will?«

»Aye. Jemand gibt mir Bescheid, und ich oder die Missus rufen dann zurück. Auf dem Hof haben wir kein Telefon. Normalerweise hab ich nicht viel am Hut mit den Dingern, aber jetzt bin ich doch froh drum.«

Guy dankte ihm und versicherte noch einmal, alles in seiner Macht Stehende zu unternehmen. Insgeheim fragte er sich, ob seine Zuversicht, dass Rose in Sicherheit war und es ihr gut ging, tatsächlich gerechtfertigt war. Betrübt schüttelte er den Kopf und legte den Hörer auf. Der Alltag als Polizist hatte ihn gelehrt, dass das Leben kurz und überaus brutal sein konnte. Obwohl er stramm auf die dreißig zuging, war Guy immer noch unverheiratet und wohnte in seinem Elternhaus; zu groß war die Sorge um die Frage, wie seine Mutter den Alltag alleine bewältigen sollte. Sein Vater lebte zwar noch, litt jedoch unter einer zunehmenden geistigen Umnachtung, sodass sie ihn, halb verrückt vor Angst, kaum eine Minute alleine lassen konnte, weil die Gefahr bestand, dass er unbemerkt das Haus verlassen und alleine draußen durch die Straßen irren würde. Guy war als letzter der vier Söhne noch zu Hause und verschaffte ihr dadurch die eine oder andere Verschnaufpause, um Einkäufe zu erledigen oder mal eine Nachbarin zu besuchen.

Seine Mutter liebte ihn von Herzen und wünschte sich nur das Beste für ihn. Vielleicht war es an der Zeit, etwas gegen die Leere in seinem Innern zu unternehmen und sich seinen Platz im Leben zu suchen. Es war höchste Zeit, endlich zu heiraten. Und er wusste genau, wen er bitten wollte, seine Frau zu werden.

KAPITEL 3

Gut zwei Wochen nach der Party im Hause Guinness stand Louisa auf dem Bürgersteig vor der Albert Hall und wünschte, sie hätte einen leichteren Mantel angezogen. Am liebsten wäre sie über die Straße gelaufen, hätte sich die Schuhe von den Füßen gestreift und die Strümpfe ausgezogen, um barfuß über den Rasen zu schlendern. Nach einem feuchten Juni hatte ein brütend heißer Juli begonnen, der die ganze Stadt zu lähmen schien. Gleichzeitig freute sie sich darauf, Nancy und Diana wiederzusehen. Sie blickte auf ihre Uhr und lächelte. Schon jetzt waren die beiden zehn Minuten zu spät dran.

Über fünf Jahre lang war Louisa ihr Kindermädchen gewesen, hatte jedoch Anfang 1926 ihre Stellung aufgegeben. Sie wollte ihre Karriere in London verfolgen, jener Stadt, die sich seit Kriegsende dramatisch verändert hatte und wo es neue und bessere Arbeitsplätze für ihresgleichen gab, als die Generation ihrer Mutter sie sich je hätte vorstellen können. Louisa hatte ein möbliertes Zimmer in Chelsea gemietet, ganz in der Nähe ihres alten Viertels, allerdings war Mrs Cannon längst zu Louisas Tante nach Suffolk gezogen. Ihr Vater war vor vielen Jahren gestorben, und auch sonst war kaum noch jemand aus ihrer Jugend in London, mit Ausnahme von Jennie, die sie jedoch nur selten sah, vor allem seit sie verheiratet und Mutter geworden war.

Anfangs hatte Louisa praktisch jede Gelegenheitsarbeit angenommen, die sie kriegen konnte, um sich nicht in einer festen Stellung in einem Haushalt zu verdingen, für den Fall, dass sich etwas Interessanteres fand. Ursprünglich hatte sie sich für den Polizeidienst beworben, allerdings war sie rasch und ohne viel Federlesens abgelehnt worden: In jüngeren Jahren hatte sie sich die eine oder andere Verfehlung zuschulden kommen lassen, vor allem unter dem Einfluss ihres Onkels Stephen, doch Louisa hoffte darauf, dass ihre Ausrutscher entweder nicht aktenkundig waren oder beim Auswahlverfahren – in Anbetracht ihrer Unterstützung während der polizeilichen Ermittlungen in mehreren Fällen – unter den Tisch fallen würden. Aber ihre Hoffnungen entpuppten sich als vergeblich. Kurz überlegte sie, die »Gleich und gleich erkennt sich gut«-Theorie als Pluspunkt in die Waagschale zu werfen, verkniff es sich aber, weil es vermutlich ohnehin nicht ziehen würde. Beschämt hatte sie sich zurückgezogen, bis sie endlich eine Stellung als Näherin in einem Modesalon in Mayfair fand, wo sie mit zwei anderen jungen Frauen im Hinterzimmer die Änderungen der Kleidungsstücke reicher Kunden vornahm. Eigentlich war die Arbeit nicht so übel. Sie hatte ihre Freiheiten, brauchte nicht länger Nanny Blors oder Lady Redesdales Erlaubnis, um das Haus zu verlassen, und nach all den Jahren in den ländlichen Cotswolds stand ihr London als aufregendes und heißes Pflaster mit zahllosen Nachtclubs, Restaurants, Galerien und Museen offen, ganz zu schweigen von den Kinos und Theatern.

Allerdings ging sie nur selten aus, weil es viel zu viel Geld kostete, und selbst wenn sie über die Mittel verfügt hätte, wäre es ihr unschicklich vorgekommen, alleine loszuziehen. Ohne Begleitung konnte sie unmöglich im Restaurant essen oder einen Nachtclub aufsuchen. Und je seltener sie das Haus verließ, umso schlimmer wurde es. Mit ihren mittlerweile sechsundzwanzig hatte sie das Gefühl, das Beste versäumt zu haben, was das Leben einer Frau zu bieten hatte.

Als sie einmal ihre inzwischen recht betagte Mutter besuchte – sie hatte Louisa erst spät bekommen, nachdem sie und ihr Ehemann jede Hoffnung auf ein eigenes Kind längst aufgegeben hatten –, bestürmte diese sie mit Fragen, wann sie denn endlich heiraten würde. »Keine Ahnung, Ma«, antwortete Louisa mit mühsam bezähmter Verärgerung. »Ich habe noch keinen Mann kennengelernt, mit dem ich mein Leben verbringen möchte.«

»Was ist denn aus diesem Polizisten geworden, von dem du früher immer erzählt hast?«

Guy Sullivan. Er war ein guter, anständiger Mann, und Louisa hatte ihn sehr gemocht. Allerdings hatte sie sich wegen der Ablehnung für die Polizeiausbildung so geschämt – sie hatte vorgehabt, ihn zu überraschen, indem sie in Uniform einfach vor seiner Tür stand und klingelte –, dass sie den Kontakt abbrach. Zwar schrieb er ihr ein paarmal, doch sie antwortete nie darauf. Wahrscheinlich hatte er sie längst vergessen. Und sollte er noch einmal versuchen, sie zu finden, würde er ohnehin scheitern, weil er vermutlich nicht wusste, dass mittlerweile nicht mehr Mitford Manor, sondern Swinbrook House der Mitford'sche Familiensitz war. Trotz allem vermisste sie ihn.

Louisa wählte eine andere Taktik. »Außerdem könnte ich nicht arbeiten, wenn ich verheiratet wäre.«

»Aber natürlich könntest du arbeiten«, schnaubte Ma. »Das habe ich doch auch getan, mein ganzes Leben lang.«

Louisa schwieg. Sie konnte ihrer Mutter nicht erklären, dass sie mehr als nur *irgendeine* Beschäftigung wollte. Nein, sie träumte von einer richtigen Karriere, einer Aufgabe, die sie forderte, ihr neue Horizonte eröffnete, ganz egal, welche. Ihre Mutter hatte jahrzehntelang als Wäscherin geschuftet, ihr Vater als Kaminfeger – Mr Black und Mrs White hatten sie und Jennie die Cannons immer genannt –, und Louisa war sehr stolz auf sie, doch für sich selbst wünschte sie sich etwas Besseres. Die Arbeit hatte ihre Eltern ausgelaugt und verbittern lassen. Die Jahre im Dienst von Lord und Lady Redesdale hatten Louisa hingegen eine Vorstellung davon gegeben, dass das Leben voller Möglichkeiten stecken konnte, zudem hatten sich mit dem Ende des Kriegs viele Chancen aufgetan, auch für ihresgleichen: Die Vergangenheit war Vergangenheit, und die neuen Zeiten boten die Gelegenheit, alles anders zu machen. Und vieles hatte sich verändert, das ließ sich nicht abstreiten. In den Straßen herrschte dichter Verkehr, so dicht, dass man beinahe Angst um die Schutzmänner auf den Kreuzungen haben musste, die mit ihren langen weißen Ärmelstulpen Automobile, Busse und Laster dirigierten. In praktisch jedem Haus gab es einen Telefonanschluss, und an nahezu jeder Straßenecke stand eine rote Telefonzelle, sodass man überallhin telefonieren konnte, selbst nach Amerika. Viele Frauen gingen arbeiten und nicht nur als Haushaltshilfe oder Verkäuferin, sondern als Sekretärin oder Telefonistin in großen Firmen mit Belegschaften, die sich aus zahlreichen männlichen und weiblichen Angestellten gleichermaßen zusammensetzten. Und manche Frauen vollbrachten unglaubliche Dinge: Erst vor wenigen Tagen hatte Amelia Earhart als erste Frau in einer Passagiermaschine den Atlantik überquert. Louisa hatte die Fotos der zum Abschied in die Kamera winkenden Flugpionierin in der Zeitung gesehen, unglaublich glamourös in ihrer Pilotenkluft mit der ledernen Mütze, der Fliegerbrille und den weiten Hosen, die aussahen, als hätten sie selbst Flügel. Zwar hatte sie die Maschine nicht selbst gesteuert, aber zumindest hinter dem Piloten gesessen, und höchstwahrscheinlich würde sie beim nächsten Mal das Kommando übernehmen. Am liebsten wäre Louisa von ihrem Kinositz aufgesprungen und geradewegs durch die Leinwand hindurch an Miss Earharts Seite getreten, um mit ihr gemeinsam die Fokker F. VII zu besteigen. In Wirklichkeit war sie nie weiter als bis ins französische Dieppe gekommen, mit der Fähre, um dort mit den Mitford-Mädchen die Ferien zu verbringen.

Und genau deshalb hatte Louisa auch sofort zugesagt, als sie eine Nachricht von Nancy erhielt, in der sie ihr mitteilte, sie und Diana hielten sich für die Ballsaison in London auf und würden sich gern mit Louisa treffen. Natürlich kamen sie wieder einmal zu spät. Der Vater der Mädchen, Lord Redesdale, war ein wahrer Pünktlichkeitsfanatiker – er behielt sogar während der Sonntagspredigt die Uhr im Auge und gab dem Pfarrer ein Zeichen, wenn er seine zehn Minuten auch nur um eine Sekunde überzog –, deshalb war es eine Art Rebellion, dass seine Töchter sich über verabredete Uhrzeiten hinwegsetzten, sobald er nicht in der Nähe war. In diesem Moment hielt der 9er-Bus an, und Louisa machte Nancy in der Menge der aussteigenden Fahrgäste aus.

Die älteste der Mitford-Töchter schien unverändert: Sie war nicht sehr groß, aber schlank und trug ein elegantes zartrosa Kleid mit einem dünnen Sommermantel in einem etwas dunkleren Ton darüber, die beide knapp unterhalb des Knies endeten. Ihre Augenbrauen waren lang und sehr schmal gezupft, und das kecke Funkeln in ihren großen, an den äußeren Winkeln leicht nach unten gebogenen Augen verhinderte, dass ihre Züge allzu lieblich wirkten. Dianas Anblick hingegen verschlug Louisa den Atem, nun, da sie sie aus der Nähe sah, im Gegensatz zu dem Ball vor Kurzem. Ihr Kinn war leicht gerundet, ihr Kiefer markant, doch statt das Gesicht plump wirken zu lassen, verlieh es ihr eine fast wikingergleiche Stärke, nicht zuletzt in der Kombination mit der modischen, bis knapp unter die Ohrläppchen reichenden Bobfrisur. Ihre Züge waren perfekt proportioniert und symmetrisch, mit eisblauen Augen und blondem Haar, die noch zu dem Bild einer imposanten Galionsfigur beitrugen. Trotz der Lebhaftigkeit ihrer Bewegungen strahlte sie eine souveräne Ruhe aus. Sie war der glatte Kiesel, der in den Tiefen eines Sees versank, wohingegen Nancy den sich kräuselnden Wellen ringsum glich.

»Lou-Lou!«, rief Nancy, als sie auf Louisa zukamen, und kniff die Augen gegen die Sonne zusammen. »Kommen wir zu spät, Darling?«

Geschlagene fünfundzwanzig Minuten.

Louisa schüttelte den Kopf. »Kein Problem. Ich freue mich so, dass wir uns wieder einmal sehen. Miss Diana, Sie sehen ja so …«

»Sag nicht ›erwachsen‹.« Diana schnitt eine Grimasse. »Seit Wochen kriege ich pausenlos zu hören, wie sehr ich in die Höhe geschossen sei.«

»Na gut, ich verkneife es mir. Trotzdem freue ich mich, Sie beide zu sehen.«

»Ich mich auch«, erwiderte Diana. »Schon komisch, was?

Jetzt, wo du nicht mehr als unser Kindermädchen arbeitest, ist es fast, als wärst du eine von uns.«

Louisa hatte keine Ahnung, was sie darauf erwidern sollte, doch zum Glück schaltete sich Nancy, die sensiblere der beiden, ein und wechselte das Thema. »Lasst uns einen Spaziergang nach South Kensington machen«, schlug sie vor. »Dort ist ein süßes kleines Café, wo wir eine Tasse Tee trinken können. Ich fürchte, wir sind noch nicht allzu lange auf den Beinen.«

»Wir waren tanzen«, schwärmte Diana. »Bis in die frühen Morgenstunden. Muv war völlig erschöpft, als wir nach Hause kamen.«

»Oh, in Wirklichkeit findet sie es herrlich«, sagte Nancy. »Schließlich zwingt sie keiner, aufzubleiben und auf uns zu warten. Und mit meinen vierundzwanzig bin ich ja schon eine alte Jungfer und reif genug, um als Anstandsdame einzuspringen.«

»Ich bin nicht überzeugt, ob sie dir zutraut, dass du mich so am Zügel hältst, wie sie es tut.«

Es war eine wahre Freude, den Schwestern zuzuhören und wie die Argumente wie der Ball bei einem Tennismatch zwischen den beiden hin- und herflogen. Nancy hatte schon immer die spitzere Zunge gehabt, doch Diana hatte inzwischen gelernt, ihr Paroli zu bieten. Gerade als sie ein Stück die Exhibition Road hinuntergegangen waren, ertönte ein lautes »Hi!«. Ein junger Mann lehnte sich aus dem hinteren Fenster eines schwarzen Bentleys, der neben der Bushaltestelle angehalten hatte.

»Das ist Bryan Guinness«, sagte Nancy. »Ich sollte ihn begrüßen.«

»Ich denke, ich bin diejenige, wegen der er angehalten hat.«

Dianas Wangen färbten sich rosa, während sie zügigen Schrittes auf den Bentley zumarschierte, um ihre ältere Schwester abzuhängen, die sich, wie Louisa bemerkte, alle Mühe gab, sich ihre Verärgerung nicht anmerken zu lassen. Diana beugte sich zum Wagenfenster und redete kurz mit Mr Guinness, ehe er – genauer gesagt, sein Chauffeur – davonfuhr.

»Nun«, meinte Nancy, als Diana wieder zu ihnen trat, »er hat mich nicht einmal begrüßt. Du erinnerst dich aber, dass ich diejenige war, die ihn letztes Jahr nach Swinbrook eingeladen hat, oder? Du warst noch ein Kind und durftest nicht mal bei der Party dabei sein.«

Diana zuckte die Achseln, wirkte aber hochzufrieden mit sich. »Er hat mich gefragt, ob ich am Montag zum Tanzabend der Westminsters kommen werde.« Der Name sagte Louisa etwas. Sie würde in ihrem Terminkalender nachsehen müssen, aber sie glaubte, dass die Vermittlungsagentur sie für den Abend als Dienstmädchen dort eingeteilt hatte.

»Und? Gehst du hin?«, fragte Nancy barsch.

»Jetzt schon.«

Das Hupen der vorbeirauschenden Automobile auf der Exhibition Road – teils als Gruß, teils vor Ungeduld über die Fußgänger –, gepaart mit der sommerlichen Hitze, setzte Louisa ziemlich zu, gleichzeitig hatte die Gegenwart von Nancy und Diana etwas Belebendes. Louisa war bewusst, dass sie nicht so hübsch wie die Schwestern war und ihre Kleider im Vergleich schäbig wirkten, trotzdem war es ein schönes Gefühl, dass die beiden sich so sehr über ihr Wiedersehen freuten. »Wer ist dieser Mann überhaupt?«, fragte sie in einem Tonfall, der für eine Angestellte als zu frech ausgelegt werden würde, doch heute konnte sie ihn sich schließlich erlauben.

»Bryan Guinness«, antwortete Nancy. »Reich und gut aussehend, aber, was noch viel schlimmer ist, auch schrecklich nett. Einer der wenigen anständigen Burschen.«

»Er ist nur einer von vielen«, wiegelte Diana mit einem Lächeln ab, das ihre weißen Zähne entblößte. »Der Sorte begegnet man alle naselang.«

Louisa, die vorübergehend wieder in die Rolle des Kindermädchens geschlüpft war, beschloss, dieser Unterhaltung einen Riegel vorzuschieben. »Hat er etwas mit der Familie Guinness zu tun, bei der letzten Monat dieser grauenvolle Unfall passiert ist? Mit diesem Dienstmädchen, das durchs Oberlicht stürzte?« Ihr war bewusst, dass sie unaufrichtig war, doch die beiden sollten nicht erfahren, dass sie den Abend als Leih-Dienstmädchen in der Küche verbracht hatte. Aber es war ein so schrecklicher Abend gewesen, deshalb hatte sie das Verlangen, mit anderen zu sprechen, die ebenfalls Zeuge der Tragödie geworden waren. Die beiden schienen jedoch nicht dasselbe Bedürfnis zu haben.

»Ja«, antwortete Nancy unbekümmert. »Es war grässlich. Wir waren dort, allerdings haben wir nicht mitbekommen, wie es passiert ist, und wurden auch sehr schnell hinauskomplimentiert.«

»Die armen Mädchen«, warf Louisa ein. »Sie waren erst achtzehn.«

Nancy und Diana nickten und murmelten etwas, doch Louisa sah ihnen an, dass sie den Vorfall längst überwunden hatten. »Und was gibt es sonst Neues?«, fragte sie fröhlich und hakte sich bei Diana unter. »Ihr müsst mir alles erzählen. Wie ist das neue Haus? Wie geht es Nanny Blor? Liest sie immer noch diese grauenvollen Kriminalromane?«

Diana lachte. Die drei schlenderten weiter, scheinbar unbeschwert und mit einer glänzenden Zukunft vor Augen. Junge Menschen blicken nun einmal nach vorn und sorgen sich nicht um die düsteren Wolken, die sich am Horizont zusammenbrauen.

KAPITEL 4

Am darauffolgenden Montag stand Louisa um neun Uhr abends erneut in einem herrschaftlichen Haus in Dienstbotenkleidung. Auch heute herrschte Gluthitze in der Küche, deshalb hatte sie freiwillig angeboten, den Abfall hinauszubringen, um ein wenig frische Luft zu bekommen. Sie trat auf den Bürgersteig und nahm einen tiefen Atemzug, als eine Handvoll junger Herren und Damen in Abendkleidung und Federboas die steinernen Stufen des Stadthauses des Duke of Westminster erklomm.

Louisa wusste, dass die Saison sich allmählich ihrem Ende zuneigte, und fragte sich, wie es wohl weitergehen würde: Würde es für die jungen Menschen ein großes Finale geben, bei dem sie nach wochenlangem umeinander Herumtänzeln beschließen würden, zusammen Charleston in den Sonnenuntergang zu tanzen oder nicht? In diesem Moment sah sie zwei Gestalten aus dem Haus treten – Bryan Guinness und Diana Mitford. Das versprach interessant zu werden. Louisa bückte sich, um ihre Schnürsenkel zu binden – auf diese Weise konnte sie (sogar vor sich selbst) so tun, als würde sie nicht absichtlich lauschen. Die Dunkelheit war noch nicht vollständig hereingebrochen, lediglich erste Sterne begannen am noch immer blauen, wolkenlosen Himmel zu funkeln. Der Hauseingang war hell erleuchtet wie eine Theaterbühne, und Dianas bleiche Schultern schimmerten, wohingegen ihr Gesicht in tiefe Schatten getaucht war, als sie den Kopf wandte. Louisa konnte Bryans Anspannung förmlich spüren, als er ihre Hand ergriff und sie die Treppe hinunter auf den Bürgersteig führte. Er war unvorteilhaft ein paar Zentimeter kleiner als sie, doch noch viel bemitleidenswerter waren die flehenden Blicke, mit denen er die blonde Schönheit an seiner Seite bedachte. Nach wenigen Metern blieb er stehen, legte ihr beide Hände auf die Unterarme und zog sie an sich. Im Schutz eines Baums verfolgte Louisa, wie sich ihre Gesichter einander näherten, lange genug für einen Kuss, ehe sich die Silhouetten wieder voneinander lösten, während ihre gedämpften Stimmen etwas lauter wurden.

»Ich kann gar nicht sagen, wie verrückt ich nach dir bin«, hörte Louisa ihn eindringlich flüstern. »Das Einzige, woran ich denken kann, bist du, nur du ganz allein, Tag um Tag, Nacht um Nacht, jede Stunde, jeden Augenblick, mein ganzes Leben.«

»Sprichst du immer in jambischen Fünfhebern?«, neckte Diana.

»Ich meine es ernst, Darling. Könntest du dir vorstellen, mich zu heiraten? Ist deine Liebe tief genug dafür?«

Mittlerweile hatten sie sich vollends voneinander gelöst.

»Ich mag dich sehr gern«, sagte Diana.

»Aber liebst du mich auch?«, beharrte Bryan. »Schließlich hast du mich geküsst«, fügte er hinzu, als sie nichts erwiderte.

»Ein Kuss hat doch nichts zu bedeuten.« Tiefes Mitgefühl durchströmte Louisa. Der arme Kerl. »So etwas tue ich, ohne darüber nachzudenken, weil ich daran gewöhnt bin, meine

Familie zu küssen«, erklärte Diana mit einer Unbeschwertheit, die möglicherweise beabsichtigt war.

»Ich bin aber nicht dein Bruder«, erwiderte Bryan mit bewundernswerter Würde – er schien sich seine Kränkung unter keinen Umständen anmerken lassen zu wollen – und ergriff neuerlich Dianas Hand. »Komm, wir gehen wieder hinein. Aber versprich mir, dass du es dir überlegen wirst. Ja?«

Diana nickte. »Ja. Das werde ich. Und jetzt lass uns zu den anderen zurückkehren. Cecil hat mir einen Black Bottom versprochen.« Die beiden liefen los, die Treppe hinauf und verschwanden, ihre kurze Flucht hinter die Kulissen war vorüber.

1929

KAPITEL 5

Die Begeisterung unter den Zuschauern war mit Händen greifbar, als sie sich vor der St Margaret's Church in Westminster drängten, um etwas von der »Hochzeit des Jahres« mitzubekommen, wie sie häufig in den Zeitungen tituliert wurde. Und das, obwohl gerade einmal Januar war. Die Eheschließung zwischen einem steinreichen Brauereierben und der atemberaubenden Schönheit bot mehr als genug Stoff, um über Monate hinweg die Klatschspalten zu füllen und die Londoner Gerüchteküche am Brodeln zu halten. Eine bunte Mischung aus Gästen, junge Männer und Frauen ebenso wie Oberhäupter und Witwen der bedeutendsten Adelsfamilien des Landes, alle im Sonntagsstaat mit Seide, Pelz und Juwelen, drängte sich im Kirchenschiff auf der Suche nach ihren Plätzen.

Unter ihnen befand sich auch Louisa Cannon, wenngleich ihre Garderobe mit der der anderen geladenen Gäste natürlich nicht mithalten konnte. Sie war heilfroh, dass sich das Lampenfieber vor dem großen Tag allmählich legte; die letzten Tage hatte die allgemeine Anspannung ein geradezu beängstigendes Ausmaß angenommen, denn die Heirat brachte auch für sie selbst große Veränderungen mit sich. Doch für den

Moment freute sie sich, einen Platz neben der gewohnt gelassenen Nanny Blor in einer der hinteren Reihen zu finden und ihrem Bedauern Ausdruck zu verleihen, dass zwei von Dianas jüngeren Schwestern, Decca und Debo (die Spitznamen für Jessica und Deborah innerhalb der Familie, die eine elf, die andere acht), nicht als Brautjungfern teilnehmen konnten, weil sie scheinbar über Nacht hohes Fieber bekommen hatten. »Scharlach. Zumindest vermutet das der Arzt«, sagte Nanny Blor. »Aber natürlich ist es nicht unser Hausarzt, da wir schließlich einen Londoner Kollegen in Anspruch nehmen mussten. Ich glaube ja, es handelt sich um Keuchhusten.«

»Wie auch immer. Die beiden müssen tieftraurig sein, dass sie nicht dabei sein können«, flüsterte Louisa. »Miss Diana war jedenfalls sehr betrübt.« Sie und Nanny Blor waren eine gute Stunde vor Beginn der Zeremonie eingetroffen und hatten sich in aller Ausgiebigkeit über sämtliche Mitford-Kinder und die Neuigkeiten aus Swinbrook unterhalten.

»Die beiden armen Lämmchen waren untröstlich«, bestätigte Nanny Blor. (Eigentlich hieß sie Laura Dicks, aber niemand nannte sie mehr so, seit Nancy ihr vor fast fünfzehn Jahren den Spitznamen »Nanny Blor« verliehen hatte, und keiner in der Familie vermochte sich vorzustellen, dass ein Mensch auch ein Leben außerhalb des Mitford'schen Haushalts gehabt haben konnte, von einem anderen Namen ganz zu schweigen.) Drei Männer in Cuts standen neben der Tür und hüstelten; Louisa glaubte zu bemerken, wie einer von ihnen betont zu ihr herübersah, und berührte verlegen ihren neuen Hut – er hatte sie zwar einen halben Wochenlohn gekostet, doch er war zu schön gewesen, um ihn nicht zu nehmen. Außerdem fielen nach dem heutigen Tag die Kosten für die Miete und die Lebensmittel weg.

Allmählich strömten immer mehr Mitglieder der englischen High Society in die Kirche, um mit anzusehen, wie Diana am Arm ihres Vaters Lord Redesdale den Gang zum Altar entlangschritt, gefolgt von elf Brautjungfern, darunter auch Nancy. Louisa entdeckte Unity, vier Jahre jünger als Diana und das krasse Gegenteil ihrer Schwester, mit glattem, strohigem Haar, das wild nach allen Seiten abstand. Sie zupfte unablässig an ihrem Kleid herum und bedachte jeden, von dem sie sich beobachtet glaubte, mit einem finsteren Blick. Pamela, die altersmäßig zwischen Nancy und Diana lag, war ebenfalls nicht unter den Brautjungfern, sondern saß neben ihrem Bruder Tom und ihrer Mutter Lady Redesdale in der vorderen Reihe. Eigentlich wäre Louisa nicht zum Gottesdienst gekommen, aber Nancy und Diana hatten darauf bestanden, außerdem hatte sich in der Zwischenzeit eine neue berufliche Perspektive ergeben.

Zwei Wochen vor Weihnachten hatte Louisa eine Nachricht von Diana erhalten, in der sie sie bat, sich am nächsten Tag zum Tee in das Haus am Rutland Gate einzufinden. Es war nicht einfach, bei der Arbeit früher Schluss zu machen – sie griff zu einer kleinen Notlüge, sie hätte Zahnschmerzen –, doch etwas sagte ihr, dass es sich um mehr als eine Einladung zu einem Plauderstündchen handelte. Zudem konnte Louisa den Mitfords nur schwer eine Bitte abschlagen, auch wenn sie ihr Dienstverhältnis bereits vor mehreren Jahren beendet hatte.

»Meine liebste Lou-Lou!« Louisa war völlig überrascht, sowohl über Dianas erwachsenes Auftreten als auch darüber, dass sie sie mit Nancys Spitznamen ansprach. »Inzwischen haben endlich alle ihre Zustimmung gegeben, sodass Bryan und ich heiraten können«, sagte Diana und schenkte den Tee ein.

»Das Ganze soll so schnell wie möglich passieren, und danach wollen wir uns in einem kleinen Haus in der Buckingham Street niederlassen … na ja, in Wahrheit ist es eher ein Puppenhaus. Wir haben uns darauf geeinigt, dass wir unser Leben so gestalten möchten, wie wir es wollen, deshalb möchten wir unser Lieblingspersonal mitnehmen, statt ein ganzes Heer an neuen Dienstboten zu engagieren, die wir gar nicht kennen.«

Louisa saß mit ihrer Tasse auf den Knien auf dem Sofa und hatte Mühe, sich auf Dianas Worte zu konzentrieren, statt darauf, bloß nichts von ihrem Tee auf den hellblauen Teppich zu verschütten.

»Bryan, das heißt Mr Guinness, bringt ein Zimmermädchen aus dem Haus seiner Eltern mit, und Farve erlaubt mir, dass Turner aus Swinbrook für uns arbeitet.«

»Turner?«

»Oh, er muss angefangen haben, nachdem du schon weg warst. Er ist unser Chauffeur und wahrlich eine treue Seele. Aber, Louisa, ich hätte gern, dass du ebenfalls zu uns kommst.«

»Ich?« Konnte sie eigentlich auch etwas anderes, als bloß einsilbige Antworten zu geben? Allmählich kam sie sich reichlich blöd vor.

»Ja, gewissermaßen als Kammerzofe. Na ja, ehrlich gesagt, brauche ich ja keine Zofe im eigentlichen Sinne. Die Vorstellung ist ein wenig absurd, da stimme ich dir zu«, meinte Diana, obwohl Louisa weder etwas gesagt noch auch nur das Gesicht verzogen hatte. Inwiefern hatte sie Miss Diana zugestimmt? »Trotzdem bestehen alle darauf, dass ich jemanden haben muss, der mir zur Seite steht, weil alle glauben, ich sei noch ein Kind. Zum einen ist jemand vonnöten, der meine Sachen packt, da Bryan möchte, dass wir viel reisen. Und ich natürlich auch. Dann sind da all die Partys – Bryan hat massenhaft wunderbare Freunde –, außerdem gehen wir natürlich jeden Tag ins Theater oder sonst irgendwohin. Deshalb fehlt mir einfach die Zeit, um sichergehen zu können, dass meine Sachen gebügelt sind … vom Ausbessern ganz zu schweigen.«

Sie lächelte wohlwollend, doch ihre blauen Augen waren fest auf ihr einstiges Kindermädchen geheftet. Louisa wusste immer noch nicht, was sie darauf erwidern sollte. Sie war noch nicht einmal sicher, was sie von dem Vorschlag halten sollte.

»Die Sache ist die« – Dianas Stimme klang ein wenig entschlossener –, »durch dich hätte ich zumindest ein freundliches Gesicht um mich herum, und wahrscheinlich haben die anderen ganz recht. Ich habe noch nie einen Haushalt geführt, und obwohl es mir eigentlich nicht sonderlich schwierig vorkommt, gibt es doch Dinge, bei denen ein wenig Hilfe angenehm wäre. Wir würden dir auch ein angemessenes Gehalt bezahlen. Bry… *Mr Guinness* ist in dieser Hinsicht sehr großzügig. Also, was sagst du dazu?«

Louisa, die noch immer keinen klaren Gedanken fassen konnte und wie geblendet von der strahlenden Schönheit der jungen Frau vor ihr war, ertappte sich dabei, wie sie, praktisch ohne zu zögern, Ja sagte. »Aber was ist mit Lady Redesdale? Vielleicht ist sie nicht damit einverstanden. Zwar wurde mir nicht ausdrücklich gekündigt, aber …«

Dianas Züge veränderten sich kaum merklich. »Lady Redesdale steht es nicht länger zu, mir zu sagen, was ich zu tun und zu lassen habe. Bald werde ich eine verheiratete Frau mit meinem eigenen Haushalt sein, daher ist es meine Sache, wenn ich dich engagieren möchte.« Ein Anflug von kindlichem Trotz schwang in ihrer Stimme mit, doch schließlich war sie erst achtzehn.

Louisa fühlte sich verpflichtet, ihr zunächst einmal möglichst viele Steine in den Weg zu legen. »Ich müsste meine alte Stellung als Näherin erst kündigen. Es könnte Wochen dauern.«

»Dann fängst du eben am Tag nach der Hochzeit an. Am 31. Januar. Das wäre ein Neubeginn für uns alle. Himmlisch!«

Damit war die Entscheidung gefallen. Wieder einmal war sie für die Mitfords in die Bresche gesprungen, und es blieb eigentlich nur die Frage offen, welche Schlacht es diesmal zu schlagen galt.

KAPITEL 6

Nach der Trauung machte sich die Hochzeitsgesellschaft auf den Weg ins Haus der Guinness am Grosvenor Place, entweder zu Fuß oder aber mit dem Wagen, da sich bereits unheilvolle graue Wolken am Himmel türmten. Louisa war an Nanny Blors Seite geblieben und freute sich über die Gelegenheit, gemütlich die Straße entlangzuschlendern und dabei den Gesprächen der anderen Gäste zu lauschen. Schließlich befand sie sich nicht jeden Tag in so illustrer Gesellschaft. Nanny Blor war ungewöhnlich still, und Louisa vermutete, dass auch sie die Unterhaltungen ringsum verfolgte, als wären sie ihre Lieblingsradiosendung. Die Gäste beiderlei Geschlechts waren entzückt von Dianas Aussehen – ihrem goldblonden Haar und ihrer sahnig-weißen Haut –, allerdings hatten die Männer keinen Blick für den hauchfeinen Satin ihres Kleids, den Schleier aus antiker Brüsseler Spitze oder den ungewöhnlichen Brautstrauß aus im Gewächshaus gezüchteten Lilien. Stattdessen ließen sie sich zu der einen oder anderen spitzen Bemerkung hinreißen, dass die Feier nicht auf dem neuen Familiensitz der Redesdales stattfand. War das Anwesen etwa nicht feudal oder groß genug? Lord Redesdale hätte sich gewiss darüber geärgert, diese »Dummköpfe« so abfällig über sein ehrgeiziges Bauprojekt herziehen zu hören, doch Louisa wusste, dass die Familie das neue Haus nicht ausstehen konnte, nachdem ihr geliebtes Mitford Manor verkauft worden war. Nanny Blor hatte ihr anvertraut, dass es in den Schlafzimmern manchmal so kalt war, dass sogar das Wasser in der Waschschüssel über Nacht gefror.

Louisa entdeckte auch das eine oder andere bekannte Gesicht von der Party letzten Sommer, nicht zuletzt weil sie die Gäste aus den Klatschspalten der Zeitungen kannte: den Schriftsteller und Biografen Lytton Strachey, die Malerin Dora Carrington, Evelyn Waugh, den »aufstrebenden Schriftsteller«, das glamouröse Ehepaar Mr und Mrs Mulloney, Lady Lascelles und die Dame, die im Dienste der Königin stand, an deren Namen sie sich jedoch nicht mehr erinnern konnte. Sie hakte sie alle im Geiste ab, wobei sie sich bei dem Gedanken ertappte, ob sie es neuerdings auf Luke Meyers Job abgesehen hatte – sein Name hatte des Öfteren unter den Berichten der jüngsten gesellschaftlichen Ereignisse gestanden. Was die Frage aufwarf, ob sie auch ihn hier sehen würde. Das wäre nett, dachte sie. Da sie von nun an zu Dianas Haushalt gehörte, waren potenzielle Freundschaften nicht länger gänzlich unvorstellbar.

Vor dem Haus der Guinness hatte sich bereits eine Traube aus Fotografen gebildet. Nanny Blor stieß Louisa in die Rippen.

»Ich habe Miss Diana heute Morgen gewarnt, dass kein Mensch sie ansehen würde, aber jetzt frage ich mich natürlich, ob ich mich nicht geirrt habe. Ausnahmsweise …« Nannys Augen weiteten sich. Die Mädchen liebten sie ebenso sehr wie ihre eigene Mutter (wenn nicht sogar noch ein wenig mehr), und der Grund dafür war unschwer zu erkennen.

»Ich denke, Nanny, Sie haben sich tatsächlich geirrt … ausnahmsweise.«

Sie blieben stehen und schauten zu, wie die junge Frau, die sie beide bereits als kleines Mädchen gekannt hatten, trotz des einsetzenden Nieselregens mit einem bezaubernden Lächeln in die aufblitzenden Kameras blickte, fest bei ihrem frischgebackenen Ehemann untergehakt, der angesichts der allgemeinen Aufmerksamkeit ernst und ein wenig widerstrebend dreinsah.

Im Haus – Nanny Blor hatte sich letztlich breitschlagen lassen, die Haustür und nicht den Dienstboteneingang zu benutzen – drängte sich eine Gesellschaft von mehr als hundertfünfzig Gästen. Ein Meer aus Hüten wogte vor ihnen: breitkrempig, opulent mit Blüten und Spitzenbändern verziert bei den Damen, schwarz und hoch die Zylinder der Herren, die sie dankbarerweise allmählich abnahmen. Trotz der gänzlich anderen Atmosphäre als bei ihrem letzten Aufenthalt in dem Salon – es war mitten am Tag, Winter und eine Hochzeit – fiel Louisas Blick als Erstes auf das reparierte Oberlicht, durch das Dot in den Tod gestürzt war. Wie entsetzlich! Nanny hatte Louisa im Gedränge zurückgelassen, um sich auf die Suche nach den Mädchen zu machen, als jemand von hinten gegen sie stieß. Ein entsetzter Ausruf ertönte, gefolgt von einem lauten Bersten, als zwei volle Gläser Champagner auf dem Fußboden landeten. Automatisch bückte sie sich, um die Scherben aufzuheben, und als sie sich aufrichtete, blickte sie geradewegs in Mr Meyers verlegenes Gesicht.

»O Gott, entschuldigen Sie«, stammelte er. »Bitte … lassen Sie mich das machen.«

»Nichts passiert«, sagte sie, ohne ihn anzusehen. »Ich hab's schon.« Sie schaute an sich hinunter. »Strecken Sie die Hände aus.« Mr Meyer gehorchte, woraufhin Louisa die nassen Scherben auf seinen Handflächen ablegte. »So bedauerlich es sein mag, aber das ist das Mindeste, was Sie helfen können. Schließlich sind Sie derjenige, der mich angerempelt hat. Sehen Sie sich das an. Ich bin pitschnass«, sagte sie, als er protestieren wollte.

»Natürlich«, lenkte er ein. »Wie gesagt, es tut mir schrecklich leid. Bitte, verraten Sie mir doch Ihren Namen.«

»Louisa Cannon.«

»Luke Meyer. Ich würde Ihnen ja die Hand geben, aber …« Er zuckte die Achseln und hielt inne, sah sie noch einmal an. »Verzeihung, aber sind wir uns nicht schon einmal begegnet?«

»Gewissermaßen. Es war …« Sie blickte nach oben.

»Du liebe Güte, ja. Genau dort habe ich hingesehen, als ich gegen Sie gestoßen bin.« Er senkte die Stimme. »Es ist seltsam, wieder hier zu sein … nach dem, was damals passiert ist, finden Sie nicht auch?«

Sie nickte nur und verkniff sich eine Erwiderung, um sich nicht illoyal gegenüber der Familie des Mannes ihrer neuen Arbeitgeberin zu verhalten.

Sie gingen weiter in den nächsten Raum, wo ihnen ein Diener die Scherben abnahm und frischen Champagner holte. Während sie warteten, zogen sie sich etwas zurück und beobachteten die anderen Gäste. »Gehören Sie zur Braut oder zum Bräutigam?«, erkundigte sich Luke – die typische Frage bei einer Hochzeit, um in Erfahrung zu bringen, auf welcher Seite des Saals sie platziert sein würde.

»Braut«, antwortete Louisa, »aber ich bin keine Freundin … oder, na ja, sozusagen.« Sie schüttelte den Kopf. Luke lächelte mitfühlend. Auch er war in gewisser Weise ein Außenstehender. »Ich arbeite für die Familie. Früher habe ich mich um die Kinder gekümmert, und die frischgebackene Mrs Guinness hat mich gebeten, ihr künftig als Kammerzofe zur Seite zu stehen.«

»Dann kennen Sie sie also schon von Kindesbeinen an? Ich meine, so lange ist das ja nicht her.«

Louisa nickte. »Ja. Oh, da sind ja unsere Getränke. Es war mir ein Vergnügen, mit Ihnen zusammengestoßen zu sein.« Sie lächelte und wandte sich zum Gehen, als Nancy in ihrem goldfarbenen Brautjungfernkleid zu ihr trat.

»Hallo, Lou-Lou.« Sie stieß Luke einen Zeigefinger in die Brust. »Los, sagen Sie etwas Nettes. Ich brauche eine kleine Aufmunterung.«

Luke stupste sie ebenfalls an. »Wieso? Sie sind auf der Hochzeit Ihrer Schwester, dem gesellschaftlichen Ereignis des Jahres 1929, obwohl wir gerade einmal Januar haben. Wo sind denn Ihre anderen Geschwister? Normalerweise ärgern Sie doch die zum Zeitvertreib.«

»Zwei sind krank, Unity ist zu jung und langweilig für eine geistreiche Unterhaltung, und Pamela hat man nicht gezwungen, dieses fürchterliche Kleid zu tragen, deshalb kann sie nicht mitreden.«

»Wieso gehört Pamela denn nicht zu den Brautjungfern?«

»Weil sie mit Togo verlobt ist.« Luke sah sie verwirrt an, woraufhin Nancy sich korrigierte: »Oliver Watney, der Junge von nebenan. Im wahrsten Sinne des Wortes.«

»Aus der Brauereidynastie?«

»So ist es. Mit Bier lässt sich eine Menge Geld verdienen. Es ist so was von unfair«, stöhnte Nancy. »Ich bin auch verlobt, aber keiner nimmt es ernst.«

»Ein anständiger Verlobungsring würde das ganz schnell

ändern«, konterte Luke trocken. Nancy tat so, als hätte sie die Bemerkung nicht gehört. Louisa hatte Mitleid mit ihr. Nach der Bekanntgabe von Dianas Verlobung hatte Nancy verkündet, ebenfalls einen Verlobten zu haben, Mr Hamish St Clair Erskine. Allerlei Gerüchte hatten die Runde gemacht (die selbst bis zu Louisa vorgedrungen waren), er sei ein amüsanter und liebenswerter Zeitgenosse, fühle sich aber durchaus zu Angehörigen desselben Geschlechts hingezogen, kurz: Nancys beachtliche Reize fanden bei ihm wohl nur in überschaubarem Maße Anklang.

»Immerhin bin ich ein gutes Stück weiter als Sie«, erwiderte Nancy bissig, worauf Luke wiederum nicht einging.

»Ich weiß. Ich bin eine Enttäuschung. Für alle, nur für mich selbst nicht.« Er warf Louisa einen vielsagenden Blick zu. »Meine Tante dachte doch glatt, ich würde Diana einen Antrag machen, ist das zu fassen? Eher lernen Schweine fliegen. Apropos fliegen … wo ist denn Ihr Bruder?«

»Soeben aus Wien zurück, wo er Deutsch gelernt hat. Er muss hier irgendwo sein. Wahrscheinlich langweilt er irgendjemanden mit seinen Geschichten über das Rheinland zu Tode«, meinte sie, wenngleich liebevoll.

»Ist er nicht mit Ihrem Verlobten Hamish zur Schule gegangen?«

Nancy starrte ihn aufgebracht an, und Louisa spürte, dass er sich auf dünnem Eis bewegte. »Kann sein. Ich frage ihn nicht nach allen seinen Jugendschwärmereien aus. Weinen Sie den Ihren etwa hinterher? Sie Ärmster.« Sie trank ihr Glas aus. »Ich hole mir noch etwas zu trinken. Bis dann, Louisa. Mr Meyer.«

Luke schnitt eine Grimasse. »Ich weiß, dass es gefährlich ist, aber es ist nun mal schwer zu widerstehen.«

Louisa bemühte sich um einen tadelnden Blick, doch es wollte ihr nicht recht gelingen.

»Ich sollte mich ebenfalls lieber auf den Weg machen. Ich bin mit meiner Tante hier, und sie kann es nicht leiden, wenn sie mich aus den Augen verliert, außerdem habe ich die Einladung in Wahrheit nur ihr zu verdanken.«

»Sind Sie denn kein Freund von Mrs Guinness?« Louisa war bewusst, dass ihr eine solche Frage eigentlich nicht zustand. Etwas an seinem Verhalten ließ jedoch die gesellschaftliche Kluft zwischen ihnen in den Hintergrund treten.

»Eigentlich nicht. Ich bin ihr bei der einen oder anderen Party begegnet, und Nancy und ich schnappen gern den Klatsch für die Zeitung auf. Lady Boyd ist meine Tante, und sie kennt Lady Redesdale etwas näher, ich glaube, aus einer Zeit, als meine Tante noch ganz banal Rachel Meyer hieß. Sie hat dafür gesorgt, dass ich hier sein kann … ehrlicherweise verdanke ich ihr sogar meine Karriere.«

»Und zwar als was?«

»Ich arbeite als Kolumnist. Lieber wäre ich ein richtiger Journalist und würde anständige Artikel schreiben, nur bislang habe ich es noch nicht geschafft. Mein Redakteur weiß von meinen gesellschaftlichen Verbindungen, deshalb war ich während der Saison dafür abgestellt, aber in Wirklichkeit bin ich immer auf der Suche nach einer großen Story.« Er zwinkerte ihr zu. »Sagen Sie Bescheid, wenn Sie etwas hören, einverstanden? Dienstboten haben ihre Augen und Ohren überall, deshalb sind sie schrecklich hilfreich für so etwas.«

Sollte das ein Scherz sein? Offenbar war ihm ihre Empörung aufgefallen, denn er ruderte eilig zurück. »Natürlich wollte ich sagen, dass es mich sehr gefreut hat, Ihre Bekanntschaft zu machen, und keineswegs aus diesem Grund.« Sein

Gesicht war genauso rot angelaufen wie in dem Moment, als er die Gläser hatte fallen lassen, und Louisa beschloss, die Sache auf sich beruhen zu lassen.

»Natürlich, Mr Meyer. Leisten Sie ruhig Ihrer Tante Gesellschaft. Ich sollte ohnehin Mrs Guinness suchen und fragen, ob sie mich braucht. Sie brechen bald auf. Morgen geht es auf Hochzeitsreise nach Paris.« Sie machte keine Anstalten, das Strahlen auf ihrem Gesicht zu verhehlen, ebenso wenig wie ihre Aufregung. »Ich freue mich schon sehr.«

»Paris, die Stadt der Liebe«, rief er. »Ich wünsche Ihnen einen wunderschönen Aufenthalt, Miss Cannon.« Er verbeugte sich knapp und ging davon, während Louisa ihm hinterherschaute und sich fragte, ob er von nun an eine Rolle in ihrem Leben spielen würde – denn etwas sagte ihr, dass genau das passieren würde.

KAPITEL 7

Guy spürte, wie sich sein Herzschlag wie gewohnt beschleunigte, als er die schmale Gestalt die Straße entlangkommen sah. Sie trug einen braunen Wollmantel mit festgezurrtem Gürtel und einen Glockenhut, den sie gerade so tief ins Gesicht gezogen hatte, dass ihre leuchtend blauen Augen darunter hervorblitzten. Er breitete die Arme aus, woraufhin sie loslief, um sich geradewegs hineinzustürzen und das Gesicht an seiner Brust zu vergraben, als er sich vorbeugte und sie küsste. Sie stieß einen kleinen Schrei aus und schob ihn sanft von sich. »Guy! Doch nicht auf offener Straße!«

»Wir sind verlobt, oder etwa nicht?« Guy bemühte sich, nicht allzu schroff zu klingen.

Sinéad trat einen Schritt nach hinten und drohte ihm spielerisch mit dem Finger. »Trotzdem. Meine Mum würde einen Anfall kriegen. Keiner in Killarney würde so was jemals mitten auf der Straße tun.«

Guy lächelte. »Vieles, was mir in den Sinn kommt, würde keiner je in Killarney auf offener Straße tun.«

»Guy!« Sie verpasste ihm einen Klaps auf den Arm, doch Sinéad brachte es nie über sich, ihm lange böse zu sein. »Was machen wir jetzt?«

Sinéad Barry, einundzwanzig Jahre alt und eine Irin wie aus dem Bilderbuch, war Guys Verlobte und wollte ständig wissen, was als Nächstes auf dem Programm stand. Sie lebte im Haus der Familie am Regent's Park, für die sie – ausgerechnet – als Dienstmädchen arbeitete, doch sobald sie erst verheiratet wären, würden sie ein Haus im Hammersmith beziehen, hoffte er, ganz in der Nähe seiner Eltern. Die fehlende Bleibe war der Grund, weshalb sie noch kein Datum für die Hochzeit festgelegt hatten, doch vor fünf Monaten hatte Guy ihr einen goldenen Claddagh-Ring geschenkt und ihren Vater angerufen, um offiziell um ihre Hand anzuhalten.

Guy sah auf seine Armbanduhr. »Es ist sechs Uhr. Wir könnten vielleicht ins Kino gehen. Im Regal in Marble Arch läuft ein neuer Film mit Louise Brooks.«

»Ich liebe Louise Brooks.«

»Ich weiß.« Er umfasste ihr Kinn und beugte sich vor, um sie neuerlich zu küssen. Diesmal sträubte sie sich nicht dagegen.

Am Montagmorgen verschaffte Guy sich einen Überblick über die offenen Fälle, die immer noch auf seinem Schreibtisch lagen. Die Mehrzahl davon war wie geschaffen für einen aufstrebenden Nachwuchs-Kriminalpolizisten, der sich bei seinen Vorgesetzten profilieren musste. Perfekt für jemanden wie ihn. Stirnrunzelnd beugte er sich über die Notizen zum ersten Fall.

Miss Rose Morgan, siebzehn Jahre alt, wird seit dem 12. Juni 1928 als vermisst gemeldet. Zuletzt von Elizabeth Tipping und Nora Taylor bei einer Veranstaltung im Haus am 10 Grosvenor Place gesehen, wo sie an dem Abend als Aushilfe

gearbeitet hat. Persönliche Gegenstände, darunter auch ein Banksparbuch, wurden im Zimmer ihrer Arbeitgeber im Haus 11 Wilton Crescent gefunden, das sie mit einem anderen Mädchen teilt.
Beschreibung: 1,65 Meter groß, braunes Haar, blaue Augen. Trug zuletzt ein schlichtes schwarzes Dienstbotenkleid mit einer weißen Schürze. Ihr Strohhut und ihr grüner Mantel hingen nicht mehr am Haken. Schwarze Stiefel. Keine besonderen Merkmale.

Das passte auf sehr viele Mädchen.

Mutter und Vater leben in Osmotherly, Yorkshire. Sie haben die Vermisstenmeldung aufgegeben, nachdem die Arbeitgeberin ihrer Tochter, Lady Delaney, angegeben hatte, sie sei nach ihrem Einsatz bei der Party nicht zurückgekehrt. Seitdem haben sie nichts mehr von ihr gehört und bestehen weiterhin darauf, dass nach ihr gesucht wird.

In der Akte lag eine Liste von Roses acht Geschwistern, von denen die Polizei bislang allerdings erst drei erreicht hatte. Miss Rose Morgan war das zweitjüngste Kind der Familie. Die jüngste Tochter lebte noch zu Hause bei den Eltern, wohingegen die älteren Geschwister verheiratet und in Yorkshire ansässig waren. Die dortige Polizei war gebeten worden, Kontakt zu ihnen aufzunehmen, allerdings fürchtete Guy, dass dies einige Zeit in Anspruch nehmen würde. Aller Wahrscheinlichkeit nach besaß keiner von ihnen einen eigenen Telefonapparat und musste folglich angeschrieben werden; zudem bestand die Gefahr, dass sie entweder Analphabeten waren oder keine Notwendigkeit sahen, der Polizei zurückzuschreiben, wenn es gar nichts mitzuteilen gab. Stiles hatte nur abgewinkt, als Guy mit der Akte zu ihm gegangen war. »Wahrscheinlich ist sie in Gretna Green«, hatte er gemeint. »Hat einen Kerl aufgegabelt. Stöbern Sie ihn auf, und der Fall ist erledigt.«

Es gab jedoch keinerlei Hinweis auf einen Freund; Guy hatte sämtliche Dienstmädchen in Lady Delaneys Haushalt am Wilton Crescent befragt, ebenso die Haushälterin, eine missmutige alte Wachtel mit Augen, die sich wie Angelhaken in ihr Gegenüber zu bohren schienen. Aber keine hatte Rose je etwas andeuten gehört, dass es einen Mann in ihrem Leben gab, ebenso wenig hatte sie anklingen lassen, ihre Arbeit verlassen und anderswo hingehen zu wollen.

Nur ein Dienstmädchen, ein mageres Ding namens Lucy, hatte etwas erwähnt, das Guy zu denken gab – etwas, das ihn bewog, an dem Fall dranzubleiben und ihn nicht als Klassiker eines Mädchens abzutun, das sich von einem lüsternen älteren Kerl in irgendein Hotel in Brighton hatte abschleppen lassen und ein paar Wochen später wieder auftauchte, als wäre nichts geschehen.

»Sie hat Französisch gelernt«, hatte Lucy erzählt. »Aber wieso, wollte sie nicht verraten, obwohl ich sie gefragt habe. Offenbar wollte sie keine Ferien dort machen oder so, sondern ich hab nur mitbekommen, wie sie die Vokabeln immer wieder aufgesagt hat, die ganze Zeit, wenn sie den Fußboden aufgewischt oder das Geschirr abgewaschen hat. Sie hatte so ein kleines Notizbuch, in dem die Wörter wohl drinstanden, aber ich durfte nicht reingucken. Ich denke, es war ihr peinlich.«

Leider bot ein gewöhnliches Dienstmädchen, das höchstwahrscheinlich einfach nur abgehauen war und nicht gefunden werden wollte, keinen ausreichenden Grund, um die Häfen abzuklappern. Guy hatte versucht, sich die Passagierlisten der Fährgesellschaft zu beschaffen, doch der Mitarbeiter hatte am Telefon kühl erklärt, ohne exaktes Reisedatum kämen Tausende Reisende infrage, außerdem sei es durchaus möglich, dass mehr als ein Passagier unter dem Namen R. Morgan übergesetzt sei. Guy hatte ihn trotzdem eindringlich gebeten, die Listen zu überprüfen, bislang jedoch ohne Ergebnis.

Stattdessen würde er seine Suche nach Miss Rose Morgan anderweitig fortsetzen müssen, und es gab genau eine Person, die ihm dabei helfen könnte. Jemand, der über den Dienstbotenklatsch auf dem Laufenden war und die Methoden kannte, zu denen eine verzweifelte Frau im Notfall vielleicht greifen würde. Das Problem war nur, dass auch Louisa wie vom Erdboden verschluckt war.

KAPITEL 8

Louisa folgte Mr und Mrs Guinness mit dreißig Metern Abstand durch die Victoria Station, als sie sich zu ihrem Abteil im Golden Arrow begaben, der sie zur Küste und dann auf der Fähre über den Ärmelkanal bringen würde. Obwohl Mr Guinness – nicht einmal in ihren Gedanken brachte sie es über sich, ihn »Bryan« zu nennen – sie mit derselben Höflichkeit behandelte, die er auch allen anderen zuteilwerden ließ, hielt sie sich tunlichst im Hintergrund. Die beiden waren Frischvermählte, die bestimmt nicht versessen darauf waren, ständig jemanden um sich zu haben, auch wenn man Louisa explizit aufgefordert hatte, sie in die Flitterwochen zu begleiten. Trotz ihrer gemischten Gefühle freute Louisa sich auf die bevorstehende Reise. Sie selbst würde nicht wie die Guinness mit dem Golden Arrow, dem luxuriösen Salonwagen, reisen, sondern mit einer Fahrkarte dritter Klasse in einer Parallelverbindung nach Dover, wo es dann auf die Fähre ging, ehe die letzte Etappe von Calais nach Paris folgte. Die Reise würde bemerkenswert wenig Zeit in Anspruch nehmen: Es war bereits fünf Uhr nachmittags, und laut Plan sollten sie zum Frühstück in Paris eintreffen. Zwar käme Louisa auf ihrer Fahrt nicht in den Genuss derselben Annehmlichkeiten wie ihre neue Dienstherrin – ein Abendessen an einem weiß gedeckten Tisch, serviert von einem eleganten Kellner, und ein frisch bezogenes Bett –, trotzdem stand ihr eine richtige Reise bevor. Allein der Gedanke an einen Tapetenwechsel, das Wissen, dass sie England verlassen und in einem Land aufwachen würde, in dem eine ganz andere Sprache gesprochen wurde, verursachte ein Kribbeln in ihr, wie man es sonst nur aus den Beschreibungen frisch Verliebter in Romanen kannte.

Der Anblick der beiden roten Teppiche und Ständer mit goldfarbener Schnur, die den Zugang zu ihrem Abteil auf dem Bahnsteig markierten, entlockte Diana einen entzückten Aufschrei. Sie erklomm die Stufen zum Waggon, drehte sich noch einmal zu Louisa um und schenkte ihr ein breites Lächeln: »Wir sehen uns in *Parieee!*«

Louisa winkte kurz zurück und wurde, nachdem sie sich davon überzeugt hatte, dass sämtliche Gepäckstücke vollzählig verstaut worden waren, in das Abteil geführt, wo ihre Dienstherrin die Nacht verbringen würde. Sie packte das Übernachtungsköfferchen aus, arrangierte Mrs Guinness' Utensilien in das winzige Privat-Badezimmer und stieg schließlich aus, um sich zu dem Bahnsteig zu begeben, von dem ihr eigener Zug abfuhr. Sie fand ihren Platz in Fahrtrichtung und genoss die Gelegenheit, einmal nichts tun, nirgendwo anders sein zu müssen. Sie zog ihren Kurzgeschichtenband von E. M. Forster heraus und lehnte sich zurück, um den Ausblick auf die Landschaft zu genießen. Als sie in Paris ankamen, hatte sie keine einzige Seite gelesen.

Statt in einem Hotel abzusteigen, verbrachten die Guinness ihre Flitterwochen im familieneigenen *appartement* – eine reichlich bescheidene Bezeichnung für die herrschaftliche, um einen Innenhof angelegte Wohnung, die von der Rue de Poitiers aus nicht zu sehen war. Louisa wusste, dass Diana außer sich vor Freude über ihre Rückkehr nach Paris war, wo sie im Jahr vor ihrer Verlobung drei Monate alleine verbracht hatte. Sie war in einer von zwei ältlichen Schwestern betriebenen Pension untergebracht gewesen, die jedoch nicht allzu streng gewesen waren, sodass Diana jederzeit alleine durch die Straßen schlendern konnte, um dem Maler Helleu einen Besuch abzustatten oder zum Geigenunterricht zu gehen – Freiheiten, die sie geradezu beflügelt hatten. Lady Redesdale hatte Diana in die französische Hauptstadt geschickt, damit sie sich mit der Kultur vertraut machte und die Sprache lernte. »Wohl eher, wie man die Männerwelt um den Finger wickelt«, hatte Nancy gefrotzelt. Diana hatte ihr einen Klaps auf den Arm verpasst, doch tatsächlich hatte man ihr verboten, nach Frankreich zurückzukehren, nachdem sie über Ostern nach Hause gekommen war. Sie hatte ihr Tagebuch im Salon offen liegen lassen, während sie einen Spaziergang unternahm, und prompt hatte Lady Redesdale einen Eintrag entdeckt, in dem Diana in aller Ausführlichkeit einen Kinobesuch allein mit einem jungen Mann schilderte. Daraufhin war der Teufel los. Natürlich waren ihre Schwestern stinkwütend auf sie. »Wie konntest du nur so dumm sein?«, schnauzten sie sie an, wohl wissend, was die Enthüllung bedeutete: Ab sofort standen sie alle unter Generalverdacht.

Nun als verheiratete Frau zurückzukehren, war eine gelungene Rache, und damit nicht genug – sie kam noch dazu als wohlhabende Frau wieder. Louisa konnte nicht mit Gewissheit sagen, ob Diana sich ihres Reichtums bewusst war. Natürlich war sie nie mit wirklicher Armut konfrontiert gewesen, schließlich hatte sie ihre Kindheit in einem wunderschönen

Mitford Manor in den Cotswolds verbracht, aber während Lord und Lady Redesdale eher sparsam als geizig waren, hatte Louisa doch mitbekommen, dass der Lohn für die Gouvernante aus dem wöchentlichen Verkauf der Eier bezahlt und die Kleider der Mädchen von ihrer Schneiderin angefertigt wurden, die zwar als eine fähige Arbeiterin galt, aber wohl kaum als Coco Chanel durchging. Dass Mr Guinness überaus wohlhabend war, wusste Louisa, weil sein Reichtum Gegenstand des Dienstbotenklatsches war. »Mr Guinness' Vater ist zwar bloß der drittgeborene Sohn des Earl of Iveagh«, hatte ihr ein Dienstmädchen in der Küche des Stadthauses am Grosvenor Place zugeflüstert, »trotzdem ist er der reichste Mann Irlands. Überleg bloß mal, wie viel von der schwarzen Brühe die auf der Insel dort drüben trinken, und bei jedem Glas verdient er daran ein hübsches Sümmchen.« Gerüchte über Schlösser in Irland und die Summen, die das Brautpaar anlässlich seiner Vermählung bekommen hatte, machten die Runde, ganz zu schweigen von dem Vermögen, das ihr neues Haus gekostet haben musste. Trotzdem war Louisa sicher, dass all das nicht der Grund dafür gewesen war, dass Diana ihren Ehemann geheiratet hatte. Die Mitford-Mädchen hatten sich zwar häufig über die Knausrigkeit ihrer Eltern beschwert – vor allem Nancy hatte geklagt, von ihren jährlichen Zuwendungen die Kosten für Kleidung, Geburtstagsgeschenke und Taxifahrten begleichen zu müssen –, allerdings wusste keine von ihnen, was echte Geldsorgen bedeuteten, und schon gar nicht, wie es war, sich eine Arbeit suchen und für seinen Lebensunterhalt arbeiten zu müssen. Ihre Diskussionen um den passenden Ehemann hatten sich stets darum gedreht, den »Richtigen« zu finden, sei er nun ein Prinz oder ein Almosenempfänger; eine Heirat aus finanziellen Gründen war nie für sie infrage gekommen. Mit der für ihren Stand typisch unerschütterlichen Gewissheit gingen sie schlicht davon aus, dass alles, was sie brauchten, stets zur Verfügung stünde. Im Gegensatz zu Louisa hatten sie niemals Bekanntschaft mit wirklicher Armut gemacht.

Andererseits war Louisa auch nicht überzeugt, dass Diana Mr Guinness aus dem tiefen Bedürfnis heraus geheiratet hatte, mit ihm zusammen sein zu wollen.

Nachdem sie sich eingerichtet hatte, rief Diana Louisa in den hübsch gestalteten Salon. Obwohl Dianas Schwiegermutter, Lady Evelyn, die Räume ausgestattet hatte, waren glücklicherweise keinerlei Hinweise auf ihre allseits bekannte Schwäche für alles Mittelalterliche zu erkennen. Stattdessen bestach das Interieur durch seine elegante Leichtigkeit, mit taubengrauen Satinvorhängen und zartgelb gestrichenen Wänden. Louisa sah, wie Diana ihre Pose am Sekretär einnahm, ihren Rock glatt strich und die Schultern durchdrückte. Sie wirkte gewohnt anmutig und selbstsicher, wenn auch ein ganz klein wenig gehemmt. Andererseits war sie gerade einmal achtzehn.

»Ah, da bist du ja!«, rief sie erleichtert, obwohl sie erst vor wenigen Minuten nach Louisa hatte rufen lassen. »Wie war deine Reise?«

»Sehr angenehm, danke, Ma'am«, antwortete Louisa. Sie mochte zwar um einige Jahre älter sein und kannte ihre neue Herrin, seit diese ein Mädchen war, trotzdem war sie fest entschlossen, ein vorbildliches Verhalten an den Tag zu legen, nun, da Diana eine verheiratete Frau war.

»Oh, du brauchst nicht …«, begann Diana und unterbrach sich, machte jedoch keine Anstalten fortzufahren. »Ich wollte dich nur wissen lassen, dass ich den heutigen Tag mit Mr Guinness verbringen werde. Heute Abend werden wir ausgehen.

Ich möchte meinen schwarz-weißen Rock und die dazu passende Jacke tragen. Wenn du also die rosafarbene Bluse bügeln würdest?«

»Natürlich.«

»Morgen möchte ich einen Einkaufsbummel unternehmen, bei dem ich dich dabeihaben will. Mr Guinness wird zu Hause bleiben.«

Louisa nickte. Mit einem Mal war eine ungewohnte Förmlichkeit zwischen ihnen entstanden, als hätte das Ehegelübde auch ihr Verhältnis zueinander verändert, und sie war nicht sicher, ob es ihr gelänge, sie zu vertreiben … oder ob sie es überhaupt versuchen sollte. Vermutlich lag es daran, dass sie beide etwas nervös waren, aber wenn sie diesen Zustand jetzt nicht überwanden, würden sie es vermutlich niemals schaffen. Louisa beschloss, das Risiko einzugehen.

»All das verschlägt einem ganz schön den Atem, nicht?«, sagte sie halblaut, deutete mit einer Geste rings um sich herum und lächelte. Lady Redesdale hätte ihr so etwas niemals durchgehen lassen, Nanny Blor wäre entsetzt gewesen, und auch Louisas Herz schien ein paar Sekunden auszusetzen, als sie auf Dianas Reaktion wartete. Einen Moment lang herrschte Totenstille im Raum, während Diana sie ausdruckslos musterte, doch dann brach sie in schallendes Gelächter aus und klatschte selbstzufrieden in die Hände.

»Ich weiß, Lou-Lou. Es ist unglaublich, nicht? Absolut *himmlisch!*«

Womit Louisa nicht gerechnet hatte, war der Respekt, den man ihr in ihrer Funktion als Mrs Guinness' Kammerzofe entgegenbringen würde. Die anderen Dienstboten sprachen sie mit Mademoiselle Cannon an, was ihr zugegebenermaßen sehr gut gefiel. Ansonsten war sie ein wenig einsam. Sie selbst sprach kein Französisch, und die anderen waren nicht gerade versessen darauf, sich mit ihr zu unterhalten, sondern beschränkten sich darauf, ihr zu zeigen, wo sie die Unterwäsche ihrer Herrin waschen konnte, und gaben ihr mit Gesten zu verstehen, dass es Zeit fürs Frühstück war. Vielleicht sprachen sie ja kein Englisch. Aus diesem Grund beschloss Louisa nach dem Mittagessen und nachdem sie Miss Dianas Bluse gebügelt hatte, trotz des eisigen Winds einen Spaziergang zu unternehmen. Schließlich war sie in Paris – eine Gelegenheit, die sie nutzen musste!

Lediglich ein paar Straßen entfernt befand sich das Seine-Ufer, an dem sie eine Weile entlangging und die chic gekleideten Französinnen bewunderte, die mit ihren winzigen geschorenen Pudeln an langen Leinen an ihr vorbeiflanierten. Sie staunte über die ungewöhnlichen flachen Mützen und die Männer, die die Straßencafés bevölkerten und scheinbar hitzig debattierten. Wo auch immer sie stand und ging, ragte der Eiffelturm über ihr empor, nahezu aus jedem Winkel, das höchste Bauwerk, das sie je in ihrem Leben gesehen hatte. Sie wusste nicht recht, ob sie sich trauen sollte hinaufzufahren – bestimmt wäre es dort oben schrecklich kalt. Die Stadt selbst war vollkommen anders als alles, was sie kannte – von den Gehsteigen bis hin zur Luft, die sie einsog, eine betörende Mischung aus Gauloises-Zigaretten und frisch gebackenem Baguette. Selbst die Hupen der Automobile schienen anders zu klingen. Fernab der Heimat zu sein und allem, was sie kannte, verlieh ihr Mut. Sie ließ das Ufer hinter sich, als ihr Blick auf ein Straßenschild fiel – Rue des Beaux Arts, was, wie sie von Nancy wusste, das Herzstück des linken Seine-Ufers war, wo sich Maler, Musiker und Jazzsänger aufhielten. Allein die Vorstellung ließ Louisa in Aufregung geraten. Obwohl es mitten am Nachmittag war, schien alles verriegelt und verrammelt zu sein. Weit und breit gab es kein offenes Geschäft, in dem man einkaufen konnte. Sie beobachtete die Passanten, junge Männer und Frauen – Künstler und Bohemiens, wie Louisa vermutete; in London hatte sie nicht viele von ihnen gesehen, nicht einmal in Chelsea. Die Männer trugen bunte, modische Hüte und lange Seidenschals um den Hals, die Frauen waren in Samtmäntel gehüllt, hatten sich üppige, seitlich geknotete Stirnbänder übers Haar drapiert und die Augen dunkel geschminkt. Louisa könnte niemals so leben wie sie, doch sie hatte stets die Freiheit genossen, die der Jazz in ihr heraufbeschwor, wenn sie in einem Nachtclub tanzte. Die ausgelassene Musik erlaubte ihr, all ihre Hemmungen über Bord zu werfen, die sie sonst mit sich herumtrug. Das ermöglichte ihr zu verstehen, wer diese Menschen in Wirklichkeit waren, und sie fühlte sich ihnen ganz eindeutig näher als den verstaubten Enklaven der Reichen und Noblen. Etwas sagte ihr, dass Paris sich als Stadt für ein Abenteuer entpuppen könnte.

Und sie sollte recht behalten.

KAPITEL 9

»Ruf doch einfach an und frag, wo sie ist.«

Ein Anflug von Ungeduld schwang in Mary Moons Stimme mit, doch Guy wusste um die Freundlichkeit und Wärme, die darunter lagen. Seit sie Guys besten Freund Harry geheiratet hatte, hieß sie Mary Conlon, trotzdem war sie für ihn immer noch Mary Moon, wie damals vor drei Jahren, als sie sich bei den Ermittlungen in einem Kriminalfall kennengelernt hatten.

Sie saßen in einem Café in der Sloane Street und tranken eine Tasse Tee zusammen, ehe sie beide wieder zur Arbeit zurückmussten. Mary war immer noch Constable, deshalb hatte Guy ab und zu ein schlechtes Gewissen wegen seiner Versetzung ins Morddezernat. Mary beteuerte jedoch, sie sei heilfroh, dass sie überhaupt bei der Polizei arbeiten durfte. Mittlerweile war eine neue Vorschrift in Kraft getreten, wonach Frauen nach ihrer Heirat den Dienst quittieren mussten, die sie nur mit Mühe und Not umgangen hatte, weil sie zum Zeitpunkt des Inkrafttretens bereits verheiratet gewesen war. »Gott sei Dank! Ich muss ja arbeiten, weil wir von Harrys praktisch nicht vorhandenem Verdienst nicht leben können«, hatte sie lachend eingestanden.

»Wo spielt er denn gerade?«, erkundigte sich Guy.

»An den meisten Abenden ist er im *Hundred Club.* Die Band ist wirklich gut, nur werden sie nicht oft genug gebucht. Aber gerade hat er bei Hutch vorgespielt, also heißt es Daumen drücken.« Sie warf Guy einen vernichtenden Blick zu. »Lenk nicht vom Thema ab.«

»Habe ich nicht, aber anrufen werde ich ganz bestimmt nicht. Wenn Louisa mich sehen wollte, hätte sie sich längst gemeldet.«

Mary überlegte kurz. Sie hatte Louisa kennengelernt, als sie zu dritt in einem Fall um die Bandenchefin Alice Diamond und ihre Forty Thieves ermittelt hatten. Anfangs hatten die beiden Frauen einander misstrauisch beäugt und gleichermaßen um Guys Aufmerksamkeit gebuhlt, doch das war recht schnell in gegenseitigen Respekt umgeschlagen. »Sie ist stolz, Guy«, erklärte Mary. »Mein Gefühl sagt mir, dass sie nicht wollen würde, dass du ihr zu Hilfe kommst, wenn sie in Schwierigkeiten steckt. Louisa ist so ziemlich die Letzte, die gerettet werden will.«

»Nein, nein, natürlich nicht. Das Problem ist, dass ich darauf gehofft habe, sie könnte *mich* retten. In dem Fall um das verschwundene Dienstmädchen, meine ich. Das ist alles.«

»Wieso erzählst du mir nicht davon? Ich würde mir weiß Gott gerne den Kopf über etwas anderes zerbrechen als über die Fälle, mit denen ich sonst zu tun habe.«

»Vermisste Katzen?«

»Manchmal, ja, aber in letzter Zeit kommen mir auch schlimmere Fälle unter. Es gibt einen neuen Ansatz, dass Frauen bei der Befragung nach einem tätlichen Angriff eine weibliche Beamtin an ihrer Seite haben sollten, allerdings halte ich ihnen in Wahrheit bestenfalls die Hand, mehr nicht.

Trotzdem bekommt man schlimme Dinge zu hören.« Sie erschauderte. »Aber sprich weiter. Was ist jetzt mit deinem Fall?«

Guy zog sein Notizbuch heraus, um ihr die wichtigsten Fakten vorzulesen. »Viel ist es nicht gerade«, meinte er. »Durchschnittliche Größe und Aussehen, keine besonderen Merkmale. Abgesehen von der Tatsache, dass sie zuletzt am Abend gesehen wurde, als dieses Dienstmädchen ums Leben kam – was laut abschließendem Bericht ein tragischer Unfall war –, hatte sie keinen konkreten Grund, sich aus dem Staub zu machen, und es gibt wohl auch niemanden, mit dem sie sich hätte treffen können. Sie hat ihr Sparbuch in ihrem Zimmer zurückgelassen. Und ihre Familie hat kein Wort von ihr gehört.«

»Eine Entführung ist nicht sonderlich wahrscheinlich.«

»Genau«, bestätigte Guy. »Alle glauben, sie hätte eine Affäre gehabt und würde auf kurz oder lang in einem Hotel wieder auftauchen. Und vielleicht haben sie ja recht. Trotzdem ist da irgendetwas, das mir sagt, ich sollte tiefer graben.«

»Kannst du mir erklären, wieso genau du darauf kommst?«

»Polizisteninstinkt.« Guy zuckte die Achseln. »Ein Dienstmädchen, Lucy, das mit ihr zusammengearbeitet hat, erzählte mir, sie hätte heimlich Französisch gelernt.«

»Vielleicht wollte sie ja nach Paris und sich mit einem Franzosen treffen. Wahrscheinlich ist sie gerade dort und radelt mit einer Zwiebelkette um den Hals an der Seine entlang.«

»Ja, vielleicht. Das ist das Problem bei Vermissten. Sie machen sich nicht zwingend Gedanken darum, dass sie als vermisst gelten.« Seufzend schob Guy seinen Stuhl zurück. »Trotzdem muss ich etwas unternehmen. Ich will einen eigenen Fall.«

»Verrätst du mir, wer Lucy befragt hat?«

»Ich.«

»Ist sie jung?«

»Ja, höchstens fünfzehn oder sechzehn, schätze ich.«

Mary legte die Hände in den Schoß. »Ich hoffe, du nimmst es mir nicht krumm, aber manchmal haben junge Mädchen Angst, mit einem erwachsenen Mann zu reden, noch dazu, wenn er Polizist ist. Da kann er noch so nett sein«, fügte sie beim Anblick von Guys gekränkter Miene eilig hinzu. »Ich könnte doch mal mit ihr reden, oder? Vielleicht finde ich ja etwas heraus. Wenn die beiden so eng zusammengearbeitet haben, dass Lucy sie französische Vokabeln hat aufsagen hören, würde es mich nicht wundern, wenn sie sich ihr anvertraut hat und umgekehrt.«

»Stimmt, das könnte sein.«

»Also darf ich ganz offiziell deine uniformierte Assistentin in einem Fall des Morddezernats sein?«

Ihr Eifer schien ihn zu amüsieren. »Ja, das darfst du.«

»Gut. Nun, da wir uns einig sind, werde ich als Erstes diesen Lord Wiehießergleich anrufen und herausfinden, wo Louisa steckt. Das ist genau das, was du willst, ich kenne dich. Aber jetzt kehre ich erst einmal an die Arbeit zurück.« Mary erhob sich und strich voller Zuneigung über seinen Arm, ehe sie die Tür des Cafés öffnete, durch die ein Schwall kalter Winterluft hereinwehte.

KAPITEL 10

Ihre Tage in Paris gestalteten sich wie der reinste Wirbelwind. Bryan hatte Diana ermutigt, sich für ihr neues Leben als Mrs Guinness einzukleiden. Im Vergleich zur Pariser Haute Couture war nur allzu deutlich sichtbar, dass Dianas von der Dorfschneiderin angefertigte Garderobe keinesfalls mithielt; schließlich konnte man kein einzelnes Zimmer eines Hauses neu dekorieren, ohne zu riskieren, dass der Rest schäbig wirkte. Deshalb zog der Kauf eines neuen Kleides unweigerlich die Notwendigkeit neuer Schuhe, Handtaschen und Abendumhänge sowie neuer Schals nach sich, gefolgt von neuen Tageskleidern, neuer Nacht- und Unterwäsche und allen weiteren wichtigen und unwichtigen Kleidungsstücken und Accessoires. Selbst die hochnäsigsten Ateliers rissen sich förmlich darum, Diana mit ihrer schlanken, allseits bewunderten Figur einzukleiden, und schon bald war es Louisa eine Freude, neben ihr zu sitzen, wenn die Mannequins vor ihnen auf und ab gingen, um die neuesten Modelle in all ihren Facetten zu präsentieren. Diana war überaus dankbar, dass Louisa sich wegen ihrer Arbeit in der Schneiderei in Mayfair mit Säumen und Abnähern auskannte und die Qualität von Futterstoffen oder Knopflöchern bestens beurteilen konnte.

An einem der ersten Tage machten Diana und Louisa sich auf den Weg zu einer besonders geschätzten Schneiderin namens Louise Boulanger, die in der 3 Rue de Berri, ganz in der Nähe der Champs-Elysées ein Atelier betrieb. Madame Boulanger begutachtete Dianas Figur mit zusammengekniffenen Augen, ehe sie verschwand und mit nur einem einzigen Kleid auf einem Bügel zurückkehrte. »Das hier«, erklärte sie mit ausgeprägtem Akzent. »Das ist zwar ein Musterkleid, sollte Ihnen aber passen.«

Louisa und Diana betraten die Umkleide, um es anzuprobieren. »Nur ein einziges Kleid?«, kicherte Diana. »Normalerweise versuchen sie, mir mindestens die halbe Kollektion anzudrehen.«

»Wahrscheinlich bedeutet das, dass dieses Kleid so viel kostet wie anderswo die Hälfte der Kollektion«, entgegnete Louisa. Eigentlich fand Geld zwischen ihnen keine Erwähnung, doch die Atmosphäre parfümierter Eleganz und die Erwartungen hatten sie dazu hingerissen.

Einen Moment später trat Diana mit einem erfreuten Lächeln heraus. Das Kleid aus reinweißem, leicht geripptem Taft war schmal geschnitten und reichte ihr gerade bis zu den Knien, mit einer ausladenden himmelblauen Schleife auf der Rückseite, die von ihrem unteren Rücken fast bis zum Boden reichte. Natürlich musste es angepasst und angefertigt werden, doch es bestand kein Zweifel: Mit diesem Prachtexemplar hatte Diana die Macht der Kleidung für sich entdeckt. Bald darauf war die frischgebackene Mrs Guinness zu einer der bestgekleideten Frauen der französischen Hauptstadt avanciert.

Der Besuch bei Madame Boulanger verlieh Diana das Selbstbewusstsein, sich nur noch von den Meistern ihres Fachs einkleiden zu lassen, unter ihnen auch ein Engländer mit französischem Namen, Mr Molyneux. Allerdings war er sehr gefragt, daher hatte Diana ihre Freundin Kate Mulloney gebeten, ein paar Strippen zu ziehen und ihr einen Termin zu verschaffen. Die drei trafen sich im Salon, dabei wurde Louisa schnell klar, dass sich ihre Rolle darauf beschränkte danebenzustehen, während Kate Diana herumkommandierte und sie auf die Kleider hinwies, die sie anprobieren sollte. Eigentlich wäre dieses Verhalten recht unhöflich gewesen, Mrs Mulloney besaß jedoch einen schicken und zugleich gewagten Stil – sie trug ihr schwarzes Haar zu einem kurzen Bob geschnitten, der wie Seehundfell glänzte, und maskulin anmutende Hosen in leuchtenden Farben. Während Louisa auf Kate und Diana wartete, erschien eine junge Assistentin, die Anstalten machte, sie anzusprechen. Mitten in der Bewegung hielt sie jedoch inne, sah Louisa einen Augenblick lang an, dann wandte sie sich abrupt um, verschwand eilig und ließ sich nicht wieder blicken.

Ein gut aussehender Mann stand mit einer Zigarette in der Hand auf dem Bürgersteig und lächelte schief, als die drei Frauen aus dem Salon auf die Straße traten. »Was gibt es denn da zu gucken?«, sagte Kate.

»Darf ein Mann denn nicht ein bisschen ungeduldig werden, wenn er eine Ewigkeit auf seine Frau warten muss?«, erwiderte der Mann, jedoch keineswegs unfreundlich. »Du wolltest doch schon vor zwanzig Minuten wieder hier sein.«

»Tut mir leid, Shaun«, schaltete sich Diana ein, während Louisa wieder einfiel, dass sie ihn letzten Sommer bei der Party mit Clara und Nancy gesehen hatte. Doch noch etwas anderes irritierte sie, sie konnte aber nicht recht benennen, was es war. Vielleicht war es die große Ähnlichkeit, die der Mann mit

Gary Cooper aus dem Film hatte, den sie erst vor wenigen Wochen im Kino angesehen hatte.

Sobald das Kleid von Madame Boulanger geliefert wurde, trug Diana es zum Dinner. Die Begeisterungsstürme, die es auslöste, als sie in den Salon kam, ließen keinen Zweifel daran, dass sie die Anwesenden in ihren Bann geschlagen hatte. Auch war es typisch für sie, dass es gewissermaßen ein Publikum gab, das es kaum erwarten konnte, bis der Star der Show die Bühne betrat. Seit ihrer Ankunft in Paris machten die Frischvermählten so gut wie keine Anstalten, Zeit zu zweit zu verbringen. Stattdessen fanden sich jeden Abend um sechs Uhr reihenweise Gäste zum Cocktail ein, ehe die gesamte Truppe zum gemeinsamen Dinner aufbrach, um den Abend bei einer Show und anschließend in irgendeinem Nachtclub zu beschließen. Louisa bekam nicht mit, wann ihre Herrschaften nach Hause kamen, da Diana sie von der üblichen Verpflichtung, der Dame des Hauses beim Entkleiden und Zubettgehen zu assistieren, entbunden hatte; allerdings bestand sie darauf, dass Louisa sie nicht vor der Mittagsstunde weckte und ihr das Frühstück ans Bett brachte. Die Eheleute gingen stets sehr liebevoll miteinander um – vor allem Mr Guinness schien bis über beide Ohren in seine Braut verliebt zu sein –, dennoch schien die halbe Stadt an diesen Flitterwochen teilzuhaben.

Deshalb hätte es Louisa wohl nicht überraschen sollen, ihn zu sehen.

Es war ihr vierter Tag in Paris, und Louisa eilte in den Salon mit den silbergrau bezogenen Samtsofas und dem raumhohen, über die gesamte Wandbreite verlaufenden Antikspiegel, um nach einem Paar Abendhandschuhe zu suchen, die Diana vermisste, als sie Luke Meyers Gesicht im Spiegel erblickte. Er stand reglos am Fenster und schaute sie an, statt die Aussicht zu genießen.

»Bitte entschuldigen Sie, Mr Meyer, aber ich habe Sie gar nicht bemerkt«, sagte Louisa mit einem Unbehagen, das sie nicht recht zuordnen konnte.

Luke nahm die Hände aus den Hosentaschen und lachte. »Ziemlich unwahrscheinlich, so schockiert, wie Sie über meinen Anblick waren.«

Machte er sich etwa über sie lustig? »Ich wünsche Ihnen einen schönen Abend, Sir«, sagte sie und wandte sich zum Gehen.

»Nein, Louisa, nicht.« Er trat ihr entgegen und hielt sie am Ellbogen fest, ein wenig zu fest. Sie schüttelte ihn ab. Sein Benehmen war reichlich seltsam, so ganz anders, als sie ihn bei der Hochzeit erlebt hatte.

Verlegen ließ er von ihr ab. »Tut mir leid. Ich wollte mich nicht über Sie lustig machen. Es war nur … Ihr Gesicht …« Er hob beschwichtigend die Hände, um sie nicht wieder auf die Palme zu bringen. »Bitte. Können wir einfach so tun, als wäre das gerade nicht passiert, und noch mal von vorn anfangen? Und bitte nennen Sie mich doch Luke. Das heißt, wenn ich Louisa sagen darf.«

Louisa gab klein bei. Für den Augenblick. »Ja, dürfen Sie.«

»Danke. Haben Sie eine Ahnung, wie man hier an einen Drink kommt? Schließlich ist es irgendwo auf der Welt jetzt gerade sechs Uhr.«

Louisa trat zum Barschrank, der eine Auswahl an allerlei Hochprozentigem enthielt, von Gin über Wodka bis hin zu unterschiedlichen Sorten Malt Whisky. Um die Hälse der kristallenen Dekanter hingen Anhänger an feinen Silberketten mit der Aufschrift des Inhalts. »Würde es Ihnen etwas ausmachen, sich selbst zu bedienen? Ich fürchte, ich weiß nicht recht, wie man sie korrekt einschenkt.«

Luke gab eine Handvoll Eiswürfel in den Shaker. »Und, was gibt es Neues?«, fragte er.

Louisa glaubte Stimmen vor dem Salon wahrzunehmen. So nett Mr Guinness ihr gegenüber auch sein mochte, wäre er bestimmt alles andere als begeistert, wenn er sähe, dass Louisa sich mit einem der Gäste des Hauses unterhielt. »Oh, nicht viel. Mr und Mrs Guinness sind auf Hochzeitsreise.« Obwohl sie Luke das letzte Mal bei der Feier anlässlich der Vermählung begegnet war, hatte sie das Gefühl, diese Tatsache noch einmal betonen zu müssen.

»Wohl wahr. Und was ist mit Ihnen? Durften Sie sich die Sehenswürdigkeiten von Paris ansehen?« Luke goss sich einen großzügigen Martini-Cocktail ein und nippte daran.

»Ich bin hier, um zu arbeiten«, erwiderte Louisa stolz und fragte sich, wieso sie sich verpflichtet fühlte, moralische Überlegenheit zu demonstrieren. Beim Gedanken an die Vergnügungen der letzten Tage musste sie ein Lächeln unterdrücken. »Aber es ist … wunderbar hier«, sagte sie. »Wann sind Sie eingetroffen?«

»Heute Nachmittag. Ich bin in einem Hotel in der Nähe abgestiegen. Sie erwarten mich also nicht … Aber«, fuhr er beim Anblick ihrer erschrockenen Miene eilig fort, »natürlich habe ich ein Schreiben meiner Tante als Erklärung mitgebracht, Sie können also ganz unbesorgt sein.« Er deutete auf das niedrige Tischchen neben dem Kamin, auf dem ein an die ehrenwerte Mrs Guinness adressierter Briefumschlag auf einer schwarzen Schachtel mit einer lila Seidenschleife lag. »Ich habe auch etwas Schokolade mitgebracht«, erklärte er. »Als eine Art Bestechung.«

»Verstehe«, gab Louisa zurück, obwohl es nicht ganz der Wahrheit entsprach. Diana würde die Schokolade ganz bestimmt nicht einmal anrühren, ihre schlanke Figur war das Ergebnis von Disziplin und Mäßigung, so viel hatte Louisa mittlerweile festgestellt. Sie selbst würde die Gelegenheit nutzen und ein Stückchen probieren – Diana würde es sowieso nicht bemerken. Aber weshalb sah Luke sich veranlasst, Diana zu bestechen? Andererseits arbeitete er für die Zeitung, oder? Würde Diana sich durch die Gegenwart eines Kolumnenschreibers in ihren Flitterwochen nicht gestört fühlen?

Die Schritte wurden lauter. »Ich sollte gehen«, sagte sie. »Ich wünsche Ihnen einen schönen Abend.«

»Vielleicht. Sehe ich Sie später?«

»Vielleicht.«

Als Louisa am nächsten Tag das Frühstückstablett in Dianas Zimmer trug, fand sie ihre Herrin in Plauderlaune vor. Bryan verließ das Schlafzimmer stets, bevor Louisa hereinkam, und frühstückte unten. Sie stellte das Tablett ab und zog die Vorhänge zurück, um die Wintersonne hereinzulassen – so hell und strahlend, dass man glauben könnte, der Frühling stehe vor der Tür, obwohl die Schneeglöckchen blühten.

»Guten Morgen, Lou-Lou.« Diana setzte sich im Bett auf, griff nach ihrem smaragdgrünen Morgenrock, den sie neben dem Bett fallen gelassen hatte, und schlang ihn um sich, ehe sie sich vollends aufrichtete, um das Frühstück einzunehmen. »Oh, wie herrlich! Gekochtes Ei. Obwohl ich ja nicht überzeugt bin, dass diese französischen Köche es so gut hinbekommen wie Mrs Stobie zu Hause. Jedenfalls fehlen schon einmal die Toaststangen.«

»Was darf ich heute für Sie herauslegen, Ma'am?« Dies war zu Louisas gewohnter Morgenfrage geworden.

»Heute Nachmittag treffe ich Mr Meyer. Er hat versprochen, mir die pikantesten Gemälde des Louvre zu zeigen«, erklärte Diana keck, was Louisa wieder einmal vor Augen führte, wie jung sie in Wahrheit noch war und wie wenig sie bisher von der Welt gesehen hatte. »Das gelbe Kleid und der passende Mantel wären schön.«

Louisa trat vor den Kleiderschrank – *armoire,* wie Diana ihr erklärt hatte – und nahm die neu erworbenen Sachen heraus, gemeinsam mit den Strümpfen und den biskuitfarbenen Schuhen, die Diana zu fast allen ihren Tageskleidern trug.

»Bryan verbringt den Tag mit seinem Großvater, dem Taschen-Adonis. Alle nennen ihn so, weil er unglaublich gut aussehend, aber leider ein bisschen zu kurz geraten ist«, plapperte sie weiter, wobei sie in ihrer Aufregung über die Abenteuer des neuen Tages zu vergessen schien, dass sie eigentlich vor den Dienstboten von ihrem Mann als »Mr Guinness« sprach. Aber möglicherweise war auch die Grenze zwischen Formalität und Freundschaft zwischen ihnen wieder ein wenig verwischt, und sie waren zu ihrer alten Beziehung zwischen Heranwachsender und Kindermädchen zurückgekehrt. »Du solltest mitkommen, Lou-Lou, nur der Form halber. Zwar geht von Luke keinerlei Gefahr aus, trotzdem weißt du ja, wie gern sich die Leute das Maul zerreißen.«

»Natürlich, Ma'am. Es wäre mir ein Vergnügen.« Und das stimmte auch. Louisa hatte es bislang nicht geschafft, den Louvre zu besuchen, aber wie sie gehört hatte, war die *Mona Lisa* dort ausgestellt. Würde sie sagen können, ob die junge Dame auf dem Gemälde lächelte oder nicht? Trotzdem hatte sie das Gefühl, sich vergewissern zu müssen.

»Mrs Guinness?«

»Oh, ich fühle mich wie hundert, wenn du mich so nennst. Was gibt es?« Diana schob sich einen Bissen Ei in den Mund.

»Es steht mir ja nicht zu, es zu sagen, aber Ihnen ist bewusst, dass Mr Meyer für den *Daily Sketch* schreibt?«

»Jaja, aber keine Sorge, seine Tante ist mit Muv befreundet. Er hat mir ihren Brief gezeigt. Von ihm geht keine Gefahr aus, in keinerlei Hinsicht. Außerdem habe ich nichts dagegen einzuwenden, dass er über mich schreibt, solange es nichts ganz, ganz Schreckliches ist.«

Die Erklärung vermochte Louisas Bedenken zwar nicht vollständig zu zerstreuen, trotzdem nickte sie und zupfte an einem losen Faden an Dianas Mantel herum.

Diana gähnte herzhaft. »Du meine Güte, schon so spät. Lass mir bitte mein Bad ein, Lou-Lou. Wir sollten uns sputen. Ich habe versprochen, um zwei Uhr dort zu sein.« Und so kam es, dass sie sich beeilten, um Luke zu treffen, der schon sehr bald etwas sehr, sehr Schreckliches zu berichten hätte.

KAPITEL 11

Der Louvre entpuppte sich als eine meilenweite Aneinanderreihung von Ölgemälden und Statuen, und nachdem sie die *Mona Lisa* gesehen hatten – »Sie ist todunglücklich, ganz eindeutig«, lautete Dianas Urteil, »wie kann jemand daran Zweifel haben?« – und Luke sie durch die Renaissance-Räume geführt hatte, entlockte ihnen die dargestellte Nacktheit allenfalls ein halbherziges Kichern. Louisa vermutete, dass Diana für derlei Späße doch bereits zu abgeklärt und souverän war. Sie war den beiden mit ein paar Schritten Abstand gefolgt und hatte sich nicht an ihren Plaudereien beteiligt, aber immerhin warf Luke ihr hier und da einen teilnahmsvollen Blick zu oder machte sie auf ein oder zwei besonders herausragende Kunstwerke aufmerksam. Bei aller Dankbarkeit, das weltberühmte Museum besuchen zu dürfen, hätte Louisa sich lieber für ein oder zwei Stunden alleine auf die Bank vor der *Mona Lisa* gesetzt, um zu ergründen, welches Geheimnis die italienische Schönheit vor den Betrachtern zu verbergen versuchte. Sie bogen um eine Ecke in einen weiteren endlos langen Gang voller halb bekleideter Statuen mit fehlenden Gliedmaßen, als Diana einen tiefen Seufzer ausstieß.

»Das war alles absolut göttlich, mein Lieber, aber ich glaube, ich würde jetzt gerne wieder nach Hause gehen. Bryan fragt sich sicherlich schon, wo ich bleibe, und ich habe keine Ahnung, was für heute Abend auf dem Programm steht.« Sie gab Louisa ein Zeichen. »Danke, Luke, es war wirklich überaus … erhellend.«

Luke schien völlig geknickt zu sein. »Warten Sie«, sagt er. »Es gibt eine Bar, ganz in der Nähe. Keine gewöhnliche, aber Sie werden trotzdem begeistert sein, versprochen.«

Diana zögerte.

»Nur einen winzig kleinen Cocktail?«, bettelte er. »Bitte. Wir könnten Bryan ja anrufen und ihn fragen, ob er zu uns stoßen möchte.«

»Na gut, aber nur auf einen Drink.«

Luke hatte nicht gelogen – die Bar befand sich tatsächlich in nächster Nähe, in einer schmalen Gasse und hinter einer harmlos aussehenden Tür ohne Schild oder Klingel. Luke trat vor ihnen in einen schmalen Korridor, wo sie von einer gelangweilt dreinblickenden jungen Frau hinter einem Tresen empfangen wurden, der Luke ein paar Geldscheine zuschob und die sich erbot, ihre Mäntel aufzuhängen.

»Sollte ich überhaupt hier sein, was denken Sie?«, flüsterte Louisa Diana zu.

»Es ist unbedingt notwendig, dass du bei mir bleibst«, flüsterte Diana eindringlich zurück, auch wenn ihre Miene gewohnt beherrscht wirkte. Sie folgten Luke eine kurze Treppe hinunter und durch einen Perlenschnurvorhang in einen Raum, kaum größer als die Bibliothek in Mitford Manor, nur dass die Decken niedriger und die Wände schwarz gestrichen waren. Es war gerade einmal vier Uhr nachmittags, und die Dämmerung setzte ein, deshalb irritierte es ein wenig, mehrere junge, stark geschminkte Damen in kurzen Abendkleidern und Paillettenbändern im blondierten Haar zwischen den Tischen herumgehen zu sehen. Ein paar Männer lehnten an einem Tresen, der die gesamte Wand einnahm, mit dem Rücken zur Barfrau – zum Glück keine alten Lüstlinge, sondern jüngere Männer in weit geschnittenen Hosen und Halbgamaschen. »Ziemlich dandyhaft, nicht?«, vernahm Louisa von Diana, die allem Anschein nach lieber mit ihr flüsterte als mit Luke, der mittlerweile einen Tisch für sie gefunden hatte, auf dem eine Lampe mit einem roten Schirm stand. In der Ecke klimperte ein Klavierspieler ein Jazzstück, trotzdem herrschte eine eigentümliche Anspannung, so als würden die Gäste auf irgendetwas warten. Keiner redete viel, und Louisa fiel auf, dass kein einziges Pärchen anwesend war. Die wenigen Frauen gingen umher, wohingegen die Männer herumstanden oder -saßen und sie gelangweilt betrachteten.

Der Blick, den Louisa und Diana tauschten, sprach Bände: Beide wünschten sich nichts sehnlicher, als von hier zu verschwinden, doch sie wusste, dass Diana sich keinesfalls die Blöße geben würde. Sollte es Lukes Absicht sein, sie zu schockieren oder ihr ihre mangelnde Weltgewandtheit vor Augen zu führen, würde sie ihm jedenfalls nicht die Genugtuung verschaffen. Nancys jahrelange harte Schule hatte sie gelehrt, sich den Schneid nicht abkaufen zu lassen.

Sie bestellten Old-Fashioned-Cocktails für Luke und Diana und einen Kaffee für Louisa (ein tiefschwarzes, zähflüssiges Gebräu in der winzigsten Tasse, die sie je außerhalb von Debos Puppenstube gesehen hatte), dazu gab es Sandwiches, die allerdings weder Luke noch Diana anrührten. Aus reiner Höflichkeit aß Louisa zwei davon, jedoch schmeckte ihr die Fischpastete darauf überhaupt nicht. Die Häppchen wurden lediglich gereicht, weil Alkohol aufgrund des Pariser Ausschankgesetzes um diese Tageszeit nur in Verbindung mit einer Speise serviert werden dürfe, erklärte Luke.

Weder Diana noch Louisa waren sonderlich gesprächig, doch gerade als die Stille am Tisch unangenehm zu werden drohte, stimmte der Klavierspieler eine andere Melodie an. Ein roter Vorhang öffnete sich und gab den Blick auf eine kleine Bühne frei. Ein Scheinwerfer ging an. Die Männer wandten sich der Bühne zu, während die leicht bekleideten Frauen sich setzten oder verschwanden, als zu den Klängen eines Honky-Tonk-Songs eine Frau in einem billigen, perlenschnurbesetzten Kleid und einer rosa Federboa um die Schultern auf die Bühne tänzelte. Ihr Make-up war so dick aufgetragen und pastig, dass man ihre Haut kaum erkennen konnte, doch ihr Mund unter dem flammend roten Lippenstift wirkte seltsam grob, ihre dick mit Kholstift umrandeten Augen und aufgemalten Brauen waren trübe und glanzlos. Leises Unbehagen regte sich in Louisa. Ein Mikrofon gab es nicht, also würde die Frau wohl nicht singen. Was sollte das werden? Louisa ertappte Luke dabei, wie er sie und Diana verstohlen beäugte, was ihr verriet, dass er sehr wohl wusste, was hier gleich passieren würde … und sie war ziemlich sicher, dass es ein ziemlicher Schock für sie beide werden würde. Dianas Miene blieb bewundernswert ausdruckslos, während sie die Tänzerin auf der Bühne kühl musterte.

Die Federboa landete auf dem Bühnenboden, was die anwesenden Männer mit einem gedämpften Raunen quittierten. Der Scheinwerfer tauchte die Bühne in gleißend helles Licht, der Rest des Raums lag im Halbdunkel, wogegen auch die roten Tischlampen nur wenig ausrichten konnten. Louisa spürte, wie ein wonniger Schauder durch das Publikum zu gehen schien, und bemerkte, dass die Tänzerin sich mittlerweile umgedreht und die Träger ihres Kleides über die Schultern gestreift hatte.

»Mrs Guinness«, flüsterte Louisa. »Ich denke, wir sollten lieber gehen.«

»Schhh!«, machte Diana.

Luke lächelte.

Inzwischen lag auch das Kleid auf dem Boden, und die Tänzerin schob es mit der Fußspitze zur Seite, sodass sie in Strümpfen und einem engen, von der Brust bis zu den Schenkeln reichenden Mieder auf der Bühne stand. Ein Mann am Bühnenrand strich ihr übers Bein, aber sie schlug seine Hand spielerisch beiseite. Als ein anderer Mann dasselbe versuchte, trat ein riesiger Kerl in einem schwarzen Anzug aus dem Schatten, packte ihn und zog ihn mit sich nach draußen. Mit einem Mal schien es noch dunkler zu werden. Louisa sah die Zigarettenspitzen ringsum orangefarben glühen, doch es war nahezu unmöglich, die Finger, die sie hielten, im Dunkeln auszumachen. Die Musik nahm Tempo auf, und wieder ging ein Raunen durch den Raum. Diesmal rollte die Frau auf der Bühne mit aufreizender Langsamkeit Zentimeter um Zentimeter ihr Mieder nach unten. Einen Moment lang glaubte Louisa, sich gleich übergeben zu müssen, allerdings konnte sie nicht sagen, ob wegen der Show, des Zigarettenrauchs oder der Fischpasteten-Sandwiches. Luke hatte sich inzwischen vorgebeugt und verfolgte gespannt das Geschehen auf der Bühne, wobei er lächelte und die Hände ineinander verkrallte, als müsse er sich beherrschen, nicht aufzuspringen und wild zu gestikulieren.

Die Tänzerin rollte ihr Mieder noch ein Stück nach unten. Wie versteinert starrte Louisa auf die Gestalt auf der Bühne, deren Brust inzwischen entblößt war – vollkommen flach, bleich und so mager, dass die Rippen hervortraten. Die Musik wurde noch schneller, immer heller glomm die Glut der Zigaretten ringsum, als auch noch das letzte Stück des Mieders nach unten wanderte. Inzwischen hatte sich die Tänzerin umgedreht und präsentierte dem Publikum ihren nackten Rücken. Louisa sah Diana an, die ihren Blick ausdruckslos erwiderte … zumindest ließ sie sich keinerlei Furcht anmerken. *»Montre nous!«,* forderte die Menge lautstark.

Was zeigen?

Angefeuert vom Stampfen der männlichen Gäste, wandte sich die Gestalt auf der Bühne um, und endlich verstanden auch Diana und Louisa. Die flachbrüstige Frau war in Wahrheit ein Mann.

KAPITEL 12

Guy versuchte, Lord Redesdale in Swinbrook House anzurufen, wo die Familie laut Telefonverzeichnis inzwischen lebte. Wie es schien, war die Familie 1926 dorthin umgezogen, was Guy einen wehmütigen Stich versetzte, da der graue Steinbau von Mitford Manor mit den scheinbar endlosen Feldern ringsum stets der Inbegriff des perfekten Landsitzes für ihn gewesen war. Mrs Windsor, die Haushälterin, die den Hörer abnahm, erkannte Guy auf Anhieb wieder und zögerte keine Sekunde, als Guy sich nach einer Nachsendeadresse von Louisa erkundigte. Vielleicht waren seine Briefe also doch weitergeleitet worden, und Louisa hatte sie lediglich nicht beantwortet – er war nicht ganz sicher, ob er sich dadurch besser fühlen sollte oder nicht.

»Gerade ist sie in Paris und begleitet Mr und Mrs Guinness auf ihrer Hochzeitsreise«, erklärte Mrs Windsor. »Sie werden mehrere Wochen bleiben, aber wenn Sie etwas zu schreiben haben, gebe ich Ihnen gern die Adresse.« Guy notierte die Anschrift – 12 Rue de Poitiers –, Mrs Windsor hatte jedoch bereits aufgelegt, bevor er ihr danken konnte. Guy schob den Zettel in seine Jackentasche und sagte sich, dass er das Ganze am besten vergessen sollte.

Einige Tage nach seinem Gespräch mit Mary machten sie sich auf den Weg zum Wilton Crescent, um Lucy zu befragen, die mit Rose Morgan zusammengearbeitet hatte. Es war nur ein kurzer Fußmarsch von der U-Bahn-Station bis zu der feudalen Straße mit den halbmondförmig angeordneten cremefarbenen Häusern mit den schwarzen Eingangstüren und auf Hochglanz polierten Bentleys und Rolls-Royces davor. »Wäre das hier mein Zuhause, würde ich für immer hierbleiben wollen«, bemerkte Mary, als sie auf das Haus mit der Nummer 11 zugingen.

»Kommt auf die Alternative an, die man sich erhofft, schätze ich«, entgegnete Guy.

Sie klopften. Kurz darauf öffnete ein Butler, der es eilig zu haben schien, sie ins Haus zu bugsieren. Schließlich habe man ja mit der Polizei vor der Haustür einen Ruf zu verlieren, murmelte er und führte sie nach unten in sein Büro, wo sie warten sollten, während er Lucy holen ging. Guy und Mary sahen sich um, doch der Raum wirkte ganz gewöhnlich: spärlich möbliert und trotz der beiden Stühle alles andere als einladend, es sich bequem zu machen. Noch bevor der Butler zurückkehrte, trat ein etwa zwölfjähriges Mädchen in einem Kleid mit Matrosenkragen und langem, mit einer Schleife aus dem Gesicht frisiertem Haar ganz ohne Begleitung ein und begrüßte sie beide mit Handschlag und ernster Miene, die ein Gefühl der Traurigkeit bei Guy hervorrief.

»Hallo«, sagte sie. »Ich bin Muriel Delaney. Wahrscheinlich sollte ich warten, bis Jones mich Ihnen offiziell vorstellt, aber er ist oben, um Lucy zu holen, und ich weiß, dass Sie nach Rose suchen. Haben Sie sie schon gefunden? Sind Sie hier, um uns gute Nachrichten zu überbringen?«

Mary trat vor und schüttelte ihr die Hand. »Hallo, Miss

Muriel. Ich bin Constable Conlon, Sie dürfen gern Mary zu mir sagen. Es tut mir sehr leid, wir haben keine Neuigkeiten von Rose, suchen aber weiterhin nach ihr. Deshalb wollten wir auch mit Lucy reden, für den Fall, dass ihr etwas eingefallen ist, das uns weiterhilft.«

Muriel nickte, doch ihr stiegen die Tränen in die Augen, die sie eilig zurückblinzelte. »Ich verstehe nicht, wieso keiner mit mir gesprochen hat«, platzte sie heraus. »Rose war meine beste Freundin.«

Mary und Guy wechselten einen Blick, und Guy trat einen Schritt zurück.

»Sie können ja jetzt mit mir reden. Wir hören uns sehr gern an, was Sie zu erzählen haben.« Mary schenkte ihr ein freundliches Lächeln.

»Sind Ihre Eltern hier?« Guy hatte das Gefühl, sich rückversichern zu müssen. Er hatte zuvor angerufen, um den Termin zu vereinbaren, daher sollte die Familie eigentlich von ihrem Kommen wissen.

»Vater ist letztes Jahr von uns gegangen, und Mutter ist oben in ihrem Zimmer und hat sich hingelegt«, antwortete Muriel. »Das tut sie um diese Uhrzeit häufig. Aber es ist kein Problem. Jones wird ihr sagen, dass Sie hier sind.« Mit einem Blick auf Guy trat sie näher zu Mary. »Sie sind hier, um das Ganze aus der weiblichen Perspektive zu betrachten, stimmt's?«

Mary legte ihr die Hand auf die Schulter. »Ja, das stimmt. Genau so ist es.«

»Meine Gouvernante war eine Suffragette«, erklärte Muriel. »Sie hat mir alles darüber erzählt.«

»Wollen wir uns nicht setzen?«, schlug Mary vor und zog einen Stuhl hinter dem Schreibtisch des Butlers hervor, damit sie nebeneinander Platz nehmen konnten.

Guy verstand die Aufforderung als Zeichen, sich noch etwas mehr zurückzuziehen. Er trat ans Fenster und blickte, die Hände in den Hosentaschen vergraben, nach draußen, wobei er den Eindruck zu erwecken versuchte, dass er nicht lauschte, obwohl ihm natürlich kein einziges Wort entging.

Scheinbar hochzufrieden sah das Mädchen zu, wie Mary Stift und Notizblock herauszog. Endlich wurde sie ernst genommen.

»Also, wann haben Sie Rose das letzte Mal gesehen?«

»Bevor sie zu der Party aufbrach. Mutter hatte sie dorthin ausgeliehen. Dadurch hat Rose etwas dazuverdient, was gut für unser …« Sie hielt inne.

»Für Ihr was?«, hakte Mary sanft nach.

Muriel schwieg.

»Miss Muriel, hat sie Ihnen gesagt, wohin sie wollte?« Immer noch Stille. Guy wagte nicht, sich umzudrehen.

Mary versuchte es noch einmal. »Rose ist nun schon einige Zeit verschwunden, und niemand hat etwas von ihr gehört. Wie Sie sich sicher vorstellen können, machen wir uns große Sorgen um sie. Aber das bedeutet nicht, dass wir die Hoffnung aufgegeben hätten, sie zu finden und ihr im Notfall zu helfen. Hat Sie Ihnen irgendetwas erzählt, was sie vorgehabt und wohin sie gewollt haben könnte?«

»Sie wollte den Zug nach Dover nehmen«, gestand Muriel kleinlaut.

»Dover. Von dort gehen die Fähren nach Frankreich ab. War das ihr Ziel?«

»Ich verstehe nicht, wieso sie mich nicht mitgenommen hat«, brach es aus Muriel hervor. »Wir wollten unsere eigene Tanzrevue auf die Beine stellen. In Paris. *Rose and Lily Leaf,* so wollten wir uns nennen. Wir hatten seit einer Ewigkeit die

Schritte geübt. Aber dann ist sie auf einmal verschwunden. Und ich bin hier. Ganz alleine.«

Beeindruckt sah Guy zu, wie Mary Muriel tröstete. Sie hatte völlig recht – so hätte er das Mädchen nie im Leben befragen können. »Und hatten Sie einen bestimmten Grund, weshalb Sie ausgerechnet nach Paris wollten?«, fragte sie. »Wollte Rose dort jemanden treffen? Einen Liebhaber oder so etwas?«

Muriel schniefte. »Nein, wir wollten ganz allein gehen. Meine Tante ist mit einem Schneider in Paris verheiratet, der einen Modesalon hat. Ich hatte mir überlegt, dass wir zu ihr gehen, weil ich sicher war, dass sie uns nicht verraten hätte. Sie ist eine Abenteurerin, wissen Sie.« Der Anflug von Stolz in ihrer Stimme war unüberhörbar.

»Und können Sie sich an seinen Namen erinnern, Muriel?«

Das Mädchen blinzelte. »Nein, leider nicht. Irgendetwas mit M, glaube ich. Rose hat den Namen aufgeschrieben.« Sie sah aus, als bräche sie gleich in Tränen aus.

»Das hilft uns sehr weiter, vielen Dank«, beteuerte Mary eilig.

»Ich habe Rose Lesen und Schreiben beigebracht und auch ein bisschen Französisch. Sie meinte, sie hätte als Kind nicht lange zur Schule gehen können, weil sie auf dem Hof ihrer Eltern helfen musste.«

»Ah, verstehe. Sie sind ein sehr kluges Mädchen, Muriel« sagte Mary, und auch ohne hinzusehen, wusste Guy, dass das Mädchen sich in ihrem Lob sonnte. Muriel machte nicht den Eindruck, als bekäme sie häufig gesagt, wie intelligent sie war.

»Ich möchte Sie gern noch etwas fragen und bitte Sie, ganz scharf nachzudenken, weil ich glaube, dass wir dann besser verstehen können, was passiert ist. Können Sie sich irgendeinen Grund vorstellen, weshalb Rose weggegangen sein könnte, ohne jemandem zu sagen, wohin, oder ihre Familie wissen zu lassen, dass es ihr gut geht?«

Muriel schwieg.

Marys Stimme wurde eine Spur sanfter, leiser. »Sie beide waren sehr enge Freundinnen, das weiß ich. Ich verspreche Ihnen, sie wird Ihnen nicht böse sein, wenn Sie uns etwas erzählen, das eigentlich ihr Geheimnis war, denn wir müssen uns unbedingt vergewissern, dass es ihr gut geht und sie in Sicherheit ist, das verstehen Sie doch bestimmt.«

Muriel schüttelte den Kopf. »Da war so ein Mann, der immer herkam und den sie nicht mochte ... Aber mir leuchtet trotzdem nicht ein, wieso sie nicht noch mal nach Hause gekommen ist. Sie hat sich nicht einmal von mir verabschiedet, sondern ist zu diesen Leuten gegangen, um für sie zu arbeiten, und an diesem Tag habe ich sie das letzte Mal gesehen.« Tränen strömten Muriel über die Wangen, die sie zornig mit dem Handrücken abwischte.

»Danke, Miss Muriel, Sie haben uns wirklich sehr geholfen. Rose wird Ihnen bestimmt sehr dankbar sein, wenn wir sie finden.«

»Glauben Sie, dass sie zurückkommt?« Muriels Stimme drohte zu brechen. Ihre Einsamkeit war herzzerreißend.

»Ganz bestimmt, wenn es ihr möglich ist«, antwortete Mary ermutigend. »Wir werden ihr sagen, dass Sie sie gern wiedersehen würden. Bestimmt hat sie Angst, dass Sie ihr böse sind, weil sie Sie im Stich gelassen hat.«

»Sie müssen ihr sagen, dass ich ihr nicht böse bin. Sagen Sie ihr, ich wünsche mir so sehr, dass sie zurückkommt.«

Guy wandte sich vom Fenster ab. »Wir sollten jetzt Schluss

machen«, sagte er und schüttelte dem Mädchen feierlich die Hand. »Danke, Miss Muriel, von ganzem Herzen.«

Kaum war Muriel gegangen, wurde Lucy hereingeführt, doch selbst mit Marys sanftem Nachdruck hatte sie nichts weiter zu sagen, als dass Rose offensichtlich Französisch gelernt hatte und ihr Verschwinden aus heiterem Himmel gekommen war. Nun, da sie wussten, dass diese Angaben sich mit Muriels Schilderung ihres gemeinsamen Plans deckten, schien Paris der Ort zu sein, wo sie nach Rose suchen mussten.

Guy fiel der Zettel mit Louisas Anschrift in Paris wieder ein. War es das, was seine Mutter so oft als »ein Zeichen« beschrieb? Er überlegte, ob er sie aufsuchen würde – sollte –, wenn er dort war. Beim Gedanken an Sinéad wurde ihm ganz anders, doch tief im Innern spürte er ein Ziehen im Herzen, das einzig und allein Louisa auszulösen vermochte.

KAPITEL 13

Die Stimmung, in der Louisa, Luke und Diana zum Apartment der Guinness zurückkehrten, war schwer zu beschreiben. Louisa fühlte sich, als hätte sie zuerst eine Flasche Champagner getrunken und sei anschließend Zeugin eines Autounfalls geworden. Eine gewisse Schärfe, beinahe so etwas wie eine unterschwellige Gefahr lag in der Luft, die zugleich vom eigentümlichen Charakter dieser Stadt und dieses Etablissements aufgeweicht wurde – und all das war in so knappem zeitlichem Abstand zu der berauschenden Schönheit der Kunstwerke im Louvre auf sie eingeströmt. Welten schienen sie von ihrer Heimat und allem Vertrauten zu trennen.

Luke war stiller als sonst, allerdings entschlüpfte ihm hier und da ein Kichern. Wahrscheinlich die Nerven, dachte Louisa. Bislang hatte Diana sich mit einem Urteil zurückgehalten, was sie von ihrem Erlebnis hielt, doch als sie sich der Eingangstür näherten, meinte sie: »Ich halte es für besser, wenn wir Bryan nichts hiervon erzählen.«

»Es kann unser Geheimnis sein«, erwiderte Luke, woraufhin Diana ihm einen vor Verachtung triefenden Blick zuwarf.

»Ich möchte nicht gezwungen werden, Geheimnisse vor meinem Ehemann zu haben«, sagte sie und klang mit einem

Mal wie ihre Mutter. »So etwas nimmt nie ein gutes Ende. Aber es besteht auch keine Veranlassung, ihn gegen Sie aufzubringen, deshalb schlage ich vor, wir reden nicht mehr darüber.«

Luke lief dunkelrot an und sagte nichts mehr, nicht einmal eine Entschuldigung, die man sonst vielleicht von ihm erwartet hätte. Diana wandte sich Louisa zu. »Du solltest besser den Dienstboteneingang nehmen, meinst du nicht?«

Louisa stockte der Atem. »Ja, natürlich«, presste sie hervor. Selbstverständlich hätte sie das Haus nicht durch den Haupteingang betreten, doch es war ein Schock, auf so rüde Art an ihren Platz im Haushalt erinnert zu werden. Ohne ein Wort des Abschieds wandte sie sich um und hastete um die Ecke zum Hintereingang, wo ihr nach dreimaligem Klopfen ein säuerlich dreinblickendes Dienstmädchen öffnete und sie grußlos eintreten ließ. Das gab Louisa den Rest. Sie stürzte nach oben in ihr Zimmer und warf sich aufs Bett. Zwar weinte sie nicht, aber hinter ihren Augen brannte ein Schmerz, der sie beinahe ebenso erschöpfte.

Gerade einmal zwanzig Minuten später klopfte dasselbe Mädchen an ihre Tür. »Madame Guinness 'at geläutet.« Louisa blieb nichts anderes übrig, als aufzustehen und nach unten zu gehen, um zu sehen, was ihre Herrin wollte. Die Ereignisse des Nachmittags schienen bereits in weite Ferne gerückt, allerdings machten sich die Fischpasteten-Sandwiches ausgesprochen unangenehm bemerkbar. Louisa ging über die Hintertreppe in Dianas Zimmer, eine Oase aus angenehm kühlen Farben und einem prachtvollen Himmelbett. Diana saß an ihrer Frisierkommode und puderte sich das Gesicht.

»Ich muss mich für heute Abend umziehen«, sagte sie, als wäre nichts geschehen. Vielleicht war es nach ihrem Dafürhalten ja auch so. »Ich habe an das Boulanger-Kleid gedacht. Ich hatte es zwar schon zweimal an, aber diesmal gehen wir mit den Mulloneys aus, die es noch nicht kennen. Könntest du mir das Haar ein bisschen anders frisieren, dann wirkt es zumindest für Bryan ungewohnt.«

Louisa wollte etwas sagen, aber die Worte blieben ihr im Hals stecken, deshalb nickte sie nur und holte das weiße Kleid aus dem Schrank. Glücklicherweise hatte Diana es nur im Haus getragen, sodass die tief hängende Schleife auf dem Rücken noch makellos sauber war. Sie legte eine weiße Pelzstola und eine silberne Handtasche bereit. Wortlos zog Diana sich aus und reichte Louisa ihre Sachen, ehe sie in das Abendkleid schlüpfte und stillstand, damit Louisa die Häkchen auf der Rückseite schließen konnte. Dann setzte sie sich wieder vor die Kommode und reichte Louisa zwei brillantbesetzte Haarnadeln, die Louisa ihr ins goldblonde Haar schob. Erst als Louisa den winzigen Blutstropfen auf dem Kopf ihrer Herrin bemerkte, fiel ihr auf, dass sie sich an einer der Nadeln gestochen hatte. Es hatte noch nicht einmal wehgetan. Sie beschloss, es nicht zu erwähnen – die kurzen Momente, in denen das hitzige Temperament ihrer Herrin aufgeflackert war, erstickten die Idee bereits im Keim.

Diana trug Lippenstift auf, den sie in ihrer Handtasche verstaute, und drehte sich zu Louisa um. Sie schien etwas sagen zu wollen, hielt jedoch inne, als hätte sie sich eines Besseren besonnen. Hatte sie sich entschuldigen wollen? Es sah ganz danach aus. Aber dann sagte sie doch etwas anderes.

»Wir gehen heute lediglich zum Dinner aus, weil keine Show stattfindet. Ich denke, es wird nicht allzu spät werden, deshalb möchte ich, dass du aufbleibst.«

»Natürlich, Ma'am«, erwiderte Louisa knapp.

Nachdem Diana sich in den Salon begeben hatte, ging Louisa in die Küche. Normalerweise gab es erst Abendessen für die Dienstboten, nachdem Mr und Mrs Guinness gemeinsam mit ihren Gästen das Haus verlassen hatten, aber Louisa knurrte der Magen, und sie hoffte, trotz der wachsamen Augen des Kochs ein Stück Brot und Butter zu ergattern. Er konnte es nicht leiden, wenn etwas anderes als die streng rationierten Speisen in die Mägen der Dienstboten gelangte – mit Ausnahme seines eigenen, wenn man sich seinen ausladenden Bauch ansah, der ihm über das verknotete Schürzenband hing. Doch als Louisa hereinkam, knetete er geschäftig einen Teig, der aller Wahrscheinlichkeit nach zu Gebäck fürs Frühstück verarbeitet werden sollte. Sie war schon auf dem Weg, sich hinter seinem Rücken in die Vorratskammer zu schleichen, als sie Luke bemerkte.

»Was machen Sie denn hier?«, platzte sie heraus.

»Ich hatte gehofft, Sie hier zu finden.«

Für einen Moment fühlte sie sich geschmeichelt, unterdrückte das Gefühl jedoch sofort. »Warum?«

»Ich hatte ein schlechtes Gewissen wegen vorhin. Ich hätte Sie beide nicht dort hinschleppen dürfen. Aber ich dachte, es sei lustig. Mal etwas anderes.«

»Sie ist jünger, als Sie denken«, sagte Louisa leise, für den Fall, dass ihnen jemand vom Personal zuhörte. »Und nicht so weltgewandt und abgeklärt, wie es den Anschein haben mag.«

»Ich weiß, ich weiß.« Er fuhr sich mit den Fingern durchs Haar, das er neuerdings länger trug, sodass es sich in dicken kastanienbraunen Locken über seinem Kragen wellte. »Meine Tante wäre fuchsteufelswild, wenn sie es wüsste.«

»Aber muss sie es denn unbedingt erfahren?«

Luke lachte. »Nein, Sie haben recht. Sie sind also keine Frau, die Angst hat, ein Geheimnis zu bewahren?«

Sie fragte sich, worauf er in Wahrheit abzielte, gleichzeitig spürte sie, wie die Enge in ihrer Brust ein wenig nachließ. »Nein. Ich kann Geheimnisse sogar sehr gut für mich behalten.«

»Das klingt ja sehr vielversprechend. Wenn das so ist … wollen wir uns später hier treffen? Dann erzähle ich Ihnen alles über den heutigen Abend.«

»Wie es der Zufall will, muss ich ohnehin aufbleiben und auf Mrs Guinness warten. Danach komme ich herunter.«

»Wusste ich es doch. Kein Dienstmädchen kann widerstehen, ein wenig Klatsch aus den oberen Etagen zu hören.«

»Vorsicht, Mr Meyer!« Louisa warf ihm einen gespielt strengen Blick zu, doch er ergriff ihre Hand und küsste sie, ehe er kehrtmachte und durch die grün bespannte Tapetentür nach oben verschwand, wohin sie ihm nicht folgen konnte.

KAPITEL 14

Leicht benommen stieg Guy am Gare du Nord aus dem Zug, was nicht nur an der ungewohnten Atmosphäre und den Gerüchen lag, die ihm in die Nase stiegen, obwohl ihm auch all das ziemlich zusetzte. In erster Linie jedoch rührte es daher, dass er vierundzwanzig Stunden lang auf engstem Raum mit seinen Freunden Harry und Mary Conlon eingepfercht gewesen war. Als Mary von Guys Vorhaben erfahren hatte, nach Paris zu reisen, war sie sofort Feuer und Flamme gewesen und hatte ihn bestürmt, sie und Harry mitzunehmen. »Harry muss sich unbedingt mit ein paar Bands dort treffen, um neue Auftritte zu ergattern, weil viele von ihnen auch in London spielen. Und du könntest meine Hilfe bei deinem Fall doch bestimmt gut brauchen, oder etwa nicht? Los, gib's zu!«

Guy hatte gewusst, dass er machtlos war.

»Außerdem weiß ich, dass du offiziell gar keine Erlaubnis hast, in Frankreich nach diesem Mädchen zu suchen, weil du keinen internationalen Haftbefehl gegen sie hast.« In diesem Punkt musste Guy ihr recht geben. Es würde viel zu lange dauern, sich die entsprechenden Genehmigungen für die Suche einzuholen, und je länger Rose vermisst wurde, umso schwieriger würde es werden, sie zu finden.

»Aber mit mir und Harry im Schlepptau sieht das Ganze wie ein Urlaub aus.«

»Schon gut!« Guy hatte laut aufgelacht. »Hör auf, du rennst offene Türen bei mir ein. Ihr beide könnt mitkommen, aber ihr müsst eure Fahrtkosten selbst übernehmen.«

»Natürlich, überhaupt kein Problem. Ich habe etwas gespart. Oh, ich würde dich am liebsten küssen. Harry wird außer sich vor Freude sein!«

Ehrlich gesagt, war Guy außer sich vor Freude, sie an seiner Seite zu haben. Die Vorstellung, ganz allein nach Paris zu reisen, war nicht gerade verlockend gewesen. Sinéad hätte ihn nie im Leben begleitet – ein unverheiratetes Paar in einem Hotel war noch so etwas, was kein Mensch in Killarney jemals tun würde –, überdies war er ein wenig nervös. Er beherrschte die Sprache nicht, und die Stadt war riesig. War er der Aufgabe gewachsen, Rose zu finden? Schließlich gab es keine konkreten Hinweise, dass sie sich nach all der Zeit immer noch hier aufhielt – abgesehen von der Tatsache, dass sie Französisch gelernt und als Anhaltspunkt Muriel Delaneys Tante hatte, die mit einem Damenschneider mit eigenem Salon in der Stadt verheiratet war, wie sie von dem Mädchen erfahren hatten. Eigentlich wäre das ein guter Hinweis gewesen, um mit der Suche anzusetzen, doch das Mädchen hatte sich nur daran erinnert, dass der Name des Mannes mit »M« anfing, und sollte Rose tatsächlich Karriere als Tänzerin gemacht haben, käme so ziemlich jeder Nachtclub als Auftrittsort infrage. Wem wollte er etwas vormachen? Es war, als suchte man auf einer riesigen Wiese nach einem vierblättrigen Kleeblatt.

Guy und Harry waren Freunde, seit sie beide bei der Musterung für den Kriegsdienst abgelehnt worden waren – Guy wegen seiner starken Kurzsichtigkeit, Harry wegen seines

Asthmas. Stattdessen waren sie zur Bahnhofspolizei gegangen, um dort als mutige Helfer ihrem Land zu dienen. Guy war im Polizeidienst geblieben, wohingegen Harry nach ein paar Jahren ausgestiegen und erfolgreicher Jazzmusiker geworden war. Nebeneinandergestellt mochten der hochgewachsene, hagere Guy und der drahtig-kleine Harry beinahe wie ein Komikergespann wirken, doch Harry ging mit seinem guten Aussehen in einem dunklen Club durchaus als Hollywood-Schauspieler durch – ein Vorteil, den er sich ausgiebig zunutze gemacht hatte, bis er Mary Moon begegnet war. Zwischen den beiden hatte sich eine feurige Romanze entwickelt, deren Flamme bis heute, zwei Jahre nach ihrer Hochzeit, immer noch heiß loderte.

Mr und Mrs Conlon stiegen hinter Guy aus dem Zug – zu seinem Verdruss schien keiner auch nur ansatzweise unter den Auswirkungen des langen Reisetags und der kurzen Nacht an Bord des Zugs zu leiden. Harry war wie gewohnt tadellos gekleidet und wie aus dem Ei gepellt, und Mary trug einen neuen Glockenhut und einen Mantel mit Biberbesatz, den sie eng um ihre Taille gebunden hatte. Jeder von ihnen hatte ein braunes Lederköfferchen mit genug Ersatzkleidung für zwei Nächte bei sich. Zwar hatten sie kein Hotelzimmer reserviert, doch Harrys Bandkollegen hatten ihnen empfohlen, sich in Montmartre umzusehen. Dort befanden sich nicht nur die besten Jazzclubs, sondern es gab auch preiswerte Übernachtungsmöglichkeiten für die vielen auswärtigen Musiker, Sänger und Tänzer, die in die Stadt kamen. Vielleicht war sogar Rose Morgan hier gelandet, wenn sie von einem schmalen Taler zu leben versuchte.

»Wollen wir die Metro nach Montmartre nehmen?«, fragte Mary.

»*Was* nehmen?«, fragte Guy verwirrt.

»Ich habe nachgelesen, wie man sich hier am besten zurechtfindet. Metro heißt die U-Bahn hier. Und Montmartre ist der Stadtteil, wohin wir fahren wollten.«

Guy schob sich die Brille auf der Nase hoch. »Gut, ich folge euch.«

Harry lächelte verschmitzt. »Die Erfahrung hat mich gelehrt, dass das eine kluge Entscheidung ist, was meine Frau angeht.«

Als sie in Montmartre aus der Metro auf die Straße traten, war Guy neuerlich überwältigt von der Mischung aus Geräuschen und Gerüchen der Stadt. Dass sie sich in einem weniger feudalen Viertel von Paris befanden, war unübersehbar. Es gab deutlich mehr Cafés und Bars als Geschäfte, und überall wurden *»les girls«* und *»cabaret«* angepriesen. Harry führte sie in eine Seitenstraße und klopfte an die Tür des ersten Hauses mit einem *»chambres simples et doubles«*-Schild. Nicht einmal zehn Minuten später hatten sie zwei Zimmer gemietet, stellten ihr Gepäck ab und machten sich auf die Suche nach einer Bar.

»Wieso ist da eine Windmühle mitten auf der Straße?«, fragte Guy und betrachtete mit zusammengekniffenen Augen das Haus mit dem Flachdach, doch es bestand kein Zweifel: Darauf thronte eine hölzerne Windmühle mit vier rotierenden Flügeln.

»Das ist das *Moulin Rouge«,* erklärte Harry grinsend. »Die tollste Cabaret-Show von ganz Paris. Der gute alte König Edward VII. hat sich hier schon prächtig amüsiert, wie ich gehört habe.«

»Wir gehen da aber ganz bestimmt nicht hinein«, erklärte Mary streng, zwinkerte ihrem Ehemann jedoch zu, woraufhin die beiden in haltloses Gekicher ausbrachen. Die Ehe bekam ihr ausgesprochen gut, dachte Guy. Sie wirkte entspannter und schien sich bereitwilliger über amüsante Dinge freuen zu können. Er hoffte, dass es bei Sinéad ähnlich wäre, wenn sie erst seine Frau war.

»Nein«, meinte Harry. »Zuerst müssen wir ins *Le Cirque.*« Er zog ein Blatt Papier aus der Tasche und faltete es auseinander. »Ich habe die Wegbeschreibung hier. Es muss ganz in der Nähe sein. Und danach gehen wir ins *Chez Moutarde.*«

»Das ›z‹ wird nicht ausgesprochen«, korrigierte Mary ihn liebevoll.

»Solange die dort ›Gin‹ richtig aussprechen können, dürfen sie alles unterschlagen, was ihnen gerade in den Sinn kommt«, gab Harry gut gelaunt zurück.

Sechs Bars später funkelten längst die Sterne am Himmel, und Montmartre leuchtete im Schein der bunten Neonlichter. Harry bewegte sich ziemlich langsam und schien sich mit aller Macht auf die Straße vor ihm konzentrieren zu müssen, während Mary ihn untergehakt hatte und in die richtige Richtung dirigierte. Nach der dritten Bar hatte Guy nur noch Mineralwasser bestellt, deshalb war er zwar müde, aber klar im Kopf. Überall hatte er Rose Morgans Foto jedem Angestellten, jeder Kellnerin gezeigt, doch keiner hatte sie wiedererkannt.

»Wahrscheinlich sieht sie inzwischen ganz anders aus«, meinte Mary. »Zumindest ihr Haar sollte sie gefärbt haben, wenn sie halbwegs vernünftig ist. Oho, Harry, versuch wenigstens, auf dem Bürgersteig zu bleiben.« Mit einem ungeduldigen Seufzer zog sie ihren Ehemann von der Straße zurück an ihre Seite.

»Wovon redest du?«, nuschelte Harry. »Ich bin nüchtern

wie ein Stock. Wie ein Bock, meine ich. Oh, das reimt sich ja. Stock, Bock …« Er begann, irgendwelchen Unsinn zu skandieren.

»Ich sollte ihn lieber nach Hause bringen«, sagte Mary achselzuckend, schien jedoch keineswegs verärgert zu sein.

»Ich versuche mein Glück noch in einer letzten Bar«, meinte Guy. »Frühstücken wir zusammen?«

»Ich schon. Harry wird vermutlich im Bett bleiben und seinen Kater pflegen.«

Sie zog Harry mit sich die Straße hinunter, während Guy eine Bar schräg gegenüber vom *Moulin Rouge* betrat, wo sich die Gäste nur so drängten. Ein Saxofonspieler blies laut genug in sein Instrument, um jeglichen klaren Gedanken zu verhindern, allerdings nicht so laut, dass er das Geplauder der Gäste übertönte. Wie in allen Bars hing eine dichte Rauchwolke über den Köpfen, außerdem roch es durchdringend nach Wein und Pastis, einem starken Anisschnaps, der Harry in Windeseile in seinen Zustand völliger Trunkenheit versetzt hatte. Wie üblich beschlugen Guys Brillengläser, sobald er eintrat. Er nahm die Brille ab und polierte sie zum x-ten Mal an diesem Abend mit dem Zipfel seiner Krawatte, ehe er sie wieder aufsetzte und sich umsah. Auch in dieser Bar waren die rot gestrichenen Wände wild mit Werbeplakaten für die unterschiedlichsten Shows vollgepflastert. Im hinteren Teil des Gastraums befand sich ein Durchgang zu einem noch größeren Raum mit einer Bühne, auf der ein Mann zu den Klängen einer Sechs-Mann-Kapelle sang. »Lee Palmers and the Dixie Players« stand auf der größten Schlagzeugtrommel. Bei dem Sänger handelte es sich wahrscheinlich um besagten Lee Palmers, Amerikaner, wie Guy annahm. Er war schwarz, ebenso wie diverse andere Gäste. Offen gestanden war das überall so – was das betraf, herrschten hier völlig andere Gepflogenheiten als in London. In den Clubs in Soho, wo Harry normalerweise spielte, hatten zwar auch schon schwarze Sänger auf der Bühne gestanden, doch Guy hatte so gut wie nie einen schwarzen Gast gesehen.

Plötzlich überkam ihn tiefe Müdigkeit, unter die sich Erleichterung mischte, für einen Moment allein zu sein, ohne Mary und Harry. Er setzte sich an einen der Tische und winkte eine Kellnerin heran, eine schlanke junge Frau mit einem Tablett in der Hand. Erst als sie sich vorbeugte, bemerkte er, dass der Einblick in ihr Dekolleté mehr entblößte, als er bei seiner Sinéad je zu sehen bekommen hatte. Errötend bestellte Guy eine Karaffe Rotwein – inzwischen reichte sein Französisch dafür aus, wenngleich seine Aussprache bestimmt zu wünschen übrig ließ –, doch etwas bewog ihn, die Hand auszustrecken und ihren Arm zu berühren. Er bedeutete ihr, kurz zu warten, und zog das Foto aus der Tasche. »Kennen Sie zufällig diese Frau?«, fragte er langsam auf Englisch.

»Das ist Rose«, antwortete sie zu seiner Verblüffung in breitestem Manchester-Dialekt, ehe sie die Lippen aufeinanderpresste und ihn voller Angst und Argwohn ansah. »Mehr sollte ich nicht sagen. Das war schon mehr als genug.«

»Bitte«, beharrte Guy. »Ich will ihr nichts Böses, sondern suche nur nach ihr. Ihre Familie macht sich große Sorgen um sie.«

»Sie ist nicht mehr hier«, sagte die Kellnerin. »Sie ist weg.«

»Wissen Sie, wo sie hingegangen ist?«

Doch die Frau schüttelte nur den Kopf und verschwand in der Menge.

KAPITEL 15

Wie angekündigt, kehrte Diana gegen Mitternacht von ihrem Abendessen zurück, ausnahmsweise ohne danach einen Nachtclub oder eine Show zu besuchen. Minuten später rief sie nach Louisa. »Bryan feiert mit den anderen weiter, aber ich bin zu müde«, erklärte sie, als Louisa ihr beim Auskleiden half, ihr Kleid aufhängte und Holzspanner in ihre Schuhe steckte. Normalerweise hielt Diana sich mit dem Alkohol sehr zurück, doch heute nuschelte sie leicht. Da sie außerdem vor dem Einschlafen immer noch ein paar Seiten las, hatte Louisa ihr Buch aus dem Salon geholt und auf dem Nachttisch bereitgelegt, aber es hatte den Anschein, als würde ihre Herrin einschlafen, sobald ihr Kopf auch nur das Kissen berührte. Die Frischvermählten teilten sich zwar das Bett, allerdings hatte Louisa sie noch nie zur selben Zeit darin gesehen. Nicht, dass es eine Rolle spielte, zudem würde Bryan es nicht weiter stören, da er in einem Haushalt aufgewachsen war, in dem die Dienstboten ständig in den Privaträumen ein und aus gingen. Louisa hingegen, die den Großteil ihrer beruflichen Laufbahn als Kindermädchen gearbeitet hatte, war an so etwas nicht gewöhnt. Die Regel, dass Kammerzofe oder Diener vor dem Betreten des Schlafzimmers nicht anklopften, mochte durchaus sinnvoll sein, schließlich musste man seine Arbeit zügig verrichten können, ohne ständig das »Herein« der Herrschaft abwarten zu müssen. Trotzdem zögerte Louisa, wann immer sie die Hand um den Türknauf legte, und achtete darauf, nicht im Badezimmer zu sein, wenn Diana ihren Morgenrock ablegte.

Diana war bereits eingeschlafen und schnarchte leise, als Louisa fertig war und sich auf den Weg in die Küche machte, wo das Licht noch brannte. Kurz fürchtete sie, der übellaunige Koch könnte noch wach sein, doch zum Glück hatte er sich, da die Herrschaften außer Haus gespeist hatten und kein später Imbiss vonnöten war, früh zurückgezogen. Die Küche war leer, bis auf Luke, der auf dem geschrubbten Holztisch in der Mitte des Raums saß und die Beine baumeln ließ.

»Guten Abend, Louisa«, begrüßte er sie fröhlich. »Ich hatte mich schon gefragt, ob Sie unsere Verabredung vergessen haben?«

»Entschuldigen Sie. Mussten Sie lange warten?« Beim Anblick seines Samtjacketts und seines attraktiven Gesichts keimte ein Anflug von Bewunderung in Louisa auf, den sie sich jedoch eilig verbot. Sie war schon einmal bitter enttäuscht worden, als sie gedacht hatte, eine von Nancys Freundinnen sei auch ihre Freundin. Er und sie stammten aus verschiedenen Welten, das sollte sie tunlichst nicht vergessen. Außerdem arbeitete er für die Zeitung und war vielleicht bloß hinter einer heißen Story her, die er verkaufen konnte.

»Nein. Ich habe gesehen, dass Mrs Guinness sich zurückgezogen hat, und eine Weile gewartet, bevor ich heruntergekommen bin. Ich bin erst seit ein, zwei Minuten hier. Sie hat heute Abend Ihre Hilfe gebraucht?«

»Darüber gibt eine Kammerzofe keine Auskunft«, erwiderte Louisa.

»Ha! Nein, das ist wahr. Aber Ihre Herrin hat es heute Abend mit den Martinis ziemlich gut gemeint. Ehrlich gesagt, war es sogar charmant, mit anzusehen, wie sie ausnahmsweise ein bisschen entspannter wurde. Aber apropos trinken. Wo sind denn hier die Gläser? Ich habe das hier heruntergeschmuggelt.« Mit einer ausschweifenden Geste öffnete er sein Jackett, aus dessen Innentasche ein silberner Flachmann ragte. »Sehen Sie mich nicht so entsetzt an. Ein Tröpfchen in Ehren wird Ihnen schon nicht schaden. Eher im Gegenteil. Es wird Ihnen guttun. Sie müssen doch auch mal ein bisschen leben, hab ich recht?«

»Mir ist immer noch ein bisschen flau im Magen von heute Nachmittag. Von den Sandwiches in dieser Bar, wo Sie uns …« Sie verzog das Gesicht.

»Meine Tante empfiehlt bei Übelkeit trockene Kekse«, unterbrach Luke.

»Das ist eine gute Idee.« Louisa fand ein paar in einem der Schränke und auch zwei Whisky-Gläser, in die Luke jeweils einen großzügigen Schuss goss.

»Erstklassiger Gin«, sagte er. »Auf uns!«

Der Gin brannte in Louisas Kehle, wenngleich nicht unangenehm. Sie trank selten Alkohol, und einen Moment lang genoss sie die leichte Benommenheit, die er in ihr auslöste. »Also«, sagte sie. »Wie war es heute Abend?«

»Ah. Wusste ich es doch. Am Ende siegt die Neugier.« Luke stellte sein Glas ab. Er saß noch immer mitten auf dem Tisch, während Louisa sich ihm gegenüber an den Herd lehnte. Das Licht war ein wenig grell, doch es herrschte eine angenehme Wärme in der Küche, außerdem war es beruhigend zu wissen, dass irgendwo im Haus noch gefeiert wurde.

»Erstens hat Diana Wort gehalten und ihrem Ehemann

nichts von heute Nachmittag erzählt« In gespieltem Erstaunen riss Luke die Augen auf.

Louisa war bewusst, dass sie ihn eigentlich darauf hinweisen sollte, von ihrer Herrin als Mrs Guinness zu sprechen, aber sie genoss die ungewohnte Intimität.

»Da können Sie ja von Glück sagen«, meinte sie stattdessen.

Luke winkte ab und nahm noch einen Schluck. »Kann schon sein. Aber wenn Sie mich fragen, fand sie es nicht allzu schlimm, ihm etwas zu verheimlichen. Ehrlich gesagt hatte ich sogar das Gefühl, als mache es ihr Spaß, obwohl sie mir immer wieder über den Tisch hinweg einen ›Verschwörerblick‹ zugeworfen hat, wie meine Tante so etwas nennen würde.«

»Wer war sonst noch dabei?«, fragte Louisa, obwohl ihr bewusst war, wie schockierend ihr neugieriges Bohren war.

»Die üblichen Verdächtigen, soweit ich beurteilen kann.« Luke nannte ein paar Namen, die Louisa kannte, hauptsächlich, weil Diana sie hier und da erwähnte. »Und Shaun und Kate Mulloney, die auch bei der Hochzeit waren.«

»Ich habe sie kurz gesehen.«

»Bei ihm genügt einmal auch völlig, um ihn nicht mehr zu vergessen. Sehr charmant. Ire, aber ohne jeglichen Akzent. Wobei ich zu meiner Schande gestehen muss, dass so ein leichter Dublin-Zungenschlag bei einem hübschen Kerl durchaus etwas für sich hat.«

Kurz erwog Louisa nachzuhaken, was genau er damit meinte. Vielleicht würde sie es bei anderer Gelegenheit tun. »Und wo haben Sie zu Abend gegessen?«

»In irgendeinem künstlerisch gestalteten Restaurant mit einem unaussprechlichen Namen«, antwortete Luke. »Bryan hat die gesamte Rechnung übernommen, was schrecklich großzügig von ihm war. Besonders da Mr Mulloney eine Schwäche für Cocktails hat und eine Runde nach der anderen bestellte. Selbst ich konnte nicht mehr mithalten.«

Louisa nickte. »Aber jetzt geht es wieder.«

»Nur weil ich eine Pause eingelegt habe. Er gehört zu den Burschen, die vier Flaschen Schampus kippen, während sie sich fürs Dinner ankleiden. Da, wo ich herkomme, ist so etwas nicht an der Tagesordnung.«

Louisa ergriff die Gelegenheit beim Schopf. »Tatsächlich?«

Luke sah sie an und stellte sein Glas ab, als müsste er einen Moment nachdenken. »Kurz gesagt, nein. Wir waren zwar nicht arm, allerdings hat mein Vater meine Mutter verlassen, nachdem er aus dem Krieg heimgekehrt war. Er hat wieder geheiratet und ist nach Schottland gezogen, wo er inzwischen eine neue Familie hat. Abgesehen von einem Brief hier und da habe ich nichts mehr mit ihm zu tun. Mutter und ich haben uns durchgeschlagen, hauptsächlich mit der Hilfe meiner Tante, der Schwester meines Vaters. Sie hat mein Schulgeld bezahlt und hätte auch meinen Abschluss in Cambridge finanziert, wenn ich nicht vorher alles hingeschmissen hätte. Aber ich weiß, wie man mit Messer und Gabel umgeht, sagen wir mal so.«

Louisa musste lächeln, obwohl sich ihr Eindruck, dass auch er ein Außenseiter war, damit bestätigte. Vermutlich schien es ihm genau deshalb gleichermaßen Freude zu bereiten, mit ihr in der Küche zu sitzen wie mit den Guinness ein nobles Restaurant zu besuchen.

»Sprechen Sie weiter«, forderte sie ihn auf.

»Keine Ahnung, ob es noch viel zu erzählen gibt. Ich musste

die ganze Zeit dieses irische Pärchen anstarren. Sie ist ... keine klassische Schönheit wie Diana, trotzdem schlägt sie einen so in ihren Bann, dass man sie die ganze Zeit ansehen muss. Und er ist ein dekadenter Lebemann, aber sehr geistreich.«

Mit einem Mal drehte sich Louisa der Magen um. »Bitte entschuldigen Sie, Luke«, sagte sie. »Ich glaube nicht, dass die Kekse geholfen haben. Ich fürchte, Sie müssen mich entschuldigen.«

»Der Gin ist sowieso alle«, sagte er. »Ich sollte mich lieber wieder nach oben begeben und sehen, was da los ist. Bevor ich gegangen bin, haben sie auf der Suche nach einem exotischen Tropfen den Barschrank auf den Kopf gestellt.«

Louisa schüttelte den Kopf. »Haben Sie sich etwa nicht entschuldigt? Werden sie sich nicht fragen, wo Sie abgeblieben sind?«

»Ich bezweifle, dass sie in ihrem Zustand überhaupt gemerkt haben, dass ich weg war. Außerdem stehe ich bei solchen Gruppen niemals im Mittelpunkt, sondern kann eigentlich immer hinausschlüpfen und zurückkehren, ohne dass es einer mitbekommt.« Er tippte sich mit dem Finger gegen den Nasenflügel und wandte sich mit einem Zwinkern zum Gehen. Louisa blieb, beide Hände auf den Magen gepresst, stehen, bis er außer Sichtweite war, ehe sie zur nächsten Toilette stürzte.

Am nächsten Morgen war sie bereits wach, obwohl gerade einmal ein dünner Lichtstreifen am grauen Horizont erschien. An Schlaf war kaum zu denken gewesen, da sie sich die ganze Nacht heftig übergeben und ihre Eingeweide sich angefühlt hatten, als würde ein Ventilator darin rotieren. Erst als ihr Magen vollständig leer gewesen war, hatte sie sich aufs Bett gelegt und war irgendwann vor Erschöpfung eingeschlafen. Sie stand auf und taumelte ins Badezimmer, um sich kaltes Wasser in ihr bleiches, fast graues Gesicht zu spritzen. Als sie in ihr Zimmer zurückkehrte, kam eines der anderen Mädchen herein, um ihr zu sagen, dass Diana bereits beharrlich nach ihr läutete. Eilig zog Louisa ein frisches Kleid an. Es war noch nicht einmal acht Uhr und damit nahezu ausgeschlossen, dass ihre Herrin bereits wach war, andererseits war sie ungewöhnlich früh zu Bett gegangen.

Schon bald stellte Louisa fest, dass nicht das morgendliche Zwitschern der Vögel vor dem Fenster Diana geweckt hatte. Sie war bereits aufgestanden, als Louisa hereinkam, die Vorhänge waren nachlässig zurückgezogen, und Bryan saß, noch immer in der Garderobe vom Vorabend, im Sessel in der Ecke. Er war blass und sehr still, während Diana ruhelos im Raum auf und ab ging und sich das blonde Haar aus dem Gesicht strich.

»Mach die Tür zu!«, befahl Bryan ungewöhnlich barsch. Leise schloss Louisa die Tür und schlich fast auf Zehenspitzen durch den Raum. Die Anspannung war mit Händen greifbar. Louisa hoffte inbrünstig, dass niemandem aus der Guinness- oder der Mitford-Familie etwas zugestoßen war. Es wäre ein grauenvoller Beginn ihrer jungen Ehe.

»Louisa.« Erleichterung schwang in Dianas gedämpfter Stimme mit. »Du musst uns helfen. Wir wissen nicht, was wir tun sollen.«

Selbst Bryan wirkte mit einem Mal sehr jung und verwundbar. »Dieser Skandal ist zu viel für meine Eltern«, sagte er, ehe ihm bewusst zu werden schien, dass er sich soeben der Kammerzofe seiner Ehefrau anvertraute. Er wandte sich um und blickte mit glasigen Augen aus dem Fenster.

»Was ist denn passiert, Ma'am?«

»Es geht um Shaun Mulloney, der mit uns gestern Abend zum Dinner aus und danach noch hier war. Kate, seine Frau, hat gerade angerufen. Er ist tot.«

KAPITEL 16

Guy war noch eine weitere halbe Stunde in der Bar geblieben, doch seinen Wein hatte ihm eine andere Kellnerin serviert, und es war ihm nicht gelungen, das Mädchen wiederzufinden, das Rose gekannt hatte. Sie war ganz offensichtlich zu dem Schluss gelangt, dass es zu gefährlich für sie war, mit ihm zu sprechen. Da sie weniger Geld verdienen würde, weil sie ihrer Arbeit nicht nachgehen konnte, solange er hier war, hatte er beschlossen zu gehen. Beim Barkeeper hatte er seinen Namen und die Telefonnummer der Pension hinterlassen, wo er abgestiegen war, aber er machte sich keine allzu großen Hoffnungen, dass er sie an das Mädchen weitergeben würde. Er kannte ihren Namen nicht, und wegen seines mangelnden Sehvermögens und der düsteren Beleuchtung konnte er noch nicht einmal mit Gewissheit sagen, wie sie oberhalb ihres beängstigend tiefen Ausschnitts ausgesehen hatte. Entmutigt war er in die Pension zurückgekehrt und zu Bett gegangen. Von Mary war weit und breit keine Spur gewesen. Wahrscheinlich war sie bei Harry, der nach seiner Begeisterung für die französischen Rotweine und Spirituosen erst einmal eine anständige Mütze voll Schlaf brauchte.

Am nächsten Morgen herrschte gutes Wetter, und auch die

allgemeine Stimmung hatte sich spürbar gebessert. Harry, der lange genug geschlafen hatte, um keinen Kater davonzutragen, war bester Dinge, und auch Mary freute sich darauf, die Stadt kennenzulernen. Sie beschlossen, einen Spaziergang zu unternehmen und sich auf die Suche nach einer Brasserie zu machen, um sich bei einem Croissant zu stärken. Erst als sie am Tisch saßen, gestand Guy, zu welchem Entschluss er gelangt war, als er sich die halbe Nacht auf seiner dünnen Matratze hin und her gewälzt hatte. »Ich werde heute Louisa ausfindig machen«, erklärte er, als der Kellner Teller mit aufgerollten Butterflocken und einem Töpfchen Brombeermarmelade vor ihnen hinstellte.

Harry starrte ihn entsetzt an. »Wie bitte? Doch nicht diese olle Kamelle, Sully.«

»Das ist keine sonderlich nette Art, über eine Dame zu sprechen«, erwiderte Guy.

»Haha, sehr witzig. Aber ich dachte, du hättest nie wieder etwas von ihr gehört. Willst du damit etwa sagen, sie ist in Paris?«

Guy hatte Harry und Mary diese Information bislang vorenthalten. Und gewissermaßen auch sich selbst. Trotz aller flotten Sprüche hatte Harry in Liebesdingen seine Prinzipien. Seit er mit Mary verheiratet war, würde er eher sein Saxofon zertrümmern, als eine andere Frau anzusehen. »Außerdem würde Mary genau das mit meinem Instrument tun, wenn ich es auch nur versuchen würde«, hatte er einmal lachend erklärt, als eine junge Dame ihn am Ende eines Auftritts zu einem Drink einladen wollte.

»Ja, sie ist in Paris. Sie arbeitet für eine der Mitford-Schwestern. Diana. Sie verbringt ihre Flitterwochen hier, und Louisa ist ihre Kammerzofe.«

»Sosooo.« Harry stieß einen Pfiff aus. »Ich dachte, nach dem ganzen Theater bei dieser Mitford-Party hätte sie gekündigt. Nach dem Mord.« Er verdrehte zwar scherzhaft die Augen, doch Guy war diese Zeit damals ziemlich an die Nieren gegangen.

»Ich glaube, das hat sie auch getan. Für eine Weile. Offensichtlich hat Diana Mitford oder Guinness, wie sie jetzt heißt, sie wieder engagiert.«

»Wahrscheinlich möchte sie gern ein bekanntes Gesicht in ihrem neuen Umfeld haben«, schaltete sich Mary ein. »Das kann ich gut verstehen. Harry, Darling, diese Croissants sind ein Traum. Du musst eines probieren.«

»Aber was ist mit Sinéad? Du bist verlobt.«

»Das weiß ich selbst, Harry, und ich hatte auch nicht vor, daran etwas zu ändern«, erklärte Guy so fest, wie er nur konnte. »Ich dachte, Louisa könnte uns mit Rose weiterhelfen. Schließlich sollte sie über den Dienstbotenklatsch auf dem Laufenden sein.« Obwohl er sich Harrys vielsagender Blicke bewusst war, fuhr er fort. »Vor ein paar Tagen habe ich bei der Familie angerufen, und die Haushälterin hat mir erzählt, wo sie sich gerade aufhält. Das ist ein zu großer Zufall, um ihn einfach sausen zu lassen, oder nicht?«

»Was, wenn sie nicht mit dir reden will? Ich meine, es ist schon einige Zeit her, seit ihr euch das letzte Mal gesehen habt, alter Knabe.«

»Ich weiß. Ich gebe auch zu, dass ich gern wüsste, weshalb sie sich nie wieder bei mir gemeldet hat, obwohl mir die Frage natürlich nicht zusteht. Aber ich empfinde nicht mehr so für sie. Es besteht also keinerlei Gefahr.« Schon in dem Moment, als die Worte über Guys Lippen kamen, war ihm klar, dass er die Wahrheit leugnete. Er wollte unbedingt erfahren, wie es

Louisa die letzten Jahre ergangen war und weshalb sie seine Briefe nicht beantwortet hatte. Natürlich wusste er, dass es wegen Sinéad nicht richtig war, aber so war es nun mal.

»Verstehe«, sagte Harry. »Dir war also bekannt, dass Louisa in der Stadt ist. Sonst noch jemand, den du mir vorenthältst? Die Königin von Sheba vielleicht?«

»Mach dich nicht lächerlich.« Mary blies ihm einen Luftkuss über den Tisch hinweg zu. »Und jetzt iss!«

Es war klüger, die Dinge sofort in Angriff zu nehmen, deshalb vereinbarte Guy mit Mary und Harry, dass sie sich zum Mittagessen in einer Brasserie in der Nähe treffen würden. Der freundliche Kellner zeigte ihm Louisas Adresse auf dem Stadtplan und beschrieb ihm den Weg.

Da es zu kompliziert war, sich im Metro-Netz zurechtzufinden, beschloss Guy, zu Fuß zum Haus der Guinness zu gehen – zwar würde er rund eine Stunde dafür brauchen, aber das Wetter war gut, außerdem bekäme er auf die Weise einen Eindruck der Pariser Innenstadt. Je weiter er nach Süden kam, umso breiter und prächtiger wurden die Straßen und Gebäude. Frohen Herzens überquerte Guy die Brücke der Place de la Concorde, um ans andere Seine-Ufer zu gelangen. Lag es daran, dass er sich vorstellen konnte, wie Marie-Antoinette und ihre Freundinnen mit ihren weißen Perücken in Schlitten die eindrucksvollen Champs-Elysées entlangfuhren, oder der Gedanke daran, dass er mit jedem Schritt Louisa näher kam?

Schließlich stand er etwas ratlos in der 12 Rue de Poitiers. Vor ihm ragte ein imposantes Tor zu einem Innenhof empor, das allerdings zu offiziell wirkte, um einfach zu klingeln. Davon abgesehen war Louisa womöglich alles andere als begeistert über sein Auftauchen, vor allem wenn sie einen Tadel von

Mr Guinness dafür kassierte, weil Guy sich die Frechheit erlaubte, einfach am Haupteingang vorstellig zu werden. Also ging er um das Gebäude herum bis zu einer bescheideneren Tür und klopfte. Nach einer scheinbaren Ewigkeit, als er bereits überlegte, die ganze Sache abzublasen, wurde die Tür geöffnet.

»*Qu'est-ce que c'est?*«, fragte ein bleiches Mädchen. Sie wirkte etwas hektisch, als hätte sie jemand anderen erwartet als diesen Fremden.

»Hallo, Miss«, sagte Guy. »Ich spreche kein Französisch, aber ist Miss Louisa Cannon hier?«

»*Comment?*« Das Mädchen blinzelte. »*Ah, oui, Mademoiselle Cannon. Entrez.*« Sie wandte sich um und ließ die Tür offen, woraus er schloss, dass er ihr folgen sollte. Das Haus war bemerkenswert modern mit gedämpften Farben und dicken Teppichen auf den polierten Parkettböden, obwohl es sich nur um die Dienstbotenquartiere handelte. Er folgte ihr einen langen, schmalen Korridor entlang bis zum Wohnzimmer der Haushälterin. »*Attendez ici, s'il vous plaît.*«

»Äh, ja«, sagte Guy, obwohl er nicht recht wusste, was er da gerade bejaht hatte. Nervös drehte er seinen Hut in der Hand hin und her, während sein Blick über den reichlich unbequem aussehenden Stuhl hinter dem Schreibtisch, den säuberlich sortierten Papierstapel und die gespitzten Bleistifte in dem Glasbehälter schweifte. Wahrscheinlich lag es an den dicken Teppichen, dass er keinen Laut hörte, deshalb fuhr er vor Schreck zusammen, als Louisa vor ihm stand.

»Guy, was um alles in der Welt machst du denn hier?«

KAPITEL 17

»Louisa, bitte verzeih mir, wenn ich dich so überfalle«, erklärte Guy, wobei ihm bewusst war, dass er stammelte. Vielleicht war es ja doch keine so geniale Idee gewesen hierherzukommen, wie es ihm in London erschienen war, dennoch konnte er die tief empfundene Freude über ihr Wiedersehen nicht leugnen. Sie war noch genauso hübsch, wie er sie in Erinnerung hatte, und wenn er ehrlich war, gefiel ihm auch ihr Aussehen heute, einige Jahre später, mit diesem leicht erschöpften Zug um den Mund. Sie hatte sich ihre schlanke Figur bewahrt, und auch die haselnussbraunen Sprenkel in den dunklen Augen waren noch dieselben. Sie sah ihn an, als könnte sie nicht recht glauben, dass er leibhaftig vor ihr stand. Er konnte es ihr nicht verdenken, schließlich war er so ziemlich der letzte Mensch, den sie in Paris zu sehen erwartet hatte.

»Du brauchst dich nicht zu entschuldigen«, erwiderte sie. »Aber – bist du wegen dem hier, was gestern Abend passiert ist? Offiziell? Als Polizist?«

Nun war Guy derjenige, der sie verblüfft anstarrte. »Was? Nein! Na ja, zumindest nicht ganz offiziell, auch wenn ich ein paar Fragen an dich habe … Was meinst du denn damit? Was ist gestern Abend passiert?«

»Jemand ist gestorben.«

»Gestorben?«

»Ja, ein Freund von Mr Guinness. Deshalb dachte ich, dass jemand die britische Polizei eingeschaltet hat, was natürlich Unsinn ist. Selbst wenn dem so gewesen wäre, hätte unmöglich jemand so schnell hier sein können.«

»Nein, aber wieso erzählst du mir nicht, was vorgefallen ist, oder zumindest, was du weißt. Ich mache mir ein paar Notizen für den Fall, dass es später für die Arbeit der Polizei von Nutzen ist. Sind die französischen Kollegen denn schon hier?«

»Die *gendarmes.* Ja, sie waren hier, aber sie gehen nicht davon aus, dass eine Straftat vorliegt. Vielmehr war es ein tragischer Unfall. Die Frau des Toten sagt, er sei auf Sesam allergisch gewesen und hat wohl versehentlich etwas davon zu sich genommen.«

Guy verspürte das Bedürfnis, sie in die Arme zu schließen. Doch das war natürlich völlig ausgeschlossen. Selbst wenn er sich einredete, es sei lediglich eine tröstende Geste, war seit ihrer letzten Begegnung zu viel Zeit verstrichen – außerdem war da noch Sinéad.

»Nichtsdestotrotz ist es ein furchtbarer Schock für alle«, sagte er so mitfühlend, wie er nur konnte.

Louisa nickte. »Ja, ganz grauenhaft.«

Es war kühl im Raum, weil in der ganzen Aufregung niemand daran gedacht hatte, den Kamin anzuzünden. »Komm mit in die Küche«, sagte Louisa. »Der Koch ist zwar ein bisschen miesepetrig, trotzdem schaffen wir es bestimmt, eine Tasse Tee für dich zu organisieren. Obwohl er nicht so schmeckt wie zu Hause, da muss ich Nanny Blor recht geben. Keine Ahnung, woran es liegt. Am Wasser oder an der Milch, ich weiß es nicht.«

Guy war so erleichtert über die Mühelosigkeit, mit der sie die Anspannung zwischen ihnen gelöst hatte, dass er am liebsten laut aufgelacht hätte. Er begleitete sie durch den Korridor in die Küche, wobei er förmlich der Knoblauchfahne folgte. Verzehrten die Franzosen das Zeug etwa schon zum Frühstück?

Louisa setzte Wasser auf und machte sich auf die Suche nach etwas Milch. Unwillkürlich musste Guy an diesen Tag vor all den Jahren denken, als er ihr nach Mitford Manor gefolgt war und sie ihm dort Tee zubereitet hatte. Er sah zu, wie sie herumging, Tassen und Löffel herrichtete, ohne dass jemand vom französischen Personal Hilfe anbot. Mit einem Mal kam sie ihm schrecklich alleine vor, und die Sehnsucht, sie mitzunehmen, stieg aus den Tiefen seines Innern auf, schnürte ihm förmlich die Luft ab. Er hüstelte. »Gleich, nur noch eine Minute«, sagte Louisa.

Sie setzten sich an eine Ecke des langen Tisches, ein Stück von den Küchenmädchen weg, die Gemüse schälten und sich dabei fieberhaft im Flüsterton unterhielten. Trotz all der Fragen, die Guy auf der Seele brannten, beschloss er, erst einmal mit den wichtigeren Angelegenheiten anzufangen.

»Also, was ist gestern Abend genau passiert?«

Louisa beugte sich näher zu ihm. »Ich glaube, sie wollen es vor dem Hauspersonal geheim halten, deshalb sollten wir nicht so laut reden«, raunte sie.

Guy nickte.

»Ich glaube, sie – das heißt, Mr und Mrs Guinness – versuchen, allzu wilde Gerüchte zu verhindern und sich von den Ereignissen möglichst zu distanzieren.«

»Verständlich«, meinte Guy.

»Ja. Bislang wissen wir nur, dass sie alle aus waren und viel getrunken haben. Der Großteil kam nach dem Dinner noch mit hierher. Mrs Guinness ist zu Bett gegangen …«

»Nennst du sie nicht mehr Miss Diana?«, hakte Guy ein wenig ungläubig nach.

»Ich weiß, wie seltsam das erscheint, wenn man bedenkt, dass ich mich all die Jahre als Kind um sie gekümmert habe, aber ich muss jetzt Mrs Guinness oder Ma'am zu ihr sagen.«

»Du sagst Mum zu ihr?« Guys Stimme drohte sich zu überschlagen.

Louisa bekam einen Kicheranfall. »Nein, es spricht sich nur gleich aus. M-A-Apostroph-A-M. Vor den anderen nennt sie mich Cannon, nur wenn wir allein sind, sagt sie weiterhin Louisa zu mir.« Sie nippte an ihrem Tee. »Jedenfalls ist sie zu Bett gegangen, und ich bin in die Küche heruntergekommen, weil Luke Meyer sich hier mit mir treffen …«

»Luke Meyer, der Gesellschaftskolumnist?«, unterbrach Guy, während er einen scharfen Stich im Herzen spürte. Er hatte den Namen unter dem Bericht gesehen, in dem es um den Tanzball ging, bei dem das Hausmädchen tödlich verunglückt und Rose spurlos verschwunden war.

»Er ist so eine Art Freund von Di…, ich meine, Mrs Guinness. Und gewissermaßen auch von mir.« Sie holte tief Luft, ehe sie fortfuhr. »Er hat mir erzählt, im Restaurant seien die Cocktails in Strömen geflossen, und danach ging es hier im Haus weiter. Er hat extra betont, wie viele Cocktails Shaun Mulloney im Restaurant bestellt hat.«

»Entschuldige, aber wer ist Shaun Mulloney?«

»Der Mann, der gestorben ist. Seine Frau, Kate, hat heute Morgen angerufen, um Mrs Guinness zu sagen, was passiert ist. Oh, bitte entschuldige mich.« Mit einem Mal wurde Louisa kreidebleich und schlug sich die Hand vor den Mund. »Mir war die ganze Nacht übel, keine Ahnung, wieso. Eigentlich dachte ich, es ginge mir besser, aber ich habe so gut wie kein Auge zugetan.«

»Soll ich dir ein Glas Wasser holen?«

»Nein, nein, es geht schon.« Louisa rang sich ein Lächeln ab.

»Wann hat Mrs Mulloney ihren Mann gefunden? Weiß sie, was genau passiert ist?« Guy nippte an seinem Tee, der jedoch bereits kalt geworden war.

»Mrs Mulloney sagt, sie seien gestern Abend gleich nach dem Nachhausekommen zu Bett gegangen, etwa gegen drei Uhr früh. Ihrem Mann sei schrecklich übel gewesen, aber sie hätte es auf den Alkohol geschoben und sei dann selbst eingeschlafen. Als sie nach einer Weile aufgewacht sei, um sich ein Glas Wasser zu holen, habe sie ihn tot auf dem Fußboden im Badezimmer gefunden. Es sieht so aus, als wäre er an seinem Erbrochenen erstickt. Entschuldige, ich weiß, das klingt grauenvoll.«

»Dann war es wohl eine natürliche Todesursache.« Keine Pistole, kein Messer. Auch wenn es nicht richtig sein mochte, verspürte Guy fast so etwas wie Enttäuschung.

»Ja. Ich habe nur ein bisschen Angst, weil …« Sein Herz machte einen Satz, als sie ihm direkt in die Augen sah. »Ach, du findest mich bestimmt albern.«

»Nein, bestimmt nicht. Raus mit der Sprache.«

»Es ist nur … mir war auch die ganze Nacht übel, und ich hatte schreckliche Magenkrämpfe. Sie haben im Restaurant zu Abend gegessen, wohingegen ich hier war, trotzdem ist es ein seltsamer Zufall, finde ich.«

»Es könnte am Wasser liegen. Hast du gestern Wasser direkt aus dem Hahn getrunken?«

Louisa überlegte. »Ja, aber das tue ich jeden Tag. Genauso wie die anderen Dienstboten.«

»Vielleicht sind sie daran gewöhnt. An das französische Wasser, meine ich. Aber es gibt Berichte über Tuberkulosebakterien, die über das Trinkwasser verbreitet werden. Meine Mutter hat mir eingeschärft, Leitungswasser immer vorher abzukochen. Dem Wasser sei in fremden Ländern nicht zu trauen, meint sie.«

»Dasselbe sagt Nanny Blor auch. Vielleicht ist ja etwas dran.«

»In diesem Fall hätten Mr Mulloney und du einfach nur schreckliches Pech gehabt«, fuhr Guy fort.

»Ja, sieht ganz so aus.« Louisa lächelte ihn an. Wieder verkrampfte sich sein Herz. Es war zum Verzweifeln. Auch nach all der Zeit hatte sich an seinen Gefühlen nichts geändert.

KAPITEL 18

Louisa beschloss, nicht unnötig lange mit Guy in der Küche sitzen zu bleiben. Sie wusste, dass Diana sie oben brauchen würde, wenn auch nur, um an diesem aufwühlenden Morgen ein vertrautes Gesicht um sich zu haben. Guy ließ sich erst wegschicken, nachdem er ihr die Telefonnummer seiner Pension gegeben und das Versprechen abgenommen hatte, dass sie sich später treffen würden. Auf ihre Frage, was ihn nach Paris führe, hatte er erzählt, er sei gemeinsam mit Harry und Mary für einen Kurzurlaub in der Stadt – Louisa freute sich darauf, die beiden ebenfalls wiederzusehen – und habe zudem darauf gehofft, dass sie ihm in einer Polizeiangelegenheit helfen könne, auf die er jedoch nicht näher einging. Stattdessen versprach er, ihr später Genaueres zu erzählen – vielleicht eine Art Bestechungsversuch, um sicherzugehen, dass sie sich nicht neuerlich entziehen würde. Schließlich kannte er sie und ihre Neugier.

Es war so schön gewesen, ihn wiederzusehen. In jenen scheinbar endlosen, tristen Monaten nach ihrer Rückkehr nach London hatte sie seine Briefe trotz aller Einsamkeit nicht beantwortet, aus Scham über ihr Versagen, weil es ihr nicht gelungen war, in den Polizeidienst aufgenommen zu werden oder sonst etwas Anständiges aus sich zu machen. Sie hatte geglaubt, seine hohe Meinung von ihr leide darunter, wenn er davon erführe. Ihn nun wiederzusehen, ließ sie jedoch erkennen, was für ein großherziger Mensch er war, der ihr ganz bestimmt geholfen hätte, wenn sie sich nur gestatten würde, Hilfe anzunehmen. Guy hatte sie nicht gefragt, wo sie die ganze Zeit gesteckt und wieso sie nie auf seine Briefe geantwortet hatte – sie waren viel zu sehr mit Mr Mulloney und seinem tragischen Ableben beschäftigt gewesen –, aber ihr war klar, dass er sich diese Fragen stellte. Zumindest hoffte sie es. Die Vorstellung, dass er sie überhaupt nicht vermisst haben könnte, war schlicht unerträglich, selbst wenn er recht schnell aufgehört hatte, ihr zu schreiben. Natürlich würde sie sich ihm über kurz oder lang erklären müssen, doch für den Augenblick hegte sie die Hoffnung, dass sie einfach ihr Zusammensein genießen konnten, fernab vom vertrauten London; und wenn sich die Aufregung erst einmal gelegt hatte, kam sie möglicherweise auch weiterhin in den Genuss der Freiheiten, die Paris ihr bot, ohne all die Erwartungen, die sonst an sie gestellt wurden.

Natürlich war ihr bewusst, wie albern dieser Gedanke war. Die Welt veränderte sich, sowohl in London als auch in Paris. Überall waren gut gekleidete Frauen zu sehen, die selbstbewusst und zielstrebig durch die Straßen gingen; in den Zeitungen wurde tagtäglich über Pionierinnen berichtet, die erfolgreich ihr Studium abgeschlossen hatten, zu bahnbrechenden wissenschaftlichen Erkenntnissen gelangten, in neue, unbekannte Gefilde vordrangen oder Flugzeuge flogen. Sie strahlten einem von den Titelseiten der Zeitungen und Zeitschriften entgegen, mit breitem, selbstsicherem Lächeln, kurzen Haaren und weit geschnittenen Hosen. »Seht uns an«, schienen sie zu rufen, »was die Männer können, kriegen wir auch hin.« Eigentlich hätten all diese Frauen eine Inspiration sein sollen, aber stattdessen fühlte Louisa sich nur noch schwächer. All die wunderbaren Chancen, die sich ihr boten, und hatte sie ihre genutzt? Sie hatte ein Leben geführt wie im Viktorianischen Zeitalter: als Näherin und Dienstbotin, dasselbe Leben wie ihre Großmutter, ohne den geringsten Unterschied.

In Paris zu sein, weckte neue Hoffnungen in ihr, endlich doch etwas aus sich zu machen, etwas Besonderes. Vor allem jetzt, wo Guy hier war. Für den Moment genügte allein dieses Wissen. Noch war sie nicht bereit zu ergründen, weshalb das so war.

Diana und Bryan hatten sich in den Salon begeben, gemeinsam mit sechs oder sieben ihrer Freunde, die aus ihren Hotels und Apartments herbeigeeilt waren. Louisa öffnete die Tür einen Spaltbreit, um nach Luke Ausschau zu halten, der sie prompt bemerkte. Eilig trat sie zur Seite, damit niemand sonst sie sah. Minuten später trat Luke heraus.

»Haben Sie mitbekommen, was passiert ist?« Luke sah aus, als hätte er die ganze Nacht kein Auge zugetan. Zwar hatte er sich umgezogen, dennoch wirkte der sonst so geschniegelte Kolumnist zerknautscht. Seine Augen waren blutunterlaufen, sein Atem roch schal.

»Ja«, antwortete Louisa. »Ich wurde heute Morgen kurz nach dem Anruf in Mrs Guinness' Schlafzimmer gerufen.« Sie sah sich um, obwohl sie nicht recht sagen konnte, weshalb – von dem Gefühl einmal abgesehen, dass es ihr eigentlich nicht zustand, dieses Gespräch mit ihm zu führen. »Was sagen sie?«

Luke fuhr sich mit der Hand durchs Haar. »Nicht viel. Die Polizei hat Kates Aussage aufgenommen, was sie ziemlich mitgenommen hat. Ich fürchte, die Pariser *gendarmes* sind nicht gerade zimperlich. Alle, die gestern beim Abendessen dabei waren, mussten ihren Namen und ihre Anschrift angeben für den Fall, dass sich weitere Fragen ergeben. Und jetzt steht im Raum, ob eine Autopsie vorgenommen wird.«

»Eine Autopsie?«

Luke stieß zittrig den Atem aus. »Ja, die Todesursache ist nicht ganz zweifelsfrei geklärt.«

»Was denken Sie?« Trotz des bewölkten Himmels hatte bislang niemand das Licht angemacht, deshalb konnte Louisa sein Gesicht im Halbdunkel des Korridors nicht genau erkennen.

»Irgendetwas, das er zu sich genommen hat, muss diese extreme Übelkeit ausgelöst haben, sagt der Arzt.«

»Mit Absicht?«

»Was Sie nun wieder denken, Mädchen. Er war allergisch auf Sesam. Wenn Sie mich fragen, war es einfach schreckliches Pech. Höchstwahrscheinlich lag es an irgendetwas, das er im *La Coupole* gegessen hat. Wir waren in Montparnasse, einem recht üblen Viertel.«

Alle gingen davon aus, dass es ein tragisches Unglück war. Bis auf Louisa, deren mulmiges Gefühl im Bauch ganz eindeutig nicht von dem herrührte, was ihr letzte Nacht auf den Magen geschlagen war.

»Sie sollten lieber wieder reingehen.«

»Ja, richtig. Ist mit Ihnen alles in Ordnung?« Er klang besorgt.

»Inzwischen schon.«

»Gut. Wissen Sie zufällig, wo ich hier ein Telefon finde?«

»Neben der Eingangshalle ist ein Arbeitszimmer«, antwortete sie, um aus einem Impuls heraus hinterherzufragen: »Wen müssen Sie denn anrufen?«

»Nur meine Tante, damit sie weiß, dass es mir gut geht. Und meinen Redakteur.«

Bevor Louisa etwas erwidern konnte – er wollte allen Ernstes ausgerechnet jetzt die Zeitung anrufen? –, ertönte eine Stimme. »Was habt ihr beide denn hier draußen zu tuscheln?« Diana war aus dem Salon getreten, ohne dass sie es mitbekommen hatten.

Luke fuhr zusammen. »Gar nichts, Diana. Ich dachte nur, eine Tasse Kaffee täte uns vielleicht gut.«

»Es ist aber nicht Louisas Aufgabe, welchen zu holen. Wenn Sie unbedingt einen wollen, läute ich.«

»Vielen Dank!« Luke kehrte eilig in den Salon zurück.

Louisa wandte sich zum Gehen, doch Diana hielt sie auf. »Mrs Mulloney wird bald hier sein. Verständlicherweise möchte sie nicht alleine in ihrer Wohnung bleiben. Könntest du bitte das kleine blaue Schlafzimmer für sie vorbereiten? Ich traue diesem französischen Mädchen nicht, dass sie es wirklich gemütlich herrichten kann, so wie wir es wollen.«

»Ja, natürlich, ich erledige es sofort.«

»Danke! Ich bin nicht sicher, wie es weitergehen wird. Ehrlich gesagt bin ich nicht versessen darauf, in Paris zu bleiben.«

Am liebsten hätte Louisa protestiert, dass sie unbedingt bleiben wolle, aber stattdessen nickte sie nur und machte sich auf den Weg, um die Kissen aufzuschütteln und frische Blumen für das blaue Zimmer bereitzustellen.

KAPITEL 19

Etwa eine Stunde später traf Mrs Mulloney ein – genauer gesagt war es, als fege ein Mistral durchs Haus. Louisa war in Dianas Zimmer, um die Kleider ihrer Herrin neu aufzuhängen und eventuelle Falten aus dem Stoff zu bügeln, wenn auch eher in Ermangelung sonstiger Arbeiten statt aus Notwendigkeit –, als die beiden Frauen hereinkamen. Im ersten Moment schienen sie Louisa nicht zu bemerken, was vielleicht auch an den halb geöffneten Schranktüren lag. Kate Mulloney war ohne jeden Zweifel die atemberaubendste Frau, die Louisa in ihrem ganzen Leben gesehen hatte, und mit dieser Einschätzung stand sie gewiss nicht allein da. Niemand konnte Dianas Schönheit leugnen, sie war klassisch und ging mit einer jugendlichen Naivität einher, die nicht jedermanns Sache sein mochte. Kate hingegen war der Inbegriff souveränen Charismas mit ihrem hellen Teint, dem tiefschwarzen Haar und dem perfekt geschminkten roten Mund – eindeutig eher Raubtier als leichte Beute. Mit ihren vollen Brüsten und den runden Hüften entsprach sie zwar nicht dem gängigen Schönheitsideal, doch Chanel hätte sie kaum besser zur Geltung bringen können, und jede Frau beneidete sie glühend um ihre wohlgeformten Kurven. Davon abgesehen hatte Kate etwas an sich, das auf andere Menschen eine geradezu magische Anziehungskraft ausübte. Am liebsten hätte Louisa sich zu ihren Füßen niedergekauert und sie unablässig nur angesehen. Kein Wunder, dass Luke gestern Abend restlos fasziniert von ihr gewesen war. Ihrer Ausstrahlung wohnte eine sexuelle Energie inne, daran bestand kein Zweifel, aber nicht das allein machte ihren Charme aus, selbst jetzt, in einem Moment völliger Verzweiflung und tiefer Trauer.

Zumindest nahm Louisa an, dass sie trauerte. Kate vergoss keine Tränen, feuchte Augen waren allerdings nicht unbedingt ein Indikator für die Tiefe des Verlusts. Manche Menschen vergossen sie nur im Stillen, wenn sie alleine waren, das wusste Louisa nur allzu gut. Diana und Kate hatten sich ans Fußende des Bettes gesetzt und hielten einander bei den Händen. Louisa beschloss, sich lieber bemerkbar zu machen.

»Bitte entschuldigen Sie, Mrs Mulloney. Mrs Guinness.«

Kate sah sie nur wortlos an.

»Bitte entschuldige, Kate, ich wusste nicht, dass Cannon hier ist.« Diana schien sich unbehaglich zu fühlen, aber Louisa war nicht sicher, ob es an ihrer, Louisas, Anwesenheit lag oder weil Mrs Mulloney ihre Hände wie ein Schraubstock umklammert hielt.

»Wir haben uns bereits kennengelernt.« Kate zog ihre dünn gezupften Brauen hoch.

Diana errötete leicht. »Ja.«

»Eine Kammerzofe als Begleitung auf der Hochzeitsreise. Du bist distinguierter, als ich dachte.« Louisa wollte zur Tür gehen. Es war nicht gerade angenehm, mit anzuhören, wie sie über sie sprachen, als wäre sie gar nicht anwesend. Doch Kate hatte andere Pläne. »Moment noch.«

»Ja, Mrs Mulloney?« Louisa wandte sich um, und obwohl

es sie einige Überwindung kostete, schaute sie ihr direkt in die Augen. Der Anblick der ineinander verschlungenen Hände der beiden Frauen wurde ihr mit jeder Sekunde unangenehmer.

»Wären Sie wohl so nett und würden mein Kosmetikköfferchen aus meinem Zimmer holen? Ich würde Diana gern etwas geben.« Kate sah Diana an.

Als Louisa wenige Minuten später mit dem marineblauen Lederköfferchen, auf dem Kates Initialen K. G. M. eingeprägt waren, zurückkehrte, saß Kate mit ausgestreckten Beinen auf dem Bett und lehnte sich gegen die Kissen, während Diana am Fenster stand. Kate nahm Louisa das Köfferchen aus der Hand und ließ die Verschlüsse aufschnappen. Zwischen Brillantohrringen und kleinen Schatullen lag ein Damenrevolver, dessen Griff mit Perlen besetzt war. Er sah beinahe hübsch aus, wenn man eine tödliche Waffe als hübsch bezeichnen konnte. Hatte Kate mitbekommen, dass Louisa sie gesehen hatte? Sie machte keine ernsthaften Anstalten, sie zu verbergen, und Louisa stand direkt neben dem Bett. Ihr Instinkt sagte ihr, dass sie Diana lieber nicht allein lassen sollte, außerdem hatte niemand sie hinausgeschickt. Kate nahm eine rote Schatulle aus dem Köfferchen. »Hier, Darling. Das ist für dich.«

Dianas Miene gab kaum eine Gefühlsregung preis. »Bitte, Kate. Jetzt ist nicht der richtige Zeitpunkt für Geschenke. Vielleicht bereust du es später.«

Ein flehender Ausdruck lag auf Kates Gesicht, als sie die Hand mit der Schatulle ausstreckte. »Shaun hat sie mir geschenkt, aber ich trage sie eigentlich nie. Deshalb will ich, dass du sie bekommst. Du warst so nett zu mir heute.« Mit einem erstickten Schluchzer brach sie ab.

Diana nahm die Schatulle und öffnete sie. Darin lag ein Paar von Brillanten umgebener Rubinohrstecker. »Die sind wunderschön, aber …«

»Kein Aber«, unterbrach Kate mit fester Stimme und klappte das Köfferchen zu. Etwas daran schien die beiden Frauen zu irritieren. Wie auf ein Stichwort sahen sie Louisa an, die reglos und stumm wie eine Statue aus dem Louvre neben dem Bett gestanden hatte.

»Ich weiß nicht, was ich ohne ihn tun soll«, sagte Kate unvermittelt, ohne den Blick von Louisa zu wenden.

Erzählt sie das gerade *mir?*, dachte Louisa.

»Nein, Ma'am«, sagte sie.

»Du kannst jetzt gehen, Cannon.« Diana hatte das Ruder wieder übernommen.

Den Rest des Tages brachte Louisa damit zu, Besorgungen für Diana und Kate zu erledigen, die fieberhaft Pläne für Mr Mulloneys Begräbnis schmiedete und mit einer Idee nach der anderen ankam, befeuert von einer scheinbar endlosen Menge an Wodka-Martinis und Zigaretten. Andere Gäste kamen und gingen, um ihren Beileidsbekundungen Ausdruck zu verleihen oder – noch häufiger, wie Louisa mutmaßte – ihre Gier nach den schauerlichen Details des tragischen Todesfalls zu befriedigen. Bryan, grundsätzlich kein Mann vieler Worte, saß in nahezu vollständigem Schweigen vor dem Kamin im Salon und starrte, ein aufgeschlagenes Notizbuch und einen Stift neben sich, in die Flammen. Von Zeit zu Zeit kritzelte er etwas in das Büchlein, ehe er sich wieder der trübseligen Betrachtung der schwelenden Scheite widmete. Luke war in die Rolle des Gastgebers geschlüpft und schon bald voll in seinem Element – er mixte die Drinks, erbot sich, nach Sandwiches zu läuten, während er jedem die letzten Neuigkeiten über die trauernde Mrs Mulloney auf die Nase band, der sie hören wollte. Mit jeder Stunde schien er weiter aufzublühen. Die Falten in seinem anfangs knittrigen Anzug hatten sich inzwischen geglättet, und seine Augen leuchteten vor Aufregung.

Was nicht heißen musste, dass ihn der allgemeine Kummer kaltließe, stattdessen schien die Gesellschaft anderer seine Lebensgeister zu wecken, dachte Louisa. Oder vielleicht die Vorstellung, selbst tatsächlich Gastgeber eines feudalen Pariser Salons zu sein. Louisa wollte lieber nicht beschwören, dass sie sich nicht ähnlich verhalten hätte. Und sie stieß sich auch nicht an seinem Verhalten, weil er sie an allem teilhaben ließ. Wann immer sie mit einer Nachricht Dianas an ihren Ehemann den Salon betrat (wobei sie bei aller Aufrichtigkeit zugeben musste, dass sie nur zu gerne Ausreden dafür fand), versorgte er sie mit den neuesten Informationen darüber, wer gerade eingetroffen war, oder mit dem Klatsch, der die Telefonleitungen zwischen Paris und London heiß laufen ließ.

Die Scharen an ein und aus gehenden Gästen waren zugegebenermaßen höchst interessant. Bryan pflegte Freundschaften mit Schriftstellern, Künstlern, Musikern und sogar berühmten Schauspielern, von denen es zahlreiche in Paris gab. Einige wurden sogar in Kates Zimmer eingeladen, wobei Louisa nicht umhinkam, Dianas Entzücken angesichts all der exotischen und illustren Persönlichkeiten in ihrem Domizil zu bemerken. So wunderbar Dianas Kindheit in Mitford Manor inmitten der herrlichen englischen Landschaft auch gewesen sein mochte, wo sie gemeinsam mit ihren Schwestern zu Hause unterrichtet worden war und jede Menge Zeit gehabt hatte, lesend auf dem Sofa herumzulümmeln oder auf die Jagd zu gehen, hatte sie zugleich bedeutet, wochenlang in einsamer

Abgeschiedenheit leben zu müssen, lediglich unterbrochen von gelegentlichen Besuchen von Onkeln, Tanten und Cousinen. Diana hatte es immer besonders genossen, neue Leute kennenzulernen und von ihrem Leben zu erfahren, das so ganz anders war als ihr eigenes. Im Gegensatz zu Pamela und Unity, zwischen denen sie altersmäßig lag, besaß sie eine angeborene Selbstsicherheit – vielleicht aufgrund ihres guten Aussehens oder der Gier, mit der sie sämtliche Bücher verschlang, die sie in die Finger bekam –, und es gab kein Thema, das ausgeklammert wurde, kein Mensch, dem sie mit Scheu und Vorbehalten gegenübertrat. Im Gegenteil. Je wilder und aufregender die Geschichten, umso größer ihr Verlangen, sie zu erfahren. Darin waren sich Diana und Nancy ähnlicher als die anderen Schwestern, und Louisa wusste, dass die Bindung der beiden im Lauf der Jahre immer enger geworden war. Womöglich würde Nancy nach dieser Neuigkeit selbst nach Paris reisen. So schockierend und unerwartet Shaun Mulloneys Tod gewesen sein mochte, löste er einen Aufruhr aus, dem eine junge Frau wie Diana sich unmöglich entziehen konnte, insbesondere nicht in einem Kreis so beeindruckender Persönlichkeiten, mit denen Bryan eine enge Bekanntschaft oder gar Freundschaft pflegte.

Am ersten Abend nach Shauns Tod versammelten sich mehrere Freunde in dem blauen Zimmer, wo Kate selbst noch im Bett Hof hielt, mit kaum mehr als einem dünnen Jäckchen über ihrem Nachthemd, jedoch mit Brillantohrringen und perfekt frisiertem Haar, mit Lippenstift und Trauer gleichermaßen aufgetragen. Louisa war hereingekommen, um Diana einen Seidenschal zu bringen, nach dem sie verlangt hatte, doch als sie eintrat, saß Diana neben einem Mann am Fußende von Kates Bett, den sie noch nie gesehen hatte. Diana unterbrach das Gespräch, warf Louisa einen geringschätzigen Blick zu und machte eine abwehrende Handbewegung. »Ich habe es mir anders überlegt. Aber wenn du uns nachschenken würdest. Die Flasche steht da drüben.« Das war nicht Louisas Aufgabe, wie Diana sehr wohl wusste, und der Butler würde vor Wut schäumen, dennoch war es besser zu tun, was Diana verlangte. Der Mann wandte sich Diana zu. Louisa hatte keine Ahnung, worum es ging, aber er legte eine bemerkenswerte Leidenschaft an den Tag, während Diana ihm hingerissen lauschte, als würde sie jedes einzelne Wort aus seinem Mund am liebsten in sich aufsaugen. Louisa musste den Blick abwenden; es war beinahe zu intim, den beiden zuzusehen. »Mussolini hat üble Pläne, so viel steht fest«, hörte Louisa ihn zu ihrer Bestürzung sagen. »Er hat angeordnet, dass sämtliche Frauen doppelt so viele Kinder zur Welt bringen müssen, wie sie wollen, weil er die Zahl der italienischen Bevölkerung so schnell wie möglich vergrößern will. Damit sie im Falle eines Krieges Widerstand leisten können. Wenn wir nicht aufpassen, passiert es noch einmal.«

Louisa konnte nur hoffen, dass er falsch informiert war. Sie trat zu Kates Nachttisch, um nachzusehen, ob sie auch ihr nachschenken musste. Bryan, der sich über die Ecke des Bettes lehnte und seine Frau und den Mann ansah, mit dem sie ins Gespräch vertieft war, redete mit ausdrucksloser Miene besänftigend auf Kate ein.

»Ich sehe einfach keine Notwendigkeit, eine Autopsie durchführen zu lassen«, sagte Kate und spielte an ihrer Halskette herum. »Ob sie hier, in England oder in Irland vorgenommen werden soll, lässt sich ohnehin nicht klären, deshalb halte ich es für das Beste, darauf zu verzichten. Was passiert ist, liegt ohnehin auf der Hand, außerdem würde sie nur das Begräbnis verzögern.« Bislang hatte sie leise gesprochen, beinahe wie zu sich selbst, doch nun blickte sie zu Bryan hoch. »Meinst du nicht auch?«, fragte sie scharf.

Er löste den Blick von seiner Frau. »Jaja, natürlich, du hast recht. Du tust ganz bestimmt das Richtige.«

Kate schien beruhigt zu sein und nahm einen großen Schluck von dem Wein, den Louisa ihr eingeschenkt hatte. »Ja«, sagte sie. »Das ist die viel bessere Lösung.«

Da Louisa ihre Aufgaben erledigt und keine weiteren Anweisungen erhalten hatte, verließ sie erleichtert den Raum.

KAPITEL 20

Um sieben Uhr an diesem Abend verließ Louisa endlich das Haus und trat auf die Rue de Poitiers. Die kalte Luft war eine Wohltat nach der beklemmenden Anspannung in der Wohnung, auch wenn die Atmosphäre im Schein des Kaminfeuers und unter dem beständigen Einfluss des Alkohols allmählich gelockerter und intimer geworden war. Zum Glück war Diana irgendwann aufgefallen, dass Louisa seit ihrer Ankunft noch keinen freien Abend gehabt hatte, und hatte ihr freigegeben, da sie und Mr Guinness an diesem Abend ohnehin nicht ausgehen würden. Louisa hatte unverzüglich in Guys Pension angerufen und eine Nachricht hinterlassen, dass sie ihn im *La Coupole* in Montparnasse treffen könnte. Sollte er die Nachricht nicht bekommen, würde sie sich zumindest ein Abendessen und etwas zu trinken gönnen und die Stadt genießen. Trotzdem irritierte sie irgendetwas an Shauns Tod. Natürlich konnte sie nicht darauf hoffen, dass das Restaurant Aufschlüsse geben würde, aber eine bessere Idee hatte sie nicht.

Zum Glück saß sie gerade mal zwanzig Minuten an ihrem Tisch und bewunderte die reich verzierte Kuppel und die Art-déco-Säulen – eine sollte von Picasso bemalt worden sein –, als Guy, Harry und Mary hereinkamen. Die drei eilten herbei und zogen noch einen Stuhl heran, um sich zu viert an den Tisch quetschen zu können. In der allgemeinen Aufregung und Wiedersehensfreude ging sogar die säuerliche Miene des verärgerten Kellners unter. Sie bestellten eine Flasche Wein, dazu Zwiebelsuppe und Brot.

»Das ist also das berühmte *La Coupole*«, sagte Harry. »Hierher wollte ich immer schon mal kommen.«

»Ist es wirklich so berühmt?«, fragte Mary. »Wofür denn?«

»All die Künstler kommen hierher, auch viele amerikanische. Und bestimmt auch einige Jazzmusiker, jede Wette.«

»Ich habe eine Menge amerikanischer Stimmen hier gehört«, sagte Louisa. »Ich denke, sie kommen auch nach Paris, weil man hier Alkohol trinken kann, was wegen der Prohibition drüben ja nicht möglich ist.«

»Deswegen und wegen des Jazz«, meinte Harry. »Hier hat alles angefangen. Hutch, Josephine Baker, dieser George Gershwin, der *Ein Amerikaner in Paris* hier geschrieben hat, das erst kürzlich uraufgeführt wurde. Deshalb bin ich hier. Damit auch ich zum Star werde, Baby.« Zwinkernd lehnte er sich über den Tisch, um Mary einen Kuss zu geben. Louisa genoss es, den beiden zuzusehen. Sie kannte Harry genauso lange wie Guy – die beiden hatten sie gemeinsam von den Bahngleisen gerettet – und mochte ihn sehr gern. Und auch ihren anfänglichen Argwohn und ihre Eifersucht auf die auffallend hübsche Mary mit ihrer niedlichen Himmelfahrtsnase und dem akkurat geschnittenen Bob hatte sie längst überwunden und den scharfsinnigen, warmherzigen Menschen in ihr erkannt. Alles in allem war sie heilfroh, die drei wieder um sich zu haben.

»Aber was führt dich hierher?«, fragte Harry. »Die Trompete oder der Pinsel?«

Louisa wünschte, es wäre so. »Weder noch. Ich arbeite wieder für die Mitfords. Diana hat geheiratet und verbringt ihre Flitterwochen hier. Ich bin als ihre Kammerzofe mitgekommen.«

»Ja, das hat Guy uns schon erzählt. Aber ich meinte, wieso du ausgerechnet dieses Restaurant ausgesucht hast. Das ist ein ziemlich avantgardistischer Einfall von dir.«

»Wer sagt, dass ich nicht auch einmal avantgardistisch sein kann?«, erwiderte Louisa mit gespielter Empörung. »Diana und ihre Freunde haben gestern hier zu Abend gegessen, deshalb wollte ich es mir mal ansehen. Ich hoffe, ihr haltet mich nicht für makaber – einer von ihnen ist heute in den frühen Morgenstunden verstorben. Alle gehen davon aus, dass es schlicht ein tragischer Unglücksfall war, weil er etwas gegessen hat, wogegen er allergisch war, aber ich weiß nicht recht …«

»Dachtest du, dass du hier auf irgendetwas stößt?«, fragte Mary.

Louisa verzog das Gesicht. »Ich weiß, dass es albern ist. Er war auf Sesam allergisch, und ich wollte die Speisekarte überprüfen, allerdings ist alles auf Französisch.« Mit einem Mal kam sie sich wie eine Närrin vor. Das Restaurant wirkte völlig normal. Was hatte sie zu finden erwartet? Einen finsteren Schurken von einem Kellner? Sie sollte aufpassen, sonst entwickelte sie sich noch zu einem dieser Menschen, die ganz umsonst die Pferde scheu machten.

»Ich würde jedenfalls keinen Fisch oder Meeresfrüchte bestellen und kein Leitungswasser trinken«, erklärte Mary. »Außerdem sind ja Guy und ich jetzt da und können dir helfen. Wir sind ohnehin dienstlich hier.«

Louisa sah sie interessiert an. »Ach ja? Ich habe mich schon gefragt, was euch drei wirklich hierhergeführt hat.«

Guy hüstelte. Obwohl er Louisa gegenübersaß, hatte er bisher kaum den Mund aufbekommen. »Es geht um ein vermisstes Mädchen. Rose Morgan. Möglicherweise ist sie in Paris.«

»Ist das einer der Fälle, die du bearbeitest?«

»Gewissermaßen. Nicht offiziell, aber sie wurde als vermisst gemeldet. Meinen Vorgesetzten juckt der Fall herzlich wenig, aber ihre Eltern machen sich schreckliche Sorgen um sie. Und so kam ich auf die Idee, dich zu fragen.«

Der Kellner servierte die Zwiebelsuppe. »Wieso?«, fragte Louisa.

Guy rutschte auf seinem Stuhl herum. »Na ja, sie war auch Dienstmädchen, und ich dachte, du hättest vielleicht etwas gehört.«

»Dienstbotenklatsch, meinst du.« Sie konnte ihm keinen Vorwurf machen, schließlich wusste er ja nichts von ihren Bemühungen, dem Dienstbotenleben endlich den Rücken zu kehren, und nun war sie hier – als Kammerzofe einer reichen Adligen, zwar in einer gehobenen Stellung, aber nichtsdestotrotz eine Dienstbotin. Sie tadelte sich insgeheim für ihre Gedanken und beschloss, sich lieber darauf zu konzentrieren, dass er sie bei einem Fall zurate zog. War das nicht genau das, wovon sie immer geträumt hatte?

»Dann solltest du mir alles über Rose Morgan erzählen, was du weißt.«

Guy beschrieb ihr die Details und zog ein Foto heraus, das Louisa sich ansah. »Irgendetwas ist da …« Sie nahm es und hielt es ins Licht. »Ich würde sagen, sie hat eine andere Haarfarbe, aber, ja, sie hat, meine ich, in einem der Ateliers gearbeitet, in dem Mrs Guinness ihre Garderobe eingekauft hat. Genau kann ich mich nicht erinnern, es muss entweder bei

Louise Boulanger gewesen sein oder vielleicht auch bei Molyneux. Ja, jetzt, wo ich darüber nachdenke … Molyneux.«

Das war ein Durchbruch. Guy sah Louisa an. »Danke, du bist ein echtes Genie.« Einen Moment lang glaubte sie, er würde sie küssen. Aber natürlich tat er es nicht.

KAPITEL 21

»Dann hast du ihr also nichts von Sinéad erzählt?«

Louisa und Mary hatten sich entschuldigt, um sich frisch zu machen, während Guy und Harry die Rechnung kommen ließen.

»Ich habe es ihr nicht absichtlich verschwiegen«, erwiderte Guy und bemühte sich, nicht zu klingen, als fühle er sich in die Enge getrieben. »Es gibt eine ganze Menge, worüber wir nicht gesprochen haben.«

Die Unterhaltung beim Abendessen hatte sich hauptsächlich um Rose und andere Dienstmädchen gedreht, die sich in ihrer Verzweiflung zu irgendwelchen Kurzschlusshandlungen hatten hinreißen lassen. Auf Louisas Frage, woher Guy überhaupt wisse, dass sie sich in Paris aufhalte, hatte Guy zugeben müssen, dass er Mrs Windsor in Swinbrook angerufen und sie um Louisas Anschrift gebeten hatte. Allerdings war er bewusst nicht darauf eingegangen, dass er zu diesem Schritt gezwungen gewesen war, weil sie den Kontakt zu ihm abgebrochen hatte. Guy wollte die Gründe dafür lieber nicht erfahren, aus Angst, sie könnten seine Wiedersehensfreude nur trüben.

Harry erwiderte nichts darauf, doch Guy wusste auch so,

was er dachte. Harrys altmodische Loyalität war einer der Gründe, weshalb sie so enge Freunde waren.

Nichtsdestotrotz musste er sich fragen, was er hier überhaupt tat – den ganzen Weg nach Paris zu kommen, nur weil er einem Gefühl und dem Hinweis eines kleinen Mädchens folgte.

Allein der Gedanke machte ihn nervös. Er leerte sein Weinglas und musste sich auf die Brust klopfen, um sich nicht zu verschlucken. Harry sah ihm mit amüsierter Abgeklärtheit zu. »Wenn du mich fragst, solltest du besser den Mund aufmachen, und zwar schleunigst«, sagte er nur.

Louisa und Mary kehrten zurück. Guy fiel auf, dass Louisa Lippenstift aufgelegt hatte – offenbar hatte Mary sie dazu ermutigt. Sie trug ein hübsches blaues Kleid, das ihr gerade bis über die Knie reichte und ihre schönen Beine zur Geltung brachte.

»Ich sollte bald los«, meinte Louisa und setzte sich.

»Was?«, fragte Harry. »Es ist gerade mal halb zehn. Ich finde, du solltest mit uns kommen. Du kannst nicht in Paris sein, ohne einen Jazzclub besucht zu haben. Es gibt noch ein oder zwei, die ich unbedingt sehen will.«

»Na gut, einen Drink, aber dann muss ich nach Hause. Später als halb elf darf es nicht werden.«

Nur ein paar Straßen weiter befand sich ein Club, von dem Harry gehört hatte, und so kam es, dass sie kurz darauf mit ihren Cocktails an einem Tisch nahe der Bühne saßen, wo die Band spielte. Guy hatte Clubs wie diesen schon mehr als einmal besucht, um Harry spielen zu hören, obwohl es eigentlich nicht seinem Geschmack einer Abendgestaltung entsprach. Er ging lieber mit Sinéad ins Kino oder saß mit seiner Mutter am

Kamin und las ein schönes Buch. Doch er spürte, wie er sich immer mehr entspannte, während er zu den weichen Jazzklängen den Blick über die chicen Pariser schweifen ließ. Er spürte die Wärme, die von Louisa ausging, und hatte Mühe, nicht den Arm um sie zu legen und sie an sich zu ziehen. Ein neues Stück wurde angestimmt, und Harry und Mary erhoben sich. »Worauf wartet ihr noch?«, rief Mary. »Los!«

Guy sah Louisa an. Kein Zweifel: Auch sie hatte Lust zu tanzen. »Dann komm«, sagte er mit leicht heiserer Stimme. Tanzen gehörte zu den Dingen, die er noch seltener tat als Cocktails trinken, und er hatte das dumpfe Gefühl, dass die Tanzkünste eines Mannes nicht nur danach beurteilt wurden, ob er seiner Partnerin auf die Füße trat oder nicht. Zum Glück war der Takt leicht zu erkennen. Entschlossen nahm er Louisas Hand und ging voran auf die Tanzfläche. Seine eine Hand lag auf ihrem Rücken, die andere traf ihre Hand auf Schulterhöhe in der Luft, als sie sich in perfekter Übereinstimmung im gedämpften Licht zu den leisen Klängen über das gut gefüllte Parkett bewegten. Immer wieder glitt sein Blick zu Louisas Mund, der verführerisch nahe vor seinem Gesicht schwebte. Minutenlang tanzten sie wortlos, wagten es kaum, einander anzusehen. In all den Jahren, die sie sich kannten, waren sie einander noch nie so nahe gewesen. Für einen Moment wusste Guy nicht, was er denken sollte. So lange hatte er diesen Moment herbeigesehnt, aber nun, da er gekommen war, konnte er nicht sagen, was er empfand. Irgendwann riskierte er einen Blick in Louisas Augen – vielleicht erging es ihr ja ganz genauso –, und obwohl ein Ausdruck von Gelassenheit auf ihren Zügen lag, flatterten ihre halb geschlossenen Lider ein klein wenig, als durchzucke sie ein Stromschlag. Der Gedanke ließ ihn zusammenfahren. Louisa sah ihn erschrocken an.

»O Gott, bitte entschuldige. Ich dachte, ich hätte Rose gesehen.«

»Was? Wo?«

»Nein, sie war es dann doch nicht.« Das war eine glatte Lüge, aber ihm fiel nichts Besseres ein.

Sie sah ihn besorgt an. »Ich sollte allmählich aufbrechen. Ich habe heute Nacht kein Auge zugetan. Es tut mir leid, Guy. Der letzte Tanz hat großen Spaß gemacht.« Sie blieb stehen und schaute ihm tief in die Augen. Schlagartig fühlte sich sein Mund ganz trocken an. »Sehr sogar. Aber jetzt sollte ich nach Hause gehen.«

»Ich begleite dich«, sagte Guy.

»Das brauchst du nicht. Ich will euch nicht den Abend verderben.«

»Das tust du doch nicht. Und ich will nicht, dass du allein durch die Stadt läufst.« Guy ließ sich nicht erweichen. Nachdem sie sich von Mary und Harry verabschiedet und ihre Mäntel geholt hatten, traten sie hinaus in die kalte Abendluft. Die Straßen waren nass; es hatte einen kurzen Schauer gegeben, während sie im Club gewesen waren, und das gelbe Licht der Straßenlaternen spiegelte sich auf dem Asphalt. Am Straßenrand standen Frauen in Zweier- und Dreiergrüppchen, alle stark geschminkt, in kurzen Kleidern und Nahtstrümpfen. Hier und da hielt ein Wagen an, der Fahrer sorgsam darauf bedacht, nicht im Schein des Lichtkegels zu stehen, woraufhin sich eine der Frauen ins Fenster beugte und nach einer kurzen Unterredung einstieg. Obwohl Guy wusste, dass Louisa nicht naiv war und sich denken konnte, was sich da gerade abspielte, war ihm nicht wohl dabei. Sie hatte sich bei ihm untergehakt, als sie schweigend durch die Straßen gingen. Als sie Montparnasse hinter sich gelassen hatten und auf den breiten Boulevard Raspail traten, von wo es nicht mehr allzu weit zur Rue de Poitiers war, verlangsamte Guy seine Schritte.

»Wie lange bleibst du noch in Paris?«, fragte er.

»Ich weiß es nicht. Eigentlich sollten die Guinness noch ein paar Wochen hier sein und dann nach Sizilien weiterreisen, wohin ich sie allerdings nicht begleiten werde. Aber nach dem, was mit Mr Mulloney passiert ist …« Sie hielt inne. »Vielleicht ändern sie ihre Pläne ja jetzt. Was ist mit dir?«

»Ich muss morgen abreisen«, antwortete er. »Zurück zur Arbeit. Können wir uns nicht mal wiedersehen, wenn du zurück in London bist?« Er blieb stehen. Louisa war ins Licht einer Schaufensterbeleuchtung getaucht, flankiert von zwei gertenschlanken Schaufensterpuppen in modischen Kleidern, doch er bemerkte sie gar nicht. Guy hatte nur Augen für Louisa. »Ich habe dich vermisst.«

Louisa hob den Kopf und sah ihn an. »Ich habe dich auch vermisst, Guy. Und es tut mir leid, dass ich nicht zurückgeschrieben habe.«

Also hatte sie seine Briefe bekommen.

»Ehrlich gesagt wusste ich nicht, was ich schreiben soll. Ich bin nach London zurückgekehrt, und ab da lief alles schief. Ich habe mich wie eine Versagerin gefühlt, aber die Vorstellung, es dir zu sagen, war unerträglich, deshalb hielt ich es für besser, wenn ich mich irgendwie weiter allein durchschlage.«

»So etwas kannst auch nur du denken«, sagte er lächelnd. »Für mich könntest du niemals eine Versagerin sein. Im Gegenteil. Für mich bist du …«

Sie unterbrach ihn und legte ihre Lippen auf seinen Mund. Einen Moment lang lehnte er sich gegen sie, legte die Hände auf ihren Rücken, spürte die weiche Wärme ihres Mundes, ihren Körper, der sich an ihn schmiegte.

Er löste sich. Als er sprach, fühlte es sich so an, als sei er mit Watte gefüllt. »Ich kann nicht«, sagte er.

Statt etwas zu erwidern, schaute sie ihn nur verwirrt an.

»Ich bin verlobt«, erklärte er schließlich. »Es tut mir sehr leid.«

Hilflos musste er mit ansehen, wie Louisa sich augenblicklich in sich zurückzog. Sie schlug ihren Mantelkragen hoch, als wollte sie ihren Mund verbergen. »Wieso hast du mir das nicht schon früher gesagt?«

»Ich weiß, dass ich es hätte tun müssen, gleichzeitig wollte ich nicht, dass du falsche Schlüsse ziehst und glaubst, ich würde denken, du wolltest, dass wir mehr als Freunde sind. Ich wusste ja nicht, wie du für mich empfindest. Noch nie.«

»In diesem Fall kann es auch weiterhin so bleiben. Du kannst mich getrost vergessen, Guy. Natürlich werden wir uns in London nicht treffen. Und den Rest des Weges gehe ich alleine. Ich kenne mich hier aus, es ist nicht mehr weit.«

»Aber … bitte, Louisa.«

»Nein, ich schaffe das schon.«

Sie wandte sich ab und ging davon, ohne sich auch nur ein einziges Mal umzudrehen.

KAPITEL 22

Am nächsten Tag suchten Guy und Mary das Atelier Molyneux auf, um sich nach Rose Morgan zu erkundigen, doch Guy überlegte, ob sie tatsächlich die richtige Adresse hatten. Obwohl er im wohlhabenden Knightsbridge arbeitete, wo sich einige der nobelsten Geschäfte Londons befanden, hatte er nie einen Anlass gesehen, sie zu betreten – die Herrenausstatter wirkten viel zu elegant, und Guy hatte immer befürchtet, dass die Verkäufer jemanden wie ihn gar nicht erst bedienen würden. Hier sahen die Geschäfte eher wie Wohnhäuser aus, mit diskreten Klingeln, nur dass einem keine freundliche Hausfrau die Tür aufmachte. Die perfekt geschminkte Frau, die ihnen bei Molyneux öffnete, musterte ihn und Mary von Kopf bis Fuß mit einem Blick, der keinen Zweifel daran ließ, dass sie hier keineswegs willkommen waren. Guy entschuldigte sich, dass sie nur Englisch sprachen, und erkundigte sich dann, ob Monsieur Molyneux zu sprechen sei.

»Haben Sie einen Termin?«

Guy verneinte.

»Dann müssen Sie später noch einmal vorbeikommen. Ohne vorherige Vereinbarung empfängt Monsieur keine Besucher«, sagte sie, wobei sie das Wort *Besucher* betonte, als gelte das auch für Ludwig XIV. höchstpersönlich.

Guy war bewusst, dass seine Erwiderung nicht ganz korrekt war, doch er würde sich auf keinen Fall wie ein streunender Hund abwimmeln lassen. »Wir sind von der britischen Polizei, Madame, und ermitteln im Fall eines vermissten Mädchens, von dem wir glauben, dass es vielleicht hier beschäftigt ist.«

Erst nach einer weiteren halben Stunde kam der Modeschöpfer hereingerauscht. »Nebenan wartet ein Mitglied eines europäischen Königshauses auf die Anprobe ihres Ballkleids«, erklärte er ungeduldig und, zu Guys Erstaunen, mit einem ausgeprägten britischen Akzent. Guy wusste, dass dies bloß ein Versuch war, sie in Ehrfurcht erstarren zu lassen. Und es funktionierte. Mary schien schlagartig vergessen zu haben, weshalb sie hergekommen waren, und Guy sah ihr an, dass sie fieberhaft überlegte, um wen es sich handeln könnte. Wenn er nicht aufpasste, würde sie am Ende noch durch die Tür schlüpfen und nachsehen.

»Wir haben Grund zur Annahme, dass eine junge Frau namens Rose Morgan, die offiziell als vermisst gilt, hier vorstellig geworden ist.« Guy zeigte Molyneux die Fotografie, woraufhin der Modeschöpfer nur den Kopf schüttelte.

»Mit Gewissheit kann ich es nicht sagen«, meinte er. »Es tauchen ständig Mädchen auf, die Arbeit suchen. Aber ich bezweifle, dass sie die Richtige für den Verkauf gewesen wäre. Vielleicht hinten?«

Guy versuchte sein Glück noch einmal. »Wir haben mit der Tochter ihrer vorhergehenden Arbeitgeberin gesprochen, Miss Muriel Delaney. Soweit wir informiert sind, ist sie die Nichte Ihrer Gattin?«

Molyneux schnippte mit den Fingern. »Muriel. Das kleine Mädchen. Sie war reizend. Ist sie es auch heute noch?«

»Ja«, antwortete Mary. »Haben Sie sie in letzter Zeit einmal gesehen?«

»Seit Jahren nicht mehr. Sie war bei unserer Hochzeit, 1923. Aber ihre Tante und ich haben uns 1924 wieder scheiden lassen. Seitdem habe ich sie weder gesehen noch etwas von ihrer Familie gehört, und von ihrem Dienstmädchen schon gar nicht. Wenn Sie mich jetzt bitte entschuldigen wollen, ich bin sehr beschäftigt. *Bon.*« Er schnippte erneut mit den Fingern, woraufhin eine Assistentin angelaufen kam. »Hol mir die gelbe Seide, bitte.«

Das Gespräch war beendet.

Bedrückt stand Guy kurz darauf im Entrée und wartete darauf, dass jemand Marys Hut und Mantel holte. Nach allem, was Louisa ihnen erzählt hatte, war er voller Hoffnung gewesen.

Eine weitere Assistentin brachte Marys Sachen, doch statt sie arrogant hinauszukomplimentieren, fragte sie mit besorgter Miene: »Ich höre, Sie suchen nach jemandem?« Auch sie hatte einen deutlichen englischen Akzent.

»Ja«, antwortete Mary und gab Guy ein Zeichen, ihr die Fotografie zu reichen. »Erkennen Sie dieses Mädchen?«

Die Assistentin nickte. »Das ist Rebecca. Monsieur kannte sie nicht, weil sie hinten ausgeholfen hat, außerdem ist sie inzwischen blond.«

»Ausgeholfen hat?«

»Ja, gestern hat sie aufgehört.« Die Frau schien all ihren Mut zusammennehmen zu müssen. »Es war sehr überstürzt. Könnte sie vielleicht mitbekommen haben, dass Sie nach ihr suchen?«

Guy fiel die Kellnerin in der Bar wieder ein. Vielleicht hatte sie Rose gewarnt. Verdammt!

»Ihre Familie möchte wissen, ob es ihr gut geht«, erklärte Guy mit einem Anflug von Verärgerung. Wieso musste diese Rose ihnen solche Sorgen bereiten?

»Vielleicht wollen Sie ihnen ja sagen, dass alles in Ordnung ist«, schlug die junge Frau vor.

»Haben Sie zufällig ihre Adresse, die wir den Eltern geben könnten?«, fragte Mary.

Die Assistentin schüttelte den Kopf. »Nein, sie hat sie nicht hinterlassen. Ich kannte sie nicht besonders gut, wollte Ihnen die Information aber nicht vorenthalten. Es tut mir leid, mehr kann ich Ihnen dazu auch nicht erzählen.«

1930

KAPITEL 23

Zur Feier ihres ersten Hochzeitstags hatten Diana und Bryan eine Einladung von Kate Mulloney angenommen, die sich auf einer ganzen Etage im *Hotel Excelsior* am Lido von Venedig eingemietet hatte. Louisa wusste nichts über Mrs Mulloneys finanzielle Situation vor dem Tod ihres Mannes – seit sie Witwe war, schien es ihr an Geld jedenfalls nicht zu mangeln. Mr Mulloneys Tod war von den Zeitungen als tragischer Unglücksfall dargestellt worden, eine tödliche allergische Reaktion; dass Kate so betrunken gewesen war, dass sie ins Bett gefallen und infolgedessen nicht in der Lage gewesen war, einen Krankenwagen zu rufen, war in den Berichten geflissentlich unterschlagen worden, und sie blieb auch weiterhin eine der tragenden Säulen der Londoner Gesellschaft. Das vergangene Jahr im Hause der Guinness hatte Louisa eine Vorstellung davon vermittelt, was es bedeutete, reich zu sein, und zwar steinreich. Mittlerweile war ihr auch klar, weshalb die Mitford-Mädchen stets die Armut ihrer Familie beklagt hatten. Für sie, die Tochter einer Wäscherin und eines Kaminfegers, waren sie förmlich im Geld geschwommen, doch nachdem sie nun seit einem Jahr in Dianas Diensten stand, wusste sie, was dieser Ausdruck in Wahrheit meinte.

Zum einen hieß es, die neuesten Kollektionen im Schrank hängen zu haben, statt sich von der Dorfschneiderin ein einzelnes Kleid anfertigen und danach immer wieder ändern lassen zu müssen. Mit einem Scheckbuch ausgestattet, hatte Diana sehr schnell ihren eigenen Stil entwickelt, der ihre sorgsam gehegte Figur stets perfekt in Szene setzte. Ihre Schnitte waren schlicht, wobei sie gern Volants an Blusenfronten und Manschetten mochte, außerdem hatte sie eine Schwäche für exklusive Materialien wie Kaschmir, Wolle, Leinen oder Seide in klaren, hellen und dunklen Kontrastfarben. So gehörte zum Beispiel ein weißes Samtcape über einem langen schwarzen Mantel zu ihren Lieblingsensembles. Bryan war zwar kein Dandy, setzte jedoch alles daran, mit seiner modischen Garderobe das perfekte Pendant zu seiner gut gekleideten Frau zu bilden. Seine Anzüge stammten traditionell von den Schneidern in der Savile Row, doch sie zeichneten sich durch besondere Details aus – schmal gebundene Krawatten und lässig offen getragene Jacketts, manchmal verzichtete er auch gänzlich darauf und rollte die Hemdsärmel auf, allesamt kleine Hinweise auf seine Schwäche für alles Künstlerisch-Legere.

Louisa mochte den Mann ihrer Herrin. Er war ein bescheidener, unaufdringlicher Mann, der sich in seiner Rolle als privilegierter Spross einer alteingesessenen Dynastie nicht ganz wohlzufühlen schien. Er hatte sogar versucht, eine Stellung anzunehmen. Nach dem Abschluss seines Jura-Studiums kurz nach der Hochzeit hatte er als Anwalt in einer Kanzlei angefangen, allerdings schnell feststellen müssen, dass man ihm keine Mandanten übertrug, mit dem Argument, dass seine Kollegen das Geld nötiger hätten als er. Daher genoss das junge Paar nun wieder seine Freiheit und konnte jederzeit tun und lassen, was es wollte: nach Irland reisen, wo Bryans Vater ihnen das große Haus Knockmaroon nahe Dublin zur Verfügung stellte, oder nach Paris. Ende des vergangenen Jahres waren sie noch einmal in Begleitung von Nancy hingefahren, die inzwischen an ihrem ersten Roman schrieb. Sie kam sehr regelmäßig zu Besuch, meist mit irgendeinem bejubelten Schriftsteller im Schlepptau, darunter auch Evelyn Waugh, der Nancy eine ähnlich vielversprechende schriftstellerische Karriere prophezeite wie seine eigene. Vor Kurzem erst war sein zweites Buch *Lust und Laster* erschienen. Er hatte es Diana und Bryan gewidmet, was Louisa vermuten ließ, dass Nancy sich dadurch gekränkt fühlen würde.

Meist verbrachten sie ihre Wochenenden in der Gesellschaft ihrer Freunde irgendwo auf dem Land, während der Wintermonate auch auf der Jagd. In London, wo sie ihr Haus in der Buckingham Street bewohnten (das sich als deutlich mehr als ein Puppenhaus erwiesen hatte), besuchten sie fast jeden Abend das Theater, oder Diana hörte sich in Begleitung ihres Bruders Tom ein Konzert an, sie wurden zu Abendessen eingeladen, gingen in Clubs oder zu Tanzveranstaltungen, oder sie gaben selbst Partys. Im Sommer 1929 hatten sie anlässlich von Dianas neunzehntem Geburtstag eine Party mit dem Motto »1860« für mehrere Hundert Gäste geschmissen, wobei die Damen Abendkleider mit riesigen Reifröcken tragen mussten. Gerade einmal einen Monat später luden sie Gäste unter dem nicht minder extravaganten Motto »Tropische Nächte« auf die Familienjacht der Guinness, die *Friendship,* ein. Jedes Ereignis fand sich unweigerlich am nächsten Tag in der Zeitung wieder, meist mit einem Foto der »atemberaubenden ehrenwerten Mrs Guinness«. Oft, aber nicht immer, stammte der dazugehörige Artikel aus der Feder von Luke Meyer.

Luke war ein Freund von Diana und Louisa gleichermaßen. Nach Guys schockierender Enthüllung, dass er verlobt war, hatte Louisa Lukes Freundschaft umso dringender gebraucht. Dabei störte sie nicht, dass sich zwischen ihnen keine Romanze entwickeln würde – mit diesem Thema hatte sie abgeschlossen. Wie es aussah, konnte sie nicht zugleich Ehefrau und Kammerzofe sein. In nächster Zukunft würde sie zwar auch weiterhin nur eine Dienstbotin sein, doch vieles an ihrer Arbeit bereitete ihr Freude. Zum einen war sie körperlich nicht anstrengend. Sie konnte sich noch nicht einmal wie andere Kammerzofen über mangelnden Schlaf beklagen, denn obwohl Diana häufig erst spät nach Hause zurückkehrte und Louisa bereitstehen musste, um ihr beim Auskleiden und Zubettgehen zu assistieren, schlief sie morgens lange. Zwar war es durchaus aufwendig, Dianas Garderobe zu waschen, zu bügeln, ihre Schuhe, Handtaschen, Hüte und Handschuhe in Schuss zu halten, trotzdem spielte sich Louisas Tagesablauf zumeist in den oberen Etagen ab. Sie musste ihre Herrin zu Einkäufen in die Geschäfte begleiten, wenn sie sich für Partys oder Reisen einkleidete. Natürlich war Louisa dabei, wenn es auf Reisen ging, und genoss den Respekt des Personals in den Häusern, in denen sie abstiegen. Häufig wurde sie beim Abendessen zur Rechten des Butlers platziert, sehr zu ihrer Belustigung, da Dienstboten sich noch sklavischer an die Hierarchien zu halten schienen als die Herrschaften, für die sie arbeiteten. Manchmal erzählte Diana ihr spätabends, wie die jungen Leute die eisernen Regeln ihrer Eltern brachen, die Gäste traditionell anhand ihres Titels zu platzieren – und einmal habe sich eine Dame sogar schlicht geweigert, nach dem Dinner mit den anderen weiblichen Gästen in den Salon zu gehen, sondern hatte weiter am Tisch gesessen und mit den Männern Port getrunken.

Manchmal kamen Unity, Decca und Debo nach London, und Louisa unternahm etwas mit ihnen, was ihnen allen großen Spaß bereitete. Diana liebte ihre Schwestern heiß und innig, die wiederum völlig verzaubert vom Glamour der Älteren waren. Louisa genoss es, für ein paar Stunden eine von ihnen zu sein, ihre Neckereien und ihre Späße über sich ergehen lassen zu müssen. Natürlich war Louisa bewusst, dass sie keinerlei gesellschaftliche Rolle spielte, trotzdem fühlte sie sich gewissermaßen als Teil davon und schnappte hier und da irgendwelchen Klatsch auf, bevor er in der Zeitung erschien. Ein- oder zweimal hatte sie, wenn auch mit einem Anflug von Schuldbewusstsein, Luke ein Detail aus der jüngsten Gerüchteküche anvertraut, doch niemals etwas über Diana oder Bryan. Sie mochte kein Heilmittel gegen eine schwere Krankheit gefunden haben oder nach einem Parlamentssitz streben wie die furchtlosen Frauen, über die sie in der Zeitung las, aber gemessen an ihrer Herkunft hatte sie immerhin etwas erreicht, und sei es nur, viel zu reisen und neue, faszinierende Menschen kennenzulernen. Das war deutlich mehr, als ihre Vorfahren jemals vorzuweisen hatten.

Es gab nur einen Haken: Louisa konnte Diana nicht leiden.

Sie vermochte nicht einmal genau zu sagen, weshalb oder was genau dazu geführt hatte. Diana war immer nett zu ihr, behandelte sie nie rücksichtslos oder stellte übertriebene Forderungen. Mrs Mackintosh, die exzellente Köchin des Hauses (von allen nur Mrs Mack genannt), war ihrer Herrin geradezu sklavisch ergeben, ebenso wie May, das Hausmädchen, das bisher für Bryans Eltern gearbeitet hatte. Diana war auch nicht dumm oder eine Langweilerin, sondern sehr belesen, stets auf dem Laufenden über die wichtigsten Künstler und

Autoren, kannte sich mit Politik aus und vertrat ihre eigene Meinung. Natürlich war sie bildschön – seit ihrer Hochzeit hatte sie auch noch die letzten Reste Babyspeck am Kinn und auf den Wangenknochen verloren, selbst jetzt, in den letzten Wochen ihrer Schwangerschaft. Sie konnte sehr stur sein und selbst dann noch auf ihrer Meinung beharren, wenn sie längst wusste, dass sie verloren hatte, doch das galt auch für Nancy, der Louisa auch weiterhin sehr zugetan war. Nein, es lag eher an einer Art Gefühlskälte, die Louisa an ihr spürte und die trotz der freundlichen Fassade immer bestehen blieb. Durchaus möglich, dass Louisa im Grunde ihres Herzens Mitleid mit Bryan hatte, der völlig vernarrt in seine Frau war, in einem Ausmaß, das von einem anderen Menschen nur schwer zu erwidern war. Mehr als einmal hatte Louisa Diana nachmittags schlafend auf ihrem Bett liegen sehen, inmitten von Rosenblüten, die Bryan verstreut hatte, und einem eigens für sie verfassten Gedicht. Man konnte diese Hingabe als leidenschaftlich oder auch als erstickend bezeichnen, aber Bryan meinte es zweifellos nur gut, und Louisa ertappte sich dabei, wie sie sich zunehmend über Dianas Gejammer über die Zuneigung ihres Ehemanns ärgerte.

Das Baby sollte Anfang März zur Welt kommen, daher fühlte Louisa sich verpflichtet, auch weiterhin in Dianas Diensten zu bleiben. Und trotz aller Widrigkeiten wollte Louisa nicht ernsthaft in Erwägung ziehen, sich etwas Neues zu suchen: Sie hatte ein behagliches Zimmer im Herzen Londons, ein Dach über dem Kopf, konnte reisen, brauchte sich nicht übermäßig anzustrengen … Beim Gedanken an die schäbigen Behausungen, in denen sie zwangsläufig nach ihrer Kündigung bei den Mitfords hatte unterkriechen müssen, ganz abgesehen von den langen Arbeitszeiten im Schneideratelier und den Händen des Besitzers, die nur allzu gern auf Wanderschaft gegangen waren, wurde ihr ganz elend. Nein, sie musste bei Diana bleiben und ihr folgen, vielleicht nicht bis ans Ende der Welt, aber zumindest nach Venedig.

KAPITEL 24

Die malerische Schönheit der Landschaft, die selbst in den Wintermonaten ihre Wirkung nicht verfehlte, hatte Louisa von Anfang an verzaubert, als sie ihre Arbeit als Kindermädchen auf dem herrlichen Landsitz der Mitfords in den Cotswolds aufgenommen hatte. Venedig jedoch ließ die Erinnerung dahinschmelzen wie Eis in der Sonne.

Eine lange Reise lag hinter ihnen; sogar eine noch längere für Louisa und Turner, den Chauffeur und offiziell Bryans Kammerdiener (eigentlich gab er nur ungern zu, von einem Kammerdiener umsorgt zu werden, obwohl es seine Vorteile hatte, stets polierte Schuhe zu haben und die passende Garderobe bereitgelegt vorzufinden). Die beiden waren einen Tag vor Diana und Bryan aufgebrochen, hatten den Zug nach Dover, dann die Fähre und einen weiteren Zug von Calais nach Paris genommen. Dort hatten sie ans andere Ende der Stadt fahren müssen, was sich als nicht sonderlich schwierig erwies – Louisa trug das Köfferchen mit Dianas Schmuck bei sich, deshalb hatte Bryan ihnen das Geld für die Fahrt mit dem Taxi gegeben –, und dank *Cook's Continental Timetable,* einem Kursbuch mit sämtlichen wichtigen europäischen Zugverbindungen, war es ihnen gelungen, den nächsten Zug nach

Venedig zu erreichen, wobei sie in Mailand einmal umsteigen mussten.

Turner war kein sonderlich gesprächiger Mann, es sei denn, die Unterhaltung drehte sich um Automobile und Briefmarken (er trug ein rotes Lederalbum mit seiner Sammlung mit einer Feierlichkeit herum, als handelte es sich um die britischen Kronjuwelen), doch als sie nach der einen oder anderen kurzen Diskussion über den richtigen Zug und den dazugehörigen Bahnsteig auf ihren Plätzen saßen, war Louisa vollauf zufrieden damit, ihr Buch zu lesen und die Annehmlichkeit der Fahrt zu genießen. Frankreich im Januar war nicht gerade ein optischer Hochgenuss mit den schier endlosen braunen Feldern, lediglich durchbrochen von vereinzelten Baumreihen hier und da. Von Mailand sah sie nichts außer dem Bahnhof, obwohl sie allein beim Anblick der italienischen Werbeplakate ein Schauder der Erregung überlief. Zu ihrer Enttäuschung war in Venedig bei ihrer Ankunft keinerlei Wasser zu entdecken, stattdessen fuhren überall Automobile herum, genauso wie in London. Vielleicht waren die Bilder, die sie gesehen hatte, ja hoffnungslos übertrieben, oder aber man hatte die Wasserwege inzwischen asphaltiert.

Erst als sie und Turner ihre Herrschaften vom Orient Express abholten und ihr beträchtliches Gepäck in ein zweites Taxi verfrachteten, das sie nur ein kurzes Stück bis zum Kanal brachte, fiel der Groschen: Sie hatten ihr endgültiges Ziel noch gar nicht erreicht. »Die Zugfahrt war himmlisch«, schwärmte Diana, eine Hand auf ihrem gewölbten Bauch, als sie am Ufer standen, »aber ich bin völlig erschöpft. Die gesamte Fahrt war eine endlose Party. Ich nehme an, eure Reise war bei Weitem nicht so ermüdend.« Sie hätte noch weitergeplappert, wäre nicht Bryan zu ihr getreten und hätte ihr den

Arm um die Schultern gelegt. »Ich will dir die Stadt auf die angenehmste Weise zeigen, wie ich nur kann, Liebste«, sagte er und führte sie behutsam von Louisa und Turner weg, während sie auf die Motorboote warteten.

Diana und Bryan bestiegen das erste Wassertaxi, in einem zweiten folgten Louisa und Turner mit dem Gepäck dicht dahinter. Obwohl die Boote tief im Wasser lagen und beinahe so lang wie ein Automobil waren, tuckerten sie gemächlich dahin, zuerst durch einen von hohen Pfählen flankierten Kanal und dann unvermittelt durch eine breitere Wasserstraße, vorbei an eindrucksvollen venezianischen Palästen. Die Gebäude waren alt und wunderschön, aus verblasstem farbigem Stein und mit Buntsteinfenstern zwischen den geöffneten Fensterläden. Durch schmiedeeiserne Tore erhaschte man einen Blick auf Gärten im Winterschlaf. Erst als Louisa die Rialtobrücke von den Gemälden Canalettos in der National Gallery wiedererkannte, dämmerte ihr, dass sie sich mitten auf dem berühmten Canal Grande befanden. Das Wasser war schiefergrau, und über ihnen spannte sich ein nicht minder unheilvoller Himmel, dennoch beschwor die Stadt eine Hochstimmung in Louisa herauf, als wäre es ein herrlicher Sommertag. Als sie am Markusplatz vorbeifuhren, erhaschte sie einen Blick auf den Dogenpalast mit seiner kunstvoll verzierten Marmorfassade und den hohen, schlanken Säulen, den Campanile und den Markusdom. Italiener in dicken Wintermänteln und Hüten strebten zügig die schmalen Wege am Kanal entlang und schienen ihren Alltagstätigkeiten nachzugehen, offenbar ohne sich der außergewöhnlichen, raren Schönheit rings um sie herum bewusst zu sein. Louisa und Turner hatten sich auf die Plätze außerhalb der Überdachung gesetzt. Diana drehte sich zu ihnen um und winkte strahlend. »Ist das nicht unglaublich?«, formte sie mit den Lippen, woraufhin Louisa ebenfalls lächelte und begeistert nickte.

Da sie nicht auf der Insel selbst, sondern am Lido absteigen würden, ließen sie den Canal Grande hinter sich und fuhren um die Spitze herum, vorbei an mehreren Archipelen, zum eigens für die Hotelgäste des *Excelsior* am Lido vorgesehenen Anlegesteg. Dort wurden sie von Pagen in burgunderroten und blauen Uniformen in Empfang genommen, die ihr Gepäck lautstark und unter großem Bohei in die riesige Lobby schafften. Louisa und Turner standen etwas abseits, während Mr und Mrs Guinness an der Rezeption eincheckten, die in puncto Pomp dem Altar der Kathedrale von Canterbury in nichts nachstand. Erst jetzt ging Louisa auf, dass es sich bei dem Prachtbau, der von außen an einen venezianischen Palast erinnerte, in Wahrheit um das Hotel selbst handelte. Die Decken waren so hoch, dass sie noch nicht einmal die Farbe eindeutig zuordnen konnte, die im Zickzack über mehrere Stockwerke angelegte Treppe war pompös genug, um einer Kaiserin in vollem Ornat Platz zu bieten, und die Gäste ringsum sahen allesamt aus wie geradewegs der neuesten *Vogue* entstiegen. Louisa war restlos hingerissen. Zu ihrer Erleichterung entdeckte sie in diesem Moment Luke auf der anderen Seite der Lobby, der sich in Begleitung einer exzentrisch aussehenden älteren Dame befand. Er winkte ihr zu und begrüßte zuerst Diana und Bryan, ehe er zu Louisa trat.

»Miss Cannon, darf ich Ihnen meine Tante, Lady Boyd, vorstellen? Tante, Miss Cannon ist Mrs Guinness' Kammerzofe.«

»Oh, tatsächlich?« Lady Boyd war eine unscheinbare Frau mit wässrigen Augen und einem markanten Kinn. Ihre Kleidung sah aus, als stamme sie aus dem Edwardianischen Zeitalter, dazu trug sie einen Hut mit breiter, hochgeklappter, mit einer riesigen gelben Seidenchrysantheme verzierten Krempe; das Ungetüm, unter dessen Rand vereinzelte dünne graue Haarsträhnen hervorragten, konnte nicht einmal ansatzweise mit den modisch schmalen Glockenhüten mithalten, die Diana und ihre Freundinnen bevorzugt trugen. Etwas an ihr kam Louisa bekannt vor, was jedoch auch an ihrem typisch altmodischen Witwenaussehen liegen mochte. Lady Boyd musterte Louisa von oben bis unten und verzog das Gesicht zu einem dünnen Lächeln, das ihre Zähne nicht entblößte. »Es freut mich, Ihre Bekanntschaft zu machen. Wenn Sie mich jetzt bitte entschuldigen möchten, aber ich muss mit dem Concierge unser Arrangement für den Besuch der Rialtobrücke morgen besprechen.«

Luke sah ihr nach, als sie die Lobby durchquerte, die bestimmt so groß wie ein Flugzeughangar war, ehe er sich wieder Louisa zuwandte. »Wie schön, Sie zu sehen«, sagte er. »Wir sind vor drei Tagen angekommen, alle anderen aber erst gestern Abend. Ich fürchte, wenn ich noch eine Runde Gin Rommé spielen muss, stürze ich mich vom Campanile.«

»Ich wusste gar nicht, dass Sie Ihre Tante mitbringen würden.«

»Es war eher umgekehrt. Sie hat *mich* mitgebracht. Die Zeitung wollte für die Kosten der Reise nicht aufkommen, obwohl sie meine Storys ganz bestimmt mit Kusshand nehmen werden, aber sonst hätte ich es mir nicht leisten können. Deshalb habe ich meinem reizenden Tantchen erklärt, dass sie nach all der vielen Arbeit über Weihnachten einen kleinen Urlaub verdient hat und die Schönheit der venezianischen Kirchen doch genau das Richtige wäre.«

Louisa horchte auf. »Welche Arbeit?« Sie kannte nicht viele Adlige, die für ihren Lebensunterhalt arbeiteten.

»Sie wird immer dann engagiert, wenn eine ehrgeizige Gastgeberin ein besonderes Menü servieren will, aber keine Ahnung vom Kochen hat. Oh, Diana winkt, Sie müssen wohl gehen. Soweit ich weiß, gibt Kate in ihren Räumen heute Abend ein Dinner. Auch sie ist erst gestern eingetroffen.«

»Ich werde ganz bestimmt nicht dort sein«, sagte Louisa.

»Wohl nicht. Ich melde mich später bei Ihnen.«

»Es ist bestimmt kein Problem, mich in meinem Zimmer anzurufen«, erwiderte Louisa. »Ich weiß noch nicht genau, wo ich untergebracht bin.«

»Wahrscheinlich ganz in der Nähe unserer Zimmer. Wir haben die billigsten genommen.« Luke zwinkerte ihr zu und winkte Bryan und Diana zu, ehe er sich auf die Suche nach seiner Tante machte.

Louisa trat zu Diana, die es allem Anschein nach kaum erwarten konnte, mit ihr zu sprechen. »Wir haben eine Nachricht erhalten.« Ihre Wangen hatten eine ungewohnte Röte angenommen. »Nancy ist ebenfalls hier. Sie hat mit Hamish Schluss gemacht und braucht Trost.«

»Ist sie allein hier?«

»Nein, zum Glück hat sie Tom und eine Freundin mitgebracht. Clara Fischer. Klingt nach einer Jüdin.«

»Sie ist Amerikanerin«, meinte Louisa. »Und Schauspielerin. Sie war vor ein paar Jahren bei Pamelas Geburtstagsparty, als …« Sie warf Diana einen vielsagenden Blick zu.

»Als was?«

»Als Nancys Freund getötet wurde«, flüsterte sie.

»Gütiger Himmel. Hoffentlich ist das kein schlimmes Omen.« Diana verzog das Gesicht.

»Ganz bestimmt nicht.«

Doch sie sollte sich irren.

KAPITEL 25

Diana und Bryan bewohnten eine Suite mit drei Räumen und einem Badezimmer mit dem spektakulärsten Ausblick auf das Meer, den Louisa je in ihrem Leben gesehen hatte. Die Bogenfenster gingen auf einen Balkon hinaus, allerdings war es zu kalt, um im Freien zu sitzen. »Eine ungewöhnliche Zeit für einen Venedig-Besuch, findest du nicht?«, hörte Louisa Diana zu Bryan sagen.

»Kate wird allmählich langweilig, deshalb kommt sie auf die wildesten Ideen«, erwiderte Bryan. »Unser Hochzeitstag war für sie nur eine Ausrede, hab ich recht, mein Herz?« Er wollte sie küssen, als Diana ihm jedoch bedeutete, dass sie nicht allein waren, unterließ er es. »Ich gehe nach unten und sehe nach den anderen. Vermutlich gibt es bald Mittagessen.«

»Ich rufe Nancy an, dann kommen wir nach«, meinte Diana. Aber kaum war Bryan verschwunden, tauchten Nancy und Tom mit Clara im Schlepptau auf. Tom war eine echte Augenweide – er war gerade einundzwanzig geworden und hatte das markante Profil und den dichten Haarschopf seines Vaters geerbt. Als einziger Sohn der Mitford-Familie besaß er ein bemerkenswert ruhiges, ausgeglichenes Temperament und zeigte deutlich weniger Neigung zum Drama als seine sechs

Schwestern. An Clara erinnerte sich Louisa noch sehr genau. Sie hatte sie Ende 1925 in Mitford Manor kennengelernt, unter überaus tragischen Umständen: Der junge Adrian Curtis war während der Party zu Pamelas achtzehntem Geburtstag vom Glockenturm gestoßen worden. Es war eine reichlich unangenehme Zeit gewesen, da etliche der Gäste unter Verdacht gestanden hatten, gleichzeitig aufschlussreich für Louisa, die zum ersten Mal in den ungehinderten Genuss des Tanzens gekommen war, als sie Pamela nach London in den berüchtigten Club *43* begleitet hatte. Dort, im Halbdunkel des Etablissements, hatten die gesellschaftlichen Unterschiede scheinbar keine Rolle mehr gespielt, aber natürlich war dieser Zustand nicht von Dauer gewesen. Clara war eine amerikanische Schauspielerin und auch so bildschön wie ein Filmstar, jedoch ein wenig schüchtern, was es schwer vorstellbar machte, dass sie mit ihrer Ausstrahlung eine ganze Bühne füllen könnte.

Es mochte am wenig schmeichelhaften Januarlicht liegen, doch Louisa fand, dass Clara ein wenig von ihrer glamourösen Attraktivität eingebüßt hatte. Sie war immer sehr schlank gewesen, wie es der Mode entsprach, nun war sie allerdings regelrecht hager, und unter ihren hohen Wangenknochen lagen tiefe, graue Schatten.

Nach den Küssen und Umarmungen zwischen Diana und den dreien begrüßten die Neuankömmlinge auch Louisa, wobei sich Nancy die Bemerkung »Hat außer dir sonst noch jemand seine Kammerzofe mitgebracht?« nicht verkneifen konnte.

»Nur ich. In meinem Zustand …« Es klang fast wie eine Entschuldigung, aber Louisa wusste, dass Diana sich daran gewöhnt hatte, Louisa um sich zu haben, Schwangerschaft hin oder her. Trotzdem hielt sie es für klüger, sich zu entschuldigen und sich ans Auspacken zu machen.

Louisa trat ins angrenzende Zimmer und begann die Kleider und Blusen, die allesamt gebügelt und einzeln in Seidenpapier eingeschlagen worden waren, aus den Koffern zu nehmen; durch die geöffnete Tür konnte sie immer noch hören, was nebenan gesprochen wurde.

»Du meine Güte, du bist ja riesig«, hörte sie Nancy in ihrem typisch theatralisch-ironischen Tonfall sagen, den sie stets anschlug, um andere zu foppen. Eigentlich war er nicht als Kränkung gemeint, trotzdem wurde er häufig als genau das aufgefasst.

»Der Arzt sagt, die Schwangerschaft entwickelt sich prächtig. Es tut mir leid, das von dir und Hamish zu hören«, erwiderte Diana, die sich nicht die Butter vom Brot nehmen ließ.

Kurz herrschte Stille, und Louisa sah förmlich vor sich, wie Nancy um ihre Würde rang. Mitleid war so ziemlich das Letzte, was Nancy von ihrer jüngeren (und zudem noch reich verheirateten) Schwester brauchen konnte. »Da gibt es nichts, was einem leidtun müsste. Wir verstehen uns nach wie vor prächtig.«

»Aber was meintest du dann mit deiner Nachricht, du hättest mit ihm Schluss gemacht?«

»Ach, das war im Eifer des Gefechts. Ich wollte eben unbedingt einen Brillantring am Finger, inzwischen bin ich wieder zur Vernunft gekommen.«

»Willst du das wirklich tun, Naunce? Ich meine, er kann dich nicht in einer Weise glücklich machen, wie ein Mann es sollte …« Verunsichert ließ Diana ihre Stimme verklingen. Louisa wusste, dass sie ihrer Schwester selbstbewusster entgegentrat als in jungen Jahren, trotzdem war immer noch klar, wer von den beiden das Sagen hatte.

»Spielst du auf seine Schwärmereien während der Schulzeit an? Ach, darauf gebe ich nichts. Alle Jungs haben ihre Phasen, in denen sie sich ausprobieren müssen, stimmt's?«

»Wenn du mich fragst, ist es bei Hamish mehr als eine vorübergehende Phase«, warf Tom ein – obwohl er ein großer, schlanker junger Mann war, erschrak Louisa beim Klang seiner tiefen Stimme. Für sie war er immer noch ein Junge, auch wenn sie nur wenig mit ihm zu tun gehabt hatte, da er im Gegensatz zu seinen Schwestern bereits in jungen Jahren aufs Internat geschickt worden war. Als Louisa später Luke die Unterhaltung schilderte, unterbrach er sie. »Es gibt Gerüchte über Tom und Hamish … Sie wissen schon, in Eton«, erklärte er sichtlich schadenfreudig. Im ersten Moment weigerte Louisa sich, ihm zu glauben, doch Luke beharrte auf seiner Meinung, und sie musste einräumen, dass er sich damit besser auskannte als sie. Mittlerweile wusste sie, dass er Männer Frauen vorzog, aber statt enttäuscht zu sein, war sie heilfroh über die Freiheit, die dieser Umstand ihrer Freundschaft verlieh.

Louisa schob Spanner in Dianas Schuhe, als sie mitbekam, wie die Stimmen nebenan lauter und aufgeregter wurden. Luke war hereingekommen, was offensichtlich große Begeisterung bei Nancy auslöste, denn er wurde überschwänglich begrüßt und Clara und Tom vorgestellt. Louisa hätte schwören können, dass Luke ihr erzählt hatte, er würde Tom kennen, gleichzeitig verhielten sich die beiden, als würden sie einander das allererste Mal begegnen.

»Lou-Lou?« Diana nannte sie nur noch selten so. Dass sie es jetzt tat, war ein klares Zeichen für ihr Bedürfnis, sich vor ihrer Schwester zu brüsten, indem sie sie mit dem Spitznamen ansprach, den Nancy Louisa vor all den Jahren verliehen hatte.

»Ja, Mrs Guinness?« Louisa kehrte in den Salon zurück.

»Wir machen einen Ausflug zum Markusplatz. Kommen Sie doch mit. Ich hätte Sie gern um mich, falls ich müde werde und mich eine Weile hinsetzen möchte.«

»Natürlich. Ich hole sofort Ihre Sachen.«

Eine halbe Stunde später lief sie Luke und Lady Boyd in die Arme, als sie aus ihrem Zimmer trat. Wie Luke prophezeit hatte, befanden sich ihre Zimmer im selben Flügel, da sie nicht über dieselben finanziellen Mittel verfügten wie die Mitfords oder die Guinness.

»Hallo«, sagte Luke. »Kommen Sie doch gleich mit uns.«

Louisa bemerkte zwar Lady Boyds missbilligenden Blick, aber die alte Dame erhob keinen Protest.

»Waren Sie schon einmal in Venedig?« Louisa konnte es kaum erwarten, den Markusplatz zu sehen.

»Nein, noch nie«, antwortete Luke. »Lady Boyd war schon einmal hier, stimmt's, Tantchen?«

»Vor dem Krieg«, bestätigte Lady Boyd wehmütig. »Sir William Boyd und ich sind im Gritti Palace abgestiegen, in einer Suite mit Blick auf den Canal Grande.«

»Tja, und danach ist alles mit Karacho den Bach runtergegangen«, raunte Luke und schnitt eine Grimasse. Louisa spürte, wie ein Kichern in ihrer Kehle aufstieg, das sie jedoch unterdrückte, als sie Lady Boyds scharfen Blick bemerkte.

»Luke, mein Lieber«, sagte Lady Boyd. »Ich weiß nicht recht, ob du warm genug angezogen bist. Solltest du dir nicht lieber den hübschen Schal umlegen, den ich dir gekauft habe?«

»Mir wird schon nicht kalt, keine Sorge, Tantchen«, wiegelte Luke geduldig ab, verdrehte aber die Augen, sobald ihm Lady Boyd den Rücken zukehrte.

In der Lobby hatten sich Diana, Bryan, Nancy, Tom, die immer noch kreidebleiche Clara und Kate Mulloney versammelt, außerdem drei oder vier andere Gäste, die Louisa nicht kannte, die wahrscheinlich in der letzten halben Stunde zusammengetrommelt worden waren. Louisa trat ein Stück zur Seite, als die Anwesenden einander vorgestellt wurden, wobei die Begrüßung zwischen Lady Boyd und den jungen Leuten ein wenig steif ausfiel. Schließlich führte Kate das Grüppchen zum Steg; dort erwartete sie bereits ein hoteleigenes Boot, um sie zum Markusplatz zu bringen. Zum Glück war es trocken, wenn auch bitterkalt. Nahezu alle Anwesenden hatten sich in dicke Mäntel, Stolen und Mützen aus verschiedenstem Pelz gehüllt, Kate sogar in einen bodenlangen Nerz, der sie mehr wie einen Filmstar aussehen ließ, als Clara es jemals gelingen würde. Kurz kam Louisa der Revolver mit dem Perlengriff in den Sinn, doch sie verdrängte den Gedanken sofort wieder. Bestimmt hatte Kate ihre Gründe, weshalb sie sich mit einer Waffe schützen wollte. Alle plauderten angeregt miteinander, vor allem Luke schien sich in der Gesellschaft pudelwohl zu fühlen. Louisa wandte sich ab und schaute gedankenversunken auf die Inseln und die Einfahrt zum Canal Grande hinaus, bis sie den Steg vor dem Campanile erreichten und der Anblick und die Geräusche ihre Sinne überwältigten.

KAPITEL 26

Guy saß an seinem Schreibtisch auf dem Revier in Knightsbridge und räumte nach einem langen, aber erfolgreichen Tag die Akten auf. Der Fall eines Diebs, der seit Monaten in der Gegend sein Unwesen getrieben hatte, war zu einem Abschluss gekommen. DI Stiles und er hatten den Mann dingfest gemacht, und heute war er zu zehn Jahren Arbeitslager verurteilt worden. Lächelnd hob Guy den Telefonhörer ab, als es läutete, in der Erwartung einer weiteren Gratulation eines seiner Vorgesetzten, doch die Vermittlung meinte, es sei ein Anruf von einem Mr Albert Morgan und ob Guy das Gespräche annehmen wolle.

»Hier spricht DS Sullivan«, sagte Guy, als Mr Morgan durchgestellt wurde.

»Hier spricht Albert Morgan«, sagte die Stimme mit dem ausgeprägten Yorkshire-Akzent recht langsam, als sei sich der Anrufer nicht ganz sicher, ob so ein Telefonapparat auch tatsächlich so eine weite Distanz überwinden konnte.

»Hallo, Mr Morgan. Wie schön, von Ihnen zu hören.« Guy konnte nur hoffen, dass der Anlass tatsächlich ein schöner war. Er hatte Rose nicht vergessen. Es gab keinen Grund zur Annahme, dass sie nicht doch eine angenehme und aufregende Methode gefunden hatte, in Paris ihren Lebensunterhalt zu verdienen, und deshalb ihrer Familie den Rücken gekehrt und dafür gesorgt hatte, dass man sie nicht fand. Trotzdem hatte er sich nicht wirklich wohl mit dieser Erklärung gefühlt und stets im Hinterkopf gehabt, dass er seine Pflicht ihren besorgten Eltern gegenüber nicht vollständig erfüllt hatte.

Knisterndes Rauschen war in der Leitung zu hören. »Bitte entschuldigen Sie, Mr Sullivan, ich weiß, Sie sind ein viel beschäftigter Mann, aber Rose' Mum und ich haben uns gefragt, ob Sie vielleicht irgendetwas von unserem Mädchen gehört haben. Ein ganzes Jahr ist schon vergangen, seit Sie nach Paris gereist sind, und Sie haben uns damals gesagt, dass sie dort gearbeitet hat. Und natürlich ist sie erwachsen und muss selbst entscheiden, ob sie uns eine Nachricht zukommen lassen will, dass es ihr gut geht …« Er verstummte. Guy, der sehr wohl wusste, dass er Mr Morgan keinerlei Trost spenden konnte, schwieg. Schließlich hüstelte Mr Morgan. »Es ist nur so, dass es ihrer Mutter das Herz bricht, und ich dachte, vielleicht wissen Sie ja irgendetwas, das ich ihr sagen könnte.«

»Es tut mir aufrichtig leid, Mr Morgan, aber ich habe nichts gehört. Sie hat sich also weder bei Ihnen noch bei ihren Geschwistern gemeldet?«

»Nein. Nun ja, ich nehme an, keine Nachrichten sind in diesem Fall gute Nachrichten.«

Guy hatte Mitleid mit dem armen Mann. »Ich weiß, so etwas sagt man immer, aber es stimmt tatsächlich. Es gibt keinerlei polizeilichen Bericht über Rose, nichts Ungewöhnliches. Deshalb müssen wir davon ausgehen, dass sie lebt und es ihr gut geht, sie sich aber nicht bei Ihnen melden möchte, so traurig es auch ist.«

»Aye, nun ja. Sie hat ja schon immer gemacht, was sie für richtig hält. Alle ihre Geschwister sind hier in Osmotherly geblieben, nur Rose hat es nach London gezogen, kaum dass sie sechzehn war.«

»Sie weiß, wie sie auf sich selbst aufpasst.« Guy bemühte sich um einen ermutigenden Tonfall. »Aber ich höre mich gerne noch einmal für Sie um. Vielleicht hat ja jemand sie gesehen oder erinnert sich an sie, man weiß nie.« Natürlich wusste er, dass er keine Versprechungen machen sollte, doch er musste einfach etwas tun.

Mr Morgan schien ein wenig Zuversicht aus seinen Worten zu ziehen. »Aye, das ist nett von Ihnen und wird ihre Mum sehr beruhigen. Ich sage ihr, die Polizei ist immer noch an dem Fall dran. Danke, DS Sullivan. Haben Sie die Nummer noch? *Queen Victoria Pub?«*

»Ja, ich habe sie noch und rufe sofort an, wenn mir etwas zu Ohren kommt. Auf Wiederhören, Mr Morgan.«

»Wiederhören, Mr Sullivan.« Er klang, als hätte er soeben gute Nachrichten erhalten, dabei hatte sich rein gar nichts geändert. Hoffnung und Optimismus starben nun einmal zuletzt, wenn Eltern auf die Rückkehr ihres Kindes hofften, dachte Guy. Vielleicht war es aber auch nur die einzige Möglichkeit, sich selbst am Leben zu erhalten.

Der Gedanke an Rose beschwor unweigerlich die Erinnerung an seine eigene Betrübnis herauf, als er vor einem Jahr aus Paris abgereist war. Er war mit dem festen Entschluss nach London zurückgekehrt, sich noch mehr um Sinéad zu bemühen. Sie war ein anständiges, nettes Mädchen und sehr stolz auf sich; ihrer gesamten Familie – die reichlich weitläufig war, wenn man bedachte, wie viele Cousins und Cousinen ständig Briefe schrieben oder gar vor der Tür standen, weil sie eine

Arbeit und ein Dach über dem Kopf brauchten – hatte sie bereits erzählt, dass sie bald einen britischen Polizisten heiraten würde. Er konnte nicht abstreiten, dass ihr Stolz ihn beflügelte. Es gab einiges, das sie verband: Sie wünschten sich beide eine Familie, ein Haus und einen Garten – und Guys Mutter hatte sich so gefreut, dass er endlich jemanden gefunden hatte, mit dem er sich niederlassen wollte. Die Sorge um Guys Vater wurde nicht kleiner, stattdessen häuften sich die Tage, an denen er nicht einmal mehr seine eigene Frau zu erkennen schien. Mrs Sullivan und Sinéad kamen gut miteinander aus und tauschten sich stundenlang über die Vorteile von selbst gebackenem Sodabrot und die zahllosen Zubereitungsarten von Kartoffeln aus. Guys Mutter hatte mehr als einmal angedeutet, wie froh sie über die Hilfe einer Schwiegertochter wäre, für die die Familie an oberster Stelle stand. Trotzdem gab es immer noch kein Hochzeitsdatum, und er fragte sich, ob es allmählich Zeit wurde, der Frage nach dem Warum ins Auge zu blicken. Vielleicht lag es nicht nur daran, dass er zuerst Rose finden musste.

KAPITEL 27

Das Grüppchen aus Briten und der Amerikanerin wurde von einem Fremdenführer in Empfang genommen, den das Hotel für sie organisiert hatte. »Wie anstrengend«, hörte Louisa Nancy zu Clara sagen, »eigentlich möchte man die Stadt doch viel lieber auf eigene Faust erkunden.« Aber der Italiener, der wie ein Professor aussah, als er den Hut zog und seine grauen, wild abstehenden Haarbüschel zum Vorschein kamen, entpuppte sich als überaus sachkundig, und Louisa, die sich tunlichst im Hintergrund hielt, hing förmlich an seinen Lippen, als er von *la Piazza* zu erzählen begann. Voller Bewunderung genoss sie den unglaublichen Ausblick vom Campanile und staunte über die Kunstwerke im Museo Correr, »obwohl wir nur ein oder zwei Schmuckstücke aus der *collezione* ansehen werden, weil es viel zu anstrengend wäre, alle Kronjuwelen zu besichtigen. Sie würden sich anschließend furchtbar ausgelaugt fühlen«, erklärte er. Schließlich betraten sie den Markusdom mit seiner eindrucksvollen Goldkuppel, wobei der Professor – sie alle nannten ihn inzwischen so – den Moment abgepasst hatte, als die scheinbar zahllosen Kerzen im Dom angezündet wurden und das kunstvoll gearbeitete Goldmosaik in ein raffiniertes Spiel aus Licht und Schatten getaucht war. Hier überließ der Professor die Gruppe sich selbst, sodass sie sich setzen und beten konnten, mit der Vereinbarung, dass man sich um vier Uhr in einem Café auf dem Markusplatz treffen würde. Louisa blieb in Dianas Nähe, die angeregt plaudernd mit Tom herumschlenderte und keinerlei Ermüdungserscheinungen zeigte. Während des letzten Jahres war die Bindung zwischen Diana und ihrem Bruder enger geworden als mit ihren Schwestern. »Und was hast du später vor?«, fragte sie, als sie vor den nahezu nackten Christus am Kreuz traten.

»Ich nehme den Zug zurück nach Berlin«, antwortete er. »Das Semester fängt bald wieder an.«

»Wie ist denn Berlin so? Mir kommt es immer noch schrecklich merkwürdig vor, dass du dort Jura studierst und nicht in Oxford. Selbst die Manchester University würde mir noch eher einleuchten.«

»Das glaube ich gern, aber Deutschland ist ein wunderschönes Land. Außerhalb der Stadt sieht es ganz anders aus, als man es von Fotos kennt, viel weitläufiger und so ordentlich, mit sorgfältig gestutzten Hecken überall.«

»Das würde Bryan bestimmt gefallen. Und ich würde furchtbar gerne einmal diese Kellerlokale sehen. Sind sie sehr verrückt? Als wir dich letztes Jahr besucht haben, gab es wilde Gerüchte über Tiger und halb nackte Tänzerinnen.«

Tom lachte leise. »Ja, wahrscheinlich sind sie ziemlich verrückt. Aber die meisten Studenten, mit denen ich zu tun habe, machen sich mehr Gedanken über die Politik als über die Nachtclubs. Ständig kommt es zu Ausschreitungen und wilden Schlägereien, die ziehen mehr Menschen an als so manches Cabaret.«

»Und worum geht es dabei?« Louisa merkte, dass Dianas Interesse aufrichtig war, was sie nicht weiter wunderte. Obwohl Diana bei den letzten Wahlen noch nicht alt genug gewesen war, um ihre Stimme abzugeben, hatte sie Louisa beschworen, sich unbedingt zu enthalten, da man unmöglich die Konservativen und »diesen grauenhaften Stanley Baldwin« wählen könne. »Diese armen, armen Bergarbeiter«, hatte sie damals anlässlich des Streiks gesagt. »Man darf sie doch nicht vergessen.«

»Hauptsächlich geht es um den Konflikt zwischen Faschismus und Kommunismus«, erklärte Tom. »Das Land ist gespalten und braucht dringend eine Lösung.«

»Und ergreifst du Partei für eine Seite?«, fragte Diana.

»Oh nein, das ist ihre Angelegenheit. Aber wäre ich Deutscher, würde ich mich wohl für die Nazis starkmachen.«

»Die Nazis?«

»Das sind die Nationalsozialisten mit ihrer faschistischen Partei dort«, erklärte Tom. »Wollen wir zu den anderen gehen?«

Dies war das erste Mal, dass Louisa – und Diana – diesen Begriff hörte. Und es sollte nicht zum letzten Mal sein.

Alle entschieden sich dafür, in dem Café auf der *piazza* im Freien zu sitzen, obwohl die Sonne schon tief stand und es allmählich kalt wurde, doch die Umgebung war einfach zu faszinierend. Zu der Gruppe gehörten drei oder vier Freunde der Guinness, die Louisa nicht nur mit Namen kannte, sondern auch über den dazugehörigen Klatsch Bescheid wusste – Cecil Beaton, der *Vogue*-Fotograf, die Künstlerin Dora Carrington, die noch ätherischer wirkte als sonst. Es war nur schwer vorstellbar, dass sie tatsächlich in einer *ménage à trois* lebte, wie das Gerücht ging. Als alle gerade Platz genommen hatten und sich fragten, was Begriffe wie *espresso* und *pizza marinara* auf der Speisekarte bedeuteten, stieß Clara einen spitzen Schrei aus. Louisa, die am anderen Ende der drei zusammengeschobenen Tische saß, sah, dass Clara aufgesprungen war und sich hektisch umsah. »Meine Tasche!«, rief sie mehrmals hintereinander.

»Sie ist weg?«, bemerkte Kate trocken.

Nancy, die gegenüber von Clara saß und weder ihren Hut abgenommen noch ihre Handschuhe ausgezogen hatte, wirkte völlig ruhig und gelassen, als beeindrucke sie ein bevorstehendes Drama nicht im Mindesten – was, wie Louisa nur zu gut wusste, nicht stimmte. Der Blick, mit dem sie Clara musterte, war nicht direkt kalt, allerdings recht gleichgültig.

»Ist dein Pass in der Tasche?«, fragte sie.

Clara setzte sich und legte die Hände in den Schoß. Louisa fand, sie sah völlig demoralisiert aus, als hätte sie einen Krieg verloren und nicht ihre Handtasche.

»Nein. Der ist in meinem Zimmer.«

»Und dein Geld?«

»Ein Teil, aber nicht alles.«

Nancy schlug die Beine übereinander und griff erneut nach der Speisekarte. Sie sah aus wie ein Inspektor, der einen auf frischer Tat ertappten Dieb in die Mangel nahm und bereits alle Antworten kannte.

»Was um alles in der Welt könnte so Wichtiges in deiner Handtasche sein, dass du so hysterisch bist?«, fragte sie, ohne die Speisekarte aus der Hand zu legen.

Clara wollte etwas erwidern, stockte dann jedoch. »Mein Lieblingslippenstift«, stammelte sie. »Einen, für den ich nicht so leicht einen Ersatz bekomme«, fügte sie schließlich lahm hinzu.

Nancy hob nur wortlos eine Braue.

»Dann solltest du schleunigst bei der Polizei Anzeige erstatten«, sagte Tom. »Wir können den Kellner nach dem nächsten Revier fragen.«

»Nein!«, rief Clara so laut, dass alle Köpfe herumfuhren. »Ich will keine Anzeige erstatten. Eigentlich war nichts weiter Wichtiges drin. Ich will deren Zeit nicht vergeuden.« Als kurz darauf die Getränke serviert wurden – erwartungsgemäß hatte jemand eine Flasche Champagner bestellt –, wirkte sie zunehmend aufgewühlt. »Es tut mir leid, aber ich muss sie suchen gehen. Wir sehen uns später.«

Diana beugte sich zu Louisa. »Wieso gehst du nicht mit ihr, damit sie nicht allein ist. Wir sind bestimmt noch eine Stunde hier oder so, und es geht mir gut. Ich kann sitzen, und Tom und Nancy sind ja da.«

Louisa nickte und folgte Clara, die den Platz bereits zur Hälfte überquert hatte.

»Clara.« Louisa berührte sie nur ganz leicht am Arm, doch sie zuckte zusammen, als hätte sie einen Stromschlag verpasst bekommen.

»Was wollen Sie?« Ihr aufgewühlter Zustand ließ ihren amerikanischen Akzent noch deutlicher zutage treten.

»Mrs Guinness meinte, ich soll Sie begleiten«, sagte Louisa so besänftigend, wie sie nur konnte. »Damit Sie nicht alleine sind.«

»Na gut«, erwiderte sie, ehe sie sich zu besinnen schien. »Danke, meine ich.«

Wortlos gingen sie nebeneinanderher und bogen in eine Gasse auf der Westseite des Markusdoms. Es wurde bereits dunkel, und nur wenige Menschen waren unterwegs. Auch gab es hier so gut wie keine Geschäfte, sondern lediglich hohe Mauern vor irgendwelchen Wohnhäusern, zwischen denen einige Wäscheleinen gespannt waren. Louisa fragte sich, was um alles in der Welt Clara hier zu suchen gehabt hatte, als die anderen die Kirchenschätze in der Basilika bewundert hatten. Schließlich erreichten sie das Ende einer Sackgasse und blieben stehen. Louisa schaute sich um, doch offensichtlich gab es hier nicht mehr zu sehen als irgendwelche Abfälle anderer Leute – Zigarettenstummel und die Hinterlassenschaften einer Katze. Clara stand vor der Mauer und brach in Tränen aus.

»Miss Fischer«, begann Louisa, ohne recht zu wissen, wie sie die Amerikanerin trösten sollte. Das Ganze war höchst mysteriös. »Was ist denn passiert? Was war in dieser Tasche?« Ihr fiel wieder ein, dass Clara ihr und Miss Pamela damals, als Adrian Curtis ermordet wurde, genauer gesagt in den Wochen danach, ein kleines Messer in ihrer Handtasche gezeigt hatte. Um sich zu verteidigen, hatte sie erklärt, ohne näher darzulegen, gegen wen oder was. Guy hatte gemeint, als Schauspielerin hätte Clara einen gewissen Hang zum Drama, der vielleicht nicht immer gerechtfertigt war. Louisa musste zugeben, dass diese Einschätzung durchaus stimmte, trotzdem schien Claras Angespanntheit sehr real zu sein.

»Ich kann es Ihnen genauso gut erzählen«, sagte sie schließlich. »Immerhin kennen wir uns ja ein wenig. Aber bitte verraten Sie nichts. Natürlich ahnt Nancy etwas, und die anderen sind auch keine Heiligen, selbst wenn sie immer so tun.« Bitterkeit schwang in den letzten Worten mit. »Aber in meiner Tasche war mein Opium-Vorrat. Ich war vorhin hier, um etwas davon zu rauchen, ohne dass die anderen es mitbekommen, aber jemand muss mich beobachtet und beschlossen haben, es mir zu stehlen. Ich war …« Sie hielt inne und sah Louisa verlegen an. »Wahrscheinlich habe ich einen Moment lang nicht aufgepasst und es dem Dieb damit leicht gemacht. Tut mir leid.«

Louisa hatte Mühe, sich ihr Entsetzen nicht anmerken zu lassen. Sie hatte keine Ahnung, was sie darauf erwidern sollte.

Claras Atemzüge beschleunigten sich und wurden flacher, und sie brach neuerlich in Tränen aus. »Ich weiß nicht, was passiert, wenn ich keinen Nachschub bekomme. Eigentlich wollte ich gar nicht herkommen, aber Nancy meinte, es täte mir gut. Und jetzt das! Louisa! Ich werde krank, ganz schrecklich krank, wenn ich meine Dosis nicht bekomme.«

»Das tut mir sehr leid, Miss Fischer. Ich habe keine Ahnung, woher wir so etwas bekommen sollten. Außerdem müssen wir zurück zu den anderen, sonst verpassen wir das Boot.«

»Das verdammte Boot ist mir schnurzegal!«

»Mir aber nicht.« Louisa gelangte zu dem Entschluss, dass hier eine feste Hand vonnöten war. »Und Sie sollten auch nicht hier im Finstern herumspazieren. Sie werden Ihre Handtasche nicht wiederbekommen, genauso wenig wie diesen … Stoff. Im Hotel können Sie sich wenigstens erst einmal ausruhen und in Ruhe nachdenken.«

Clara sah sie an. Erst jetzt erkannte Louisa, dass ihre einstige Schönheit längst den Drogen zum Opfer gefallen war. Der Gedanke machte sie unendlich traurig. Clara tat ihr leid. Es war nicht ihre Schuld, sondern der Dämon der Sucht hielt sie ganz eindeutig im Würgegriff. Sie drehten um und kehrten langsam zum Café zurück, wo die anderen inzwischen die Rechnung verlangt hatten. Louisa sandte ein stummes Stoßgebet gen Himmel, in der Dunkelheit möge niemand bemerken, dass das Licht in Claras Augen voll und ganz erloschen war.

KAPITEL 28

Bei der Rückkehr ins Hotel meinte Diana, sie würde sich gleich hinlegen, und bat Louisa, ihr später beim Ankleiden fürs Dinner zu helfen. Das bedeutete, dass Louisa Clara in ihr eigenes Zimmer mitnehmen würde, wo sie sie im Auge behalten konnte. Auf der Bootsfahrt zurück zum Lido war deutlich geworden, dass Clara dringend jemanden brauchte, der bei ihr blieb und sich um sie kümmerte. In Louisas Zimmer gab es zwar nur ein Einzelbett, aber im Notfall würde sie selbst eben auf dem Sessel schlafen. Claras körperlicher Zustand hatte sich drastisch verschlechtert, was allerdings wohl eher der Gewissheit geschuldet war, dass sie keinen Drogenvorrat mehr bei sich hatte, als dem Entzug selbst. Wie eine alte Frau hatte sie sich auf Louisa gestützt und die Treppe hinauf in ihr Zimmer führen lassen, wo sie sich abrupt losgerissen hatte und ins Badezimmer gestürzt war. Augenblicke später drangen laute Würgegeräusche durch die Tür. Louisa schwankte zwischen Mitleid und Verärgerung. Wie konnte sich eine erwachsene Frau in so eine Lage bringen! Clara war bildschön und ehrgeizig. Wieso musste sie sich selbst zerstören?

Noch während Louisa ratlos dastand, klopfte es an ihrer Tür. Luke.

»Was ist los? Ich habe Sie zusammen mit Clara heraufkommen sehen.«

Louisa legte ihren Finger auf die Lippen. »Ja, sie ist gerade im Badezimmer.« Die Tür war immer noch fest geschlossen, trotzdem war Claras Würgen deutlich zu hören. Eilig trat Louisa auf den Korridor und zog die Zimmertür hinter sich zu. »Sie wollte nicht, dass ich jemandem etwas sage. Aber ich weiß nicht, was ich tun soll«, gestand sie.

»Was fehlt ihr denn?« Wieder lag dieses Glitzern in Lukes Augen, das Louisa schon von Anfang an Bauchschmerzen bereitet hatte. War es ein Zeichen aufrichtiger Besorgnis oder schlicht die Hoffnung auf eine pikante Story?

»Sie ist opiumsüchtig.«

»Verstehe. Und der Stoff war in ihrer Handtasche, deshalb war sie so außer sich.«

»Genau.«

»Und deshalb wollte sie auch keine Anzeige erstatten.«

»So ist es. Sie ist krank, Luke, und es wird immer schlimmer. Sie kann in meinem Zimmer bleiben, nur muss ich gleich zu Diana, und ich bin nicht sicher, ob sie sich von einem Arzt untersuchen lässt. Ich kenne mich mit so etwas nicht aus, aber kann ein Süchtiger sterben, wenn er seinen Stoff nicht bekommt?«

Luke antwortete nicht sofort, sondern sah sich auf dem Korridor um, der selbst hier, im billigeren Teil des Hauses, mit dickem rotem Teppichboden ausgelegt war und die Schritte dämpfte. »Meine Tante war Krankenschwester im Krieg«, sagte er schließlich. »Vielleicht weiß sie ja, was zu tun ist. Ich werde sie bitten, nach Clara zu sehen. Vielleicht kann sie ihr einen Kräutertee bestellen, damit es ihr bald besser geht.«

Louisa nickte und ging wieder hinein.

Den gesamten Abend über – die anderen speisten im Hotelrestaurant und zogen dann in den Salon um, wo sie Cocktails tranken und Tom am Klavier lauschten – kümmerte Louisa sich um Clara, die in einen unruhigen Schlaf gefallen war, aus dem sie immer wieder hochschreckte und sich übergab, bis sie nichts mehr im Magen hatte. Noch beängstigender war ihr anfallartiges Delirium, in dem sie irgendeinen Namen rief, den Louisa jedoch nicht verstand.

Gegen Mitternacht war Clara endlich vollends eingeschlafen, und Louisa traute sich, die Rezeption aufzusuchen. Zum Glück sprach der Mitarbeiter dort sehr gut Englisch und erklärte, die englischen Gäste hätten sich nach dem Abendessen im großen Salon mit Blick auf den Strand eingerichtet. »Danke«, sagte Louisa. »In meinem Zimmer liegt ein Gast, Miss Fischer. Es geht ihr leider gar nicht gut.«

»Oh, wir haben leider keinen Arzt hier …« Er sah Louisa bestürzt an.

»Ist schon gut. Sie braucht keinen. Zumindest glaube ich das. Sie schläft jetzt, aber sollte sie sich bei Ihnen melden, würden Sie mich bitte in Mrs Guinness' Suite anrufen? Sobald ich wieder in meinem Zimmer bin, sage ich Ihnen Bescheid. Vielleicht könnte ihr jemand eine Tasse Tee servieren? Mit Zucker, ohne Milch.«

»Natürlich. Ich werde es sofort veranlassen.«

Louisa bedankte sich und begab sich in den Salon, wo sie sich nach Diana umsah, allerdings konnte sie sie nirgendwo entdecken. Die anderen schienen wie üblich in ihren gewohnt unterschiedlichen Stadien der trunkenen Ausgelassenheit zu sein. Mit einem Mal verspürte Louisa Erschöpfung – und auch Verärgerung, dass sich keiner einen Pfifferling darum scherte, was auf der Welt vorging oder auch nur im oberen

Stockwerk des Hotels, sondern nur das eigene Vergnügen im Sinn zu haben schien. Luke, der sie am Eingang stehen sah, hob die Hand, doch sie konnte sich lediglich zu einem dünnen Lächeln durchringen. Schließlich stand Nancy auf und kam herüber. »Louisa, suchst du nach meiner Schwester? Sie ist gerade nach oben gegangen. Ich dachte, sie würde nach dir rufen.«

»Vielleicht hat sie es auch versucht«, erwiderte Louisa. »Ich bin gerade erst heruntergekommen.«

»Was ist denn los? Du bist ja ganz grün um die Nase.«

»Mir geht's gut. Aber Miss Fischer leider gar nicht. Ich habe sie in mein Zimmer gebracht, damit ich auf sie achtgeben kann …«

Nancy unterbrach sie mit einem ungeduldigen Zungenschnalzen. »Sag nichts. Ich ahne, was los ist. Dieses dumme Ding. Sie hat mir versprochen, es sich hier zu verkneifen. Ich werde mit Mrs Mulloney nach oben gehen und nach ihr sehen. Sie weiß, was in einer Situation wie dieser zu tun ist. Danke, Lou-Lou. Es war sehr nett von dir, dich um sie zu kümmern. Sie kommt schon wieder auf die Beine. Du weißt ja, sie als Schauspielerin hat einen Hang zum Drama.«

Sollte Clara all das nur gespielt haben, wäre dies der Auftritt ihres Lebens, dachte Louisa. Aber wenn sie selbst ihre Arbeit nicht verlieren wollte, sollte sie sich schleunigst auf den Weg zu Diana machen: Einen ihrer Wutanfälle über sich ergehen zu lassen, wäre so ziemlich das Letzte, was sie jetzt noch brauchen konnte. Sie bedankte sich bei Nancy und ging nach oben, wobei sie heimlich die Finger kreuzte.

Eine Stunde später kehrte Louisa in ihr Zimmer zurück, wo sie zu ihrer Erleichterung Clara unverändert schlafend vorfand. Eine Tasse Tee war serviert und allem Anschein nach auch getrunken worden. Vielleicht hatte Lukes Idee ja funktioniert.

Clara gehörte zu den Freunden der Mitfords, daher fühlte Louisa sich in gewisser Weise verantwortlich für die Amerikanerin, zudem war sie die Einzige, der sie sich anvertraut hatte. Am meisten jedoch schmerzte sie der Verlust dieses wunderschönen Mädchens mit den goldenen Locken und den hochfliegenden Träumen von Hauptrollen und Ruhm. Louisa zog ihr Nachthemd an. Clara schien immer noch tief zu schlafen, lediglich die Hand oder das Bein bewegten sich ab und zu, deshalb machte Louisa es sich mit einem Kissen und einer Decke im Sessel gegenüber des Bettes so behaglich wie möglich. Eigentlich hatte sie lesen wollen, aber nach kurzer Zeit fielen ihr bereits die Augen zu. Etwa fünf Stunden später schreckte sie hoch, als hätte sie ein lautes Geräusch aus dem Schlummer gerissen, doch alles schien beim Alten zu sein. Im Zimmer war es dunkel, abgesehen von der Lampe in der Ecke, deren Schein nicht bis zu Claras Silhouette reichte. Louisa schlug die Decke zurück und erhob sich steif aus dem unbequemen Sessel. Sie trat zum Bett, um nachzusehen, ob Clara schlief oder aufgewacht war, aber als sie den Arm der Schauspielerin berührte und er kalt war, wurde ihr auf brutale Weise klar, dass weder das eine noch das andere zutraf.

Clara Fischer war tot.

KAPITEL 29

Louisa gefror das Blut in den Adern, als sie ganz allein im Dunkeln stand und auf die leblose Clara blickte. Ihre Gedanken überschlugen sich. War es ihre Schuld? Hatte sie vielleicht etwas überhört, etwas nicht mitbekommen? Einen Schrei oder ein Stöhnen, das sie gewarnt hätte, dass etwas nicht stimmte? Sie knipste die Nachttischlampe an und betrachtete Clara. Sie war kreidebleich, ihre Lippen blau angelaufen. Es gab keine Anzeichen auf einen heftigen Todeskampf, nur die Decke war zurückgeschlagen worden. Louisa breitete sie wieder über Clara, dann zog sie sich an und ging nach unten zur Rezeption, wo sie dem jungen Mann sagte, was vorgefallen war, was wegen ihres quasi nicht existenten Italienischs und des mangelhaften Englischs des Rezeptionisten für einige Verwirrung sorgte. Doch nach einigem Hin und Her schien er zu verstehen, und sie interpretierte seine Gesten so, dass er umgehend einen Arzt rufen würde. Sie wollte nicht zurück in ihr Zimmer mit der kalten, steifen Clara, deshalb setzte sie sich auf eines der Sofas in der Lobby, bis der Morgen graute.

Obwohl sie keinen großen Hunger hatte, zwang sie sich, etwas zu frühstücken, ehe sie um Punkt neun Uhr an der Rezeption bat, sie mit Mr und Mrs Guinness' Suite zu verbinden.

»Louisa?« Bryan war am Apparat. »Was ist los?«

»Bitte verzeihen Sie die Störung, Mr Guinness, aber es gab einen …« Ihre Stimme drohte zu brechen, und sie musste sich einen Moment sammeln. »Es gab einen tragischen Unglücksfall.«

»Kommen Sie sofort herauf!« Er legte auf.

Als Louisa eintrat, war Bryan aufgestanden und trug einen gesteppten Satinmorgenrock mit den dazu passenden Hausschuhen mit marineblauen und grünen Paspeln, während Diana sich schlaftrunken im Bett aufsetzte und ihr Bettjäckchen überstreifte. »Was ist denn los, Louisa?« Wegen ihrer Schwangerschaft blieb sie normalerweise nicht mehr so lange auf wie früher, trotzdem war sie erst um ein Uhr früh zu Bett gegangen.

»Es geht um Miss Fischer«, platzte Louisa heraus. »Sie ist tot.«

»Tot?«, wiederholte Bryan. »Was meinst du damit? Wie ist das passiert?«

»O Gott«, stöhnte Diana und griff bereits nach dem Hörer. »Ich muss sofort Naunce anrufen.«

Louisa wusste, dass sie mit der Sprache herausrücken musste, obwohl sie dadurch nicht gerade im besten Licht dastehen würde. »Miss Fischer hat mir gestern anvertraut, dass sie opiumsüchtig ist und ihren Vorrat in ihrer Handtasche hatte, als diese gestohlen wurde. Sie war völlig verzweifelt und aufgelöst, und es ging ihr sehr schlecht, deshalb habe ich sie in mein Zimmer mitgenommen.«

»Du hast kein Wort davon gesagt!«, erwiderte Mr Guinness wütend.

»Nein, Sir, es tut mir so leid.« Louisa gab sich alle Mühe,

nicht in Tränen auszubrechen. »Ich habe es Mr Meyer gesagt, Sir. Miss Nancy wusste ebenfalls davon und meinte, sie würde auch mit Mrs Mulloney reden.«

»Wieso hat uns keiner etwas erzählt?«, fragte Bryan.

Diana hatte den Hörer wieder aufgelegt. »Sie kommt, so schnell es geht.«

»Das weiß ich nicht, Sir«, antwortete Louisa. »Miss Fischer wollte nicht, dass jemand davon erfährt.«

»War ein Arzt bei ihr?«

»Noch nicht. Das Hotel hat einen gerufen, der bald hier sein sollte, um ...« Das Wort »Leiche« wollte nicht über ihre Lippen kommen.

Es klopfte kurz an der Tür, und Nancy kam hereingestürmt. Sie hatte ihren seidenen Morgenmantel um ihre schmale Taille festgezurrt, und ihr Haar war ganz zerzaust. »Louisa, Darling«, sagte sie und legte Louisa zu deren Verblüffung den Arm um die Schultern. Louisa spürte, wie ihr die Tränen in die Augen schossen.

Bryan zündete sich eine Zigarette an, wandte sich zum Fenster um und blickte hinaus auf den stahlgrauen Wolkenhimmel.

»Geh und wasch dir das Gesicht«, sagte Nancy zu Louisa, »und dann kommst du wieder.«

Louisa gehorchte. Als sie ins Zimmer zurückkehrte, saß Nancy auf Dianas Bett. Von Bryan war nichts mehr zu sehen. Wahrscheinlich hatte er sich nach nebenan begeben, um sich anzukleiden.

Louisa trat ans Fußende des Bettes. Die beiden Schwestern wandten sich ihr zu. »Was ist deiner Meinung nach vorgefallen?«

»Das weiß ich nicht genau«, antwortete Louisa. »Es sieht

ganz so aus, als wäre Miss Fischer im Schlaf gestorben. Es muss am Entzug liegen, obwohl mir nicht klar war, dass so etwas so schnell gehen kann.«

»Ich wusste nicht mal, dass man sterben kann, wenn man *keine* Drogen zu sich nimmt«, warf Diana ein.

»Ich war gestern Abend noch bei ihr«, sagte Nancy. »Sie war in einem erbarmungswürdigen Zustand. Kate und ich sind etwa eine halbe Stunde bei ihr geblieben, während Louisa sie ja zurücklassen musste, um dir deine heiße Milch zu bringen.«

Diana ignorierte den Seitenhieb.

»Kennt jemand Claras Familie? Sie muss davon in Kenntnis gesetzt werden.«

»Die letzten Jahre hat sie in London gelebt. Woher sie ursprünglich stammt, weiß ich gar nicht. Du liebe Güte, was für eine furchtbare Geschichte. Ich wusste, dass sie ständig Drogen konsumiert hat und unbelehrbar war, was mich stinkwütend gemacht hat, aber das hat sie nun wirklich nicht verdient.« Nancy erschauderte. »Ich muss mich jetzt anziehen gehen. Ich sage es Kate.« Sie erhob sich, als ihr etwas einzufallen schien. »Eines finde ich schon seltsam. Ich glaube, Kate konnte Clara nicht sonderlich gut leiden, denn sie hat etwas sehr Merkwürdiges gesagt, als wir bei ihr waren.«

»Und zwar?«

Louisa horchte auf.

»Clara sei eine Frau, die anderen den Ehemann ausspannt, deshalb geschehe es ihr ganz recht. Ich fand die Bemerkung ziemlich gemein, aber ihr wisst ja, wie Kate sein kann. Aber was, wenn etwas zwischen Clara und Shaun war? Ehrlich gesagt würde ich es Clara durchaus zutrauen. Erinnert ihr euch noch, wie sie und Ted damals …«

»Aber Shaun ist schon fast ein Jahr tot«, warf Diana ein.

»Was für ein grässlicher Zufall, falls Clara das tatsächlich getan hat.«

»Es sei denn«, sagte Louisa, »es war gar kein Zufall.«

»Was willst du damit sagen?« Diana setzte sich etwas aufrechter im Bett hin. Ihr Babybauch war noch nicht so groß, als dass er sie sehr stark behindert hätte, trotzdem hatte sie sich ein- oder zweimal beschwert, sie sehe wie eine Schlange aus, die einen Fußball verschluckt hatte.

»Tut mir leid, Mrs Guinness. Es ist mir so herausgerutscht. Wegen dem, was Miss Nancy über Mrs Mulloney gesagt hat. Als es Miss Fischer gestern Abend besonders schlecht ging, hat sie ein- oder zweimal einen Namen gerufen, ich habe ihn aber nicht verstanden.«

»Könnte sie nach Shaun gerufen haben?« Diana hatte ihre blauen Augen weit aufgerissen, allerdings sah Louisa eher sensationslustige Schadenfreude darin glitzern.

»Ich weiß es nicht genau. Für mich klang es eher wie ›Rhodes‹ oder ›Rose‹.« In diesem Moment kam ihr das Dienstmädchen in den Sinn, nach dem Guy letztes Jahr gesucht hatte – Rose Morgan. Könnte es ihr Name gewesen sein?

»Vorsicht«, warnte Nancy, an ihre Schwester gewandt. »Solange Kate von sich aus nichts sagt, sollten wir es ihr gegenüber erst einmal noch nicht erwähnen.«

»Von mir erfährt sie nichts«, erwiderte Diana würdevoll. »Und wo wir gerade dabei sind – Luke sollten wir auch nichts davon sagen.«

Sie hatte sich Nancy zugewandt, deren Miene sich verändert haben musste, denn sie fuhr hastig fort: »Ich mag Luke wirklich gern, er ist ein überaus amüsanter Kerl. Aber wenn ihm so etwas Pikantes zu Ohren kommt, traue ich ihm zu, dass er schnurstracks zum Telefon läuft und seinem Chefredakteur brühwarm alles erzählt.« Diana zeigte mit dem Finger auf ihre Schwester. »Und ich will auch nicht, dass du deinen Chefredakteur anrufst.«

»Mach dich nicht lächerlich! *The Lady* will Tipps für den geeignetsten Hut für ein Jagdwochenende. Für den neuesten Klatsch über irgendeine außereheliche Romanze interessiert sich dort keiner.« Aber Louisa kannte diesen Ausdruck in Nancys Augen nur allzu genau und wusste, dass er nichts Gutes zu bedeuten hatte. »Ich gehe jetzt. Wir treffen uns in einer Stunde unten. Vielleicht kann uns der Arzt dann schon etwas Konkreteres sagen.«

»Vielleicht äußert sich Kate ja jetzt, wo Clara tot ist, zu ihrem Verdacht über ihren Mann.« Der schadenfreudige Ausdruck auf Dianas Gesicht war einer überdrüssigen Mattigkeit gewichen, die sie älter als neunzehn wirken ließ.

»Ich dachte, ich sei die Romanautorin in der Familie«, erwiderte Nancy. »Du vermutest eine Verschwörung, wo gar keine ist. Stattdessen handelt es sich bloß um eine sehr traurige Geschichte mit vorhersehbarem Ende.«

KAPITEL 30

Als Diana und Louisa nach unten kamen, fanden sie die anderen im großen Salon mit Ausblick auf den Strand vor. Zwar unterhielten sich alle leise miteinander, trotzdem hatte der Vorfall eine dramatische Atmosphäre heraufbeschworen, die die Anwesenden förmlich zu beflügeln schien. Obwohl es noch nicht einmal elf Uhr war, hatte sich der eine oder andere bereits einen Cocktail servieren lassen. Lady Boyd saß ein wenig abseits, als Einzige mit einer silbernen Teekanne und einer hauchzarten Tasse neben sich. Tom und Bryan standen, in ein ernstes Gespräch versunken, vor dem Kamin, während Kate Mulloney, in einer leuchtend blauen Bluse und einer weiten schwarzen Hose, auf einem Sofa saß, Nancy neben sich und Luke auf der Armlehne. Sie wirkte sehr ruhig – ihr tiefschwarzer Bubikopf glänzte wie gewohnt, und sie hatte flammend roten Lippenstift aufgetragen –, trotzdem entging Louisa das leichte Zittern der Zigarette zwischen ihren Fingern nicht. »Wir müssen verhindern, dass es eine Autopsie gibt«, sagte sie gerade zu Nancy.

»Aber warum das denn?«, hakte Diana mit klarer, autoritärer Stimme ein. »Ihre Familie will doch bestimmt wissen, was vorgefallen ist.«

»Aber nicht mehr, wenn sie erfahren, dass es am Opium lag«, schoss Kate, wenn auch in gedämpftem Tonfall, zurück. »Ich musste dasselbe auch für Shaun tun. Der Skandal hätte seine Familie ruiniert. Wir müssen dafür sorgen, dass ihre Leiche auf dem direkten Weg nach Amerika überführt wird. Sie ist plötzlich schwer erkrankt, mehr brauchen sie nicht zu wissen.«

»Was meinst du damit?«, fragte Nancy. »Claras Opiumvorrat war verschwunden, deshalb ging es ihr so schlecht. Du hast nichts zu befürchten. Vergiss das Ganze und lass die Polizei ihre Arbeit erledigen.«

Doch Kates Finger zitterten immer noch.

Louisa hielt es nicht länger im Salon, sie wollte in die Suite der Guinness hinaufgehen, um sich um Dianas Sachen zu kümmern, die gewaschen und gebügelt werden mussten. Außerdem war es wichtig, dass sie sich beschäftigte. Als sie den Salon verließ, merkte sie, dass jemand hinter sie getreten war. Sie hörte ein Hüsteln und drehte sich um. Es war der Rezeptionist vom Vorabend. »Es tut mir sehr leid, was Ihrer Freundin passiert ist«, sagte er.

Louisa wollte ihn korrigieren, Clara sei nicht ihre Freundin gewesen, als ihr aufging, dass es bloß Haarspalterei wäre. Außerdem hatte sie sich ja sehr wohl aus Sorge um sie gekümmert, oder nicht? In diesen letzten Stunden war Louisa ihr so nahe gewesen, wie eine Freundin es nur sein konnte. Und am Boden zerstört über ihren Tod. Keiner hatte sich die Mühe gemacht, Louisa zu fragen, wie es ihr ging, nachdem sie beim Aufwachen einen so grausamen Fund machen musste, deshalb rührte sie die Bemerkung dieses Wildfremden beinahe zu Tränen.

»Es gibt da ein kleines Problem …« Er sah sich um, aber abgesehen von der üblichen Betriebsamkeit in der Halle eines großen Hotels war niemand in der Nähe. »Ich habe eines der Zimmermädchen mit dem Tee in Ihr Zimmer geschickt, und jetzt hat sie Angst, jemand dreht ihr einen Strick daraus.«

»Aber nein, das ist völlig unbegründet«, beteuerte Louisa eilig. »Sie kann gar nichts falsch gemacht haben. Es war …« Sie unterbrach sich. Die Hotelleitung sollte lieber nicht erfahren, dass einer der Gäste wegen Drogenmissbrauch umgekommen war. Das würde niemand wollen. »Sie war wohl schon eine ganze Weile krank. Bitte sagen Sie das dem Zimmermädchen.«

Er zuckte die Achseln. »Das werde ich. So etwas kommt in Hotels immer wieder vor, aber den neuen Mädchen macht es nun mal Angst. Ich hoffe, sie kündigt nicht!« Plötzlich wirkte er nicht mehr ganz so mitfühlend, wie Louisa gedacht hatte. »Wiedersehen.« Er machte eine knappe Verbeugung. »Ich wünsche Ihnen noch einen schönen Restaufenthalt.«

Louisa ging nach oben in Dianas Zimmer und begann mechanisch ihre Arbeit zu verrichten, doch sobald sie fertig war, merkte sie, dass sie vollkommen erledigt war – sowohl vom Schlafmangel als auch von der Anspannung, die der Tragödie vorangegangen war. Sie wünschte sich nichts sehnlicher, als sich hinzulegen, allerdings war Claras Leiche noch nicht abgeholt worden, und niemand schien auf die Idee gekommen zu sein, ein anderes Zimmer für Louisa zu finden, wo sie sich ein wenig ausruhen konnte. Schließlich beschloss sie, das Risiko einzugehen und sich auf den niedrigen, aber bequemen Stuhl in Dianas Ankleidezimmer zu setzen, um ein paar Minuten die Augen zuzumachen, höchstens bis Diana zurückkehrte.

Doch der Schlaf wollte sich einfach nicht einstellen. Stattdessen überschlugen sich Louisas Gedanken, und Claras Gesicht flammte vor ihrem geistigen Auge auf, abwechselnd ihre hohlwangigen Züge am Vortag und die erstarrte Maske des Todes, so wie sie die Schauspielerin in den frühen Morgenstunden in ihrem Bett vorgefunden hatte. Sie fragte sich, ob die Familie bereits informiert worden war, dachte daran zurück, wie vergnügt und hübsch Clara gewesen war, als sie sie damals bei den Mitfords kennengelernt hatte, und schließlich an diesen Namen, den sie im Delirium gerufen hatte. Könnte es vielleicht doch *Shaun* gewesen sein? Nancy hatte gesagt, Kate hätte sie als Frau bezeichnet, »die anderen den Ehemann ausspannt«. Allerdings hatte der Name eher wie Rose geklungen – so wie auch das Dienstmädchen hieß, das Guy vor einem Jahr in Paris gesucht hatte, allerdings konnte das eigentlich nur ein Zufall sein. Die junge Amerikanerin war in so vielerlei Hinsicht todunglücklich gewesen, das begriff Louisa erst jetzt. Dass sie gestorben sein sollte, weil sie kein Opium zu sich genommen hatte, fühlte sich irgendwie nicht richtig an. Louisa kannte sich nicht mit Drogen aus, aber nach allem, was sie in der Zeitung darüber gelesen hatte, starben die Leute an den Substanzen, die sie konsumiert hatten, und nicht am Mangel daran, oder? Und was noch viel auffälliger war – wieso wollte Kate um jeden Preis auch bei Clara eine Autopsie verhindern?

Louisa schlug abrupt die Augen auf und fuhr aus dem Stuhl hoch. Nancy und Kate waren gestern bei Clara gewesen, oder nicht? Und zwar nur sie beide. Was, wenn Nancy Kate kurz allein zurückgelassen hatte? Kate könnte Nancy gebeten haben, ihr etwas zu holen, oder aber Nancy war schlicht und einfach für einen Moment ins Badezimmer gegangen, wodurch Kate mehr als genug Zeit geblieben wäre, um Clara irgendetwas in den Mund zu schieben. In ihrem Zustand hätte Clara es ohnehin nicht mehr mitbekommen, und selbst wenn, hätte sie nicht die Kraft aufgebracht zu protestieren. Jeglicher Schrei hätte mühelos als gequältes Stöhnen abgetan werden können. Louisa musste herausfinden, was Kate wusste und ob sie allein mit Clara gewesen war.

Dann kam ihr ein weiterer Gedanke: Wenn Kate möglicherweise fähig war, Clara etwas zu verabreichen, hatte sie dasselbe auch mit ihrem Ehemann getan? Sie hatte doch von seiner Sesamallergie gewusst, daher konnte es nicht so schwierig gewesen sein, ihm etwas ins Essen zu mischen, oder?

Mit einem Mal war Louisas Müdigkeit verflogen, und neue Energie durchströmte sie. Sie konnte keine Sekunde länger warten, und schnell lief sie die Treppe hinunter in den Salon. In der Stunde ihrer Abwesenheit schien sich nichts verändert zu haben, alle saßen noch genauso auf ihren Plätzen, nur die Gläser waren aufgefüllt worden. Noch während sie an der Tür stand und überlegte, ob sie sich bemerkbar machen sollte, sah Luke zufällig auf und entdeckte sie. Sofort zupfte er Nancy am Ärmel. Die beiden erhoben sich und kamen herüber.

»Louisa«, sagte Luke, »Sie müssen sich ja entsetzlich fühlen. Was für ein Schock für Sie!«

Die mitfühlenden Worte schienen die Schleusen in ihrem Innern zu öffnen. Sie konnte nur stumm nicken, während sie um ihre Fassung rang.

Nancy schob sie und Luke ein Stück zur Seite, sodass die anderen Gäste im Salon sie nicht sehen konnten.

»Was gibt's, Louisa?«

»Ist Miss Fischer laut dem Arzt eines natürlichen Todes gestorben?«, fragte Louisa, obwohl ihr bewusst war, dass sie keinerlei Grund hatte, diese Feststellung in Zweifel zu ziehen, aber sie musste es wissen.

»Ja«, antwortete Luke. »Ich glaube, die Diagnose lautet Herzversagen. Abgesehen von allem anderen bedeutet das, dass die Leiche schon bald nach Amerika überführt werden kann. Nancy hat ihre Mutter angerufen, die natürlich will, dass ihre Tochter so schnell wie möglich nach Hause gebracht wird. Jüdische Familie, Sie wissen schon.«

Louisa sah Nancy an. »Sie mussten die Familie ...«

Nancy nickte. »Es war grauenvoll.«

»Die Sache ist die«, fuhr Louisa fort. »Ich bezweifle, dass sie eines natürlichen Todes gestorben ist.«

»Nicht diese Leier schon wieder«, stöhnte Nancy.

»Was meinen Sie damit?« Luke bekam förmlich Elefantenohren.

»Mir leuchtet beim besten Willen nicht ein, wie sie so schnell an dem Opiumentzug gestorben sein soll. Eine Sucht kann man überwinden. Natürlich muss sie krank gewesen sein, keine Frage, aber doch nicht so sehr, dass sie daran stirbt.«

»Aber woran sollte sie denn sonst gestorben sein?« Luke schien Feuer und Flamme zu sein. Nancy sah ihn wütend an.

»Das weiß ich nicht genau. Jemand könnte ihr zum Beispiel etwas verabreicht haben, ein Gift oder eine andere Droge.«

Luke wollte etwas erwidern, doch noch bevor er den Mund aufmachen konnte, schnauzte Nancy Louisa an: »Wenn es nach dir geht, muss es zwingend ein Mord sein, was? Wir haben das längst besprochen, und ich habe dir gesagt, dass es nicht der Fall ist. Es war ein tragischer Vorfall, sehr, sehr traurig, aber nichts anderes als schreckliches Pech.«

»Und was ist mit diesem Namen, den sie ...«

Nancy hob abwehrend beide Hände. »Nein, ich werde das

nicht zulassen. Die Angelegenheit war schon schlimm genug. Schluss jetzt, Louisa. Vielleicht solltest du deine Arbeit als Kammerzofe aufgeben und stattdessen in den Polizeidienst gehen. Dort ist dieser Unsinn richtig aufgehoben.«

Sie machte auf dem Absatz kehrt und stapfte zurück in den Salon. Luke sah Louisa an. »Welchen Namen hat Clara denn gerufen?«

»Das darf ich Ihnen nicht sagen, wenn Miss Nancy es nicht will.«

»Ich glaube, ich weiß es auch so.« Luke warf einen Blick über die Schulter. »Ich gehe jetzt lieber wieder hinein.«

Zwei Tage später wurden die englischen Zeitungen geliefert, und alle verkündeten dieselbe Nachricht über den »plötzlichen Tod des hoffnungsvollen Starlets Clara Fischer in Venedig während ihres gemeinsamen Urlaubs mit bekannten Mitgliedern der Londoner High Society«. Keine von ihnen erwähnte explizit, dass auch Mrs Shaun Mulloney, deren Ehemann gerade einmal ein Jahr zuvor unter ähnlich tragischen Umständen verstorben war, zu genannter Gruppe gehörte. Lediglich im *Daily Sketch* fand sich eine kleine Klatschkolumne, die behauptete, dass »das Gerücht laut wurde, die junge Miss Fischer habe mit einem Mann, der nicht ihr eigener war, in irischen Gewässern geplanscht, um es einmal so auszudrücken«.

Alle lasen es. Und alle wussten, dass Luke für den *Daily Sketch* schrieb. Zwar mochte die Meldung nicht direkt gelogen sein, verstieß jedoch eindeutig gegen den Diskretionskodex.

Kurz nachdem die Zeitungen nach oben gebracht worden waren, wurde Louisa in Dianas Zimmer gerufen, wo man ihr mitteilte, Mrs Mulloney habe beschlossen, noch an diesem

Tag abzureisen. »Und wir auch. Schließlich ist uns allen nach diesem Vorfall mit Clara der Spaß vergangen. Du solltest besser anfangen zu packen, Louisa. Wir fahren nach Hause.«

KAPITEL 31

Auf der Rückreise nach London quälten Louisa die finstersten Gedanken an Mord und Totschlag, doch sie wollte lieber nicht genauer darüber nachdenken, woran es lag: ob an den Kriminalgeschichten, die sie gerne las, an ihrer vereitelten Laufbahn als Polizistin, Nancys gemeiner Bemerkung, sie solle vielleicht lieber ihre Arbeit als Kammerzofe aufgeben, oder an dem ernst zu nehmenden Verdacht, den sie hegte. Trotzdem wurde sie das Gefühl nicht los, dass zwischen Shauns Tod in Paris und Claras abruptem Ableben in Venedig ein Zusammenhang bestand. Tatsache war, dass beide tragisch, wenngleich auf natürliche Weise umgekommen waren – Shaun nach einem allergischen Anfall, Clara als Folge des Drogenentzugs.

Trotzdem könnte eine Verbindung bestehen, und falls ja, war sie denkbar einfach: Clara und Shaun hatten eine Affäre gehabt. Damit lag das Tatmotiv in beiden Fällen im Grunde auf der Hand, ebenso wie die potenzielle Täterin: Kate Mulloney.

Aber wie könnte sie es bewerkstelligt haben? Sie hatte natürlich von der Allergie ihres Mannes gewusst, also wäre die erste Tat leicht durchführbar gewesen: Da sie sich in der fraglichen Nacht allein mit ihm in ihrem Apartment in Paris aufgehalten hatte, hätte sie ohne Weiteres behaupten können, dass sie zu betrunken gewesen sei, um zu bemerken, was los war. Der Mord an Clara gestaltete sich deutlich schwieriger, vielleicht hatte sie auch nur die Gelegenheit erkannt und sie beim Schopf ergriffen. Als Clara plötzlich so schwer erkrankt war, hatte Kate lediglich dafür sorgen müssen, dass sie lange genug allein mit ihr war, um ihr etwas zu verabreichen, das zum Tode führte.

Das warf zwei Fragen auf: Wusste Kate ganz sicher, dass Clara eine Affäre mit Shaun gehabt hatte? Und falls ja, wieso hatte sie dann ein ganzes Jahr nach dem Mord an ihrem Mann gewartet, bis sie Clara getötet hatte? Die Antwort darauf musste lauten, dass ein längerer Abstand weniger Verdacht erregte. Vielleicht hatte sie auch einfach nur auf den richtigen Moment gewartet. Gleichzeitig deutete diese Art der Planung auf einen eiskalten Charakter hin, was so gar nicht zu Kates Humor und Großmut passen wollte – beides Eigenschaften, die auf einen emotionalen Menschen hindeuteten; darüber hinaus hatte ihre Trauer um Shaun aufrichtig, wenn auch eine Spur zu kontrolliert gewirkt.

Vielleicht hatte Nancy ja recht, und Louisa beschwor ein Drama herauf, wo in Wahrheit gar keines war. Vielleicht sollte sie den Tatsachen ins Auge blicken und sich eingestehen, dass ihr bloß langweilig war und sie sich nicht mit einem Leben als Dienstbotin abfinden konnte, auch wenn es in mancherlei Hinsicht noch so angenehm sein mochte.

Am Ende ihrer Heimreise in die Buckingham Street hatte Louisa einen Entschluss gefasst: Sie musste einen neuen Weg einschlagen. Obwohl sie bereits mit vierzehn von der Schule abgegangen war – ihre Mutter hatte ihre Unterstützung gebraucht, sowohl bei ihrer Arbeit als Wäscherin als auch in Form des zusätzlichen Lohns, um über die Runden zu kommen –, wusste sie, dass sie nicht auf den Kopf gefallen war. Auf Lady Redesdales freundliche Anregung hin hatte sie sich durch diverse Geschichtsbücher der Mitford'schen Bibliothek gearbeitet, die den Mädchen als Unterrichtslektüre dienten. Auch Kunstbände hatten Louisa Einblick in die Seelen berühmter Maler und Bildhauer gewährt, was sie bis heute als Privileg empfand, da zuvor keiner auf die Idee gekommen war, sie könnte diese Künstler kennen, ganz zu schweigen davon, ihre Arbeiten zu verstehen. Nancy, die von Kindesbeinen an ein leidenschaftlicher Bücherwurm gewesen war, hatte ihr aktuelle und klassische Romane ans Herz gelegt, die Louisa in die Welt viktorianischer Elendsviertel, indischer Maharadschas und in afrikanische Wüsten entführt hatten. Abgesehen davon las Louisa sehr diszipliniert die Tageszeitungen und hörte so oft Radio, wie es nur ging. Für ihre Arbeit als Dianas Kammerzofe nahm sie sich regelmäßig die *Vogue* und *Harper's Bazaar* vor, nachdem Diana sie zu Ende gelesen hatte, um zu gewährleisten, dass sie über die neueste Mode auf dem Laufenden war und ihrer Herrin mit Rat und Tat zur Seite stehen konnte (obwohl ihr die Vehemenz, mit der eine bestimmte Hutform als »absolutes Muss« angepriesen oder die Unterschiede zwischen zwei auf den ersten Blick völlig identischen Fransenkleidern hervorgehoben wurde, zugegebenermaßen reichlich albern erschien). Louisa wusste, dass sie ein Mensch mit eigenen Vorstellungen und Ideen war. Wieso also nutzte sie sie nicht besser für sich?

Die düstere Stimmung, die bei ihrer Rückkehr in London herrschte, erstickte Louisas Motivation, sich eine andere Arbeit zu suchen, im Handumdrehen. Selbst Dianas positive Einstellung, die von der Tatsache herrührte, dass sie die Geburt ihres ersten Kindes in diesem Frühjahr erwartete, wurde vom wichtigsten Gesprächsthema in der Stadt – in den Unterhaltungen von Bryan und seinen Freunden ebenso wie in den Berichten in den Zeitungen und im Radio – überschattet: Die Spekulationen, welche Auswirkungen der »Schwarze Donnerstag« des vergangenen Herbstes an der amerikanischen Börse auf Großbritannien haben könnte, beherrschten alles. Themen wie ein drohender wirtschaftlicher Zusammenbruch, steigende Arbeitslosigkeit und gesellschaftliche Unruhen schwappten über den großen Teich nach Europa. Allerdings schien nichts davon einen Einfluss auf die Abendgestaltung der gut situierten Guinness zu haben – ihr nahezu konstantes Wochenprogramm aus Theater, Konzerten, Dinnerpartys und Tanzveranstaltungen blieb so vorhersehbar und unerschütterlich wie der Fahrplan des Pendlerzugs.

Bereits nach kurzer Zeit gehörte Kate Mulloney zu den zahlreichen Gästen, die regelmäßig zu den Dinnerpartys kamen. Freunden von Nancy oder Bryan genügte ein kurzer Anruf, und schon lud Diana sie ein. Louisa bemerkte, wie sehr sie sich darum bemühte, ihre eigenen Freundschaften zu pflegen, und alles dafür tat, ihre Rolle als möglichst hübsche und charmante Gastgeberin zu erfüllen. Als Resultat der regelmäßigen Ausbrüche ihres Vaters in Mitford Manor wusste sie, wie sie sich zu verhalten hatte. Einmal hatte er sogar einen weiblichen Gast während eines Wochenendbesuchs kurzerhand vor die Tür gesetzt, nur weil die Ärmste ihr Taschentuch auf einer Hecke abgelegt hatte. Für eine junge und modische Frau wie Diana war es nicht weiter schwierig, Gäste zu empfangen, doch im direkten Vergleich mit Nancy ließ sich nicht abstreiten, dass es Diana an der Schlagfertigkeit ihrer Schwester fehlte, selbst wenn sie immer für einen Scherz zu haben war.

Darüber hinaus hätte sich ihre dezente Selbstsicherheit in eine kühle Härte und Unversöhnlichkeit entwickeln können, hätte nicht die Wärme und Großzügigkeit Bryans, der ein großes Herz für jeden hatte, der in Schwierigkeiten steckte, diese Züge ein wenig abgemildert. Das bedeutete jedoch keineswegs, dass in der Ehe der beiden eitel Sonnenschein und Harmonie herrschte. Vielmehr wurde Louisa des Öfteren Zeuge einer Auseinandersetzung, wenn Diana sich zum Ausgehen fertig machte. Bryan kam ins Schlafzimmer, wo Louisa gerade ein Abendkleid bereitlegte oder Diana mit ihren Brillantohrringen an der Frisierkommode saß, und fragte: »Wir gehen heute doch nicht aus, oder, Darling?«

»Ich schon«, erwiderte Diana wie aus der Pistole geschossen. »Du brauchst ja nicht mitzukommen, wenn du nicht willst.«

»Und wer soll dich begleiten?«, wollte er wissen, woraufhin Diana – ob aus alter Mitford-Tradition oder um ihren Mann absichtlich auf die Palme zu bringen – stichelte: »Tja, in dem Fall werde ich mir einen Begleiter suchen. Cecil oder Evelyn helfen bestimmt gern aus. Und Luke ist auch immer ein treuer Begleiter.«

Trotz des Patzers, als er die Skandalgeschichte um Claras Tod im *Daily Sketch* verbreitet hatte, war Luke nach wie vor eng mit Diana befreundet – er war gut aussehend, amüsant, beinahe so etwas wie ein Schoßhündchen und stets gern zur Stelle, wenn ein Anstandsbegleiter vonnöten war. Bryan wusste, dass er S. I. T., sprich »Safe in Taxis« war, wie man es bezeichnete, weshalb Eifersucht schlicht unangebracht gewesen wäre. Dennoch wollte Bryan nicht klein beigeben.

»Darling«, versuchte er es neuerlich, diesmal in beschwichtigendem Tonfall, »ich will nur ein wenig Zeit mit meiner Frau verbringen. Ein Theaterstück, ein kleines Abendessen und dann zurück nach Hause, um eine Schallplatte anzuhören oder gemeinsam mit dir am Kamin zu sitzen und zu lesen, das wäre mir das Liebste.«

Für gewöhnlich legte Diana daraufhin ihre Haarbürste, ihren Lippenstift oder was auch immer sie in Händen gehalten hatte, zur Seite und wandte sich ihrem Ehemann zu. »Aber das können wir doch jeden Abend machen«, erwiderte sie ruhig, wenn auch fest. »Und heute Abend findet der Rotkreuzball/das Astor-Dinner/der Cocktail beim Prince of Wales statt.« Und damit war die Sache erledigt.

Ein Kompromiss war, sich Gäste zum Abendessen einzuladen, was dank Mrs Mack, Dianas hervorragender Köchin, stets ein voller Erfolg war. Nur drei Wochen nach der schicksalhaften Venedig-Reise tauchte Mrs Mulloney zum Dinner auf. Auch Nancy und Luke waren anwesend, ebenso wie Evelyn Waugh, der Diana neuerdings auf Schritt und Tritt zu folgen schien und sogar auf ihrer Bettkante saß, wenn sie ihre Morgenpost durchging, oder sie bei ihren Einkäufen begleitete; außerdem einige andere gesellschaftliche Berühmtheiten – Diana weigerte sich strikt, sie als »Bright Young Things« zu bezeichnen, obwohl sie dieser Begriff absolut perfekt beschrieb.

Bei solchen Anlässen brauchte Louisa nicht das Essen zu servieren – diese Aufgabe übernahm May, das ältliche Hausmädchen, ab und zu mit der Unterstützung von Turner –, allerdings fand sie meist ein Plätzchen irgendwo in der Küche, wo sie Wäsche ausbessern und dabei das allgemeine Treiben verfolgen konnte. Solche Gelegenheiten waren eine willkommene Abwechslung zu ihren ansonsten einsamen Abenden.

Es war keine allzu große Überraschung, dass Luke nach besagtem Dinner in die Küche kam, um nach ihr zu schauen; etwa um die Zeit, als die Damen sich von der Tafel erhoben und in den Salon gegangen waren.

Trotz ihrer Freundschaft trafen Louisa und Luke sich niemals alleine, doch wann immer er Diana einen Besuch abstattete, verließ er das Haus nicht, ohne auch Louisa gesehen zu haben – sehr zu ihrer Freude, obwohl sie mittlerweile darauf achtete, ihm nichts anzuvertrauen, was in einer Gesellschaftskolumne in seiner Zeitung enden könnte. Dennoch genossen sie es beide, sich ein wenig über sein Leben als Klatschjournalist auszutauschen. »Unsere Generation hat jede Menge Freiheiten«, pflegte er zu sagen. »Ich kann so vieles tun, was für meinen Vater völlig ausgeschlossen gewesen wäre, und bin wild entschlossen, das Maximum aus dieser Tatsache herauszuholen!« Sosehr sie seinen Elan und seine Begeisterung auch bewunderte, beschworen sie auch Gewissensbisse in Louisa herauf. Konnte sie dasselbe auch von sich behaupten? Holte auch sie »das Maximum heraus«? Zugegebenermaßen wahrscheinlich nicht.

Als Luke dieses Mal die Küche betrat, stibitzte er sogleich zwei Schokoladenstückchen von einem Teller, der nach oben gebracht werden sollte, bevor er neben Louisas Stuhl in die Hocke ging. »Sie ahnen nicht, was passiert ist«, sagte er und reichte ihr ein Schokoladenstück.

»Was denn?« Louisa ließ ihre Näharbeit sinken und lächelte ihn an. War eine der Frauen mit einer Laufmasche im Strumpf aufgetaucht und hatte es nicht gemerkt? Oder hatte man sich bei Tisch über die wilde Affäre des Premierministers mit seiner Sekretärin das Maul zerrissen?

»Kate war mit Clara in der Nacht allein, als sie gestorben ist.«

Louisa hörte auf zu kauen. »Erzählen Sie.«

»Ich saß rechts von Nancy und Kate direkt gegenüber, und ich glaube, die beiden dachten, ich höre nicht hin, weil ich mich eigentlich mit der Frau zu meiner Rechten unterhalten sollte, aber sie war sterbenslangweilig, deshalb haben sich meine Ohren nach etwas Aufregenderem gesehnt.«

»Und weiter?« Luke hatte die nervtötende Journalisten-Angewohnheit, seine Geschichten immer endlos aufzubauschen, wohingegen Louisa möglichst schnell zu den Fakten kommen wollte.

»Wie es aussieht, haben Claras Eltern Nancy geschrieben und wollten alles darüber erfahren, was in den letzten Stunden vor dem Tod ihrer Tochter vorgefallen ist. Verständlicherweise können sie sich nicht damit abfinden, wie ihre Tochter scheinbar ohne konkreten Anlass so schnell versterben konnte.«

»Haben sie mit der Polizei darüber geredet?«

»Das glaube ich nicht. Ich denke, sie haben Nancy geschrieben, weil sie Claras Freundin war. Aber ich habe gehört, wie Nancy zu Kate gesagt hat: ›Soll ich ihnen erzählen, dass wir beide bei ihr waren, oder lieber nicht?‹«

»Aber wieso fragt sie das?«

»Keine Ahnung. Jedenfalls meinte Kate: ›Erzähl ihnen bloß nicht, dass ich mit ihr alleine war, weil du ins Badezimmer gegangen bist. Sie ziehen nur falsche Schlüsse, falls sie von Shaun und Clara erfahren.‹«

Louisa sagte nichts dazu, gleichzeitig war ihr alles andere als wohl bei der Sache. In welchen Schlamassel hatte Nancy sich da nur hineinmanövriert?

»Ich sollte lieber wieder nach oben gehen und mich den Herren beim Portwein anschließen«, meinte Luke. »Nicht, dass sie mich unbedingt dabeihaben wollen. Sie reden über die Wall Street, ich aber lieber über die Bond Street.« Er grinste, aber Louisa war immer noch viel zu schockiert, um zu reagieren.

Nachdem er weg war, blieb sie noch ein paar Minuten reglos sitzen. Die Schlussfolgerungen, die sie in den letzten Tagen aus den Ereignissen gezogen hatte, schienen sich zu bestätigen: Sie würde genauer hinsehen, tiefer graben müssen. Könnte Kate verantwortlich für Claras Tod sein? Und womöglich auch für Shauns? Falls ja, würde Louisa ihr auf die Schliche kommen.

KAPITEL 32

Eine Woche später hatte Louisa gerade Dianas Frühstückstablett mit der Morgenpost abgestellt und ließ ihr ein Bad ein, als Diana sie zu sich rief. Eilig drehte sie die Hähne ab – einmal hatte sie sie laufen lassen und prompt eine Überschwemmung verursacht, wofür Diana sie fürchterlich zusammengestaucht hatte. Diana wedelte mit einem Brief. »Es ist von Naunce. Claras Familie hat wohl doch eine Autopsie vornehmen lassen, und jetzt heißt es, sie sei an einer Opiumüberdosis gestorben. So viel zu ihrer Behauptung, sie wollten ein schnelles Begräbnis.« Louisa wusste nicht, was sie dazu sagen sollte.

»Wie dumm von ihr! So leid es mir tut, Louisa, aber sie hat dich an der Nase herumgeführt. Offenbar wurde ihr Vorrat nicht gestohlen. Was das angeht, sind diese Süchtigen wirklich gerissen.«

Die Abscheulichkeit dieser Bemerkung verschlug Louisa für einen Moment den Atem. Außerdem wusste sie, dass es nicht stimmte. Sie war bei Clara gewesen, hatte gesehen, wie aufgelöst sie gewesen war. Es war schlicht ausgeschlossen, dass sie das Opium vor ihr versteckt hatte, und in ihrem eigenen Hotelzimmer, wo Clara die letzten Stunden ihres Lebens verbracht hatte, waren ganz bestimmt keine Drogen gewesen. Louisa überlegte, wie sie mit ihrem Verdacht umgehen sollte – und in diesem Stadium war es nicht mehr als eine vage Annahme –, und gelangte zu dem Entschluss, dass sie irgendetwas unternehmen musste. Schon bald würde sie London verlassen, um ein paar Tage bei ihrer Mutter und ihrer Tante in Suffolk zu verbringen. Sie ließ Guy auf dem Revier eine Nachricht zukommen, in der sie jedoch lediglich das Ergebnis der Autopsie und die Details des Abends, wie sie ihn erlebt hatte, beschrieb, gemeinsam mit den Rückschlüssen, die sie aus den Vorgängen gezogen hatte. Sollte eine weitere Maßnahme erforderlich sein, konnte er alles in die Wege leiten.

Während Louisas Abwesenheit würden Diana und Bryan aufs Land fahren und sich dort nach einem geeigneten Haus umsehen. Die meisten Wochenenden verbrachten sie auf dem Landsitz der Guinness in Sussex, aber es war an der Zeit, dass sie sich etwas Eigenes suchten. Louisa wollte sich lieber kein Urteil darüber erlauben, sie begriff allerdings, dass Diana nun, in den letzten Wochen vor der Geburt ihres ersten gemeinsamen Kindes, endlich Bryans Vorstellung von einem glücklichen Familienleben auf dem Land folgte, dem sie trotz seiner Schönheit und Idylle so dringend hatte entfliehen wollen.

Der Aufenthalt in Hadleigh, einem hübschen Städtchen in Suffolk, wo ihre Mutter und ihre Tante sich rührend um sie kümmerten und ihr all ihre Lieblingsspeisen kochten, half ihr, ein wenig zur Ruhe zu kommen und alles wieder in die richtige Perspektive zu rücken. Louisa war bewusst, dass die Menschen, für die sie arbeitete, und deren Freunde und Bekannte durchaus Einfluss auf sie hatten, ganz zu schweigen von ihrer Freundschaft mit Luke, die zwar angenehm, aber auch ein klein wenig beunruhigend war. Ohne einen Vertrauten wie Guy um sich, dem sie stets alles hatte sagen können, war es schwieriger, sich auf sich selbst und ihren Instinkt zu besinnen. Obwohl sie in London aufgewachsen war und die Stadt mit ihren überfüllten Bürgersteigen und den altbekannten Autobusrouten immer lieben würde, stellte sie fest, dass ihr die ausgiebigen Spaziergänge und die Schönheit der Winterlandschaft, die sie auch damals an ihrem ersten Morgen bei den Mitfords auf Anhieb in ihren Bann geschlagen hatten, ein Gefühl tiefen Friedens schenkten. Ihre Mutter erinnerte sie nur allzu gern daran, dass sie mit ihrer Arbeit das große Los gezogen hatte. »Ich habe mich jahrelang als Wäscherin krumm gearbeitet. Du hingegen hast es zu etwas gebracht, mein Mädchen, und darüber freue ich mich von Herzen.« Nach drei Tagen Familienklatsch, Unterstützung im Haus – sie half ihrer Mutter, den Zaun beim Hühnerstall zu reparieren, dessen eine Seite eingebrochen war und keinen großen Schutz vor nächtlichen Fuchsbesuchen mehr bot – und Nächten voll tiefem, traumlosem Schlaf dank der vielen frischen Luft war sie bereit, nach London zurückzukehren.

Sie hatte auch Zeit gehabt, über Shaun Mulloney und Clara Fischer und die Art nachzudenken, wie die beiden zu Tode gekommen waren. Offen gestanden war ihr ein wenig bange wegen Nancy, die sie so eindringlich davor gewarnt hatte, weitere Nachforschungen wegen Claras Tod anzustellen, und auch weil sie verschwiegen hatte, dass Kate am fraglichen Abend eine Weile mit Clara allein gewesen war. War Nancy in irgendetwas Gefährliches verstrickt? Sie war jedenfalls ein Mensch, den man nicht so ohne Weiteres zur Rede stellen konnte. Durch die jahrelange Übung im Umgang mit ihrem hitzköpfigen Vater und ihren jüngeren Geschwistern, die sie mit ihrer spitzen Zunge im Zaum gehalten hatte, war sie eloquent und schlagfertig genug, um sich von keinem verbal so schnell in die Ecke drängen zu lassen. Folglich blieb Louisa keine andere Wahl, als sie rundheraus zu fragen, was in dieser Nacht vorgefallen war, doch sie machte sich keine Illusionen darüber, dass Nancy ihr den Mund verbieten würde, noch bevor sie auch nur die erste Frage formuliert hatte. Im vergangenen Jahr war das Band zwischen Diana und Nancy enger geworden, daher konnte Louisa nicht ausschließen, dass Nancy ihre Schwester dazu bringen könnte, Louisa wegen frechen Benehmens vor die Tür zu setzen, und auch wenn sie sich noch so gern eine andere Beschäftigung suchen würde, wollte sie erst in Ruhe überlegen, wie es für sie weitergehen sollte. Und ohne Referenzschreiben gekündigt zu werden, würde ihre Chancen auf eine neue Betätigung nicht gerade erhöhen.

Nachdenklich ging Louisa nach ihrer Ankunft in London von der U-Bahn nach Hause und wollte gerade in die Buckingham Street einbiegen, als sie mit Guy zusammenstieß. Im ersten Moment war sie viel zu verdattert, um ein Wort herauszubringen; sie konnte noch nicht einmal sagen, was sie empfand oder was sie jetzt am liebsten tun würde. Über ein Jahr war vergangen, seit sie ihn geküsst hatte, und nur unter Aufbietung all ihrer Willenskraft war es ihr gelungen, ihn zu vergessen. Und doch hatte sie ihm eine Nachricht zukommen lassen. Sie hatte vor sich selbst zu leugnen versucht, dass sie ihn in Wahrheit sehen wollte, aber genau so war es. Ohne ein Wort zu sagen, packte sie den Griff ihres Köfferchens ein wenig fester und ging weiter.

»Louisa!«, rief Guy. »Bitte.«

Louisa blieb stehen, ohne sich umzudrehen.

Guy trat vor sie und zwang sie, ihn anzusehen.

»Louisa, ich habe nicht vergessen, was bei unserer letzten Begegnung passiert ist. Es tut mir so leid, so unendlich leid.«

Louisa brachte es nicht über sich, etwas zu sagen, weil sie nicht sicher war, was über ihre Lippen käme. Sie konnte noch nicht einmal sagen, ob sie wütend oder traurig oder etwas anderes war. Die Gefühle wallten in ihr auf, ungeordnet und wild, ein undurchdringlicher Wirrwarr, der in ihrer Brust aufstieg und ihr den Atem verschlug.

Passanten schnalzten ungehalten mit der Zunge, weil die beiden Gestalten reglos mitten auf dem Bürgersteig standen.

»Ich habe stundenlang auf dich gewartet und gehofft, dich zu sehen. Ich dachte, irgendwann musst du ja das Haus verlassen, um Besorgungen zu machen.«

»Ich war verreist«, krächzte sie, als hätte sie seit Wochen kein Wort mehr gesprochen.

»Ja, jetzt, wo du's sagst. Dein Koffer.« Er lachte leise. »Das zeigt wieder mal, was für ein exzellenter Polizist ich bin.«

Mit einem Mal wünschte Louisa sich sehnlichst, nicht länger wütend auf ihn zu sein (oder gleichgültig, neutral oder was auch immer) und schallend mit ihm über diesen schlechten Scherz zu lachen, doch sofort holte sie die Erinnerung an sein Geständnis, er sei verlobt, wieder ein. Ein Jahr war seit ihrem letzten Wiedersehen vergangen. Bestimmt war er längst verheiratet. Sie bemühte sich, nicht auf seine linke Hand zu blicken, um herauszufinden, ob er einen Ehering trug.

»Wieso bist du hier, Guy?«

»Wegen deiner Nachricht. Ich wollte sichergehen … nun ja, ich musste mich überzeugen, dass es dir gut geht. Und mich bei dir bedanken.«

»Wieso das denn?«

»Wegen der amerikanischen Schauspielerin.«

»Verstehe«, sagte sie, obwohl es nicht so war.

Auch auf Guys Miene spiegelte sich Verwirrung. »Die Kriminalpolizei wurde mit den Ermittlungen wegen ihres Todes betraut. Dank deiner Nachricht. Ich dachte, du wüsstest Bescheid.«

»Natürlich nicht. Ich war verreist, schon vergessen?«

Ein Regentropfen landete auf Louisas Kopf. Dann ein zweiter. Noch ein paar Augenblicke, und sie müsste ins Haus, sonst würde sie pitschnass werden.

»Die Sache ist die …« Tränen standen in Guys Augen.

»Ja?« Obwohl es inzwischen regnete, rührte Louisa sich nicht vom Fleck.

»Nancy Mitford wurde verhaftet.«

KAPITEL 33

Louisa rannte die letzten Meter bis zum Haus, dicht gefolgt von Guy. Am Seiteneingang blieb sie stehen und drehte sich zu ihm um. »Ich denke, du solltest lieber nicht mit hineinkommen.«

Guys Miene verdüsterte sich. »Aber ich würde gern helfen.«

»Wird Nancy von deinen Kollegen vom Morddezernat befragt?«

»Ja.«

»Dann sollten wir nicht miteinander sprechen. Ich war an dem Abend auch anwesend und sogar allein mit Miss Fischer, als sie gestorben ist.«

Inzwischen regnete es in Strömen, Tropfen fielen von Guys Hutkrempe auf seine Schultern. »Es geht nicht um dich«, sagte Guy, »sondern wir wollen mit allen reden, die an diesem Abend in ihrem Zimmer waren.«

»Wieso wurde ich dann nicht auch zur Befragung aufs Revier bestellt?«

»Das ist einer der Gründe, weshalb ich hier bin. Das wirst du, und ich wollte dich nur warnen.« Immer noch glitzerten Tränen in Guys Augen, doch Louisa empfand nichts als lodernde Wut.

»Geh einfach, Guy. Ich kriege das schon alleine hin.«
Sie betrat das Haus und schloss fest die Tür hinter sich.

Nachdem sie ihren Koffer in ihr Zimmer gebracht und ihren feuchten Mantel ausgezogen hatte, machte sie sich auf die Suche nach Diana, die gemeinsam mit ihrer Mutter Lady Redesdale im Morgensalon saß.

»Guten Morgen, Lady Redesdale, Mrs Guinness.« Louisa musste sich stets verkneifen, vor ihrer einstigen Herrin zu knicksen. Sie war zwar nicht die Queen, hätte es aber ohne Weiteres sein können.

»Hallo, Louisa«, sagte Lady Redesdale, die in ihrer gewohnt beherrschten Souveränität kerzengerade neben ihrer Tochter auf dem Sofa saß. Sie trug ein schlichtes Kleid, und ihr dunkles Haar wies keine einzige graue Strähne auf, obwohl sie beinahe fünfzig war. Laut einer alten Volksweisheit erwartete eine Frau, die während der Schwangerschaft ihre Schönheit einbüßte, ein Mädchen; in Lady Redesdales Fall hatte sie unübersehbar diesen Preis für ihre sechs gut aussehenden Töchter bezahlt.

»Gott sei Dank, dass du hier bist«, sagte Diana. Auch sie hatte in puncto emotionaler Zurückhaltung einiges von ihrer Mutter gelernt, trotzdem sah Louisa ihr die aufrichtige Erleichterung über die Rückkehr ihrer Kammerzofe an. Auf dem Weg nach oben hatte May, das Dienstmädchen, Louisa zugeflüstert, Mr Guinness befände sich bei seinem Railway Dining Club, der im Zug nach Birmingham abgehalten wurde. Das erklärte, weshalb Lady Redesdale gerufen worden war, um gemeinsam mit Diana auf Neuigkeiten über Nancy zu warten.

Louisa hielt es für klüger, den beiden nichts davon zu erzählen, dass Guy sie bereits vorgewarnt hatte, sonst würde womöglich der Eindruck entstehen, sie verfüge über Informationen über das Verbrechen selbst oder die Arbeit der Polizei, was ihr beides negativ ausgelegt werden könnte.

»Ist etwas passiert, Ma'am?«

Lady Redesdale setzte sich noch aufrechter hin, obwohl ihr Rückgrat ohnehin jedem Schürhaken Konkurrenz machen würde. »Nancy wurde festgenommen und zum Verhör aufs Revier nach Knightsbridge gebracht. Lord Redesdale hat sie begleitet.«

Louisa gestattete sich einen erstaunten Blick, ohne es jedoch zu übertreiben. Theatralisches Getue wäre jetzt nicht gut bei den beiden Damen angekommen, abgesehen davon bekämen sie noch mehr als genug davon zu sehen, wenn sich der Vorfall erst herumsprach. »Darf ich fragen, weswegen sie festgenommen wurde?«

»Wegen des Mordes an Clara Fischer«, antwortete Lady Redesdale ruhig, aber Louisa entging nicht, dass ihre Stimme für einen Moment brüchig klang.

»Was natürlich vollkommen absurd ist«, warf Diana ein.

»Das verstehe ich nicht«, sagte Louisa, wobei es ihr zunehmend schwerfiel, kühl und distanziert zu wirken. »Wie hätte sie das denn anstellen sollen? Ich war die meiste Zeit bei Miss Fischer. Ich bezweifle sogar, dass Miss Nancy zu irgendeinem Zeitpunkt allein mit ihr war.«

»Sie hat Clara gemeinsam mit Kate Mulloney an dem Abend besucht.«

»Das stimmt. Gegen Mitternacht, solange ich bei Ihnen war.«

»Wie es aussieht, behauptet Mrs Mulloney, Nancy sei eine gewisse Zeit allein mit Clara gewesen, und zwar lange genug, um ihr etwas zu verabreichen.«

Nun war Louisa tatsächlich verblüfft, und offenbar sah man es ihr deutlich an. »Mrs Mulloney behauptet, Nancy sei es gewesen?«, wiederholte sie ungläubig.

Diana nickte. »Ja, und am schlimmsten ist, dass ihre Aussage gegen Nancys steht.«

»Nein, das stimmt nicht«, widersprach Louisa. »Und Mr Meyer kann es beweisen.«

»Bist du sicher, Louisa?« Lady Redesdale musterte sie eisig. »Wenn du in der Nähe bist, kriegen wir es immer wieder mit Mord zu tun. Das ist nicht gerade beruhigend.«

»Lady Redesdale, ich weiß, wie es für Sie aussehen muss. Aber bitte glauben Sie mir: Diese Dinge passieren einfach, ohne mein Zutun, und ich fühle mich verpflichtet, die Wahrheit ans Licht zu bringen.«

Lady Redesdale zog lediglich eine Braue hoch.

»Wir sollten lieber gleich Luke anrufen und ihn bitten, sich mit uns auf dem Polizeirevier zu treffen.« Diana erhob sich und ging zum Telefon in der Eingangshalle, wo sie die Vermittlung bat, sie mit einer Nummer in Belgravia zu verbinden. Louisa wusste nicht recht, was sie mit sich anfangen sollte, deshalb entschuldigte sie sich, sie wolle besser Mrs Guinness' Mantel und Hut holen.

Nicht einmal zehn Minuten später saß Louisa neben Turner auf dem Beifahrersitz des Bentleys, während Lady Redesdale und Mrs Guinness hinten Platz genommen hatten. Louisa war dankbar für die quietschenden Scheibenwischer und den prasselnden Regen, die die lähmende Stille im Wagen übertönten. Diana hatte kurz mit Luke gesprochen und ihn gebeten, sich mit ihnen auf dem Revier in Knightsbridge zu treffen, wozu er sich ohne Umschweife bereit erklärt hatte.

Louisa hatte den beiden Damen bereits erzählt, dass Luke ein Gespräch zwischen Mrs Mulloney und Miss Nancy bei einem Abendessen mit angehört hatte und Miss Nancys Version der Ereignisse gewiss bestätigen würde. Turner hielt vor dem Revier an und öffnete Lady Redesdale die Tür, die mit gesenktem Kopf hineineilte – um sowohl dem Regen als auch unerwünschten Blicken zu entgehen. Diana und Louisa folgten ihr. Im Wartebereich stießen sie auf Lord Redesdale und Luke Meyer, die einander nicht kannten und daher mit Erstaunen verfolgten, wie die drei Damen den jeweils anderen begrüßten.

»Sydney, was tust du denn hier?« Lord Redesdale, ein hochgewachsener, eleganter Gentleman (auch wenn er stets ein wenig wie ein auf dem Trocknen gelandeter Fisch oder ein unfreiwillig nach London verpflanzter Landbewohner wirkte), war blass und sah reichlich mitgenommen aus. »Ich habe dir doch gesagt, du sollst zu Hause bleiben.«

»Die Lage hat sich geändert«, erwiderte seine Frau knapp.

Offenbar vom Stimmengewirr angelockt, trat Guy Augenblicke später mit einem Blatt Papier in der Hand aus dem Hinterzimmer in den Wartebereich. Er konnte noch nicht lange zurück sein, da sein Hemdkragen immer noch feuchte Spuren aufwies. Er begrüßte Lord und Lady Redesdale, denen er nicht vorgestellt zu werden brauchte – vor fünf Jahren hatte er einen Mord in ihrem Haus aufgeklärt. Während Guy mit ihnen sprach, trat Louisa zu Luke, der ein wenig abseits stand und, wie sie mit Erstaunen bemerkte, am ganzen Leib zitterte.

»Wieso hat Diana mich herzitiert?«, fragte er und zündete sich eine Zigarette an, was ihm erst beim dritten Streichholz gelang.

»Das kann ich Ihnen erklären.« Besorgt sah Louisa zu, wie

er tiefe Züge an der Zigarette nahm. »Sie haben nichts zu befürchten. Wieso zittern Sie denn so?«

»Keine Ahnung«, murmelte er. »Ich kann Polizeireviere einfach nicht leiden. Bitte sagen Sie mir, was hier los ist.«

»Claras Leiche wurde in den Staaten obduziert, und es scheint, als sei die Todesursache eine Überdosis Opium. Andererseits hatte sie ja keinen Stoff bei sich, daher muss es ihr jemand verabreicht haben.«

Luke wurde kreidebleich. »Ich dachte, sie sei Jüdin gewesen.«

»Das stimmt auch. Warum?«

»Weil Juden ihre Toten so schnell wie möglich bestatten. Ich dachte, die Eltern hätten keine Autopsie gewollt.«

Louisa musterte ihn verständnislos. »Niemand will so etwas, aber die Aussage des Arztes, Clara sei eines natürlichen Todes gestorben, kam ihnen anscheinend seltsam vor. Und ihre Ahnung hat sich ja wohl auch bestätigt.«

Luke sah sich nach einem Aschenbecher um und drückte seine Zigarette aus. »Und was hat Nancy mit alldem zu tun? Sie glauben doch wohl nicht, dass sie Clara das Zeug verabreicht hat, oder?«

»Mrs Mulloney hat behauptet, Nancy sei eine Weile allein mit Clara gewesen und habe daher die Gelegenheit dazu gehabt.«

»Und was für ein Motiv soll sie gehabt haben?«

Louisa musste an Nancys heftige Reaktion denken, als Louisa den Verdacht geäußert hatte, Clara könnte ermordet worden sein. Hatte sie etwas verschwiegen? »Ich weiß es nicht. Aber, Luke, Sie müssen der Polizei sagen, was Sie an diesem einen Abend neulich beim Essen gehört haben.«

Ehe er etwas erwidern konnte, trat Diana zu ihnen. »Ich

habe Mr Sullivan gesagt, dass er auch mit dir reden muss«, sagte sie, ehe sie unvermittelt Louisas Arm packte und sich mit einem Schmerzensschrei vornüberbeugte.

Lady Redesdale eilte zu ihrer Tochter und half ihr, sich wieder aufzurichten. »Ich bringe dich jetzt nach Hause. Wir hätten gar nicht erst herkommen sollen. Das ist nicht gut fürs Baby.« Mit einem vernichtenden Blick in die Runde begleitete Lady Redesdale ihre Tochter nach draußen, wo Turner noch immer mit dem Wagen wartete. Lord Redesdale ließ sich auf eine Bank sinken. »Ich bleibe hier und warte auf Nancy.« Er wirkte wie ein Ballon, aus dem jemand die Luft herausgelassen hatte.

»Ich lasse Ihnen Tee bringen«, erbot sich Guy, woraufhin Lord Redesdale nur die Hand zu einem erschöpften Dank hob. »Sie beide kommen bitte mit«, sagte Guy zu Luke und Louisa, die ihm einen langen Korridor entlangfolgten, vorbei an mehreren geschlossenen Türen. Irgendwo in der Ferne ertönten Schreie und metallisches Knallen. Louisa überlief ein Schauder. Schließlich öffnete Guy eine Tür und betrat einen kleinen Raum mit einem einzelnen Fenster nahe der Decke, einem Holztisch und vier Stühlen. Guy bedeutete ihnen, sich zu setzen. »Ich bin gleich zurück. Bitte warten Sie so lange hier.« Er verließ den Raum und schloss die Tür.

»Was passiert hier, Louisa?«, fragte Luke.

»Das weiß ich ehrlich gesagt auch nicht«, erwiderte Louisa.

»Mir gefällt es hier drinnen nicht. Es ist schmutzig und eiskalt.«

»Warm und behaglich soll es wahrscheinlich auch nicht sein.«

»Hahaha.« Luke stand auf und kramte seine Zigaretten und Streichhölzer aus der Tasche, doch bevor er sie anzünden konnte, trat, dicht gefolgt von Guy, ein anderer Mann herein. Er trug einen dunkelbraunen Anzug, der ihm ein wenig zu weit war, als hätte er erst kürzlich stark abgenommen und noch keine Zeit gehabt, sich neu einzukleiden. Er hatte einen mickrigen Schnäuzer, dafür umso buschigere Brauen, die aussahen, als hätte sie jemand aus einem Verkleidungsset genommen und an der falschen Stelle angeklebt.

»Mr Meyer, ich bin Detective Sergeant Stroud. Wir beide werden uns jetzt ein wenig unterhalten. Wie ich höre, haben Sie mir etwas Wichtiges zu sagen.«

Guy blieb an der Tür stehen. »Miss Cannon, würden Sie bitte mit mir kommen?«

Louisa drehte sich zu Luke um, der ein Gesicht machte, als hätte ihn jemand aufgefordert, sich auf den Hinrichtungsstuhl zu setzen.

KAPITEL 34

Guy führte Louisa in einen anderen Raum, der ebenfalls mit einem Tisch und zwei Stühlen auf jeder Seite ausgestattet war. »Aus naheliegenden Gründen kann ich die Befragung nicht durchführen«, sagte er. »Aber es kommt gleich jemand.«

»Gut«, sagte Louisa. Sie wünschte sich sehnlichst, mit ihm zu reden, ihn zu fragen, ob er inzwischen verheiratet war und ob er während des vergangenen Jahrs jemals an sie gedacht hatte. Doch sie verkniff es sich.

Stattdessen saßen sie in verlegenem Schweigen am Tisch, während Guy in den Unterlagen blätterte und Louisa an einem Mantelknopf herumspielte, bis die Tür aufging und ein Mann in einem modisch geschnittenen Nadelstreifenanzug und gelber Krawatte hereinkam. »Ah«, sagte er, »Sie müssen Miss Cannon sein.«

»Danke, Sir«, sagte Guy und verließ den Raum, allerdings nicht ohne einen letzten Blick in Louisas Richtung. Sie erwiderte ihn nicht, wenn auch aus purer Angst und nicht, um ihn zu bestrafen. Natürlich war sie unschuldig, zumindest an Claras Tod, dennoch kam es sehr häufig vor, dass ihresgleichen in Verdacht geriet. Deshalb musste sie davon ausgehen, dass sie bis zum Beweis ihrer Unschuld behandelt werden würde, als sei sie die Täterin.

»Ich bin Detective Inspector Stiles und werde diese Befragung leiten.« Er setzte sich und zog ein Notizbuch und einen Füllfederhalter heraus, wobei er Louisa mit einem Lächeln bedachte, als wollte er sagen, dass sie nichts zu befürchten hatte. Aber war das tatsächlich so?

»Würden Sie mir bitte Ihren Namen und Ihre derzeitige Adresse bestätigen?«

»Louisa Cannon, 10 Buckingham Street, London.«

»Tätigkeit?«

»Kammerzofe von Mrs Guinness.«

»Hmm.« Stiles notierte sich alles und hielt Datum und Uhrzeit der Befragung fest. »Können Sie mir sagen, wo Sie sich am 27. Januar dieses Jahres um fünf Uhr morgens aufgehalten haben?«

»Ja. Ich war in meinem Zimmer, Nummer 236, im *Hotel Excelsior* am Lido von Venedig, Sir.«

»Und waren Sie allein?«

»Nein, Sir.« Louisa wurde leicht schwindlig. Seit dem Butterbrot und gesüßten Tee am Morgen bei ihrer Mutter, bevor sie nach London aufgebrochen war, hatte sie nichts mehr gegessen. »Ich war mit der verstorbenen Clara Fischer zusammen.«

»Wieso war Miss Fischer bei Ihnen?«

Louisa wusste, dass sie nichts zu verbergen hatte. »Tagsüber hatte man ihr auf dem Markusplatz die Handtasche gestohlen. Mrs Guinness meinte, ich solle Miss Fischer begleiten und ihr bei der Suche helfen. Aber dann hat sie mir erzählt, sie hätte ihren Opiumvorrat in dieser Handtasche gehabt.« Louisa hielt inne, während Stiles sich Notizen machte. »Sie meinte, sie hätte den Markusdom ein bisschen früher als die anderen verlassen, um etwas davon zu rauchen, und jemand hätte ihr wohl die Handtasche gestohlen, während sie … nun ja … gerade etwas abwesend gewesen sei. Sie wollte die Tasche unbedingt wiederfinden oder neuen Stoff besorgen. Ich habe sie überredet, ins Hotel zurückzufahren, damit sie sich in meinem Zimmer etwas ausruhen kann.«

»Haben Sie jemandem etwas davon erzählt?«

»Ja, Luke Meyer. Er hat mich gefragt, was passiert ist. Miss Fischer hatte mich zwar gebeten, niemandem etwas zu sagen, aber ich habe mir große Sorgen um sie gemacht. Kurz nach unserer Rückkehr ins Hotel schien sie sehr stark unter den Entzugserscheinungen zu leiden.«

»Das kommt mir schnell vor.« Stiles musterte Louisa eingehend, doch keineswegs unfreundlich, wie Louisa fand.

»Ja, Sir. Ich dachte, die Symptome sind vielleicht nicht nur körperlicher Natur, sondern auch psychischer, weil sie wusste, dass sie nirgendwo frischen Stoff herbekommt.«

»Hmm. Sie haben sich also um Miss Fischer gekümmert, sagen Sie? Wie genau?«

»Sie stand völlig neben sich, hat deliriert und sich ständig erbrochen. Ich habe ihr etwas Wasser eingeflößt, das sie auch sofort wieder von sich gegeben hat. Ansonsten habe ich ihr einen kalten Waschlappen aufs Gesicht gelegt und versucht, sie zu beruhigen.«

Stiles lächelte. »War in der ganzen Zeit irgendjemand allein mit Miss Fischer?«

»Gegen Mitternacht musste ich sie zurücklassen, um Mrs Guinness beim Zubettgehen zu helfen. Das hat etwa eine Stunde gedauert. Ich habe allerdings mitbekommen, dass Miss Nancy Mitford in dieser Zeit auch bei Miss Fischer war, zusammen mit Miss Kate Mulloney.«

»Und wie haben Sie das mitbekommen?«

»Ich hatte mit Miss Nancy gesprochen, als ich Miss Fischer zurückgelassen habe, um zu Mrs Guinness zu gehen. Ich habe ihr in groben Zügen erklärt, was vorgefallen war, und sie war sehr besorgt um ihre Freundin. Sie hat versprochen, sich um sie zu kümmern, solange ich weg bin.« Louisa hielt inne, während ihr der Mann an der Rezeption wieder einfiel. »Es gab noch jemanden, Sir.«

»Und zwar wen?«

»Auf meine Bitte hin hat ein Zimmermädchen Tee hinaufgebracht, und ich glaube, Clara hat auch etwas davon getrunken.«

Stiles legte seinen Stift beiseite, schob seinen Stuhl zurück und kreuzte die Arme vor der Brust, den Blick auf Louisa geheftet. Mit einem Mal hatte sich sein Auftreten grundlegend verändert.

»Sie sind in der Vergangenheit schon mehrmals mit dem Gesetz in Konflikt geraten, Miss Cannon.«

Es war, als hätte ihr jemand eine schallende Ohrfeige verpasst. Sie versuchte, ganz ruhig durchzuatmen und sich nicht in die Ecke drängen zu lassen. Ja, sie war mit dem Gesetz in Konflikt geraten, aber das hatte nichts mit dem zu tun, was jetzt vorgefallen war. »Das ist lange her, Sir. Damals war ich noch ein Kind.«

»Trotzdem. Durch all das wird Ihr Charakter ein wenig fragwürdig, um es mal so auszudrücken.«

Louisa erwiderte nichts darauf.

»Sind Sie Miss Fischer an diesem Tag zum ersten Mal begegnet?«

»Nein, Sir. Wir haben uns vor ein paar Jahren kennengelernt, als ich für Lady Redesdale als Kindermädchen und als

Anstandsdame für Miss Pamela Mitford gearbeitet habe. Miss Fischer gehörte zu den Freunden, mit denen mein Schützling in enger Verbindung stand.«

»Haben Sie sich mit Miss Fischer angefreundet?«

»Nein, Sir. Wir hatten ein sehr angenehmes Verhältnis, aber ich bin schließlich Dienstbotin, Sir.«

»Jaja, das ist mir klar. Dennoch bin ich neugierig und frage mich, wieso sie sich ausgerechnet Ihnen anvertraut haben sollte, als ihre Handtasche gestohlen wurde.«

»Ich glaube, sie war ziemlich verzweifelt.«

»Haben Sie die Tasche gestohlen?«

»Wie bitte? Nein, Sir, das habe ich nicht!«

Stiles erhob sich und begann im Raum auf und ab zu gehen. »Wenn Sie mich fragen, haben Sie die perfekte Gelegenheit erkannt. Sie hatten die Mittel, wussten, wie man einen Diebstahl begeht. Das verrät uns Ihre Vergangenheit. Sie haben sie Opium rauchen sehen und daraus geschlossen, dass sie den Stoff dringend braucht … und alles dafür tun würde, um die Tasche zurückzubekommen.«

»Nein!« Wo war Guy? Louisa spürte Panik aufsteigen. Wieso war niemand hier, der mitbekam, was Stiles ihr vorwarf? Und der für ihren Charakter bürgte?

»Als sie gemerkt hat, dass Sie es waren, mussten Sie sie töten. Und auch hierfür hatten Sie die perfekte Gelegenheit. Sie war in Ihrem Zimmer, allein, im Delirium. Verzweifelt. Hätte man ihr eine Opium-Zigarette angeboten, hätte sie sich darauf gestürzt.«

»Nein, nein, nein, ich war es nicht! Wo ist Mr Sullivan?«

»Für Sie immer noch Detective Sergeant Sullivan. Und er kann Ihnen auch nicht helfen.«

»Doch, das kann er. Er kann für meinen Charakter bürgen.«

»Welchen guten Charakter? Sie haben in der Vergangenheit mehrfach gegen das Gesetz verstoßen und werden es wieder tun. Ihre Sorte kenne ich.«

Ihre Panik wich lodernder Wut. Ihre *Sorte?*

»Detective Inspector Stiles. Ich habe dieses Verbrechen nicht begangen.« Ihre Stimme war erstaunlich ruhig.

»Mag sein, dass Sie diese Tasche nicht gestohlen haben.« Louisas Herzschlag beruhigte sich ein wenig, ehe er sich im nächsten Moment wieder beschleunigte. »Deshalb werden Sie mir erklären müssen, woher Sie das Opium hatten. Aus England? Oder haben Sie es in Venedig beschafft? Schließlich ist es nicht allzu schwierig, das Zeug zu bekommen.«

»Ich habe in meinem ganzen Leben noch nie Opium gekauft.«

»Sie wüssten trotzdem, wie es geht, hab ich recht?« Stiles setzte sich hin und beugte sich so weit über den Tisch, dass nur wenige Zentimeter ihre Gesichter trennten. »Ich glaube, Sie tragen das Zeug in der Tasche mit sich herum. Nur für alle Fälle. Wir könnten einen Blick in Ihre Tasche werfen, gleich jetzt, oder Ihr Zimmer durchsuchen. Würden wir etwas finden?«

Louisa schwieg, während sie versuchte, innerlich Abstand von dem zu nehmen, was er sagte, und sich stattdessen auf ihren Atem zu konzentrieren.

»Ich denke, wir würden etwas finden. Beschaffen Sie den Stoff für die Leute, für die Sie arbeiten? Gibt es eine bessere Methode, Ihre Machenschaften zu tarnen? Keiner würde es je merken. Und um Ihre Stellung brauchen Sie sich keine Gedanken zu machen, sie ist sicher.«

»Nein«, erwiderte sie ruhig. »Nichts davon ist wahr.«

Stiles setzte sich auf seinem Stuhl nach hinten und lächelte.

»Nein«, sagte er. »Nichts davon ist wahr.«

Sollte es irgendein Signal gegeben haben, hatte Louisa es jedenfalls nicht mitbekommen, aber just in diesem Moment trat Guy ein, ohne anzuklopfen. Stiles erhob sich.

»Sie war's nicht«, sagte er und verließ den Raum.

KAPITEL 35

Louisa folgte Guy nach draußen und bedeutete ihm stehen zu bleiben. »Sag mir sofort, was das sollte.«

Doch Guy ging schweigend den Korridor entlang, vorbei an mehreren Türen, ehe er eine öffnete und einen Raum betrat, in dessen Ecke ein uniformierter Polizist stand – und Nancy. Sie stürzte auf Louisa zu. »Lou-Lou! Gott sei Dank, dass du hier bist. Es war die reinste Hölle!« Sie trug einen eleganten marineblauen Rock mit dazu passender Jacke, aber ihre Locken waren wirr, ihr Make-up war verwischt, und auf ihren Lippen war nur ein Rest von dunklem Rot zu erkennen. Sie sah aus, als hätte sie eine ganze Woche keinen Schlaf bekommen.

»Seit wann sind Sie hier?«, fragte Louisa. Seltsamerweise fühlte sie sich Nancy ebenbürtig, was in Wahrheit natürlich ein Trugschluss war; gerade noch selbst einer Straftat bezichtigt und dann entlastet zu werden, während Nancy immer noch hier festgehalten wurde, verlieh Louisa das Gefühl, ausnahmsweise einmal die Trümpfe in der Hand zu halten.

»Seit heute Morgen. Es war absolut furchtbar. Grauenvoll. Das einzig Gute daran ist, dass ich es wohl in meinem nächsten Roman verwenden kann. Wie geht es Farve? Es ist so hinreißend von ihm, dass er auf mich wartet, während von Muv natürlich weit und breit nichts zu sehen ist. Hätten Sie zufällig eine Zigarette für mich, Mr Sullivan?«

Guy zog ein Päckchen aus der Tasche und reichte es ihr. Louisa sah ihn verblüfft an. »Ist manchmal ganz praktisch, um eine Gefälligkeit einzufordern«, sagte er leise.

»Lady Redesdale war vorhin hier«, sagte Louisa. »Gemeinsam mit Mrs Guinness, aber sie mussten wieder gehen, weil sie Angst hatten, dass die ganze Aufregung dem Baby schadet.«

»Aber mir nicht, ja?«

Louisa beschloss, diese Bemerkung in bester Nanny-Blor-Tradition mit keiner Erwiderung zu würdigen. Nancy benahm sich wie ein kleines Kind.

»Mr Sullivan.« Wie üblich legte Louisa die höfliche Förmlichkeit an den Tag, wenn Dritte im Raum waren. Heute war sie dankbar für diese Gewohnheit. »Würden Sie bitte erklären, was vorgefallen ist?«

»Ja. Bitte, setzen Sie sich doch.« Nancy und Louisa nahmen auf der einen Seite des Tisches Platz – auch dieser Befragungsraum sah genauso aus wie die anderen –, während Guy zuerst den Uniformierten hinausschickte und sich dann ebenfalls setzte. »Es tut mir leid, Miss Cannon. Ich musste zuerst die Befragung abwarten, bevor ich Licht ins Dunkel bringen kann.«

Louisa nickte. Nancy sah verwirrt drein, doch jetzt war nicht der Zeitpunkt für Erklärungen. Obwohl ihr der Schock über die Art, wie DI Stiles sie in die Mangel genommen hatte, immer noch in den Knochen saß, verstand sie seine Taktik in gewisser Weise. Trotzdem war sie heilfroh, hier sitzen und sich anhören zu können, was Guy zu sagen hatte.

»Ich bin erst spät in die Ermittlungen mit aufgenommen

worden, weil ich übers Wochenende dienstfrei hatte. Aber Stiles hat mich eingeweiht, als er erfahren hat, dass ich ein Freund der Familie bin.« Guy hielt kurz inne. Louisa wusste, weshalb: Er hatte Angst, eine Grenze überschritten zu haben, weil er sich als Freund der Familie bezeichnete, doch Nancy war entweder zu abwesend, um es zu bemerken, oder teilte seine Meinung. »Wie Sie wissen, hat Miss Fischers Familie selbst eine Autopsie durchführen lassen, und wir wurden informiert, dass die offizielle Todesursache Opiumüberdosis lautet. Da ihre Eltern nichts von Miss Fischers Abhängigkeit wussten, haben sie sich an die venezianische Polizei gewandt, um sie zu informieren, dass sie eine Straftat vermuten. Aber die italienische Polizei meinte nur, Miss Fischer und der Rest der Reisegruppe sei in England ansässig gewesen, daher solle die britische Polizei die Ermittlungen übernehmen. Und so kam der Fall zu uns ins Morddezernat. Soweit ich informiert bin, befragen die Italiener gerade die Hotelangestellten des *Excelsior.* Unsere Priorität lag darin, mit all jenen zu sprechen, die sich in diesen letzten Stunden in Miss Fischers Nähe aufgehalten haben. Ursprünglich sind wir davon ausgegangen, dass Miss Fischer die Droge selbst genommen haben muss, was sowohl durch die Aussage von Miss Nancy Mitford als auch durch die von Mrs Kate Mulloney übers Wochenende bestätigt wurde. Dann hat uns Louisas Nachricht von unserer Überzeugung abgebracht.«

»Was meinen Sie damit?«, hakte Nancy nach. »Clara hatte kein Opium mehr. Und sie kann es unmöglich selbst genommen haben. Ich habe sie mit eigenen Augen gesehen. Sie war in einem erbarmungswürdigen Zustand ohne den Stoff.«

Louisa fühlte sich verpflichtet zu erklären. »Genau. Jemand muss ihr das Opium mit Absicht verabreicht haben. Und es war nur eine Handvoll Leute in dem Zimmer.«

»Unter anderem ich«, seufzte Nancy.

»Genau«, bestätigte Louisa entschuldigend. »Es tut mir leid, ich hatte keine Ahnung, dass Sie verdächtigt werden würden.«

»Nun ja. Ich wurde am Samstagmorgen aufs Revier bestellt, wovon ich verständlicherweise alles andere als begeistert war«, schilderte Nancy. »Aber ich dachte natürlich, es sei eine reine Routineangelegenheit. Ich habe den Beamten die Namen aller gegeben, die an dem Wochenende mit von der Partie waren, und habe ausgesagt, dass du Clara mit nach oben in dein Zimmer genommen hattest und Mrs Mulloney und ich bei ihr waren.«

»Haben Sie der Polizei auch von Claras Handtasche erzählt?«

»Ja. Und auch, was drin war. Danach hat man mich gehen lassen. Und dann stand plötzlich und ohne Vorwarnung heute Morgen die Polizei vor unserem Haus am Rutland Gate, um mich zu verhaften. Armer Farve. Ich dachte, er bekommt gleich einen Herzanfall.«

Louisa wandte sich an Guy. »Warum wurde Miss Nancy festgenommen?«

»Mrs Mulloney hat bei ihrer Befragung am Sonntag DI Stiles erzählt, sie und Miss Mitford hätten nach Miss Fischer gesehen, und dabei sei Miss Mitford mehrere Minuten allein mit dem Opfer gewesen. Kurz gesagt, Miss Mitford hätte ein Motiv und die Mittel gehabt.«

»Welches Motiv?«, riefen Louisa und Nancy wie aus einem Mund.

»Peinlichkeit. Miss Fischer war drogensüchtig und litt unter schwersten Entzugserscheinungen, und keiner sollte zu dem Schluss gelangen, dass Miss Fischer und Miss Mitford unter einer Decke stecken. Mrs Mulloney hat behauptet, Miss Mitford sei ebenfalls opiumsüchtig.«

»So viel zum Thema, nach einem rettenden Strohhalm zu greifen«, bemerkte Nancy und wedelte mit ihrer Zigarette, die sie noch nicht angezündet hatte.

»Ich stimme Ihnen zu, Miss Mitford«, sagte Guy. »Ich bezweifle, dass die ganze Angelegenheit weiterverfolgt wird, vor allem nachdem Mr Meyer seine Aussage gemacht hat.«

»Wie bitte?« Natürlich hatte Nancy nichts davon mitbekommen.

Louisa übernahm die Erklärung. »Mr Meyer hat mir erzählt, er hätte gehört, wie Sie und Mrs Mulloney sich beim Essen unterhalten haben.«

Ein Schatten flog über Nancys Gesicht. »Du und Mr Meyer habt euch das Maul über mich zerrissen?«

»Mr Meyer war besorgt Ihretwegen.«

Nancy sah weg. »Haben Sie zufällig auch Feuer?«, fragte sie Guy. »Sonst ist das Ding zu nichts nutze.« Guy zog eine Schachtel Streichhölzer aus der Tasche und zündete eines an. Nancy beugte sich über die Flamme und sog tief den Rauch ein. »Also, dann raus mit der Sprache. Was hat Mr Meyer gesagt?«

»Mr Meyer hat in seiner Aussage angegeben, er hätte Sie und Mrs Mulloney darüber reden hören, dass Mrs Mulloney eine Weile allein mit Miss Fischer gewesen sei und sie nicht wollte, dass das ans Licht kommt.«

Nancy zog scheinbar gelassen an ihrer Zigarette, doch Louisa bemerkte das leichte Flackern in ihren Augen.

»Miss Mitford, ich muss Sie das fragen: Wieso wollte Mrs Mulloney, dass dieses Detail nicht bekannt wird? Dieser Wunsch und die Tatsache, dass sie Ihnen die Schuld in die

Schuhe schieben wollte, lässt sie verdächtig erscheinen. Mir ist klar, wie heikel die Situation ist. Sie ist eine Freundin von Ihnen und …«

»*War*«, korrigierte Nancy.

»Trotzdem. Es steht ihr Wort gegen Ihres, auch wenn wir Mr Meyers Aussage nun aufgenommen haben. Wenn Sie irgendetwas wissen, müssen Sie es uns sagen.«

»Ich kann Mrs Mulloney nicht leiden, Mr Sullivan. Sie war schon immer eine schwierige, selbstsüchtige Frau, trotz all ihrer Verbindungen und ihres guten Aussehens. Dass sie eine Mörderin ist, glaube ich eigentlich nicht. Stattdessen denke ich eher, sie hat Angst, es könnte so aussehen, als hätte sie ein Motiv für die Tat gehabt.«

»Was ist denn hier das Tatmotiv?«, fragte Guy. Louisa ertappte sich dabei, wie sie mit angehaltenem Atem wartete.

Nancy wandte den Blick ab. »Shaun hat sich die eine oder andere Indiskretion geleistet«, sagte sie in aufgesetzt lässigem Tonfall. »Er war nicht gerade für seine Loyalität seiner Frau gegenüber bekannt, wenn man es so ausdrücken möchte. Es gab Gerüchte um ihn und Clara. Gerüchte, von denen ich nichts wusste, als ich Clara nach Venedig mitgenommen habe, und die mir erst nach unserer Rückkehr zu Ohren gekommen sind. Clara hat sich mir nie anvertraut.« Sie wandte sich wieder Guy zu und fuhr in ernsterem Tonfall fort. »Aber es ist wichtig für Sie zu wissen, Mr Sullivan, dass solche Dinge bei Leuten wie uns an der Tagesordnung sind. Es gab massenhaft Gerüchte. Und selbst wenn sie stimmen sollten, mag es schrecklich demütigend für Kate sein – ein Motiv für einen Mord sind sie jedoch ganz bestimmt nicht.«

Louisa sah Guy an. Dachte er dasselbe, was auch ihr durch den Kopf ging? Sollten sich Beweise für die Affäre zwischen

Shaun Mulloney und Clara Fischer finden, könnte Kate Mulloney wegen des Verdachts festgenommen werden, sowohl ihren Ehemann als auch Clara ermordet zu haben.

KAPITEL 36

Als Louisa, Nancy und Guy in den Wartebereich im vorderen Teil des Reviers zurückkehrten, tigerte Lord Redesdale auf und ab, während Luke mit übergeschlagenen Beinen auf einem Stuhl saß und rhythmisch mit dem Fuß wippte. Bei ihrem Anblick sprang er auf. »Nancy«, rief er, »Gott sei Dank! Ich hatte schon Angst …«

»Danke für Ihre Hilfe, Luke«, unterbrach Nancy ihn und wandte sich an ihren Vater, der die vier jungen Menschen sichtlich erschüttert anstarrte. »Liebes altes Vatertier, würdest du mich bitte nach Hause bringen?«

Lord Redesdale nahm seine Tochter am Arm und bedachte Guy mit einem strengen Blick. »Ich hoffe sehr, diese grässliche Angelegenheit ist damit erledigt.«

»Für Miss Mitford ist sie das, Sir«, erwiderte Guy.

»Hmmph! Aber …« Lord Redesdale verkniff sich jede weitere Frage. Er wollte weg hier, und zwar schleunigst. Die beiden verließen das Revier ohne ein Wort des Abschieds.

Louisa, Guy und Luke blieben ein wenig ratlos zurück. Louisa war bewusst, dass sie eigentlich nach Hause zurückkehren sollte, aber ebenso, dass Diana nicht wissen konnte, dass sie bereits wieder entlassen wurde. Außerdem brauchte sie einen anständigen Drink, obwohl es erst Nachmittag war. Luke schien es genauso zu ergehen.

»Mr Meyer«, sagte Louisa, worauf er sie verwirrt ansah.

»Wieso sagen Sie nicht Luke zu mir?«

Louisas Blick glitt zu Guy, der verlegen mit den Füßen scharrte. Sehr gut.

»Ich denke, wir beide sollten etwas essen gehen«, fuhr sie mit einer Selbstsicherheit fort, die sie in Wahrheit gar nicht empfand. Luke atmete sichtlich auf.

»Ja, das ist eine gute Idee. Und dazu ein anständiger Brandy.«

Guy wollte etwas sagen, besann sich dann jedoch eines Besseren, aber als sie sich verabschiedeten und Luke zur Tür ging, berührte er Louisas Arm. »Darf ich dich wiedersehen?«

Louisa blickte in sein freundliches Gesicht mit den großen blauen Augen hinter den dicken Brillengläsern, der fein geschnittenen Nase, dem nervös zuckenden Mund, der ernsten Miene. Sie wünschte sich so sehr, so sehr, ihn wiederzusehen.

»Ich fürchte, das ist für keinen von uns gut«, sagte sie und wandte sich zum Gehen. Doch diesmal drehte sie sich um, als sie auf den Bürgersteig trat, und sah, dass Guys Blick immer noch auf ihr ruhte.

»Ich finde, das schreit nach dem *Ritz*«, sagte Luke, der sich bemerkenswert schnell von dem Schreck erholt hatte und bester Dinge war; seine sorgenvollen Züge hatten sich entspannt, und selbst seine dichten Locken schienen ihre gewohnte Sprungkraft zurückerlangt zu haben. Lediglich sein zerknittertes Hemd und die fehlende Krawatte ließen ahnen, wie überstürzt er aus dem Haus seiner Tante aufgebrochen war.

»Nein, Luke, es gibt keinerlei Anlass zum Feiern. Können

wir uns nicht einfach in den nächsten Pub setzen und uns dort eine Weile verstecken?« Sie bereute ihre Worte auf der Stelle. Es wäre klüger gewesen, gleich nach Hause zu gehen, wo sie sich mit etwas Glück eine Weile aufs Bett legen und alles in Ruhe überdenken könnte. Die Kränkung, die sie Guy zugefügt hatte, war so überdeutlich, als hätte sie sich selbst ein Messer ins Herz gerammt.

Wenig später hatten sie einen Pub namens *Rose and Thorn* gefunden, in einer kleinen Seitengasse gelegen und einst Stammkneipe der Kutscher, nachdem sie die Pferde für die Nacht versorgt hatten. Der Pub spiegelte ihre Laune perfekt wider: dunkel, mit niedrigen Decken und einer verdrossenen Kellnerin hinter dem Tresen. Sie zogen sich mit einem Glas Brandy für jeden in eine Nische zurück – Louisa war bewusst, dass der starke Alkohol sie um diese Tageszeit umhauen würde, aber wahrscheinlich wäre es die reinste Wohltat. Der erste Schluck fühlte sich an, als würde er ihr die Kehle durchätzen, verschaffte ihr jedoch genau die Betäubung, die sie sich ersehnt hatte.

Luke stieß einen tiefen Seufzer aus. »Schon besser. Ich weiß nicht, was schlimmer war, das Polizeiverhör oder meiner Tante sagen zu müssen, dass man mich aufs Revier beordert hat. Sie war noch aufgelöster als ich.«

»Haben Sie ihr denn nicht erzählt, warum?«

»Nein, ich wusste es ja selbst nicht genau, sondern habe nur mit Diana telefoniert, die meinte, ich solle sofort hinkommen. Rein zufällig war ich in einem ziemlich erbärmlichen Zustand, weil ich mit einer Handvoll zweifelhafter Gesellen in Soho bis in die frühen Morgenstunden getrunken hatte.« Er stieß ein bellendes Lachen aus.

Louisa musterte ihn kurz. Seine dunkelbraunen Augen gaben nur wenig preis. Lag es am Kater, dass seine Hände vorhin so heftig gezittert hatten? Schon seit Beginn ihrer Bekanntschaft hatte sie den Verdacht gehabt, dass er irgendetwas verbarg, doch was genau es sein könnte, blieb ihr bis heute ein Rätsel. Dass er homosexuell war, hatte sich längst in der Clique herumgesprochen, und obwohl Nancy und Diana und ihre Freunde mit Verklausulierungen à la »er mag es eben gern warm« auf seine Neigungen anspielten, war er gezwungen, sie vor dem Rest der Welt weitgehend zu verbergen. Und jeder wusste, wie schwierig es war, sich selbst zu verleugnen. Davon konnte Louisa ein Lied singen. Abgesehen davon, dass es anstrengend war, barg dieser Umstand eine weitere Gefahr: Man gewöhnte sich daran, andere zu täuschen, was einem nach einer gewissen Zeit so leicht von der Hand ging, wie sich die Schuhe zuzubinden.

»Hatten Sie vor, die Zeitung anzurufen?«

»Weswegen?« Luke nahm einen weiteren Schluck Brandy.

»Sie wissen genau, weswegen. Clara. Nancy.«

Luke schüttelte den Kopf. »Nein. Trotzdem kann ich nicht abstreiten, dass ich es am Ende gern tun würde. Wenn sich eine anständige Story daraus entwickelt, meine ich. Ich will nicht als Klatschkolumnenschreiber versauern, das kann ich Ihnen versichern, sondern richtiger Journalist sein.«

»Hmm.« Louisa trank ihren Brandy aus und spürte, wie der Alkohol den Nebel in ihrem Kopf vertrieb. »Wieso sitzen Sie jetzt gerade hier mit mir, Luke?« Auch jetzt noch war es aufregend, ihn mit dem Vornamen anzusprechen. Abgesehen von May, dem Dienstmädchen, musste bei so gut wie jedem in ihrem täglichen Umfeld eine gewisse Förmlichkeit gewahrt sein, und selbst die Küchenmädchen hatten sie mit »Miss Cannon« anzusprechen. Anfangs hatte es ihr gefallen, aber es schuf eine

Distanz, die irgendwann einmal zu groß war, um sie zu überwinden.

»Wir sind Freunde, oder etwa nicht?«

»Ja, aber Sie sind auch mit Mrs Guinness befreundet, und ich bin ihre Kammerzofe. Das ist ziemlich ungewöhnlich, oder?«

»Ich bin ungewöhnlich«, erwiderte Luke freundlich. »Und ich habe den Eindruck, dasselbe gilt auch für Sie. Eigentlich sind wir beide so etwas wie Außenseiter. Ich weiß, dass ich mit Diana befreundet bin – bis zu einem bestimmten Punkt. Ich gehöre nicht wirklich dazu, ich habe weder das Geld noch die Herkunft und auch nicht ihr Selbstvertrauen. Sie akzeptieren mich, aber für sie bin ich eher so etwas wie ein Kuscheltier. Der eine oder andere würde das als erbärmlich bezeichnen, da es mir jedoch erlaubt, mit dabei zu sein, nehme ich es hin.«

»Und was wären Sie gern? Was würden Sie gern in Ihrem Leben erreichen?«

»Du liebe Güte, Sie sind heute wohl in philosophischer Stimmung«, meinte er. »Ich glaube, wir brauchen noch etwas zu trinken.« Er gab der Schankkellnerin ein Zeichen, deren erste Reaktion darin bestand, sich das Geschirrtuch über die Schulter zu werfen, ehe sie sich besann und zwei weitere Gläser auf den Tresen knallte. Luke dachte einen Moment lang über die Frage nach, während Louisa sich fragte, was sie selbst wohl antworten würde. »Ich klammere mich weiter an die Hoffnung, dass wir in einer neuen, anderen Welt leben«, sagte er schließlich. »Anders als die unserer Eltern. Seit dem Krieg hat sich vieles verändert. Die vielen Automobile auf den Straßen, die Telefone, das Radio, alles ist anders als früher. Frauen dürfen wählen.«

Louisa hob ihr Glas. »Hurra! Darauf trinken wir.«

Luke stieß mit ihr an, zuckte jedoch zusammen. »Entschuldigung, aber Nancy hat mich einmal zusammengestaucht, dass man so etwas nicht tut.«

»Ach kommen Sie, das macht doch Spaß!«

»Ich habe den Eindruck, als böte sich jedem von uns die Chance, etwas aus sich zu machen, und zwar in einer Art und Weise, wie es früher niemals möglich gewesen wäre. Ich habe Glück, weil ich eine gute Ausbildung genossen habe und von meiner Tante unterstützt werde. Aber sie und ich sind sehr verschieden. Sie missbilligt die modernen Zeiten zutiefst und wünscht sich nichts mehr, als dass alles wieder so wird wie früher.«

»Als alle noch ihren Platz kannten?«

»Genau.«

»Eine Zeit, in der Sie und ich unmöglich in einem Pub gemeinsam an einem Tisch sitzen und etwas trinken könnten?«

Wieder brach Luke in Gelächter aus, und diesmal stimmte Louisa ein. Der Brandy auf leeren Magen hatte sämtliche Muskeln vom Kopf abwärts bis zu den Schultern entspannt, und sie genoss das Gefühl, als schmelze sie förmlich auf der Bank. Am liebsten wäre sie für immer hier sitzen geblieben, in der Sicherheit dieser Nische.

»Clara hatte eine Affäre mit Kate Mulloneys Ehemann«, sagte sie unvermittelt. Ohne ihr Zutun waren ihre Gedanken zu dem Thema zurückgekehrt, so unvermeidlich, wie eine Kugel einen Hang hinunterrollt.

Luke stellte sein Glas ab. »Ich weiß.«

»Ich habe es aus Ihrer Kolumne geschlossen«, fuhr Louisa mit einem vielsagenden Blick fort, »aber woher wussten Sie es?«

»Es gab Gerüchte.« Er sah sie mit aufgerissenen Augen an. »Sie glauben doch nicht, dass Kate …«

»Möglich wäre es«, erwiderte Louisa. Natürlich war ihr bewusst, dass sie Dinge aussprach, die ohne zwei Brandys im Blut nicht über ihre Lippen gekommen wären, aber sie konnte sich nicht beherrschen.

»Und kann das irgendwie bewiesen werden?«

Louisa zuckte mit den Achseln. »Keine Ahnung. Wir wissen ja nicht, ob Kate wusste, dass Clara … nun ja …«

»Was, wenn es Beweise dafür gäbe?«

»Dass Mrs Mulloney wusste, was Clara und ihr Ehemann hinter ihrem Rücken getrieben haben?«

»Genau.«

»In dem Fall wäre es schlecht für sie, würde allerdings der Polizei definitiv weiterhelfen.«

»In dem Fall sollten Sie mich zum Haus meiner Tante begleiten.« Luke stand auf, bezahlte die Drinks, und keine fünf Minuten später saßen sie im Taxi Richtung Wilton Crescent.

KAPITEL 37

Am Ende des halbmondförmig angelegten Wilton Crescent befand sich das Haus mit der Nummer 31 mit der anglikanischen Kirche St Paul's of Knightsbridge im Hintergrund. Kurz fragte Louisa sich, wieso ihr die Adresse so bekannt vorkam, doch sie kam nicht darauf. Hatte es irgendetwas mit Guy zu tun? Sie wollte sich jetzt nicht mit ihm befassen, deshalb verdrängte sie den Gedanken wieder.

Luke zog einen Schlüssel an einer dünnen Silberkette aus der Tasche. »Damit ich ihn nicht verliere. Meine Tante traut mir nicht«, sagte er grinsend und schloss die Tür auf. »Und wir haben kein Personal.«

»Gar keines?«

Luke zuckte die Achseln. »Meine Tante traut niemandem über den Weg. Für jemanden, der sonntags sogar zweimal in die Kirche geht, ist es wohl nicht gerade das, was man als christliche Nächstenliebe und die Bereitschaft zur Vergebung bezeichnen würde. Außerdem ist es deswegen ziemlich staubig, aber ich habe mich daran gewöhnt.«

Sie folgten einem kurzen, dunklen Flur, von dem ein Arbeitszimmer und ein Speisezimmer abgingen. »Warten Sie hier«, sagte Luke. »Hallo?«, rief er. Niemand antwortete.

»Gut. Sie ist noch nicht zurück. Uns hier zu sehen, hätte sie gar nicht gutgeheißen. Ein Mann und eine Frau, allein miteinander. Altmodisch eben, Sie wissen schon.« Ein leicht muffiger Geruch hing im Haus, und die Ausstattung schien aus dem vorherigen Jahrhundert zu stammen: Die Tapetenmuster waren verblasst, die Perserteppiche auf dem schmutzigen Holzfußboden fadenscheinig. Hier und da hingen Gemälde von nichtssagenden Landschaften an den Wänden, konturlose hellgrüne Felder mit einsam herumstehenden Bäumen.

Unterdessen hatte Luke Louisa die Treppe in den ersten Stock hinauf und in einen Salon mit hohen Schiebefenstern geführt, die auf die Straße hinausgingen. Eine komplette Wand wurde von dem Gemälde eines Mannes eingenommen, der sich unübersehbar in der Blüte seiner Jahre glaubte, mit grauem Bart und einem Bauch, der Louisas Vermutung nach etwas dezenter und weniger ausladend dargestellt war, als er in Wirklichkeit gewesen war. Zu seinen Füßen stand ein stolzer Boxer mit einem breiten roten Lederhalsband.

»Sir William Boyd«, bemerkte Luke. »Der Mann meiner Tante. Sie war neunzehn, er dreiundfünfzig, als sie geheiratet haben. Meine Mutter hat überall herumerzählt, er sei steinreich. Immerhin hatte er einen Titel und dieses Haus. Aber es stellte sich heraus, dass es mit dem Reichtum nicht allzu weit her war, und als er 1918 starb, stand meine Tante mit leeren Händen da, vom Haus und dem Titel einmal abgesehen.«

»Wieso hat sie es nicht verkauft?«

»Stolz«, antwortete Luke. »Sie würde niemals zugeben, dass sie das Geld braucht. Und es gefällt ihr, dass die Kirche so nahe ist. Suchen Sie sich ein Plätzchen aus … wo es Ihnen gefällt, ganz egal. Ich bin gleich wieder hier.«

Louisa setzte sich auf ein grünes Samtsofa mit Schondeckchen über der Rückenlehne, während Luke verschwand. Abgesehen vom Licht der beiden Tischlampen – Lady Boyds Abneigung gegen die moderne Zeit bezog sich offenbar nicht auf die Erfindung der Elektrizität – war es recht dunkel im Raum, weshalb es einige Zeit dauerte, bis sich Louisas Augen daran gewöhnt hatten. Kurz darauf kehrte Luke zurück und legte ihr ein schmales Tagebuch mit der Jahreszahl »1929« in Goldprägung auf dem Umschlag in den Schoß und sah sie mit glitzernden Augen an.

»Was ist denn das?«, fragte Louisa.

»Kate Mulloneys Tagebuch.«

Louisa wich zurück. »Das ist unmöglich. Woher haben Sie das?«

»Das kann ich Ihnen nicht sagen.«

»Ich nehme an, Mrs Mulloney weiß nicht, dass es sich in Ihrem Besitz befindet?«

»Kein Kommentar.« Luke tippte ungeduldig mit dem Finger auf das Tagebuch. »Ich bitte Sie! Erzählen Sie jetzt nicht, Sie wollen nicht wissen, was drinsteht.«

Allein schon das Bändchen auf dem Schoß zu haben, fühlte sich an, als mache sie sich eines schrecklichen Verbrechens mitschuldig. »Ich weiß nicht recht, Luke. Sollten wir es nicht der Polizei übergeben?«

»Kann sein, ja«, wiegelte Luke ab und nahm das Tagebuch wieder an sich. »Die meisten Einträge sind ganz normales Alltagszeug. Arzttermine, sogar ziemlich viele, Kleideranproben, Verabredungen zum Mittagessen mit Lady Snooks und solche Dinge. Aber dann … hier, sehen Sie sich das an!« Luke hielt ihr eine aufgeschlagene Seite vor die Nase. Louisa brachte nicht die Willenskraft auf, den Blick abzuwenden, allerdings widerstand sie dem Drang, das Buch an sich zu nehmen. Solange sie es nicht berührte, könnte sie vielleicht vorgeben, dass sie nichts damit zu tun hatte. Die Doppelseite war offensichtlich für die Einträge einer Woche vorgesehen. Januar 1929. Doch statt der vereinzelten Einträge wie auf den vorherigen Seiten waren die Zeilen dicht mit enger Handschrift in schwarzer Tinte gefüllt, manchmal ganz offensichtlich mit so viel Leidenschaft und Eindringlichkeit zu Papier gebracht, dass vereinzelte Tintenflecke auf den Seiten prangten. Die Worte selbst waren zu winzig für Louisa, um sie entziffern zu können.

»Was schreibt sie?« Eigentlich hatte sie die Frage nicht stellen wollen, doch dann war sie mit einem Mal ausgesprochen.

»Sie hat gesehen, wie Clara und Shaun sich geküsst haben. Am Ende ihrer Silvesterparty in ihrem Haus in Irland. Die beiden haben es offenbar nicht mitbekommen. Sie schreibt ... Moment ...« Luke hielt das Tagebuch etwas ins Licht und las vor. »›Schon seit Monaten hat dieses kleine Miststück ihre Klauen förmlich in S. geschlagen. Ich wusste es. Natürlich hat er behauptet, ich würde mir alles nur einbilden und sei nicht bei klarem Verstand, dabei treiben es diese beiden elenden Verräter schon die ganze Zeit wie die Karnickel.‹«

»Das reicht«, sagte Louisa.

»Nein, Moment noch. Hören Sie sich das an. ›Aber ich werde ihnen nicht die Genugtuung verschaffen, indem ich preisgebe, dass ich Bescheid weiß. Wenn diese blöde Kuh meinen Mann haben will, dann nur über meine Leiche. Oder seine.‹« Bei den beiden letzten Worten zog Luke die Brauen hoch und legte einen übertrieben melodramatischen Tonfall in seine Stimme. »Was sagen Sie dazu?«

»Das beweist rein gar nichts«, sagte Louisa. »Sie war wütend. Natürlich hat sie so empfunden. Das würde jedem so gehen.«

»Und ein paar Wochen später war ihr Mann tot, Louisa. Und ein weiteres Jahr später auch Clara.«

»Na gut. Dann müssen wir Kate das Tagebuch zurückgeben, aber Guy anrufen ...«

»Guy?«

»DS Sullivan, meine ich.«

»Ich wusste gar nicht, dass Sie enge Freunde sind. Diese Geschichte wird ja immer spannender.«

»Sind wir nicht«, widersprach Louisa. »Ich meine, wir waren mal Freunde. Darum geht es hier jetzt nicht. Wir können ihm sagen, dass es durchaus nachvollziehbare Gründe gibt, weshalb er Mrs Mulloney zu einer weiteren Befragung aufs Revier bitten sollte.«

»Das haben sie bestimmt längst getan, meinen Sie nicht? Nach meiner Aussage?«

»Das ist auch wieder wahr. Wir rufen trotzdem auf dem Revier an, und dann bringen wir ihr das Tagebuch zurück. Sie sollte es wieder in ihrem Besitz haben, das ist nur fair, denn das hier ist Diebesgut, ganz egal, wie Sie es sehen.«

»Aber wie erklären wir ihr, wie es in unsere Hände gelangt ist?«

»Wie *Sie* ihr das erklären, meinen Sie wohl. Ich hatte nichts damit zu tun.«

Luke sah Louisa mit zusammengekniffenen Augen an. »Sie stecken genauso in dieser Sache drin wie ich. Und ich sehe nicht ein, wieso wir es zurückgeben sollten.«

»Das müssen wir. Entweder müssen Sie der Polizei sagen, dass Sie es gestohlen haben, dann könnte der Eindruck entstehen, dass Sie ihr die Sache in die Schuhe schieben wollen.

Oder Sie beichten Kate, dass Sie es hatten, es aber zurückgeben und ihr die Gelegenheit geben wollen, eine Erklärung abzugeben.«

»Und was, wenn wir gar nichts sagen? Wir sind Kate doch nichts schuldig. Und der Polizei auch nicht.«

Louisa hielt inne. Sollte es sich, wie sie vermutete, bei dem Eintrag lediglich um die wutschäumenden Drohungen einer eifersüchtigen betrogenen Ehefrau handeln, war es völlig wertlos und würde keinem als Beweis für ein Tatmotiv dienen, oder? Andererseits war es durchaus wahrscheinlich, dass Kate die Tat begangen hatte. Und in diesem Fall könnte das Tagebuch sehr wohl als eine Art Beweis dienen und sie sogar als Täterin entlarven.

»Wieso sind Sie so fest entschlossen, das Tagebuch zurückzubringen, Louisa?« Luke musterte sie aufmerksam. Doch sie konnte sich nicht überwinden, mit der Wahrheit herauszurücken: Sie wollte Guys Bewunderung erlangen. Er und das restliche Dezernat sollten begreifen, dass sie ihnen geholfen hatte, eine Mörderin zu fassen. Sie wollte allen beweisen, dass sie mehr war als eine Dienstbotin, die ihrer reichen, verwöhnten Herrin alles hinterhertrug, einer Frau, die noch dazu fast zehn Jahre jünger war als sie selbst.

»Weil es das Richtige ist, das ist alles«, erwiderte sie. »Und jetzt zeigen Sie mir bitte, wo ich das Telefon finde.«

KAPITEL 38

Nach ihrem Telefonat mit Guy legte Louisa den Hörer auf. Luke hatte die ganze Zeit neben ihr in der Diele gestanden und nervös mit dem Fuß auf den Boden geklopft.

»Und? Was denken Sie?«, fragte er.

»Ich denke, wir sollten schleunigst zu Mrs Mulloney gehen und ihr das Tagebuch zurückbringen, bevor die Polizei auftaucht.«

»Im Ernst? Sie suchen sie also heute noch auf, um sie ein weiteres Mal zur Befragung abzuholen?«

»Es sieht ganz danach aus.«

Luke ballte die Fäuste. »Wurde sie nicht heute Nachmittag schon zum zweiten Mal befragt?«

»Das hatten sie vor. Sie haben sie aber nicht angetroffen. Mehr konnte Guy mir auch nicht sagen.«

»Dann hat sie also bisher kein Geständnis abgelegt.«

»Wir wissen doch gar nicht, ob es tatsächlich etwas zu gestehen gab, Luke.«

»Vielleicht sollten wir ja dafür sorgen.« Ein Muskel an Lukes Kiefer zuckte.

Die Standuhr in der Ecke schlug acht Uhr. Die Vibration des nachhallenden Geräuschs in der Düsternis des Hauses, gepaart mit der Anspannung und dem Ausmaß dessen, was sich hier gerade abspielte, ließ Louisa vor Schreck zusammenzucken. »Ich habe gar nicht gemerkt, wie spät es schon ist. Diana wird sich fragen, wo ich stecke.«

»Soll sie ruhig«, wandte Luke ein. »Das hier ist wichtiger.«

»In Wahrheit meinen Sie damit nur, dass Sie es nicht allein tun wollen.« Wieso hatte sie sich bloß in diesen ganzen Schlamassel hineinziehen lassen? Nachvollziehbarerweise war Guy ziemlich verwirrt von ihrem Anruf gewesen, vor allem weil sie mit ihrer Erklärung recht vage geblieben war: Sie hatte lediglich gesagt, dass die Polizei bei einem Besuch in Mrs Mulloneys Haus in Kürze einen Beweis finden würde, dass sie von einer Affäre ihres verstorbenen Mannes mit Miss Fischer gewusst hatte und deswegen überaus aufgebracht und außer sich vor Wut gewesen sei. »Wütend genug, um einen Mord zu begehen?«, hatte Guy nachgehakt, doch Louisa hatte sich keine weitere Aussage entlocken lassen. Im Grunde hatte sie nichts in der Hand, aber Guy sollte glauben, sie wisse etwas, das ihn in seinen Ermittlungen weiterbrachte. Der Rest des Gesprächs war steif und ungelenk verlaufen – immerhin hatte sie einen, wie sie inzwischen fand, reichlich melodramatischen Abschied hingelegt, nur um sich wenige Stunden später erneut bei ihm zu melden.

»Ruft die Polizei bei Kate an, um sie zu warnen, dass sie vorbeikommen?«, fragte Luke, der das Tagebuch mit spitzen Fingern hielt, als wäre es glühend heiß.

»Keine Ahnung. Woher soll ich wissen, wie die Polizei in solchen Situationen verfährt?«, blaffte Louisa ihn an.

»Aber was, wenn wir ihnen geradewegs in die Arme laufen?«, rief Luke. »Wir hätten anonym anrufen sollen. Sie haben einen schrecklichen Fehler gemacht.«

Mit einem Mal war Louisa eiskalt. Am liebsten hätte sie ihre Hände aneinander gerieben, doch sie waren zu klamm. Sie hatte keine Ahnung, was Luke so in Hysterie versetzte, aber sie musste ihn dringend beruhigen. Sie versuchte, tief durchzuatmen und ganz langsam und bedächtig mit ihm zu sprechen. »Nur die Ruhe. Schlimmstenfalls wird man Sie wegen Diebstahls des Tagebuchs belangen. Das Hauptaugenmerk der Polizei liegt jedoch darauf, einen Mord aufzuklären.«

»Ich brauche noch was zu trinken, blöderweise gibt es hier im Haus ja nichts«, stieß Luke aufgebracht hervor.

Louisa musste hier raus. Sie setzte ihren Hut auf. Als sie sich umwandte, stand Luke immer noch im dämmrigen Korridor, den Blick auf sie geheftet. Louisas Gedanken überschlugen sich. Lukes Stimmungsschwankungen, gepaart mit der drückenden Anspannung in diesem Haus und ihrem Drang, all das endlich hinter sich zu lassen, brachten sie völlig durcheinander. Gerade als sie sich zum Gehen entschloss, ganz egal, ob Luke nun mitkam oder nicht, hörte sie, wie ein Schlüssel ins Schloss geschoben wurde.

Hektisch versuchte Luke, das Tagebuch in seiner Jackentasche verschwinden zu lassen.

Die Tür ging auf, Lady Boyd kam herein, und sie blieben beide wie angewurzelt im Halbdunkel der Eingangshalle stehen. Louisas Knie drohten vor Erleichterung nachzugeben.

»Du bist hier?« Lady Boyd starrte ihren Neffen an, als stünde ein Geist vor ihr.

»Ja«, antwortete Luke verunsichert.

Louisa fiel auf, dass sie um ihre Fassung rang, als sie näher trat. »Es brannte kein Licht im Haus, deshalb dachte ich, du bist immer noch auf dem Polizeirevier. Ich hatte schreckliche Angst, dass du …« Lady Boyd unterbrach sich.

Luke rang sich ein unbeschwertes Lachen ab, was ihm nicht ganz gelang. »Was denn?«, witzelte er. »Dachtest du, man hätte mich wegen des Mordes an Clara verhaftet?«

Lady Boyd schien Mühe zu haben, ihm in die Augen zu sehen. »Nun ja, ich … ach, ich weiß auch nicht recht, was ich dachte.« Sie holte tief Luft und lächelte ihn an. »Aber natürlich nicht. Wie auch immer. Du bist hier, und es geht dir gut.« In diesem Moment bemerkte sie Louisa, die hinter Luke stand.

»Miss Cannon«, sagte sie mit unüberhörbarer Missbilligung und wandte sich wieder an Luke. »Gibt es etwas, wovon ich wissen sollte?«

»Wir sind erst vor fünf Minuten gekommen, weil ich etwas vergessen hatte. Meine Zigaretten. Entschuldige, Tantchen, ich weiß ja, wie wenig du es leiden kannst, dass ich rauche.«

»Ich kann es auf den Tod nicht ausstehen«, erwiderte sie mit Nachdruck. »Es ist eine widerliche Angewohnheit.«

Luke bemühte sich um eine zerknirschte Miene. »Ich weiß, und ich verspreche dir, dass ich es aufgeben werde.« Obwohl er einen anderen Ton anschlug, bemerkte Louisa das leichte Zittern in seiner Stimme. »Wie auch immer. Wir sollten uns beeilen, wir sind spät dran.«

»Wofür? Ich wusste ja gar nicht, dass du für heute Abend Pläne hast.«

»Ich muss mich um Mrs Guinness kümmern«, warf Louisa ein, der es aus irgendeinem Grund angebracht erschien, nicht stumm danebenzustehen.

»Genau. Miss Cannon muss zurück zur Arbeit, und ich bin unterwegs zum Dinner. Es hat sich ganz kurzfristig ergeben. Mit Mrs Mulloney und den anderen.« Luke vertrat ganz offensichtlich die Ansicht, eine Halbwahrheit sei immer noch die bessere Lüge.

Lady Boyd schloss die Haustür, durch die die ganze Zeit kalte Winterluft hereingezogen war, zog bedächtig die Nadeln aus ihrem Hut und nahm ihn ab, ehe sie vorsichtig ihr Haar glatt strich. »Hältst du das wirklich für eine kluge Idee, mein Lieber? Die letzten Tage waren doch ziemlich schockierend, und ich bin nicht sicher, ob ich möchte, dass du noch mehr Zeit mit diesen Leuten verbringst.« Wieder sah sie Louisa an, die immer noch ein wenig unsicher hinter Luke stand. »Natürlich meine ich damit nicht Ihre Mrs Guinness«, fügte Lady Boyd mit einem dünnen Lächeln hinzu.

»Entschuldige, Tantchen, wir müssen jetzt wirklich gehen.«

Lady Boyd zog ihren Mantel aus, trat auf Luke zu und musterte ihn eingehend im Schein der Deckenlampe. »Wärst du bitte so nett, mit mir gemeinsam zu Abend zu essen, Luke? Ich würde gern mit dir über den heutigen Tag sprechen.« Es lag auf der Hand, dass Luke ihr die Bitte nicht abschlagen konnte.

»Natürlich, Tantchen«, sagte er mit hängenden Schultern. »Ich bringe Miss Cannon hinaus, solange du dich umziehst.«

»Braver Junge«, lobte Lady Boyd wohlwollend. »Auf Wiedersehen, Miss Cannon.« Sie trat an ihnen vorbei und ging die Treppe hinauf.

Luke zog das Tagebuch heraus und drückte es Louisa in die Hand. »Es tut mir schrecklich leid – Sie werden das alleine übernehmen müssen.«

»Guy wird dort sein. Vielleicht ist es sogar besser, wenn er nicht mitbekommt, wer es gestohlen hat.« Sie betrachtete ihn forschend, doch seine Miene verriet kaum eine Regung.

»Ich habe nichts …« Er gab auf. »Danke«, war alles, was er noch hinzufügte, bevor er sich abwandte.

KAPITEL 39

Luke hatte Louisa Mrs Mulloneys Adresse und das Geld für die Taxifahrt gegeben, und so stand sie eine Viertelstunde später vor dem schmalen Stadthaus mit der himmelblauen Haustür in Knightsbridge. Sämtliche Fenster waren dunkel, bis auf eines in der oberen Etage. Louisa hatte gerade all ihren Mut zusammengenommen und wollte läuten, als ein Polizeifahrzeug vorfuhr und wenige Meter neben ihr anhielt. Ein junger Polizist in Uniform und Guy stiegen aus.

»Miss Cannon«, begrüßte Guy sie barsch; er schien alles andere als erfreut zu sein, sie hier zu sehen, sondern wirkte eher enttäuscht und verärgert.

»DS Sullivan.«

»Haben Sie das Beweismittel bei sich?«

»Ja, das habe ich.«

Da die nächste Straßenlaterne etwa dreißig Meter entfernt stand, war es dunkel auf der Treppe.

Louisa zog das Tagebuch aus der Tasche und reichte es Guy. »Wir dachten, der Eintrag am 2. Januar sollte am interessantesten für Sie sein.«

»Wir?«

»Luke Meyer und ich.«

»Und wie sind Luke Meyer oder Sie in den Besitz dieses Tagebuchs gelangt?«

Louisa sah, wie der Uniformierte die Treppe wieder hinunterging und sich auf der Straße umsah, aber es war weit und breit niemand zu entdecken, obwohl es noch früh am Abend war.

»Das weiß ich nicht.«

Guy steckte das Tagebuch ein und betätigte die Türklingel. Louisa wandte sich zum Gehen, doch Guy hielt sie zurück. »Bitte bleiben Sie hier«, sagte er. Zwar lächelte er nicht, aber immerhin schimmerte die gewohnt sanfte Freundlichkeit in seinen Augen.

Niemand kam an die Tür. Guy läutete ein weiteres Mal. Ein Wagen fuhr langsam die Straße entlang. Im Haus war alles still, nichts regte sich.

»Haben Sie Mrs Mulloney vorher angerufen, um sich anzukündigen?«

»Nein«, antwortete Guy. »Nach dem, was Sie uns erzählt haben, hielten wir es für klüger, uns den Überraschungseffekt zunutze zu machen.«

»Vielleicht ist sie ja ausgegangen.«

»Aber weshalb sollte sie dann ein einzelnes Licht brennen lassen?« Guy blickte hinauf zu dem Fenster, hinter dem jedoch nur die vorgezogenen cremefarbenen Vorhänge zu sehen waren. »Und es kommt mir auch seltsam vor, dass keinerlei Personal hier ist.«

»Ich glaube, sie hält sich hier gelegentlich auf«, meinte Louisa. »Ihr eigentlicher Wohnsitz ist in Irland. Vielleicht beschäftigt sie niemanden, der auch hier wohnt.«

»Ich hoffe nur, sie hat das Land nicht verlassen«, sagte Guy, »sonst brauchen wir einen internationalen Haftbefehl, wenn wir sie noch einmal befragen wollen. Was wir auch tun.«

Der Uniformierte hüstelte. »Entschuldigen Sie, Sir, vielleicht liegt ja ein Schlüssel unter der Fußmatte.«

»Das wäre unbefugtes Betreten ohne Durchsuchungsbefehl, Constable«, erklärte Guy ernst.

»Absolut, Sir. Bitte entschuldigen Sie. War nur so ein Gedanke.« Er wandte sich wieder der Straße zu.

Guy und Louisa tauschten einen Blick. »Es kann ja nicht schaden, mal nachzusehen, oder?«

Unter der Matte war kein Schlüssel, aber dann fiel Louisas Blick auf die steinernen Vasen links und rechts der Haustür, und siehe da: Unter der linken lag ein Hausschlüssel.

Guy läutete zum dritten Mal. Auch jetzt regte sich nichts. Er nahm Louisa den Schlüssel aus der Hand und schloss auf.

Drinnen war es stockdunkel. Guy zog eine Taschenlampe heraus, ebenso der Uniformierte. Louisa trat als Letzte ein. Zielstrebig gingen sie die Treppe hinauf in den ersten Stock. Durch den Spalt unter einer geschlossenen Tür drang ein dünner Lichtstrahl hervor. Guy klopfte. »Mrs Mulloney? Hier spricht die Polizei. Wir treten jetzt ein.«

Keine Antwort. Die Stille hallte in Louisas Ohren wider.

Guy drehte den Knauf, schob die Tür auf und machte einen Satz nach vorn, förmlich in den Raum hinein. In derselben Sekunde streckte er den Arm zur Seite, um zu verhindern, dass Louisa ins Zimmer sah. Doch es war zu spät.

Kate Mulloney lag auf dem Bett, neben sich ein mit mehreren Zeilen in blauer Tinte beschriebenes Blatt Papier, in ihrer Rechten der Revolver mit dem Perlengriff, den Louisa in ihrem Kosmetikköfferchen hatte liegen sehen. Auf ihrem cremefarbenen Satinmorgenrock prangte ein geronnener Blutfleck auf der Höhe ihres Herzens.

THE DAILY SKETCH, 10. März 1930

FREITOD EINER SOCIETY-LADY – ABSCHIEDSBRIEF MIT DOPPELMORD-GESTÄNDNIS

Von Gesellschaftskolumnist Luke Meyer

Am vergangenen Freitag fand am Coroner's Court von Paddington die offizielle Untersuchung des Todes von Mrs Katherine Niamh Mulloney (27), wohnhaft 19 Basil Street, Knightsbridge statt, die am vorangegangenen Montagabend mit einem tödlichen Pistolenschuss ins Herz aufgefunden worden war. Das Verfahren wurde von Deputy Coroner Dr Hinchley geleitet, eine Jury war nicht anwesend.

Mrs Mulloney, die hauptsächlich im Dubliner Vorort Castleknock ansässig war, wurde vor rund einem Jahr Witwe, als ihr Ehemann Shaun Mulloney in Paris an den Folgen eines durch Sesam ausgelösten Allergieanfalls starb. Das Paar hatte keine Kinder.

DS Sullivan vom Revier in Knightsbridge fand die Verstorbene gegen 20.30 Uhr am Montag vergangener Woche tot in ihrem Haus auf, in dem sie sich allem Anschein nach allein aufgehalten hatte. Der Detective Sergeant hatte sich in Begleitung einer Zeugin, Miss Louisa Cannon, die Mrs Mulloney persönlich kannte, Zugang zum Wohnhaus verschafft.

Der Coroner: Würden Sie bitte beschreiben, weshalb Sie das Haus betreten haben?

DS Sullivan: Wir waren mit einigen laufenden Ermittlun-

gen in einem anderen Fall befasst, und die Zeugin vertrat die Ansicht, Mrs Mulloney könne bei der Beantwortung einiger Fragen behilflich sein. Ich hatte gehofft, im Zuge einer neuerlichen Befragung offene Sachverhalte zu klären.
Der Coroner fasste zusammen, was DS Sullivan nach Betreten des Hauses vorfand: Mrs Mulloney lag mit Nachthemd und Morgenrock bekleidet auf dem Bett, den Revolver, mit dem sie sich ins Herz geschossen hatte, noch immer in der Hand. Bei Eintreffen der Polizisten und der Zeugin war sie bereits tot.

EIN BRIEF
Weitere Ermittlungen ergaben, dass Miss Gloria Holmes (29) regelmäßig als Dienstmädchen im Haus von Mrs Mulloney tätig war, wenn sie sich in ihrem Haus in London aufhielt. Miss Holmes gab an, sie sei am betreffenden Montagmorgen wie gewohnt gegen sieben Uhr früh eingetroffen und habe gegen halb zehn das Frühstückstablett in Mrs Mulloneys Zimmer gebracht. Um die Mittagszeit habe Mrs Mulloney das Haus wegen einer Verabredung zum Mittagessen verlassen und sei am späten Nachmittag zurückgekehrt. Der Coroner fragte Miss Holmes, in welchem Gemütszustand Mrs Mulloney sich befunden habe, woraufhin Miss Holmes beteuerte, ihr sei nichts Ungewöhnliches an ihrer Herrin aufgefallen. Diese habe sie lediglich gebeten, ihr eine Kleinigkeit zum Abendessen vorzubereiten und Scheite im Kamin im Salon und ihrem Schlafzimmer nachzulegen, ehe sie um sechs Uhr nach Hause gehe.

Dr Stuart Burton vom St George's Hospital bestätigte die Schussverletzung ins Herz, die zum sofortigen Tod geführt habe. Der Revolver wurde in der Hand der Leiche gefunden, und es war offensichtlich, dass die Verstorbene den Schuss selbst abgegeben hatte.

DS Sullivan wurde erneut in den Zeugenstand gerufen und gefragt, ob er Miss Holmes' Angaben bestätigen könne. DS Sullivan antwortete, Mrs Mulloneys Kalender sei gefunden worden, in dem für ein Uhr mittags ein Mittagessen mit »R« im *Chez Franco* eingetragen war. In besagtem Kalender fand sich auch ein Eintrag, dass sie ihre Rückkehr nach Irland nach der Befragung durch die Polizei vom Wochenende auf den darauffolgenden Dienstag verschoben hatte. Die Fahrkarte für die Fähre sei bereits geändert gewesen.

Der Coroner: Sie hinterließ einen an niemand Bestimmten gerichteten Abschiedsbrief, in dem sie die Ermordung ihres Ehemanns und Miss Clara Fischers gestand. Diese Tat erkläre auch ihren Wunsch, »zu Gott heimzukehren«. Ist das korrekt?

DS Sullivan: Ja. Wir hatten gehofft, dass ihre Befragung zu Miss Fischers Ableben uns weiterhelfen würde.

Der Coroner, der den genauen Wortlaut des Abschiedsbriefs nicht wiedergab, meinte jedoch, der Inhalt deute unmissverständlich darauf hin, dass Mrs Mulloney sich in einem Anfall vorübergehender geistiger Umnachtung das Leben genommen habe. Es deute nichts auf Fremdeinwirkung hin, daher lautete die offizielle Todesursache schlussendlich Selbstmord.

1932

KAPITEL 40

Es war ein Uhr früh, als Diana nach Hause zurückkehrte. Louisa war aufgeblieben und hatte sich bei einem Glas warme Milch die Zeit vertrieben, indem sie mit May, dem Hausmädchen, plauderte. Der Haushalt in der Buckingham Street hatte sich ein wenig vergrößert, nun, da Jonathan mit seinen fast zwei Jahren und sein kleiner Bruder Desmond, ein hinreißendes, knapp sechs Monate altes Baby, zur Familie gehörten. Bryan hatte sein altes Kindermädchen, Nanny Higgs, engagiert, damit sie sich um die beiden Jungen kümmerte. Sie war nicht mehr die Jüngste und vertrat recht altmodische Ansichten, außerdem fügte sie sich Dianas Wunsch, den beiden Jungs Kleidchen anzuziehen (»So sehen sie viel hübscher aus«, meinte Diana) und sie zu strengstens festgelegten Zeiten in einem riesigen Silver-Cross-Kinderwagen durch Kensington Gardens zu schieben. Allerdings gestattete sie Diana nicht, viel Zeit mit ihren Babys zu verbringen – »Sie scheint zu glauben, dass Kinder etwas sind, das man nur aus der Ferne bewundern soll«, beschwerte sich Diana. Nanny Higgs und Louisa waren einander nicht gerade grün, und Louisa hatte im Lauf der Zeit gelernt, Vorschläge und Anregungen, was die Jungs vielleicht brauchen könnten oder ihnen Freude bereiten würde, stets mit größter Vorsicht vorzubringen. Da auch Diana nicht sonderlich begeistert von der Nanny war, hatte sie Louisa als Spionin auserkoren, weshalb sie einige ihrer einstigen Pflichten als Kindermädchen wieder übernommen hatte.

Zum Glück blieb Louisa noch die Gesellschaft von May, mit der sie abends gerne plauderte, während sie auf die Herrschaften wartete. Ihre Freundschaft hatte sich im Lauf der Jahre vertieft, vor allem seit Diana und Bryan im vergangenen Jahr ihren Landsitz Biddesden in Wiltshire gekauft hatten. Louisa genoss die Aufenthalte, die herrliche Gegend und die Stille des Landlebens, wo ihre Abende zumeist lediglich daraus bestanden, Nanny zu helfen, die Jungs zu Bett zu bringen, und dann vor dem Kamin im Kindertrakt zu lesen. Selbst während des Tages blieb ihr jede Menge Zeit, sich an der Pracht des Gartens zu erfreuen, und Louisa konnte so tun, als vermisse sie die Hektik und das turbulente Großstadtleben keine Sekunde. Ein weiterer Aspekt, der für das Landleben sprach, war ihre neu vertiefte Freundschaft mit Pamela Mitford. Nachdem Pams Verlobung mit Oliver Watney gelöst worden war, hatte Bryan sie eingeladen, sich in Biddesden niederzulassen und die Milchfarm dort zu leiten, die aus einer Herde von vierhundertfünfzig Jersey-Rindern bestand. Louisa hatte die junge Frau noch nie so glücklich gesehen wie jetzt, wenn sie mit den Kühen auf der Weide plaudern konnte oder überwachte, wie der gelbe Rahm von der frisch gemolkenen Milch abgeschöpft und zu Butter gestampft wurde, die später auf dem Abendbrottisch der Guinness Verwendung finden würde. All das machte Louisas Abneigung gegen Diana ein klein wenig erträglicher.

Das Einzige, was sie in ihrer herrlichen Ruhe störte, waren die regelmäßigen Besuche von Dianas und Bryans Hausgästen – lärmende, extravagante und unsägliche Angeber, auch wenn einige von ihnen überaus talentierte Künstler sein mochten. Louisa hatte Evelyn Waughs *Lust und Laster* beinahe heimlich gelesen und gestaunt, mit welcher Genauigkeit er das Leben schilderte, das ihre Herrin führte. Sie ermahnte sich, nicht so streng mit ihrem Urteil zu sein. Diana war gerade einmal einundzwanzig und Mutter von zwei kleinen Kindern, daher war der Wunsch, die Annehmlichkeiten zu genießen, die ihr das Leben geschenkt hatte – Geld, Mode, auf Du und Du mit Klatschkolumnisten und den angesehensten Damen der Gesellschaft zu sein –, nur nachvollziehbar und ganz normal. Bryan schien die Dinge ein wenig anders zu sehen. Zwar stand auch ihm all das zur Verfügung, doch den glücklichsten Eindruck machte er immer dann, wenn er allein mit seiner Frau zu Abend essen oder mit seinen Hunden und einem Gewehr durch die Wälder streifen konnte. Obwohl er wesentlich sanftmütiger war und nicht zu Temperamentsausbrüchen neigte, konnte Louisa nur über die Ironie staunen, dass Diana bei dem Versuch, ihrem Elternhaus zu entfliehen, in Wahrheit die jüngere Ausgabe ihres eigenen Vaters geheiratet hatte.

Der einzige Schatten, der auf ihr herrlich grünes Paradies fiel, war die Depression, die aus Amerika wie eine Flutwelle nach Europa schwappte. Louisa hatte Briefe von ihrer Mutter erhalten, in denen sie das Pech beschrieb, das einige ihrer Verwandten zunehmend verfolgte – noch ein weiterer Grund, weshalb Louisa sich nicht traute, ihre Arbeit aufzugeben. Im Radio hörte sie Berichte von den endlosen Schlangen von Menschen, die sich, von Chicago bis Sevilla, für einen Laib Brot anstellen mussten. An so manchem langen Abend im Speisezimmer von Biddesden redeten sich die Männer bei Port die Köpfe heiß, wie das Problem am besten gelöst werden könnte – Bryan und Tom waren im Vorjahr gemeinsam nach Österreich gereist und zu dem Schluss gelangt, dass die aufstrebende Nationalsozialistische Partei zunehmend positiven Einfluss auf die Wirtschaft des Landes nahm, obwohl sich keiner vorstellen konnte, dass sie jemals ernsthafte Macht erlangen würden (»Das ist doch nichts als eine elende Mörderbande … Ungeziefer«, erklärte Lord Redesdale). Und dennoch schien die Krise keinerlei Veränderung im Verhalten der Reichen und ihrer Freunde heraufzubeschwören.

An diesem Abend war Diana zu einem Neujahrsempfang bei Barbara St John Hutchinson gegangen. Was immer sich an diesem Tag auf der Welt ereignet haben mochte – die *Times* hatte einen weiteren Artikel über die steigenden Arbeitslosenzahlen in ganz Europa veröffentlicht –, Diana würde dennoch bei Champagner und Austern, köstlichem Rindersteak und Schokoladenkuchen feiern. (Luke hatte Louisa erzählt, dass dies derzeit als Lieblingsmenü bei den Reichen und Schönen galt und er »Austern schon nicht mehr sehen« könne.) Louisa und Luke waren weiterhin Freunde geblieben, das Band zwischen ihnen hatte sich nach dem Auffinden von Kates Leiche und ihrem schriftlichen Geständnis über den Mord an Shaun und Clara sogar noch verstärkt. Kates Selbstmord hatte einen recht klaren Schlusspunkt unter eine für alle sehr aufreibende und schwierige Zeit gesetzt, und Louisa war heilfroh, dass die Mulloneys wenigstens keine Kinder zurückgelassen hatten. Die drei Verstorbenen, Clara, Shaun und Kate, waren zu Lebzeiten junge, verwöhnte Luxusgeschöpfe gewesen, galten inzwischen jedoch als Relikt der legendären Bright Young Things, deren Stern am Gesellschaftshimmel seitdem erloschen war. Laut der allgemeinen Meinung der Zeitungen (darunter auch

Lukes journalistische Stimme) hatten sie sich mehr oder weniger selbst zuzuschreiben, was ihnen widerfahren war. Schlussendlich war es Luke gelungen, einige größere Artikel zu schreiben, wenn auch hauptsächlich über die Einrichtung und Ausstattung der Häuser der Reichen. Seine Frustration war ungemindert, trotzdem bekrittelte Louisa auch jetzt noch ab und zu, dass er aus dem Leid und Unglück anderer Kapital geschlagen hatte.

Louisa stand auf, um ihre Tasse abzuwaschen, als es läutete – das Zeichen, dass Diana zurückgekehrt war. »Gute Nacht, May«, sagte sie und ging ohne große Eile nach oben. Diana saß an der Frisierkommode und entfernte ihr Make-up mit Creme und Wattebäuschen. Louisa trat hinter sie, zog die Nadeln aus ihrer Frisur und begann ihr kurzes, goldblondes Haar zu bürsten. »Waren die Jungs brav?«, fragte Diana.

»Das sind sie doch immer, die beiden Goldschätze.« Louisa liebte die beiden von ganzem Herzen.

»Desmond schläft bei Weitem nicht so gut wie Jonathan in diesem Alter.«

»Kann sein, aber Nanny hat ihm seine Milch gebracht, und danach schien er recht schnell einzuschlafen. Nanny hat mir erlaubt, Jonathan eine Gutenachtgeschichte vorzulesen. Sie wissen ja, wie sehr er *Pu der Bär* liebt.«

»Das freut mich«, sagte Diana. Sie war allein an diesem Abend. Bryan hatte sich entschieden, in Biddesden zu bleiben. Louisa vermutete, dass er sich an einem neuen Roman versuchte, auch wenn er bei Weitem nicht so erfolgreich war wie einige seiner Freunde.

Diana erhob sich und kehrte Louisa den Rücken zu, damit sie ihr die kompliziert angeordnete, vom Nacken bis zur Taille verlaufende Reihe aus winzigen Perlmuttknöpfen öffnen konnte. Wie üblich erkundigte sich Louisa, ob jemand Interessantes an dem Abend zugegen gewesen sei. »Eigentlich nicht«, antwortete Diana. »Die meiste Zeit habe ich mich mit Victor Rothschild unterhalten, und auf meine andere Seite hatte Barbara einen Mann platziert, von dem du möglicherweise schon in der Zeitung gelesen hast. Sir Oswald Mosley.«

»Der Politiker?«

»Genau. Er war früher ein hohes Tier bei der Labour Party, praktisch der künftige Premierminister, aber vergangenes Jahr hat er sich mit der Partei überworfen und ist ausgetreten, um seine eigene Partei, die New Party, zu gründen. Jetzt sitzt er hinter den Tories. Ich habe ihm erzählt, dass ich Lloyd Georges Liberale unterstütze, wovon er nicht sonderlich beeindruckt zu sein schien. Man hört ja allerhand skandalöse Dinge über ihn.«

Louisa hielt sich mit Kommentaren zurück. Inzwischen hatte sie gelernt, dass es als Dienstbotin ratsam war, sich nicht an irgendwelchem Klatsch mit der Herrschaft zu beteiligen. Allerdings verstand sich nahezu von selbst, dass in den unteren Etagen der Herrenhäuser eine Gerüchteküche brodelte, die mehr zutage förderte, als Luke es mit seiner einstigen Gesellschaftskolumne jemals vermocht hätte. Bei Besuchen in anderen Häusern schnappte Louisa nicht selten Geschichten der anderen Kammerzofen auf, wenn sie neben ihnen beim Abendessen saß. Auch sie hatte von diesem Oswald Mosley gehört, und zwar nicht nur aus den Zeitungen, aber das würde sie Diana nicht auf die Nase binden.

»Er ist mit einem süßen kleinen Mäuschen namens Cimmie Curzon verheiratet, die heute Abend auch anwesend war. Alle sagen, er sei ein echter Herzensbrecher, der leidenschaftliche Affären mit so ziemlich jeder Frau anfängt, die ihm über den Weg läuft.«

»In diesem Fall ist wohl eher Vorsicht geboten, Ma'am.«

Diana winkte ab. »Was das angeht, besteht keine Gefahr, das kann ich dir versichern. Er ist ein gut aussehender Mann, keine Frage, aber bei mir hat sein Zauber nicht gewirkt. Er hat mir erzählt, er habe mich in Venedig und letzten Sommer bei einem Ball gesehen, aber das kann auch Erfindung sein.«

»Möglich.« Louisa nahm Dianas Sachen und ging ins Ankleidezimmer, um sie aufzuhängen, während Diana ihre Unterwäsche auszog und in ihr Nachthemd schlüpfte. »Möchten Sie ein Glas Milch?«

»Nein danke, Lou-Lou. Ich glaube, ich werde gleich schlafen. Sir Oswald hat erzählt, er hätte ein paar sehr gute und konkrete Ideen, wie man alles wieder in Ordnung bringt. Er kenne ein Mittel gegen die Arbeitslosigkeit, meinte er.«

»Verstehe. Dann gute Nacht, Ma'am.«

Louisa schloss die Tür mit dem dumpfen Gefühl, dass etwas in ihrem Innern rumorte; es war ein nagendes Unbehagen: Irgendetwas war in ihr Leben eingedrungen und würde sich so schnell nicht vertreiben lassen. Eine düstere Vorahnung befiel sie, das geregelte Leben im Haushalt könnte schon bald aus den Fugen geraten. Und sie sollte recht behalten.

KAPITEL 41

Wie jeden Dienstagabend saßen Guy und Sinéad einander gegenüber an einem Tisch im *Lyons' Corner House* auf dem Strand. Offen gestanden kamen sie schon so lange hierher, dass sie beinahe vergessen hatten, dass ihr erster Besuch in dem Lokal eine Art Wiedergutmachung gewesen war. Sinéad mochte das Café, das in ihren Augen schick genug war, um nachhaltigen Eindruck bei seinen Gästen zu schinden, gleichzeitig aber nicht überkandidelt daherkam. Guy hatte einmal versucht, sie in das Edel-Restaurant bei Fortnum & Mason auszuführen, doch Sinéad war so nervös gewesen, dass sie prompt Milch auf ihren Schoß verschüttet hatte. In ihrer Wut und Verlegenheit war sie aufgesprungen, um nach Hause zu gehen, und hatte dabei die Teetasse umgekippt, sodass sich auch noch der ganze Tee über den Tisch ergossen hatte. Es hatte eine geschlagene Woche gedauert, bis sie Guy verziehen hatte.

An diesem Dienstag servierte die Kellnerin ihre übliche Bestellung – eine Kanne Tee mit zwei Tassen, Lammeintopf mit Kartoffelbrei für Guy und kalte Schinkenpastete für Sinéad. Schweigend warteten sie, bis die Kellnerin alles arrangiert hatte und verschwunden war. Sinéad hatte sich ihr braunes, zu einem Bob frisiertes Haar hinter die Ohren geschoben. Guy bewunderte sie schon immer für ihr natürlich-frisches Aussehen und ihre Ordentlichkeit. Niemals sah man einen losen Knopf oder einen Fussel an ihrer Kleidung, ihre Strümpfe waren fachmännisch gestopft, die Schuhe sorgfältig geputzt und poliert. Sie war eine stolze, patente Frau, die einem Mann eines Tages eine gute Ehefrau wäre. Würde er dieser Mann sein? Guy war sich nicht mehr so sicher, wie er es einst gewesen war.

Er goss Milch in ihre Tassen und gab den Tee dazu, während Sinéad in ihrer ledernen Handtasche kramte, von der er wusste, dass sie auch sie jeden Sonntagabend sorgfältig polierte. »Ich habe heute Morgen einen Brief bekommen«, sagte sie.

»So?«, fragte Guy. Sinéad bekam fast jeden Tag Post. Woher sie die Zeit nahm, die gesamte Korrespondenz zu beantworten, war ihm ein Rätsel; sie schien in einem steten Austausch mit ihrer gesamten Familie zu stehen, der sich in einem ununterbrochenen Hin und Her von Briefen über die Irische See hinweg manifestierte.

»Er ist von Mum. Es geht ihr nicht gut.«

Guy stellte die Teekanne ab. »Tut mir leid, das zu hören. Schreibt sie, was genau ihr fehlt?«

»Nein, so etwas würde sie nie tun. Sie schreibt, es sei nicht so schlimm, aber ich kenne sie. Mum würde niemals klagen. Ihr Herz veranstalte irgendwelche Sperenzchen und würde immer wieder mal kurz aussetzen, deshalb sei sie ständig aus der Puste und könne noch nicht mal bis ans Ende der Straße gehen, ohne dass sie sich hinsetzen und ausruhen müsse und …« Unvermittelt brach Sinéad in Tränen aus.

Guy wollte nach ihrer Hand greifen, doch sie schüttelte ihn

ab und kramte ein blütenweißes und natürlich tadellos gebügeltes Taschentuch mit dem obligatorischen eingestickten Kleeblatt in der Ecke aus ihrer Handtasche.

»Es tut mir leid«, schniefte sie. »Es ist nur … ich kenne Mum. Sie behauptet, es sei nichts, und zwar nur, weil sie nicht will, dass ich mir Sorgen mache. Aber sie ist ganz allein, deshalb mache ich mir natürlich Sorgen um sie.«

Guy sah sie verwirrt an. »Ich dachte, deine vier Schwestern leben immer noch zu Hause.«

»Ach, Mary rennt ständig in die Kirche, macht sauber und kümmert sich um die Blumen. Clodagh kriegt das dritte Kind, Bridget arbeitet im Laden, und Susan ist zu nichts zu gebrauchen und keinem eine Hilfe. Ich bin die Einzige, auf die Mum zählen kann, und ich bin hier, weit, weit weg.« Sie sah Guy kläglich an.

»Wieso fährst du nicht für eine Weile nach Hause? Steht dir nicht längst Urlaub zu?«

»Ja, schon, aber …« Inzwischen hatte Sinéad ihre Tränen getrocknet und sich die Nase geputzt, nur ihre Wangen waren noch ein wenig gerötet. »Guy«, sagte sie. Sein Herz zog sich zusammen. Er wusste, was gleich kommen würde. »Ich vermisse mein Zuhause. Es geht nicht nur um meine Mum. Ich werde in London einfach nicht sesshaft. Ich mag den Verkehr nicht, all die flatterhaften Mädchen, dass immer alle nur in Hetze sind. Mir fehlt das Landleben, die gute Luft, das Meer, der Pub, wo man einfach hingehen kann und alle kennt. Ich dachte, ich will das alles hier, die bunten Lichter und all das, aber … es ist nicht so.«

Eine tiefe Traurigkeit stieg in Guy auf. Sinéad war eine anständige Frau und verdiente es, glücklich zu sein. Gleichzeitig spürte er so etwas wie einen Hoffnungsschimmer und einen Anflug von Freude über die bevorstehende Veränderung.

»Du willst für immer nach Hause zurück, meinst du?«

Sinéad nickte traurig. »Ja. Ich weiß, dass du nicht mit mir kommen kannst. Und ich weiß auch, dass du eine andere liebst.«

Guy fühlte sich überrumpelt. Sie hatten darüber gesprochen, dass er wegen seiner Arbeit als Polizist England nicht verlassen konnte. Sehr wohl hatte er damit gerechnet, dass sie es als Argument anführen würde, weshalb er in London bleiben musste. Was sie nun stattdessen gesagt hatte, wollte er nicht hören, ja er konnte noch nicht einmal sagen, ob es tatsächlich so war, und wollte jetzt auch gar nicht darüber nachdenken.

»Ich wollte dich so gerne heiraten, Guy. Wirklich. Du bist so ein netter Mann und … oh … Entschuldige.« Wieder stiegen ihr die Tränen in die Augen, doch sie riss sich zusammen.

»Ich dich auch.«

Sinéad blickte auf die noch unberührte Pastete auf ihrem Teller. »Ich glaube nicht, dass ich das jetzt essen kann.«

»Nein«, meinte Guy. »Das spielt im Moment auch keine Rolle. Ich bringe dich nach Hause. Ist eines von den anderen Mädchen da? Ich will nicht, dass du ganz allein bist.«

»Ja, Maeve ist da. Danke, Guy. Ich fühle mich schrecklich … es tut mir so leid, aber ich freue mich so sehr darauf, nach Hause zurückzugehen. Dorthin, wo ich wirklich zu Hause bin, meine ich.«

Guy lächelte. »Ich weiß. Und es wird bestimmt ganz wunderbar dort. Komm, Sinéad.« Er half ihr auf und begleitete sie nach draußen. Sie traten in die kühle Abendluft und bestiegen ein letztes Mal gemeinsam den Bus.

Nachdem sein Privatleben sich so unvermittelt verändert hatte, stürzte Guy sich umso mehr auf seine Arbeit und war entschlossener denn je zu beweisen, dass seine Karriere es wert war, sich hineinzuknien. Auch wenn er immer noch zu Hause wohnte.

Gemeinsam mit DI Stiles ermittelte er in einem besonders traurigen Fall um einen Mann, der von seiner Frau erschossen worden war, weil sie ihn verdächtigt hatte, eine Affäre mit seiner Sekretärin zu haben. Die offizielle Untersuchung durch den Coroner stand unmittelbar bevor, und Guy beschloss, sich im Vorfeld mit Mr Stilligoe, dem Rechtsmediziner, im nahe gelegenen St George's Hospital zu besprechen.

Mr Stilligoe war groß und schlank und hatte einen Scheitel, der aussah, als zöge er ihn jeden Morgen mit dem Lineal. Zudem war er ein ungewöhnlich vergnügter Geselle für jemanden, der jeden Tag Leichen sezierte.

»Ah, Sullivan, mein Freund. Was kann ich heute für Sie tun?« Er lehnte sich in seinem ausladenden Ledersessel zurück und zupfte an seiner Krawatte. Guy antwortete, er wolle über den Jenkins-Fall sprechen, woraufhin Stilligoe seine Erkenntnisse darlegte, die allesamt mit Guys Ermittlungen zusammenpassten.

»Eines finde ich allerdings seltsam«, meinte Stilligoe. »Es trat sehr wenig Blut aus der Einschusswunde aus.«

»Was bedeutet das?«, hakte Guy nach.

»Nun ja, Jenkins erfreute sich ziemlich guter Gesundheit. Er war sechsundvierzig Jahre alt und hat wohl ein bisschen viel getrunken, aber wer tut das nicht?« Er lachte auf. »Da würde man doch … bitte verzeihen Sie meine Offenheit … eine ziemliche Sauerei an den Wänden erwarten. Stattdessen ist es fast, als hätte das Blut zu gerinnen begonnen, bevor er getötet wurde.«

»Entschuldigen Sie, Sir, aber das müssen Sie mir genauer erklären.«

»Nun ja, ich will damit sagen, dass er schon tot war, bevor der Schuss fiel.«

Stiles und Guy diskutierten die Theorie nach Guys Rückkehr aufs Revier in aller Ausführlichkeit, doch erst auf dem Nachhauseweg fiel ihm auf, dass es noch einen weiteren Fall mit demselben Phänomen gab: den Tod von Kate Mulloney.

Zwei Jahre waren vergangen, seit er und Louisa ihre Leiche aufgefunden hatten, und der Fall war mit einer kurzen Untersuchung des Coroners mit folgendem Ergebnis abgeschlossen worden: Mrs Mulloney hatte einen Abschiedsbrief mit dem Geständnis hinterlassen, ihren Ehemann und Clara Fischer getötet zu haben, und anschließend Selbstmord begangen. Vor dem Hintergrund der Einträge in ihrem Tagebuch schien der Fall von Claras Tod eindeutig, ebenso wie das Ableben von Mrs Mulloneys Ehemann, auch wenn die Mitteilung, dass ihr Sohn Opfer eines hinterhältigen Mordes geworden war, seine Eltern völlig aus der Bahn geworfen hatte. Mrs Mulloneys Begräbnis war in aller Stille vonstattengegangen, und ihr Vater, Oberhaupt einer einflussreichen Dubliner Familie, hatte dafür gesorgt, dass die Angelegenheit nicht in den Zeitungen breitgetreten worden war. Guy hatte ein- oder zweimal versucht, Kontakt mit der Familie aufzunehmen, um herauszufinden, ob im Fall von Shaun Mulloneys Tod und Kates Beteiligung daran nicht doch noch verspätete Ermittlungen aufgenommen werden sollten, Kates Vater hatte allerdings keinen Zweifel daran gelassen, dass er höchstpersönlich dafür sorgen würde, dass Guys Karriere als Polizist ein jähes Ende fand, sollte er versuchen, die Angelegenheit weiter voranzutreiben. Sie wollten keinen Skandal und hatten schon genug durchgemacht, was in gewisser Weise verständlich war.

Auch um Kate Mulloneys Leiche hatte sich kaum Blut befunden. Bedeutete Stilligoes Theorie, dass sie zum Zeitpunkt des Schusses ebenfalls bereits tot gewesen war? War sie am Ende womöglich doch nicht durch ihre eigene Hand gestorben, sondern ermordet worden?

Die Sache hatte einen Haken: Kate hatte versucht, Nancy hineinzureiten, indem sie behauptet hatte, sie sei diejenige gewesen, die mit Clara in der Nacht ihres Todes allein gewesen sei. Aber warum sollte sie so etwas behaupten, wenn nicht, um den Verdacht von sich abzulenken?

Und es gab noch einen zweiten Knackpunkt: Wer hätte Kates Tod wünschen sollen? Er musste mehr darüber herausfinden, wer ihre Freunde und ihre Feinde gewesen waren. Der Fall war offiziell abgeschlossen, und Guy hatte keine Genehmigung, in dieses Wespennest zu stechen – falls sich sein Verdacht überhaupt als begründet erwies –, aber es schien die beste Methode zu sein, die Anerkennung seiner Vorgesetzten zu erlangen, vor allem da er ohne große Mühe an einige Leute herankäme, die mit dem Fall zu tun gehabt hatten. Natürlich würde er als ersten Schritt Kontakt zu Louisa aufnehmen müssen. Zufall? Guy beschloss, die Frage lieber nicht zu beantworten, noch nicht einmal für sich selbst.

Guy beschaffte sich die Unterlagen der offiziellen Untersuchung, in denen die Hauptzeugen und potenziellen Verdächtigen aufgelistet waren. Aus dem neuen Blickwinkel betrachtet, dass Kates Tod kein Selbstmord, sondern Mord gewesen sein könnte, erschienen die Tatsachen in einem völlig anderen Licht. Mrs Mulloneys Aktivitäten an jenem Tag waren anhand der Angaben von Gloria Holmes erstellt worden, des Dienstmädchens, das für Mrs Mulloney gearbeitet hatte, wann immer sie sich in London aufhielt. Wahrscheinlich war es keine sonderlich anspruchsvolle Arbeit, die noch dazu auf der Basis eines Tagelohns bezahlt wurde, da Gloria lediglich dann gebraucht wurde, wenn Mrs Mulloney in die Stadt kam. Soweit sie wussten, war Gloria die Letzte gewesen, die Mrs Mulloney lebend gesehen hatte.

Guy musste Gloria Holmes finden. Und Louisa. Vor allem Louisa.

KAPITEL 42

Am nächsten Tag kehrten Diana, Nanny Higgs, Louisa und die beiden Jungen nach Biddesden zurück. Die gut dreistündige Fahrt führte durch die flache Landschaft Berkshires, die nach einigen Meilen in sanfte Hügel und Felder überging. Beim Anblick des efeubewachsenen Steingebäudes hinter den schmiedeeisernen Toren durchströmte Louisa ein intensives Gefühl, heimgekehrt zu sein. Das Haus war wunderschön, mit einer Innenausstattung, die keinen Zweifel an Dianas Händchen für Einrichtung und Dekoration ließ. Da sie bei ihrem Einzug in das Haus in der Buckingham Street noch eine blutjunge Braut gewesen war, hatte sie dort nur wenig Einfluss nehmen können, sondern die Ausstattung hauptsächlich Bryan überlassen und sich der zahlreichen Hochzeitsgeschenke bedient. In Biddesden hingegen hatte sie dank der entsprechenden finanziellen Mittel ungeniert schalten und walten können. Ihr Schlafzimmer war mit einem Himmelbett möbliert, dazu mit weißem und elfenbeinfarbenem Damast bezogene Stühle und schwere cremefarbene Vorhänge an den fünf Fenstern. Ein befreundeter Architekt hatte einen Pavillon entworfen, an den Wänden hingen von Künstlern aus ihrem Bekanntenkreis angefertigte Porträts, und jeder, der zu Besuch kam, lobte die hübschen kobaltblau gestrichenen Türen und Tore der Farmgebäude.

Nur an ein Gemälde traute Diana sich nicht heran: ein ausladendes Ölporträt von General Webb auf seinem Kavalleriepferd, der das Anwesen 1692 gekauft und das Haus selbst 1711 erbaut hatte. Sollte jemand es wagen, das Porträt abzunehmen, suche er das Haus heim, indem er die Treppen hinauf- und hinunterreite, hieß es. Pam hatte drei Monate im Haus verbracht, während das Cottage auf dem Anwesen für sie hergerichtet wurde. Nach einer Nacht ohne eine einzige Sekunde Schlaf in der Gegenwart eines übelwollenden Wesens, das sich am Kopfende des Bettes niedergelassen hatte, war sie auf Bryans Anraten in ein anderes Zimmer gezogen, wo sie glücklicherweise unbehelligt blieb.

Pam hielt sich zwar die meiste Zeit auf der Farm auf, heute war sie allerdings ins Haupthaus herübergekommen, um das Reisegrüppchen zu begrüßen. Louisa und Nanny Higgs brachten die Jungen in den Kindertrakt, sollten sich jedoch zum Tee mit ihnen in der Bibliothek einfinden. Zu ihrer großen Freude stellte Louisa fest, dass Nancy gemeinsam mit ihrem Verlobten Hamish eingetroffen war. Auch Unity, mittlerweile siebzehn, war anwesend. Sie hatte ihre schroffe, ungelenke Art überwunden und stand im Begriff, zu einer weiteren Schönheit in der Reihe der Mitford-Mädchen zu erblühen. Trotz der freundlich-begeisterten Begrüßung von Nancy, Unity und Pam entging Louisa nicht, dass zwischen ihr und Nancy eine gewisse Distanz herrschte (wohingegen es sich anfühlte, als wäre Pam ihr durch ihre Arbeit auf der Milchfarm beinahe ebenbürtig). Louisa setzte sich mit Jonathan hin und begann ein Puzzle. Diana gesellte sich zu ihnen, war jedoch nur halbherzig bei der Sache, während sie Nancy lauschte, die voller

Enthusiasmus vom Erfolg ihres ersten Romans *Highland Fling* schwärmte.

»Dreißig Stück werden jeden Tag verkauft«, erklärte sie ihren Schwestern, »was wohl durchaus respektabel für einen Erstling ist.«

»Und wirst du jetzt zur Erfolgsautorin?«, frotzelte Diana ein wenig spöttisch.

»Das hoffe ich«, erwiderte Nancy und schluckte ausnahmsweise den Köder nicht. »Ich ertrage es schlicht nicht länger, ständig mit dem Bus herumzugondeln. Schließlich bin ich praktisch eine alte Frau.«

»Du bist ja noch nicht mal dreißig«, bemerkte Hamish.

»Das sagst du nur, um dein schlechtes Gewissen zu besänftigen, weil wir nach wie vor nicht verheiratet sind«, gab Nancy leichthin zurück, trotzdem fiel Louisa auf, dass sie sich eilig abwandte, als wollte sie seine Reaktion darauf nicht sehen. Mittlerweile waren sie seit vier Jahren verlobt – sogar mit einem Cartier-Ring bestätigt –, aber noch immer war kein Datum für die Hochzeit festgelegt worden. Zudem war Hamish wegen »ungebührlichen Benehmens« von der Uni in Oxford geflogen, mit anderen Worten: Es sah nicht gerade vielversprechend aus. Vorhersehbarerweise wandte Nancy sich Pam zu, der Leidensgenossin in ihrem Status als potenzielle alte Jungfer. Auch deren Verlobung war gelöst worden, doch obwohl sie anfangs reichlich verstört gewesen war, schien Pam keine Eile zu haben, sich einen neuen vielversprechenden Kandidaten für eine Heirat zu suchen.

»Was höre ich denn über dich und den armen Poeten?«, fragte Nancy.

Pam nahm die Neckereien ihrer älteren Schwester mit gewohnter Nachsicht auf. »Du meinst John Betjeman? Nun ja, er hat gerade zum zweiten Mal um meine Hand angehalten, der Ärmste. Ich habe mir einen Monat Bedenkzeit erbeten.«

Nancys grüne Augen funkelten. »Wie bitte? Er hat dir zweimal einen Antrag gemacht?«

»Er taucht immer wieder auf, Hausgespenst hin oder her«, warf Diana ein. »Würde Pam hier nicht leben, hätte er niemals wieder einen Fuß in dieses Haus gesetzt, hat er zu Bryan gesagt.«

»Ich finde es schön, wenn er seinen Drachen mitbringt, den wir dann auf dem Hügel steigen lassen«, erklärte Pam mit einem Nachdruck, der klar signalisierte, dass sie nicht die Absicht hatte, das Thema weiter zu vertiefen. Wie zur Bestätigung stellte sie ihren Teller ab, nachdem sie ihren Früchtekuchen mit gerade einmal drei Bissen verdrückt hatte.

Einen Moment lang herrschte Stille. Diana konzentrierte sich darauf, die richtigen Lücken für die Puzzleteilchen vor ihr auf dem Tisch zu finden. »Ich habe gestern Abend jemand recht Interessantes kennengelernt«, verkündete sie und legte ein Teilchen korrekt an, woraufhin Jonathan vor Begeisterung jubelte. Diana gab ihm einen Kuss. Der kleine Desmond, der auf Nannys Arm in den Garten hinausschaute und ihren Erklärungen lauschte, kam weitaus seltener in diesen Genuss, fiel Louisa auf.

Nancy und Pam sahen Diana an, wohingegen Hamish ziemlich gelangweilt wirkte.

»Ja, Sir Oswald Mosley. Ich habe bei Barbaras Neujahrsempfang gestern neben ihm gesessen.«

»Ich habe gehört, er soll ein angsteinflößender Zeitgenosse sein«, bemerkte Nancy, während Unity in derselben Sekunde rief: »Ich habe gelesen, er soll ein begnadeter Redner sein.«

»Wahrscheinlich beides«, erwiderte Diana, »allerdings hatte

er auf mich keinerlei Wirkung. Einige mögen finden, dass er gut aussieht …«

Genau in dem Moment kam Bryan herein. »Entschuldigt die Verspätung. Ich wollte erst noch meine tausend Wörter für heute zu Papier bringen.« Er beugte sich vor und küsste Diana, die die Zärtlichkeit jedoch nicht erwiderte. »Nancy, Darling, wie schön, dich zu sehen. Und dich natürlich auch, Unity. Wie war die Fahrt? Nicht zu anstrengend, hoffe ich?« Diana erwähnte den Namen Mosley nicht mehr, und ihre Schwestern bedrängten sie nicht mit weiteren Fragen; stattdessen wandte sich die Unterhaltung Tom und seinem Studium in Berlin zu. »Seine Briefe klingen geradezu beängstigend korrekt«, bemerkte Nancy. »Man fragt sich, was tatsächlich in seinem klugen Köpfchen vorgeht.«

»In Deutschland sieht es ja nicht viel besser aus als hier«, sagte Bryan mit einem Blick in Hamishs Richtung, als hoffe er darauf, dass sich ein ernstes Gespräch entspann, doch Hamish nahm keinerlei Notiz davon. »Trotzdem nehme ich an, dass sein Geld dort für eine ganze Weile reichen wird. Die Reichsmark hat nur noch etwa zwei Drittel ihres Werts von 1929.«

»Aber Österreich hat dir ganz gut gefallen, als du mit Tom dort warst, oder?«, fragte Diana.

»Ja, es ist ein wunderschönes Land. Perfekt für die Jagd, und alles ist so gut organisiert. Trotzdem bin ich kein großer Anhänger dieser Sturm-und-Drang-Anklänge.«

»Ich würde schrecklich gerne hinfahren«, bemerkte Unity, »aber Farve würde mich lieber nach Frankreich oder Italien schicken. Tom ist der Einzige, der Deutsch lernen darf.«

Das Telefon in der Halle läutete, und ein Diener ging an den Apparat. Wenig später kam er herein und sagte leise etwas zu Bryan, woraufhin dieser sich erhob und die Bibliothek verließ, um den Anruf entgegenzunehmen. »Wer war das?«, fragte Diana, als er wieder hereinkam. Erst dann schien sie zu bemerken, dass er kreidebleich war. »Das war Ralph«, sagte er. »Lytton ist tot.«

Dianas blaue Augen füllten sich mit Tränen. Bryan trat zu ihr und wollte sie umarmen, doch sie hob Jonathan hoch und drückte ihn fest an sich. »Der arme Lytton«, murmelte sie, sehr zur Verwirrung des Kleinen, der den abrupten Stimmungsumschwung nicht einordnen konnte. Seine Unterlippe begann zu beben. Louisa erhob sich, um ihn, falls nötig, entgegenzunehmen.

»Lytton Strachey?«, fragte Nancy. »Wie traurig.«

»Wir wussten ja, dass es früher oder später passieren wird, trotzdem wird Dora am Boden zerstört sein.«

Louisa erinnerte sich an Dora Carrington, die zierliche Künstlerin mit dem akkuraten blonden Bob, die auf dem Sofa des *Excelsior* in Venedig gesessen hatte.

»Ist das seine Frau?«, erkundigte sich Unity unschuldig. Diana und Nancy tauschten einen Blick.

»Nein«, antwortete Nancy nachsichtig. »Nichtsdestotrotz hat sie ihn sehr geliebt. Sie ist mit Ralph Partridge verheiratet, aber jeder weiß, dass sie eigentlich Lytton geliebt hat, sogar Ralph.« Sie wandte sich Diana zu. »Alle dachten, sie hätte dich vergiftet, als du damals das erste Mal in Ham Spray House zu Gast warst, weil Lytton so verzaubert von dir war.«

»Mit ihrer berühmten Kaninchenpastete«, sagte Diana. »Sie schießt die Kaninchen tatsächlich selbst. Mir war fürchterlich übel, und ich habe mich so sehr deswegen geschämt. Aber bestimmt hatte es rein gar nichts mit dem Essen zu tun, weil sie so nett zu mir war. Die arme Dora.« Diana reichte

Jonathan an Louisa weiter. »Ich denke, die beiden sollten jetzt wieder nach oben gebracht werden.«

»Ja, Ma'am.« Louisa nahm ihn und drückte seine kleine, mollige Patschhand.

Gift und tote Kaninchen. Es gab Tage, an denen sie sicher war, die Gedankenwelt der Menschen, für die sie arbeitete, wohl niemals verstehen zu können.

KAPITEL 43

Mary Conlon ließ sich die Gelegenheit, Guy bei seinen Befragungen zur Seite zu stehen, nicht entgehen. Erst vor Kurzem war eine Polizistin namens Lilian Wyles zum Chief Inspector befördert worden, allerdings gehörte sie nicht Guys Dezernat an. »Wenn man so etwas hört, denkt man, dass es vielleicht doch nicht vollkommen hoffnungslos ist«, meinte Mary. »Anscheinend kümmert sie sich nur um Fälle mit weiblichen Opfern, aber das ist immerhin schon mal ein Zeichen, dass man uns ernster nimmt, oder? Ich muss einfach besser zeigen, was ich kann.«

»Ja, hoffen wir, dass das hilft«, bekräftigte Guy, obwohl er nur zu genau wusste, was die männlichen Kollegen über Wyles' Beförderung sagten: Das sei definitiv keine Würdigung ihres Aussehens oder ihrer Fähigkeiten, sondern lediglich ein Zugeständnis an die »fordernde und schwierige« Lady Astor, das erste weibliche Parlamentsmitglied. Trotzdem freute er sich über Marys Hilfe. Als Erstes stand die Befragung von Gloria Holmes an.

Gloria wohnte in einer schäbigen kleinen Straße im East End, die nicht schwer zu finden war. Guy nahm Mary mit, denn es wäre nicht schicklich, wenn ein wildfremder Mann am Abend an der Haustür einer jungen Frau läutete – und da es keine offiziellen Ermittlungen zu dem Fall gab, musste er die Befragung außerhalb seiner Dienstzeit durchführen. Zum Glück war Gloria zu Hause; sogar ihre ganze Familie hatte sich im Wohnzimmer versammelt, alle gleichermaßen mollig und wohlgenährt: Mutter, Vater, zwei Brüder, eine jüngere Schwester und ein vergnügt gurgelndes Baby, von dem nicht ganz klar war, wem es gehörte, es wurde einfach von einem Paar Arme zum nächsten weitergereicht. Nur mit viel Überredungskunst gelang es Guy, die Sippschaft dazu zu bewegen, das Wohnzimmer zu verlassen, damit Mary und er Gloria alleine befragen konnten. Unter einigem Grummeln verließen sie den Raum, nur um sich in die Küche zu quetschen, was ebenfalls alles andere als geräuschlos vonstattenging. Dass sie jedes Wort mitbekamen, was nebenan gesprochen wurde, war eindeutig: Bei jeder von Guys Fragen erhob sich vernehmliches Gemurmel hinter den verschlossenen Türen.

Gloria bestätigte ohne Umschweife sämtliche Angaben ihrer ersten Befragung. »In welcher Stimmung war Mrs Mulloney, als sie an jenem Montag nachmittags nach Hause zurückkehrte?«, fragte Guy.

»Das weiß ich nicht. Sie ist auf dem direkten Weg nach oben gegangen, und danach habe ich sie nicht mehr gesehen.«

»Sie haben angegeben, dass Sie ihr ein leichtes Abendessen zubereitet hätten. Könnten Sie uns bitte sagen, woraus es bestand?«

»Aus etwas kaltem Brathühnchen mit Mayonnaise und einer Scheibe Butterbrot, Sir.«

»Und auch etwas zu trinken?«

»Sie hatte mich gebeten, eine Flasche Rotwein aufzumachen und sie gemeinsam mit zwei Gläsern auf ihrem Tablett im Salon stehen zu lassen.«

Guy notierte sich alles. »Und haben Sie sie gesehen, als Sie um sechs das Haus verlassen haben?«

»Nein, Sir. Sie war oben in ihrem Schlafzimmer. Ich habe gerufen, dass ich jetzt ginge und am nächsten Morgen wiederkäme.«

»Hat Mrs Mulloney der Tod ihres Ehemanns im Jahr zuvor sehr zugesetzt?«

Gloria sog ihre molligen Wangen ein. »Das weiß ich nicht, Sir. Ich habe sie jedenfalls niemals weinen gehört oder so etwas.«

Guy blickte auf seine Notizen, und Mary übernahm: »Hat Sie das gewundert, Gloria?«

»Nein, Miss.«

»Und könnten Sie uns sagen, warum?«, drängte Mary. »Sie haben sieben Jahre für sie gearbeitet und müssen Sie doch recht gut gekannt haben.«

Gloria rutschte unruhig auf ihrem Stuhl herum, und das Murmeln aus der Küche nebenan schwoll kurz an. »Mr und Mrs Mulloney waren ganz anders als die Ehepaare, die ich sonst kenne. Zwar sind sie praktisch jeden Abend zusammen ausgegangen, aber beim Nachhausekommen gab es dann fürchterlichen Streit. So was hat man noch nicht gehört. Meistens musste ich morgens erst mal Scherben aufkehren, und auch während des Tages haben sie schlimm gestritten. All das Geschrei … am liebsten hätte ich mich versteckt, was ich manchmal auch getan habe. Eigentlich wollte ich da weg, aber Mr Mulloney … na ja, er hat mich jedes Mal wieder breitgeschlagen.«

»Das heißt?« Mary glaubte, einen Schatten über Glorias

Gesicht huschen zu sehen, der ein weiteres Nachhaken erforderlich machte.

Gloria senkte die Stimme. »Er hatte so eine Art an sich, einen zu überreden …«

»Hat er versucht, Sie herumzukriegen?«

Das war zu viel für Gloria. Schließlich saß ihre gesamte Familie nebenan und presste sich die Ohren platt. Sie schüttelte den Kopf und weigerte sich, weitere Erklärungen abzugeben.

Guy und Mary versuchten, sie zum Weitersprechen zu bewegen, aber die Befragung war zu Ende, sodass ihnen nichts anderes übrig blieb, als ihr zu danken und sich zu verabschieden.

Gemeinsam gingen sie die Straße entlang in Richtung U-Bahn.

»Glaubst du, sie hatte eine Affäre mit Mr Mulloney?«, fragte Mary.

»Sicher bin ich mir nicht«, meinte Guy. »Als Verdächtige kann sie jedenfalls nicht ausgeschlossen werden, weil sie das Abendessen für Mrs Mulloney hergerichtet und den Wein aufgemacht hat. Das heißt, sie hätte Gelegenheit gehabt, den Wein zu vergiften, allerdings hatte sie kein wirkliches Motiv. Ich glaube, sie mochte Mrs Mulloney nicht besonders, trotzdem kann ich mir sie nicht als Mörderin vorstellen. Allerdings hat sie einen entscheidenden Hinweis gegeben.«

»Und zwar?«

»Sie sagte, Mrs Mulloney hätte sie gebeten, *zwei* Gläser bereitzustellen. Entweder war jemand ohne Glorias Wissen bei ihr im Schlafzimmer, oder aber sie hat noch jemanden erwartet. Wir müssen in Erfahrung bringen, wer das war.«

Mary zog ihren Hut ein wenig tiefer ins Gesicht, um dem

eisigen Wind zu trotzen. »Im offiziellen Untersuchungsprotokoll steht nichts davon, dass noch jemand das Haus betreten hat?«

»Nein, nur Louisa und ich, als wir die Leiche gefunden haben.«

»Hatte sie nicht eine Verabredung an dem Tag?«

»Ja, in ihrem Terminkalender stand, sie sei um ein Uhr mittags mit einem oder einer ›R‹ im *Chez Franco* verabredet gewesen.«

»Aber wir wissen nicht, wer ›R‹ ist. Hat jemand ihr Adressbuch überprüft?«

»Nein«, antwortete Guy. »Wir dürfen nicht vergessen, dass es keine Morduntersuchung war, sondern lediglich ihr Selbstmord bestätigt wurde. Schließlich wurde ein Abschiedsbrief gefunden, außerdem hatte sie eine anscheinend selbst zugefügte Schusswunde in der Brust. Es gab keine Veranlassung für die Polizei, sich näher mit dem Vorfall zu befassen.«

»Na ja, jetzt schon«, meinte Mary, als sie sich in den U-Bahnhof begaben, um, jeder für sich, den Heimweg anzutreten.

KAPITEL 44

Am nächsten Morgen nahm Guy all seinen Mut zusammen und rief in der 10 Buckingham Street an. Eine Dienstbotin mit einer alt klingenden Stimme nahm ab. Anfangs schien sie seine Bitte zu überraschen, doch dann erbot sie sich, Miss Cannon an den Apparat zu holen.

Guy hörte das leise Klicken, als der Hörer erneut angehoben wurde, und spürte, wie sein Mund trocken wurde.

»Mr Sullivan?«

»Louisa.« Guy sprach sie absichtlich mit dem Vornamen an, als könne er damit die gewohnte Vertrautheit zwischen ihnen wieder heraufbeschwören. »Bitte entschuldige, wenn ich dich bei der Arbeit störe.«

»Ist schon gut«, sagte sie. »Was kann ich für Sie tun?«

»Könnten wir uns vielleicht treffen? Ich ermittle in einem Fall und könnte deine Hilfe brauchen.«

Louisa seufzte. »Ich weiß nicht recht … eher nicht.«

»Bitte, Louisa. Ich komme überallhin, egal wann.«

Ihr Zögern war kurz genug, um Hoffnung in ihm aufsteigen zu lassen. »Dann kommen Sie heute um vier Uhr in *Jimmy's Café* in der Lexington Street, gleich hier um die Ecke. Das sollte ich schaffen.«

»Danke! Ich weiß es wirklich zu schätzen.«

»Das glaube ich.« Und dann war die Leitung tot.

Um kurz vor vier betrat Louisa *Jimmy's Café*. Einige höchst unerfreuliche Tage lagen hinter ihr. Diana und Bryan waren nach London zurückgekehrt, um Lytton Stracheys Begräbnis beizuwohnen, was bedeutete, dass jede Menge schwarz gekleidete Menschen zu allen möglichen Tageszeiten im Haus aufgetaucht waren, allesamt darauf bedacht, sich in ihrer Trauer um den Schriftsteller gegenseitig auszustechen – zumindest wirkte es auf Louisa so. Es gab theatralische Tränenausbrüche, ausschweifende Ansprachen, und Drinks konnten lediglich in einem einzigen Zug hinuntergekippt statt wie gewohnt normal getrunken werden. Eine Dame hatte drei Stunden lang ausgestreckt auf dem Sofa ausgeharrt und sich geweigert, sich in ihrer »lähmenden Trauer« auch nur einen Zentimeter zu bewegen; allerdings hatte sie sich auf wundersame Weise erholt, als der Vorschlag kam, dass alle ins *Ritz* zum Abendessen aufbrechen würden, wenn auch nur, »weil Lytton es so gewollt hätte«. Louisa zwang sich, über die Empfindungen anderer kein Urteil zu fällen, doch sie ertappte sich dabei, dass ihr allmählich die Geduld mit den aufgesetzten Gefühlsduseleien mancher Freunde der Guinness ausging. Dianas Trauer war aufrichtig, das wusste sie, und die stillen Tränen, die ihre Herrin im Badezimmer vergoss, rührten Louisas Herz mehr als alles andere. In dieser erschöpften und gereizten Grundstimmung betrat sie das Café, um sich mit Guy zu treffen.

Er saß bereits an einem Tisch und wartete auf sie. Natürlich. Guy war die Höflichkeit und Pünktlichkeit in Person. Obwohl sie sich innerlich für den Moment gewappnet hatte, ihm gegenüberzutreten, durchströmte sie bei seinem Anblick erstaunlicherweise vor allem eine behagliche Wärme. Es war, als betrachtete man ein vertrautes, längst ans Herz gewachsenes Gemälde an der Wand, das nichts als Ruhe und Frieden in einem auslösen konnte, ganz egal, wie aufgewühlt man zuvor gewesen sein mochte.

Guy erhob sich und wartete, bis sie Platz genommen hatte, ehe auch er sich wieder setzte. Sie zog die Handschuhe aus und stellte ihre Tasche ab. Zwei Jahre waren seit ihrer letzten Begegnung vergangen. Bestimmt sah sie ein gutes Stück älter aus, wohingegen die kleinen Fältchen um die Augen seinen Zügen lediglich mehr Ernsthaftigkeit verliehen.

»Wie geht es dir, Guy?«, fragte sie, wohl wissend, wie froh er sein würde, weil sie ihn duzte.

»Sehr gut, danke«, erwiderte er. »Und dir?«

»Gut. Gestern wurde ein guter Freund von Mrs Guinness beerdigt, deshalb war die Stimmung ziemlich trübe. Es tut gut, mal rauszukommen.«

Eine Kellnerin trat an ihren Tisch, und sie bestellten Tee.

»Tut mir leid, das zu hören. Wer ist denn gestorben?«

»Lytton Strachey, ein recht bekannter Schriftsteller.«

»Du bewegst dich ja mittlerweile in noblen Kreisen«, bemerkte Guy lächelnd.

»Nicht ich«, korrigierte Louisa, »sondern die Leute, für die ich arbeite.«

Es war ihr geradezu lächerlich peinlich, weil kein Verlobungs- oder gar Trauring an ihrem Finger steckte; an seinem ebenso wenig, andererseits trugen Männer ihren Ring nicht zwangsläufig.

»Ich will gleich zur Sache kommen«, sagte Guy. »Ich wollte dich sehen, weil ich wegen des Todes von Kate Mulloney ermittle. Wir haben damals ihre Leiche zusammen gefunden, und ich wollte dich fragen, ob du dich an irgendwas aus dieser Zeit erinnerst. Vielleicht kam dir irgendetwas seltsam vor, das dir damals unwichtig erschienen ist, mir jetzt allerdings weiterhelfen könnte.«

Was er sagte, war für Louisa der reinste Schock. »Ich verstehe nicht ganz. Wurde der Fall nicht als Selbstmord eingestuft? Es schien alles glasklar zu sein.« Bis zum heutigen Tag hatte sie den Anblick der Leiche nicht vergessen.

»Ich weiß, aber es passt zu viel nicht zusammen. Ich kriege den Fall einfach nicht mehr aus dem Kopf.«

Kurz fragte sie sich, ob er sie – hoffentlich – ebenso wenig aus dem Kopf bekam. Vielleicht war das ja der wahre Grund für ihre Verabredung?

Sobald die Kellnerin ihre Bestellung gebracht hatte, lehnte sich Louisa vor und fragte: »Was genau passt denn nicht zusammen?«

Guy erläuterte ihr seinen Verdacht und gab die Befragung mit Gloria wieder. Als er endete, war es, als sei seit ihrer letzten Begegnung höchstens ein Tag vergangen und keine zwei Jahre. Guy hatte auch gestanden, dass es keine offizielle Ermittlung war, sondern er den Fall lediglich in seiner Freizeit wieder aufrollte. »So ist es ja immer bei dir«, neckte sie ihn. »Vielleicht solltest du ja deine Polizistenkarriere an den Nagel hängen und stattdessen ein Detektivbüro aufmachen.«

Der Blick, den er ihr zuwarf, ließ ahnen, dass auch ihm dieser Gedanke bereits in den Sinn gekommen war. In dem Lächeln, das sie einander schenkten, lag eine Innigkeit, die Louisa zwang wegzuschauen. Die langen Jahre, die sie sich kannten, hatten ein tiefes Verständnis füreinander entstehen lassen, so tief, dass Louisa fürchtete unterzugehen, wenn sie sich dieser Vertrautheit noch länger alleine hingab.

»Kurz gesagt gibt es einige Dinge, die du in Erfahrung bringen musst«, sagte Louisa und zwang sich, ins Hier und Jetzt zurückzukehren. »Wer zum Beispiel ›R‹ war, mit dem oder der Mrs Mulloney an dem Tag zum Mittagessen verabredet war, falls dieser Jemand etwas über ihre Stimmung sagen kann oder womöglich sogar die Person war, mit der sie sich an dem Abend noch treffen wollte.«

»Genau«, bestätigte Guy. »Im Polizeijargon heißt das, wir müssen diese Person aus dem Kreis der Verdächtigen eliminieren.«

»So ist es. Und dann musst du herausfinden, wen sie an dem Abend erwartet hat und ob dieser Jemand tatsächlich aufgetaucht ist. Steht im Untersuchungsbericht etwas darüber, ob die beiden Weingläser benutzt wurden?«

»Nein, aber ich könnte in Erfahrung bringen, welcher Kollege damals den Abschlussbericht verfasst hat. Hoffentlich erinnert er sich noch.«

»Falls Mrs Mulloney doch keinen Selbstmord verübt hat, sondern ermordet wurde, würde das bedeuten, dass der Abschiedsbrief mit dem Geständnis, dass sie Shaun und Clara getötet hat, eine Fälschung war. Hast du ihre Handschrift mit den Einträgen in ihrem Terminkalender verglichen?«

Guy gab Louisa recht, sie hatte den Sachverhalt sehr schnell begriffen. Leider traf ihr Verdacht jedoch in diesem Punkt nicht zu. Die Handschrift stimme überein, meinte er, oder ähnle ihr zumindest sehr stark, andererseits war der Abschiedsbrief kurz und folglich nicht allzu schwer zu fälschen.

»Ich verstehe immer noch nicht ganz, weshalb ein Mörder einen solchen Aufwand betreiben sollte.«

»Na ja, wir wissen ja, dass Clara Fischer an dem Opium gestorben ist, das bei der Autopsie in ihrem Blutkreislauf gefunden wurde, obwohl sie den Stoff nicht bei sich hatte, als sie mit dir zusammen war. Dass sie eine Affäre mit Mrs Mulloneys Ehemann hatte, führt uns zu dem Rückschluss, dass auch sein Tod mit dem Stoff in Zusammenhang gestanden haben könnte. Falls aber der Selbstmord vorgetäuscht wurde und auch der Abschiedsbrief eine Fälschung war, hat der Täter uns mit Absicht in die Irre geführt und versucht, uns von den beiden abzulenken.«

»Und ›R‹ könnte dieser Jemand sein«, folgerte Louisa. Inzwischen hatte sie ihren Tee ausgetrunken. Sie musste bald nach Hause zurück, Diana würde sich zum Abendessen umkleiden und ihre Hilfe brauchen. Gleichzeitig widerstrebte es ihr zutiefst – sie genoss nicht nur Guys Gegenwart, sondern auch, ihren Verstand zu benutzen. »Ich denke, wir sollten als Erstes Shaun Mulloneys Aufenthalt in Paris unter die Lupe nehmen. Durchaus möglich, dass sein Tod tatsächlich durch Sesam ausgelöst wurde und er nicht Opfer eines Verbrechens wurde.«

»Ohne die Leiche zu exhumieren, werden wir es nie herausfinden. Allerdings erscheint es mir höchst unwahrscheinlich, dass er in dem Restaurant etwas mit Sesam bestellt haben soll.«

»Es sei denn, es war ein Gericht, in dem normalerweise kein Sesam verwendet wird. Schließlich wird dort französische Küche serviert, und vielleicht wusste er es einfach nur nicht.«

»Glaubst du denn nicht auch, dass man mit so einer schweren Allergie ganz besonders vorsichtig ist?«, gab Guy zu bedenken.

»Das stimmt, aber ich erlebe diese Leute doch tagtäglich. Sie trinken viel zu viel und sind leichtsinnig. Sie sind reich und jung und halten sich für unverwundbar.«

»Wahrscheinlich hast du recht. Erinnerst du dich sonst noch an etwas von diesem Abend? Was war, als sie aus dem Restaurant zurückkamen? Hast du es mitbekommen?«

»Ich habe Diana geholfen, sich auszuziehen und bettfertig zu machen. Sie waren gegen Mitternacht zurückgekommen, und Diana hatte mehr getrunken als sonst. Mr Guinness und die Mulloneys waren noch im Salon und haben dort wohl weitergetrunken. Gesehen habe ich sie nicht, aber ich glaube, das Grammofon lief.«

»Du hast also mit niemandem außer Mrs Guinness geredet und auch nichts Ungewöhnliches beobachtet?«

»Luke Meyer war auch dabei. Er kam später nach unten in die Küche, als Diana schon im Bett war. Wir hatten uns dort verabredet.«

»Warum?«

Mit Befriedigung bemerkte Louisa einen Anflug von Eifersucht in Guys Tonfall. »Wir hatten einen ziemlich seltsamen Nachmittag zusammen verlebt. Luke hatte Diana und mich in eine Bar geschleppt, wo …« Sie hielt inne und lächelte entschuldigend. »Ich gebe es nur ungern zu, aber da war eine Frau, die auf der Bühne getanzt und sich ausgezogen hat, und am Ende stellte sich heraus, dass es ein Mann war.«

Guy blinzelte. »Verstehe«, sagte er, obwohl ihm anzusehen war, dass das nicht stimmte.

»Ich glaube, Luke hatte ein schlechtes Gewissen. Diana war alles andere als begeistert von dem Ausflug, und ich vermute, dass er nach unten in die Küche kam, war so eine Art Entschuldigung. Allerdings habe ich mich gefragt …«

»Was denn?«

»Damals hat er als Kolumnist für den *Daily Sketch* gearbeitet. Ich war argwöhnisch, weil ich nicht sicher war, ob er vielleicht versucht, mir Informationen zu entlocken. Er hatte Gin dabei, von dem wir getrunken haben. Aber kurz darauf wollte er wieder zu den anderen zurück. Ich bin zu Bett gegangen, und dann war mir die ganze Nacht lang schlecht.«

»Daran erinnere ich mich. Wir dachten, es liegt am Wasser.«

»In der Bar, in die Luke uns mitgenommen hatte, gab es Sandwiches mit Fischpastete, die schrecklich geschmeckt haben, deshalb dachte ich, sie hätten die Übelkeit verursacht. Weder Diana noch Luke hatten etwas davon probiert.«

»Du hast also definitiv nichts gegessen, was Shaun Mulloney ebenfalls zu sich genommen haben könnte?« Guy hatte sich weit über den Tisch gelehnt und die Stimme gesenkt, damit niemand sie hören konnte.

»Nein, ich glaube nicht.«

»Wenn das so ist, werden wir mit Mr und Mrs Guinness reden müssen.«

Louisa rutschte das Herz in die Hose. »Ja. Ich glaube, das müssen wir.«

Louisa würde Diana und Bryan beibringen, dass Guy sie wegen ihres Aufenthalts in Paris befragen wollte. Darauf einigten sie sich, ehe sie sich trennten. Guy würde unterdessen die Berichte zum Tod von Shaun Mulloney durchgehen. Vermutlich würde er die Unterstützung der Pariser Polizei benötigen, was alles andere als einfach werden würde.

KAPITEL 45

Bei seiner Rückkehr aufs Revier fand Guy eine Nachricht auf seinem Schreibtisch vor. »Miss Rose Morgan war hier und hat nach Ihnen gefragt. Sie wüssten schon, worum es geht, sagte sie. Sie finden sie bis zum Ende ihrer Schicht um sechs Uhr heute Abend im *Regency* in der King's Road.«

Rose Morgan? Guy musste kurz nachdenken. Er kannte nur eine Rose Morgan, das Dienstmädchen, das seit 1928 vermisst wurde. Er hatte die Suche nach ihr eingestellt, als er herausgefunden hatte, dass sie offenbar am Leben war, aber nicht gefunden werden wollte. Und nun schien sie zurück in London zu sein und hier zu arbeiten. Er konnte nur hoffen, dass sie sich bei ihren Eltern gemeldet hatte. Albert Morgan hatte am Telefon einen netten, anständigen Eindruck gemacht, und Guy waren seine Angst und sein Kummer ziemlich an die Nieren gegangen. Er verließ das Revier sofort wieder und ging zu Fuß zum *Regency*, einem Restaurant, das für sein gutes, aber preiswertes Essen bekannt war und vor allem von den zahlreichen in Chelsea ansässigen Künstlern frequentiert wurde. Er suchte sich einen Tisch und bat die Kellnerin, Miss Morgan Bescheid zu geben, dass er hier war. Sie erschien so schnell, dass Guy noch nicht einmal die Speisekarte aus der Hand gelegt hatte.

»DS Sullivan?«

Guy erkannte das Mädchen von dem Foto, das er lange Zeit in seiner Schreibtischschublade aufbewahrt hatte, auf Anhieb wieder. Natürlich war sie ein bisschen älter geworden und trug ihr Haar blond gefärbt und kurz, doch ihr hübsches Gesicht mit dem schüchternen Lächeln sah noch ganz genauso aus wie damals.

»Ja, der bin ich. Und Sie sind Rose Morgan und damit nicht länger offiziell vermisst«, erwiderte Guy.

Rose sah ihn entschuldigend an. »Es tut mir leid, dass ich solche Umstände gemacht habe.«

»Schon gut. Ich bin nur froh, dass Sie hier sind. Das sind wunderbare Neuigkeiten für Ihre Eltern.« Er musterte sie forschend. »Sie haben ihnen doch gesagt, dass Sie wieder hier sind, oder?«

»Ja, das habe ich.« Sie warf einen Blick über ihre Schulter. »Könnten wir bitte so tun, als würden Sie etwas bestellen? Sonst kriege ich am Ende noch Ärger mit meinem Boss.«

Guy legte die Karte aufgeschlagen vor sich und tat so, als studiere er sie eingehend, während Rose Stift und Block aus ihrer Schürze zog.

»Würden Sie mir verraten, wo Sie all die Jahre gesteckt haben?«

Einen Moment lang herrschte Stille. Gerade als Guy Zweifel bekam, ob sie seine Frage gehört hatte, antwortete sie: »Ich war lange in Paris. Ich musste weg aus London, weil ich mich in einen ziemlichen Schlamassel hineinmanövriert hatte.«

»Schlimme Dinge oder schlimme Menschen?«

»Beides. Ich hatte meine Stellung bei den Delaneys, die sehr nett zu mir waren, und ich mochte ihre Tochter wirklich sehr, aber die Bezahlung war schlecht. Dabei wollte ich unbedingt

Geld nach Hause schicken und allen beweisen, dass ich meinen Weg in London gemacht hatte. Mam hatte anfangs nicht gewollt, dass ich von zu Hause weggehe, müssen Sie wissen.«

»Verstehe.«

»An meinen freien Abenden habe ich ein bisschen zusätzlich gearbeitet, in anderen Haushalten. Lady Delaney kannte eine Frau, die anderen geholfen hat, feudale Partys und sonstige Abendveranstaltungen auszurichten. Sie hat mich engagiert. Das Geld war mir mehr als willkommen, weil ich etwas meiner Familie schicken und auch ein bisschen was für mich behalten konnte. Dann bin ich diesem Mann begegnet. Er hat mich eines Abends aufgehalten, gerade als ich in eines der herrschaftlichen Häuser gehen wollte. Ich könnte noch viel mehr verdienen, wenn ich ihm ein bisschen helfe, meinte er.«

Guy war klar, dass er nun mit äußerster Vorsicht vorgehen musste. Wenn er es geschickt anstellte, könnte sie ihn zu einer wichtigen Spur führen. »Und was wollte er von Ihnen?«

»Er hat Drogen verkauft, hauptsächlich an seine Stammkunden. Alles reiche Leute, meinte er, und völlig ungefährlich. Sie würden ihn anrufen oder ihm eine Nachricht zukommen lassen, wann sie sich wo aufhielten. Und ich sollte ihnen nur noch das Päckchen überbringen, das er mir gibt. Es sei so klein, dass kein Mensch etwas davon mitbekäme, meinte er. Und eine Zeit lang war es auch so.«

»Verstehe«, sagte Guy noch einmal. Ein geschicktes System und perfekt für ein unschuldiges Dienstmädchen. »Und was ist schiefgelaufen?«

»Irgendwann habe ich ihm gesagt, dass ich nicht mehr mitmachen will. Einer der Diener hatte mich einmal beobachtet und gedroht, mich hochgehen zu lassen, wenn ich ihn nicht an meinem Gewinn beteilige. Aber Ronan wurde stinkwütend, als ich es ihm gesagt habe.«

Ronan. Guy wiederholte den Namen im Geiste, um ihn sich einzuprägen.

»Und dann war da diese Party. Ich habe gesehen, wie Dot zusammengebrochen ist. Nur deshalb ist sie durch die Scheibe gekracht. Es war fürchterlich. Ich bekam Panik, hatte Angst, dass man mir die Schuld in die Schuhe schiebt wegen dem, was ich gesehen hatte. Deshalb hielt ich es für das Beste, so schnell wie möglich zu verschwinden. Meinen Lohn für diesen Abend hatte ich schon bekommen, genug, um davon nach Paris zu fahren, und Muriel hatte mir von Mr Molyneux erzählt. Eigentlich wollten wir gemeinsam weglaufen, deshalb hatte ich mir auch einen Pass besorgt.« Ein Schluchzen drang aus ihrer Kehle – der erleichterte Laut von jemandem, der sich endlich etwas von der Seele geredet hatte. »Ich wusste natürlich, dass es falsch ist und meine Familie halb verrückt vor Sorge sein würde … andererseits hätte ich mich nicht mehr nach Hause trauen können, wenn sie erfahren hätten, was ich getan habe. Und als ich schließlich in Paris war, in Sicherheit, war alles so weit weg, als wäre es gar nicht real. Und je länger ich weg war, umso schwerer wurde es, Kontakt zu ihnen aufzunehmen.«

»Aber wieso haben Sie es ausgerechnet jetzt getan? Wieso sind Sie wieder hier, und wieso erzählen Sie mir all das?«

»Ich habe meine Mum vermisst. Ehrlich gesagt, hatte ich mich verlobt, aber der Kerl hat Schluss gemacht. Danach habe ich es keine Stunde länger in Paris ausgehalten. Dad war derjenige, der meinte, ich müsste Ihnen sagen, dass ich nicht länger verschwunden bin. Er sagte, Sie seien so nett zu ihm gewesen und hätten immer wieder versprochen, sich zu melden, sobald sich eine Spur ergibt, deshalb sei es nur fair, Ihnen Bescheid zu sagen.« Sie kritzelte etwas auf ihren Block und schob ihn in ihre Schürze. »Das ist alles. Jetzt muss ich gehen.«

»Warten Sie«, bat Guy. »Wer hat die Drogen gekauft und konsumiert? Kennen Sie zufällig die Namen?«

»Daran erinnere ich mich nicht mehr.«

Guy holte tief Luft. »Bitte, Rose. Das könnte wirklich wichtig sein. Sie kriegen keinen Ärger deswegen, könnten mir aber in einem anderen Fall enorm weiterhelfen. Erinnern Sie sich an irgendetwas? Egal, was. Wie sie aussahen?«

Sie zögerte. »Eine seiner wichtigsten Stammkundinnen war eine Amerikanerin. Sehr hübsch. Ich glaube, sie sagte, sie sei Schauspielerin. Und zwei oder drei Männer, die ich auch immer gesehen habe, wohingegen ich mich an sie kaum erinnern kann. Und ein Ehepaar, sehr glamourös. Er hatte blaue Augen und sie tiefschwarzes Haar. Sie hießen Milliney oder Mollony oder so ähnlich.«

»Mulloney? Kate und Shaun Mulloney?«

»Ja, genau«, sagte Rose. »Das war der Name.«

»Und Clara Fischer … hieß so die Schauspielerin?«

»Stimmt, ja.«

Guy überlegte fieberhaft.

»Waren Sie noch mal in London, seit Sie 1928 nach Paris geflohen sind?«

»Nein, Sir.«

»Bitte hören Sie mir genau zu. Ich möchte Sie mit meinen Fragen keinesfalls ängstigen, sondern möchte Sie damit lediglich als Verdächtige in einem anderen Fall ausschließen. Können Sie beweisen, dass Sie die ganze Zeit in Paris geblieben sind?«

»Ja«, antwortete Rose. »Ich habe mir mit einigen anderen

Mädchen ein Apartment geteilt und im *Les Chats* gearbeitet. Außerdem habe ich mich in Paris sicherer gefühlt und wollte damals gar nicht zurück.«

»Haben Sie Mrs Mulloney nach 1928 in Paris oder London gesehen?«

»Nein, Sir.«

»Waren Sie jemals in Venedig?«

»Nein, Sir. Tut mir leid, aber ich muss jetzt wirklich gehen. Danke, dass Sie hergekommen sind. Und für das, was Sie für mich und meine Mum und meinen Dad getan haben.«

Sie verschwand durch die Schwingtüren in die Küche. Guy nahm seinen Hut und machte sich auf den Weg.

KAPITEL 46

Die Begegnung mit Rose hatte Guy in regelrechte Hochstimmung versetzt. Er zog ihr Foto aus ihrer Vermisstenakte und steckte es ein, dann drückte er den »Fall abgeschlossen«-Stempel auf die Akte und verstaute sie im Archiv. DI Stiles war noch in einer seiner gewohnten Endlos-Mittagspausen, und der Fall, mit dem sie gerade betraut waren, lag bis zum nächsten Hinweis auf Eis. Eigentlich sollte Guy weitere Nachforschungen anstellen, aber zuerst musste – wollte – er mit Louisa reden. Nach einem kurzen Anruf bei den Guinness saß er ihr wenig später erneut gegenüber, diesmal am Tisch in der Küche des Stadthauses in der Buckingham Street. Sie schaute ihn verwundert an, schließlich hatten sie sich erst vor wenigen Stunden voneinander verabschiedet; andererseits schien sie sich über sein Auftauchen auch zu freuen, zumindest hoffte er, dass er sich das nicht nur einbildete. Trotzdem bemühte er sich, gleich zur Sache zu kommen.

»Ich habe mich mit Rose Morgan getroffen«, verkündete er.

»Dem vermissten Dienstmädchen?«

»Gutes Gedächtnis. Ich weiß, dass du dir das Foto damals angesehen hast, trotzdem wollte ich dich bitten, es noch mal zu tun. Hast du sie zufällig bei einer anderen Gelegenheit gesehen, außer in Paris, im Salon von Monsieur Molyneux? Sie hat mir erzählt, sie hätte sich durch die Arbeit als Dienstmädchen bei Bällen und Tanzveranstaltungen noch etwas dazuverdient und …«

»Dasselbe habe ich auch getan«, gestand Louisa errötend. »Ich brauchte das Geld, genauso wie sie. Ich wollte es dir nicht sagen, was natürlich albern war.«

Statt ihr Eingeständnis zu kommentieren, lächelte Guy nur. »Sie hat mir erzählt, dass sie das meiste Geld damit verdient hat, einem Drogendealer zu helfen. Er hat den bestellten Stoff in dem Haus abgegeben, wo eine Party stattfand, und sie hat ihn dann dem Empfänger überbracht.«

»Das wusste ich nicht!«

»Woher auch? Aber ich habe mich gefragt, ob du sie vielleicht getroffen haben könntest, weil du drei ihrer Stammkunden kanntest. Mr und Mrs Mulloney und Clara Fischer.«

»Zeig her!« Louisa betrachtete das Foto eingehend. »Ja, das ist das Mädchen, das ich gesehen habe.« Sie schloss die Augen, als lasse sie den Moment im Geiste neuerlich vorüberziehen. »Ich war an diesem Tanzballabend so schockiert über den Tod dieses anderen Mädchens, dass ich es völlig vergessen habe, aber das erklärt, weshalb sie mich bei Molyneux wiedererkannt hat. Sie ist sofort verschwunden, als ich reinkam. Wieso, konnte ich mir damals natürlich nicht zusammenreimen.« Sie sah Guy an. »An dem Abend am Grosvenor Place, als das Mädchen durchs Oberlicht stürzte, war ich da, und sie auch. In der Küche habe ich einem Mann die Hintertür aufgemacht, der sie sprechen wollte, dann stand sie auch schon neben mir und meinte, das sei für sie. Er hat ihr irgendetwas übergeben, allerdings hatte ich keine Ahnung, was das gewesen sein könnte. Später habe ich sie mit Miss Fischer und

Mr Mulloney reden sehen.« Louisa legte das Foto hin und kreuzte die Arme auf dem Tisch. Sie wirkte völlig ruhig, beinahe schön, dachte Guy. »Sie war es, ganz eindeutig. Und war in dem Päckchen Opium?«

»Ich denke schon.«

»O Gott! Sie war zur selben Zeit in Paris wie die Mulloneys. Könnte sie sie mit Stoff versorgt haben? War es am Ende vielleicht doch Rose? Mrs Mulloney war willens, eine Autopsie zu verhindern, weil sie nicht wollte, dass Shauns Familie von seinem Drogenkonsum erfährt.«

»Das hatte ich nicht bedacht«, sagte Guy. »Wenn du mich fragst, war sie bloß der Mittelsmann bei dem Ganzen und nicht die Dealerin. Ohne diesen Kerl hätte sie wahrscheinlich nicht einmal gewusst, wie man an den Stoff rankommt.«

»Vielleicht will sie dich das auch nur glauben machen. Könnte sie am Ende doch in Venedig gewesen sein? Eine Angestellte hat Clara Tee gebracht, gesehen habe ich sie allerdings nicht. Der Mann an der Rezeption hat mich nur beschworen, nichts zu sagen, weil das Mädchen Angst hatte, man könnte ihr die Schuld geben. Ich wusste, dass Clara am Opiumentzug gestorben ist, zumindest dachte ich das zu der Zeit noch, deshalb habe ich nichts gesagt. Und …« Sie schlug sich die Hand vor den Mund. »Das ›R‹ im Terminkalender. Rose!«

Guy ließ den Gedanken zu, aber er war kein Freund schneller Lösungen, auch wenn es noch so reizvoll sein mochte. Die Erfahrungen bei der Polizei hatten ihn gelehrt, dass man mehr in der Hand haben musste. »Ich weiß nicht recht, Louisa. Sie sagt, sie hätte Paris nie verlassen, und kann es wohl auch beweisen. Außerdem hätte sie keinerlei Motiv gehabt. Zudem hätte sie mich wohl kaum angerufen, um mir zu sagen, dass sie wieder in England ist, wenn sie tatsächlich die Täterin wäre.«

Louisa musste einräumen, dass sein Argument durchaus einleuchtend klang.

»Allerdings macht mir der Mann, mit dem sie sich da eingelassen hatte, ein wenig Sorgen. Er ist der Dealer, der alle drei mit Stoff versorgt hat. Und Rose sagt, sie hätte Angst vor ihm.«

»Das Gefühl kenne ich nur zu gut.«

»Ich weiß.« Guy wünschte, er könnte ihre Hand nehmen, doch er traute sich nicht. Noch nicht. »Er heißt Ronan.«

»Also ›R‹?«

Guy zuckte scheinbar unbeteiligt die Achseln, aber in Wahrheit hatte er das Gefühl, dass sie langsam endlich Fortschritte machten. »Jetzt müssen wir ihn nur noch aufstöbern.«

Louisa begleitete Guy zur Hintertür, und sie verabschiedeten sich voneinander. Gerade als sie die Tür schließen wollte, drehte er sich noch einmal um und platzte heraus: »Ich bin übrigens nicht verheiratet.«

Louisa hielt inne. »Was?«

»Ich habe Sinéad nicht geheiratet. Sie ist nach Irland zurückgegangen. Ich dachte nur, ich sollte es dir sagen. Wahrscheinlich interessiert es dich sowieso nicht. Oder vielleicht doch. Eigentlich weiß ich noch nicht mal, wieso ich es überhaupt gesagt habe.« Mit einem Mal fühlte er sich hundeelend. »Aber ich musste es tun.«

Erst jetzt sah er sie an. Sie lächelte mit tränenfeuchten Augen. »Danke, Guy«, flüsterte sie.

Sollte sich tatsächlich etwas zwischen ihnen verändert haben, vermochte er es noch nicht mit Gewissheit zu sagen. Er wusste nur eines: Wenn er jemanden von ganzem Herzen und ohne Wenn und Aber würde lieben können, dann war es Louisa Cannon und keine andere.

KAPITEL 47

Geschlagene zwei Tage lang hinterließ Guy mehrere Nachrichten in dem Restaurant, in dem Rose arbeitete, ehe sie endlich zurückrief.

»Was ist los, Sir?« Sie klang verängstigt.

»Sie müssen mir sagen, wie ich an Ronan herankomme«, begann Guy, ehe sie ihn beinahe hysterisch unterbrach.

»Er darf auf keinen Fall erfahren, dass ich wieder hier bin, sonst sucht er mich, das weiß ich genau …«

Diesmal ließ Guy sich nicht aus dem Konzept bringen. »Er wird nichts erfahren. Miss Morgan, es geht hier um die Ermittlungen in einem Mordfall, und ich muss Ronan von der Liste der Verdächtigen streichen.«

Im Hintergrund hörte Guy die Stimmen von zwei Männern im Gastraum.

»Wenn ich ihn sprechen musste, habe ich bei einer Herrenschneiderei in der Jermyn Street eine Nachricht hinterlassen. Ein gewisser Mr Wilkins hat Ronan dann die Adresse gegeben, wo und um wie viel Uhr ich an dem Abend aushelfe. Wenn er Kunden hatte, die auf derselben Veranstaltung waren, ist er dort vorbeigekommen.«

»Wie heißt diese Herrenschneiderei?«, fragte Guy. Rose

nannte ihm den Namen, und Guy bedankte sich bei ihr. Er hoffte, dass er sie nicht als Zeugin vor Gericht brauchen würde, doch da er es nicht versprechen konnte, hielt er lieber den Mund.

Mary Conlon war sofort Feuer und Flamme, als Guy sie bat, ihm im nächsten Stadium der Ermittlungen zu helfen. »Ich werde Harrys Schwester bitten, mir einen Hut zu leihen«, sagte sie. »Bestimmt hat sie etwas Modisches im Schrank, ich selbst kann damit nämlich wahrscheinlich nicht dienen.«

»Bitte, Mary.« Guy hatte Mühe, nicht ungeduldig zu klingen. »Das ist nicht so wichtig.«

»Doch, ist es. All diese noblen Leute kommen zu Mr Wilkins und bitten ihn, Ronan eine Nachricht zu hinterlassen, damit sie an ihre Drogen gelangen. Deshalb darf er auf keinen Fall Verdacht schöpfen und auf die Idee kommen, dass ich nicht zu diesen erlauchten Kreisen gehöre.«

»Na gut, wie du meinst«, murmelte Guy. »Sei einfach um vier Uhr heute Nachmittag in der 121 Jermyn Street. Ich warte ein Stück die Straße runter.«

»Du kannst dich auf mich verlassen«, versprach Mary und stürzte förmlich zur Tür hinaus, um so schnell wie möglich nach Hause zu kommen und sich umzuziehen.

Später an diesem Nachmittag wartete Guy in der Jermyn Street auf Mary, die bereits nach erträglichen zehn Minuten auftauchte, um zu berichten, wie es gelaufen war. »Ich musste warten, bis keiner mehr im Laden war, bevor ich nach Mr Wilkins gefragt und so getan habe, als würde ich mich für ein paar Hemdknöpfe interessieren.«

»Sehr gut. Und was passierte als Nächstes?«

»Dann habe ich gesagt: ›Wären Sie wohl so freundlich und würden Ronan ausrichten, dass die Tanzveranstaltung heute Abend um acht Uhr im Restaurant *Aurora* in der Dover Street stattfindet‹, und dass ich ihn vor der Tür treffen würde. Mr Wilkins hat alles brav notiert, als wäre es nichts Besonderes.«

»Und hast du einen Namen hinterlassen?«

»Miss Margoyles.«

»Gut gemacht, Mary. Hoffen wir, dass es klappt.«

Zu Guys Überraschung tat es das tatsächlich. Um acht Uhr abends stand er zusammen mit Mary vor dem Aurora in der Dover Street, leicht nervös und angespannt, weil er DI Stiles noch immer nichts von seinen Ermittlungen erzählt hatte. Er wollte beweisen, dass er es auch allein schaffte – ob es eine völlige Schnapsidee oder ein Geniestreich war, ließ sich zum jetzigen Zeitpunkt allerdings noch nicht sagen.

Kurz nach acht kam ein ungepflegt wirkender Mann mit einem Porkpie-Hut auf sie zu. »Miss Margoyles?«

»Sie müssen der wunderbare Ronan sein«, begrüßte Mary ihn in einem Tonfall, wie er ihn noch nie von ihr gehört hatte. Sie klang, als sei sie im Buckingham Palast geboren worden.

»Genau, der bin ich«, erwiderte der Kerl mit kratziger Stimme und nickte in Guys Richtung. »Und wer ist der da?«

»Das ist der wunderbare Paul, ein Freund von mir«, antwortete Mary, bevor Guy den Mund aufmachen konnte.

Ronan beäugte ihn argwöhnisch. »Also gut, ich hab noch nie mit Ihnen Geschäfte gemacht, deshalb will ich Ihnen gleich von vornherein erklären, wie es läuft. Ich nehme an, Sie wollen Midnight Oil?«

Mary nickte. Guy bemerkte den Anflug eines nervösen Zuckens um ihre Mundwinkel, doch ansonsten lieferte sie eine beeindruckende Darbietung.

»Macht fünf Pfund, sofort und bar, aber nicht hier. Lassen Sie uns kurz um die Ecke gehen, ja?«

»Das klingt ganz wunderbar«, erwiderte Mary, woraufhin Guy ihr einen warnenden Blick zuwarf. Noch ein »wunderbar«, und er bekäme einen ganz und gar nicht wunderbaren Schreikrampf.

Kaum waren sie um die Ecke getreten, baute Guy sich neben Ronan auf, zog ein Paar Handschellen heraus und legte dem Dealer die eine ohne viel Federlesens an, die andere schloss er um sein eigenes Handgelenk.

»Was zum T...«, stieß der Dealer hervor.

»Ich bin DS Sullivan.« Guy zückte seine Dienstmarke. »Sie kommen mit, und zwar unauffällig, wenn's recht ist.« Ronan leistete zwar keinen Widerstand, fluchte jedoch wie ein Kutscher, wobei er nur einmal seinen wilden Schwall unterbrach, um zu fragen, wer ihn verdammt noch mal verpfiffen hatte.

»Keiner Ihrer Kunden. Am besten, Sie kommen mit und beantworten mir ein paar Fragen zu einer Ermittlung, die ich gerade leite. Ich würde das Ganze gern diskret abwickeln. Wenn Sie mir helfen, sehe ich notfalls über die Straftat hinweg, die Sie Miss Margoyles soeben vorgeschlagen haben.« Unnötig zu erwähnen, dass der Drogendeal ein Klacks wäre, sollte er Ronan wegen Mordes einbuchten. Andererseits fehlte ihm die rechtliche Grundlage, ihn zur Befragung aufs Revier zu bringen, daher war große Umsicht geboten.

»Lassen Sie mich wenigstens eine Kippe rauchen.«

Sie blieben stehen und warteten, während Ronan mit der freien Hand eine Zigarette und ein Feuerzeug herauszog.

»Also«, sagte er nach dem ersten Zug mit der Abgebrühtheit eines Mannes, der daran gewöhnt war, von der Polizei aufgehalten, aber auch recht schnell wieder laufen gelassen zu werden. »Was wollen Sie genau?«

»Kennen Sie Clara Fischer?«

Ronan schob seinen Hut in den Nacken und klemmte sich die Zigarette in den Mundwinkel. »Ich dachte, Sie wollen was von meinen Vorräten abhaben. So läuft es nämlich meistens mit den Typen aus eurem Verein.« Er seufzte. »Ist schon eine ganze Weile her, seit ich den Namen zuletzt gehört habe. Amerikanerin, glaube ich, und eine ganz schön Wilde, das hat man gesehen. Was ist aus ihr geworden?«

»Sie ist tot.«

Ronan wirkte nicht allzu betroffen. »Heiliger Bimbam … tja, wie gesagt, ist eine Weile her. War's das? Ich hab nämlich noch einiges zu tun.« Er hob die Hand, mit der er an Guy gefesselt war, und ließ die Handschelle klirren.

»Noch nicht. Kennen Sie auch Shaun und Kate Mulloney?«

Ronan verlagerte das Gewicht und ließ seine Zigarette auf den Bürgersteig fallen. »Ja, ich kannte sie. Mit denen gab es immer bloß Ärger. Haben mich mitten in der Nacht angerufen, weil sie Nachschub wollten.«

»Haben Sie sie in Paris getroffen?«

Ronan brach in schallendes Gelächter aus. »Was? Nee. Ich bin nie aus London rausgekommen … ich bin hier geboren und aufgewachsen und wollte auch nie was anderes sehen.«

»Auch nicht Venedig?« Guy hatte das dumpfe Gefühl, dass er ihm allmählich entglitt.

»Nee, sag ich doch. Im Ausland war ich nie, hab noch nicht mal einen Pass. Mein Alter war Soldat in Frankreich und ist gefallen. Wieso sollte ich ausgerechnet da hin?«

»Wo waren Sie am 9. Februar 1929?«

»Also, passen Sie mal gut auf. Wenn Sie mich schon solche Sachen fragen, sollten Sie mich mal lieber aufs Revier mitnehmen, wo ich meinen Anwalt anrufen kann.«

»Haben Sie denn einen, Ronan?«

Er reckte trotzig das Kinn. »Kann schon sein.«

Mary mischte sich ein und schlug ihren normalen Tonfall an. »Mit ziemlicher Wahrscheinlichkeit nicht, stimmt's? Ich finde, Sie sollten DS Sullivan lieber helfen.«

»Was war noch mal das Datum?«

Guy wiederholte es.

»Man will es kaum glauben, aber ich erinnere mich tatsächlich, wo ich an dem Tag war«, sagte Ronan. »Ich hatte einen ziemlich fiesen Unfall … wieso, spielt keine Rolle, Tatsache ist allerdings, dass ich mit einem gebrochenen Bein und mehreren gebrochenen Rippen im Krankenhaus lag. Drei ganze Wochen lang. Hat mich ein halbes Vermögen gekostet. Das können Sie gern überprüfen. Ich war im Queen Mary's in Lewisham.«

Guy verließ schlagartig der Mut. Natürlich würde er die Angaben überprüfen, wobei es ganz so aussah, als hätte Ronan ein hieb- und stichfestes Alibi. Er mochte ein höchst unangenehmer Zeitgenosse sein, doch ein Mörder war er nicht. Trotzdem konnte Guy zumindest eines noch tun.

»Ich verhafte Sie wegen des Verdachts auf Drogenbesitz mit der Absicht des Weiterverkaufs.«

Diesmal war Ronans Wortwahl so deftig, dass Mary die Schamesröte ins Gesicht stieg.

KAPITEL 48

Da Diana und Bryan mehrere Tage lang mit allerlei unterschiedlichen Verpflichtungen beschäftigt waren, dauerte es länger als geplant, bis ein Termin für eine Befragung gefunden war. Guy hatte Louisa noch einmal aufgesucht, um sie über die Fortschritte in seinen Ermittlungen zu informieren, genauer gesagt, den Mangel daran, wie Guy grimmig bemerkte. Es war frustrierend.

Diana saß an ihrem Sekretär, Bryan, ausnahmsweise ebenfalls im Morgensalon, hatte es sich mit einem Gedichtband auf dem Sofa bequem gemacht. Als Louisa hereinkam, hörte sie ihn ein paar Zeilen aus einem Werk von Blake rezitieren, irgendetwas über einen Feind, der unter einem Baum lag, woraufhin Diana zu ihm sagte: »Das ist wirklich sehr schön, Darling, aber ich versuche hier, einen Brief zu schreiben.«

»Guten Morgen, Mr Guinness«, sagte Louisa, »Ma'am. Ich bitte um Entschuldigung, DS Sullivan ist hier. Dienstlich. Wäre es wohl möglich, dass Sie ein paar Minuten Ihrer Zeit erübrigen?«

Diana knallte ihren Füllfederhalter auf den Sekretär. »Also wirklich, was ist denn jetzt schon wieder?«

Bryan reagierte deutlich gelassener. »Wenn er uns etwas fragen muss, sollten wir ihn hereinbitten. Gut, Louisa.«

Diana und Bryan, die beide von sehr schlanker Statur waren, wirkten wie Puppen neben Guy, als er in seinem knittrigen Anzug den Salon betrat. »Guten Morgen, Mr und Mrs Guinness. Bitte entschuldigen Sie die Störung. Ich werde mich kurzfassen.«

»Gut«, erwiderte Diana wortkarg, wenn auch nicht gänzlich unfreundlich.

»Ich habe nur eine ganz einfache Frage, allerdings über etwas, das bereits einige Zeit zurückliegt. Am Abend vor Mr Mulloneys Ableben in Paris hielt er sich nach dem Abendessen in Ihrer Wohnung auf, soweit ich informiert bin. Hat er dort irgendetwas zu sich genommen? Etwas, das nur er gegessen hat, niemand sonst?«

»Weshalb um alles in der Welt fragen Sie so etwas?«, wollte Diana wissen.

Bryan, der sich erhoben hatte, um Guy zu begrüßen, schob beide Hände in die Hosentaschen und schloss die Augen, als versuche er, sich den Abend noch einmal ins Gedächtnis zu rufen. »Ich muss zugeben, dass wir alle ziemlich viel intus hatten, deshalb kann ich mich nicht mehr an jedes Detail erinnern.« Er schlug die Augen wieder auf. »Wieso wollen Sie das denn wissen? Ich dachte, es sei erwiesen, dass er an dieser grässlichen Allergie gestorben ist.«

»Ja, Sir. Mir ist die Diagnose des Arztes bekannt. Trotzdem kommt mir das Ganze seltsam vor. Er hätte in dem Restaurant, das Sie besucht haben, doch wohl kaum etwas mit Sesam bestellt.«

Wieder kniff Bryan die Augen zusammen. »Nein, das hat er auch nicht. Wir haben alle Steak und *frites* bestellt, außer

Mrs Mulloney, die irgendetwas mit Fisch wollte, soweit ich mich erinnere. Und kein Dessert, weil wir alle schon ziemlich viele Cocktails getrunken hatten, was den Appetit ja bekanntermaßen hemmt.«

»Kates Gericht enthielt aber Sesam«, warf Diana ein. »Zumindest dachten das alle.«

»Verstehe. Trotzdem würde mich interessieren, ob er bei Ihnen zu Hause etwas gegessen haben könnte, was diese Reaktion ausgelöst hat.« Guy hatte sein Notizbuch herausgezogen.

»Ich bin zu Bett gegangen und weiß nicht, was ihr später so getrieben habt«, meinte Diana.

»Wir haben Musik gehört und noch etwas getrunken«, sagte Bryan.

»Bitte, Sir, entschuldigen Sie, wenn ich Sie so bedränge, aber könnten Sie bitte ganz genau nachdenken? Gab es sonst noch etwas zu essen?«

»Ich glaube nicht. Der Koch hatte bestimmt längst Schluss gemacht.«

»Das hatte er auch«, bestätigte Louisa. »Ich war in der Küche, nachdem Mrs Guinness zu Bett gegangen war, und außer mir war niemand da.«

»Deshalb ... nein ...« Bryan blickte einen Moment lang ins Kaminfeuer. »Moment, mir fällt etwas ein. Wir waren alle ziemlich beschwipst, aber ich glaube, irgendwann meinte Mr Mulloney, er hätte noch ziemlichen Hunger. Die *frites* seien nicht genug gewesen, woraufhin Mrs Mulloney schimpfte, er denke die ganze Zeit nur ans Essen. Er entdeckte eine Schachtel Schokolade, keine Ahnung, woher sie kam. Ich habe nichts davon gegessen – ich glaube, er hat sie mehr oder weniger allein verdrückt. Kate hat allenfalls ein Stückchen genommen, beschwören will ich es nicht. Das kann es wohl nicht gewesen sein, oder?«

»Ich glaube, Mr Meyer hat die Schokolade mitgebracht«, sagte Diana. »Aber Schokolade enthält keinen Sesam, oder? So ungern ich Sie enttäusche, Mr Sullivan, doch es sieht so aus, als könnten wir Ihnen nicht weiterhelfen.« Sie machte eine Geste in Richtung Tür. »Wir wollen Sie nicht von Ihrer wichtigen Polizeiarbeit abhalten. Einen schönen Tag noch!«

»Danke, Mr Guinness, Mrs Guinness.« Guy nickte knapp und verließ den Salon.

Als Louisa sich von Guy verabschiedete, fiel ihr ein, dass Diana recht gehabt hatte. Luke hatte tatsächlich die Schokolade mitgebracht. Und damit nicht genug: Sie selbst hatte ein Stück davon probiert, als sie Dianas Buch aus dem Salon geholt hatte, während die Guinness und ihre Freunde im *La Coupole* gewesen waren. Sie erinnerte sich, dass sie darauf gehofft hatte, die Süße beruhige ihren von den grässlichen Fischpasteten-Sandwiches grummelnden Magen. Sie hatte gewusst, dass Diana die Schokolade nicht anrühren und deshalb wohl kaum jemand merken würde, dass sie ein Stück hatte mitgehen lassen. Kurz gesagt: Sie und Shaun waren die Einzigen gewesen, die davon gegessen hatten, und ihr war die ganze Nacht speiübel gewesen.

Später klopfte eines der Küchenmädchen an Louisas Tür und meinte, Mrs Guinness wolle sie sehen. So schnell wie möglich hastete sie in Dianas Zimmer, die sie mit einem wütenden Anschnauzer empfing: »Wo hast du denn gesteckt? Es ist fast sieben. Ich habe einen anstrengenden Tag hinter mir, und wir empfangen heute Abend Gäste zum Essen. Es gibt noch jede Menge zu tun.«

Louisa entschuldigte sich und schickte ein Stoßgebet gen Himmel, das Kleid, das Diana tragen wollte – ein Traum aus smaragdgrünem Chiffon, dessen hauchzarte Lagen ihren Körper umflossen und zu dem sie eine Brillanthalskette trug, die die lilienweiße Haut ihres Halses perfekt zur Geltung brachte –, möge gereinigt und gebügelt sein, was glücklicherweise der Fall war. Als Diana nach unten ging, um die Gäste zu begrüßen, hatte sich ihre Laune ein klein wenig gebessert, während Louisa sich fragte, woraus erwähnte endlose Aufgabenliste wohl bestehen mochte, außer nachzusehen, ob Nanny Higgs die Jungen ins Bett gebracht hatte, ob Mrs Dudley (die neue Köchin, da Mrs Mack in Biddesden blieb) alles Dianas Wünschen entsprechend vorbereitet hatte und ob die Gäste bereits mit Drinks versorgt waren. Louisa hatte ihr beim Ankleiden und Frisieren geholfen, dann hatte sie aufgeräumt und alles für Dianas Rückkehr vorbereitet, ehe sie leise nach unten gegangen war. Normalerweise machte sie einen großen Bogen um den Salon, aber sie hatte gehofft, dass Luke sich unter den Gästen befand und sie seine Aufmerksamkeit auf sich lenken konnte.

Im Haus herrschte eine angenehme Wärme, und Louisa hörte die Stimmen der Gäste, noch bevor sie das Erdgeschoss erreichte. Ausnahmsweise hatte niemand das Grammofon angemacht, da Diana nach der erst wenige Tage zurückliegenden Beerdigung eine gewisse pietätvolle Zurückhaltung angeordnet hatte. Louisa verharrte an der Tür. Der Salon war voller Leute, einige standen herum, andere hatten sich hingesetzt, fast alle mit einem Glas in der einen und einer Zigarette in der anderen Hand. Die Frauen trugen zumeist Schwarz oder eine andere dunkle Farbe, die Herren Anzüge, wenn auch hier und da mit einem kleinen Dandy-Touch, wie einem bunten Einstecktuch in der Brusttasche oder lila Socken. Die Mehrzahl der Gäste kannte Louisa, weil es sich um die gewohnte Truppe handelte, die sich gern um Diana scharte. Auch Dora Carrington war gekommen. Ihr ungeschminktes Gesicht unter dem dichten Pony wirkte ausgezehrt, und sie saß verloren da, stumm und reglos, das volle Glas unberührt in ihrer Hand. Louisa sah Luke aufstehen – offenbar hatte er irgendwo mitten im Raum auf einem Hocker gesessen und sie gerade entdeckt – und herüberkommen. Sie bemühte sich um eine neutrale Miene, allerdings war sie nicht sicher, ob es ihr tatsächlich gelang.

»Hallo«, sagte er. Louisa fiel auf, dass er leicht schwankte. »Wie geht's?«

Louisa beschloss, in den sauren Apfel zu beißen. »Hätten Sie eine Minute Zeit für mich?«

Luke nahm einen großzügigen Schluck von seinem Martini. »Das klingt ja geheimnisvoll. Natürlich, altes Mädchen.« Er hatte ganz offensichtlich Mühe, nicht zu nuscheln.

Louisa ging voran in den Morgensalon, den Diana eigentlich nur nutzte, um nach dem Frühstück ihre Korrespondenz zu erledigen. Luke setzte sich, Louisa blieb stehen und rückte die Gegenstände auf Dianas Sekretär zurecht, als wäre sie eigens zu diesem Zweck hierhergekommen, während sie fieberhaft überlegte, wie sie anfangen sollte.

»Also, raus mit der Sprache. Wieso haben Sie mich hier reingeschleppt? Und beeilen Sie sich. Mein Glas ist gleich leer.«

»Sind das tatsächlich Ihre Freunde?« Louisa wies mit dem Kopf in Richtung Salon.

Luke musterte sie verwirrt. »Was ist das denn für eine Frage?«

»Ich meine, mögen Sie diese Leute?«

Er folgte ihrem Blick, als könnte er durch Wände sehen und versuchte, sich daran zu erinnern, wer sich nebenan befand und was er von ihnen hielt. »Haben wir all das nicht schon mal durchgekaut? Sie wissen ja, dass es nicht so einfach ist. Ich bin keiner von denen, richtig? Trotzdem, ja, halte ich mich gern in ihrer Gesellschaft auf. Ich freue mich, wenn ich zum Abendessen eingeladen werde, weil ich damals, als ich noch meine kleine Schmutzkolumne geschrieben habe, nicht gedacht hätte, dass ich es jemals so weit bringen würde.« Er lachte, als hätte er einen Scherz gemacht, aber sein Lachen klang hohl.

»Mr und Mrs Mulloney. Wie standen Sie zu ihnen?«

Luke wandte abrupt den Kopf. »Ich kannte sie kaum. Sie wirkten immer so glamourös, waren so attraktiv. Es ist alles so abscheulich … was passiert ist, meine ich.«

»Glauben Sie, dass Mr Mulloney in dieser Nacht in Paris tatsächlich an seiner Sesamallergie gestorben ist?« Einen Preis würde sie für ihre Befragungsstrategie sicher nicht bekommen, daran hatte Louisa keinen Zweifel, doch sie konnte ihre Ungeduld nicht länger zügeln.

»Aber so lautete die offizielle Erklärung, oder nicht? Es ist wirklich ein höchst unpassender Zeitpunkt für so ein Gespräch, Louisa. Es ist so lange her, und wir haben uns hier zusammengefunden, weil der arme Mr Strachey …«

»Ich weiß«, unterbrach ihn Louisa. »Es tut mir leid. Das habe ich nicht bedacht. Allerdings habe ich heute mit Guy gesprochen, der mir erzählt hat, dass er den Fall noch einmal neu aufrollt. Mr Mulloneys Tod, meine ich.«

»Wieso das denn?«

Louisa wusste, dass sie mit größter Vorsicht vorgehen musste. Sie durfte Luke nicht in ihre bisherigen Erkenntnisse und Schlussfolgerungen einweihen. Vorerst nicht.

»Ich glaube, er will sich den Fall noch einmal genauer ansehen, weil festgestellt wurde, dass Clara an einer Überdosis gestorben ist. Typische Polizistendenkweise.« Sie rang sich ein unbeschwertes Lachen ab. »Wir haben uns gefragt, ob Mr Mulloney irgendetwas gegessen haben könnte, das zu seinem Tod geführt hat.«

»Zum Beispiel *Sesam?* Im *Restaurant?«*, konterte Luke mit vor Sarkasmus triefender Stimme.

»Jaja, schon gut. Angesichts der Schwere seiner Allergie ist es ziemlich unwahrscheinlich, dass er etwas mit Sesam bestellt haben soll. Was ist mit den Drinks, die Sie später noch bei den Guinness zu sich genommen haben? Erinnern Sie sich, ob er an dem Abend noch irgendetwas gegessen hat, die anderen aber nicht? Mr Guinness hat eine Schachtel Schokolade erwähnt, von der er nicht wusste, woher sie kam.«

Louisa wartete mit angehaltenem Atem. Würde Luke zugeben, dass er sie mitgebracht hatte?

Luke leerte sein Glas. »Natürlich lag es nicht an der blöden Schokolade – ich hatte die mitgebracht. Keine Ahnung, was um alles in der Welt hier los ist, Louisa, aber wenn Sie mich fragen, bewegen Sie sich auf gefährlichem Terrain. Kate hat die Morde immerhin gestanden, oder nicht? Deshalb leuchtet mir nicht ganz ein, was es bringen soll, die alte Geschichte noch einmal aufzuwärmen. Ich habe sogar einen Artikel in unserem Blatt darüber geschrieben ... und eine Beförderung dafür bekommen, schon vergessen? Meinem Chefredakteur erklären zu müssen, dass die ganze Geschichte ganz anders abgelaufen ist, wäre so ziemlich das Letzte, was ich brauchen kann. Wir sollten den Geist lieber ruhen lassen, finden Sie nicht auch?«

Louisa erwiderte nichts darauf. Sie konnte nicht. In diesem Moment wurde ihr auf einen Schlag klar, dass die Schokolade nicht für Shaun Mulloney gedacht gewesen war. Luke hatte erklärt, sie sei ein Geschenk für Diana, und natürlich hatte er nicht wissen können, dass sie nichts davon anrühren würde. Wenn Shaun Mulloney also davon gegessen hatte, war es rein aus Versehen passiert. Und wenn die Schokolade ihn getötet hatte, musste sie vergiftet gewesen sein, da Schokolade üblicherweise kein Sesam enthielt. Was, wenn er in Wahrheit gar nicht das Opfer gewesen war? Sie wusste, was Luke von Diana hielt. Er konnte sie nicht leiden. Oder empfand er gar Hass für sie?

Außerdem hatte Luke Kates Tagebuch gestohlen.

»Ja, natürlich«, sagte sie. »Vergessen Sie einfach, dass ich etwas gesagt habe.« Sie verließ den Salon, bevor Luke die Angst in ihrem Gesicht sehen konnte.

KAPITEL 49

Am nächsten Tag erbot Louisa sich, Besorgungen für Diana zu erledigen, sodass sie Gelegenheit hatte, zwischen dem Postamt und der Schneiderin einen Abstecher zum Polizeirevier von Knightsbridge zu machen und nach DS Sullivan zu fragen.

»Was gibt's?« Er wirkte auf hinreißende Weise zerzaust; zwar waren seine Kleider sauber, dennoch sah es aus, als hätte er es ziemlich eilig gehabt, sein Jackett überzuziehen, bevor er zu ihr herausgekommen war, und seine Brillengläser schrien förmlich nach einem Poliertuch.

»Ich habe gestern mit Luke Meyer gesprochen.«

»Ja.« Die Neuigkeit schien weder sonderliche Begeisterung noch Unmut in ihm auszulösen.

»Er war eingeladen, deshalb dachte ich, die Gelegenheit sei günstig.« Sie wartete auf eine Erwiderung, aber Guy sagte nichts. Nervös fuhr sie fort: »Mir war wieder eingefallen, dass ich ein Stückchen Schokolade stibitzt hatte, als alle beim Abendessen waren, und dass mir die ganze Nacht fürchterlich übel war. Was, wenn es am Ende gar nicht an den Fischpasteten-Sandwiches, sondern an der Schokolade lag? Ich habe nur ein kleines Stück davon gegessen und Shaun den ganzen Rest, und dann war er tot.«

Guy massierte sich den Nasenrücken. »Vergiftete Schokolade also?«

»Könnte sein.«

»Und woher kam die Schokolade?«

Diese Frage wollte sie nur ungern beantworten, aber ihr blieb nichts anderes übrig. »Von Luke Meyer. Er hatte sie mitgebracht, schon vergessen?«

Guy sah sie verblüfft an. »Dein Freund, der Journalist? Aber weshalb hätte er Shaun Mulloney umbringen sollen?«

»Genau das ist ja der Punkt«, meinte Louisa. »Ich glaube, wir haben die ganze Zeit falsch gedacht. Wenn die Schokolade tatsächlich vergiftet gewesen sein sollte, war sie für Mrs Guinness gedacht und nicht für Mr Mulloney.«

»Mit anderen Worten suchen wir also nicht nach einem Motiv für den Mord an ihm, sondern an ihr«, folgerte Guy. »Du liebe Güte, Louisa! Unglaublich, worauf du hier gestoßen bist! Damit fällt zumindest Mrs Mulloneys Motiv für den Mord an ihrem Ehemann weg.«

Was für ein Drama! Louisa hielt es vor Spannung fast nicht mehr auf ihrem Stuhl. Sie traute sich kaum etwas zu sagen, aus Angst, nur ein Quietschen zustande zu bringen. »Was machen wir jetzt?«

Guy sah zu seinem Büro hinüber. »Gerade habe ich nichts zu tun, deshalb sollte ich vielleicht mit zu den Guinness kommen und fragen, wer etwas gegen sie haben könnte. Ich nehme an, Mrs Guinness ist zu Hause?«

»Ja. Und Mr Guinness auch«, sagte sie, wohl wissend, dass sie nicht gerade begeistert wären, wenn das Thema noch einmal zur Sprache käme, doch nun, da der Stein erst einmal ins Rollen gekommen war, gab es kein Zurück mehr.

Louisa folgte Guy auf den Korridor. »Mir ist bewusst, wonach es aussieht, trotzdem kann ich mir nicht vorstellen, dass Luke die Schokolade mit Absicht vergiftet hat«, sagte sie.

»Warum? Weil er dein Freund ist?«

»Nein. Oder … ja, doch. Ach, ich weiß auch nicht.«

»Hatte er denn einen Grund, Mrs Guinness zu töten?«

Louisa seufzte. »Keine Ahnung. Eigentlich nicht. Falls doch, weshalb hat er es nicht noch einmal probiert?«

»Angenommen, er hat es getan, aber es ist ihm nicht gelungen, und wir wissen es bloß nicht.«

Louisa ging zum Haupteingang des Reviers. »Vor etwa einem Jahr hat Diana das Wochenende im Haus von Lytton Strachey verbracht. Ihr war fürchterlich elend, und alle dachten, Dora Carrington hätte versucht, sie zu vergiften. Vielleicht war Luke an diesem Wochenende ja auch da?«

»Und hätte er auch versucht, Clara Fischer zu töten? Und noch dazu Kate Mulloney?«

»Das kommt mir völlig absurd vor.«

»Es sei denn, er ist nicht der Täter.«

»Was meinst du damit? Dass es zwei Mörder gibt? Zufällig oder als Zweiergespann?«

Guy zuckte die Achseln. »Es wäre immerhin eine Möglichkeit.« Er sah Louisa vielsagend in die Augen. »Ein Zweiergespann muss nicht immer so übel sein.«

»Los, geh schon«, erwiderte Louisa streng, aber mit einem liebevollen Lächeln.

KAPITEL 50

Viel hatten sie nicht in der Hand, aber eines wusste Louisa genau: Luke hatte die Schokolade nach Paris mitgebracht, sie hatte davon gegessen und sich die ganze Nacht übergeben, Shaun hatte den Großteil davon zu sich genommen und war am nächsten Morgen tot gewesen. Sofern die Schokolade nicht doch Sesam enthalten hatte – was höchst ungewöhnlich gewesen wäre –, musste sie vergiftet gewesen sein. Außerdem war sie nicht für Shaun Mulloney gedacht gewesen, sondern als Geschenk für Diana ... mit tödlichen Folgen. Vermutlich hatte Luke nicht mitbekommen, dass Shaun sich darüber hergemacht hatte, weil er zu dieser Zeit unten in der Küche gewesen war, um sich mit ihr zu unterhalten. Hatte er nicht aufgepasst? Falls er die Süßigkeit für Diana vorgesehen hatte, wieso hatte er dann nicht darauf gedrängt, dass sie etwas davon zu sich nahm? Vielleicht war er ja zu betrunken dafür gewesen.

War Diana die eigentliche Zielperson? Luke konnte Diana nicht leiden, das wusste Louisa. Es war eines der Dinge gewesen, die sie zusammengeschweißt hatte: die unerfreuliche Gewissheit, dass sie sie beide brauchten, sie aber gefühllos und egoistisch fanden. Doch so wenig Louisa für ihre Herrin übrighaben mochte, hatte sie niemals das leiseste Verlangen verspürt, sie zu töten. War Luke tatsächlich so eiskalt und abscheulich? Das passte so gar nicht zu dem Mann, den sie kannte und mochte. Andererseits war sie ihm stets mit einem gewissen Argwohn begegnet, wobei sie sich gesagt hatte, das liege nur an ihrer Unsicherheit, ob er ihre Nähe suchte, weil er ihre Gesellschaft genoss, oder ob er in Wahrheit bloß auf den Klatsch für seine Kolumne aus war, den er mit Louisas Hilfe in Erfahrung bringen würde. Möglicherweise hatte ihr Instinkt, dass er etwas Schlimmeres im Schilde führen könnte, sie auch gewarnt.

Den ganzen Tag kreisten Louisas Gedanken um all diese Fragen, während sie ihrer Arbeit nachging, die so vorhersehbar und einfach war wie gewohnt. Mittlerweile stellte Diana etwas höhere Ansprüche an Louisa als zu Beginn, da sie allem Anschein nach durch ihre Funktion als Ehefrau und Mutter an Reife gewonnen hatte, in den letzten Tagen wirkte sie allerdings unkonzentriert. Bücher wurden zur Hand genommen und wenige Minuten später praktisch ungelesen wieder beiseitegelegt. Selbst beim Spielen mit den Jungen, die normalerweise zum Tee für eine Stunde nach unten gebracht wurden – eigentlich Dianas Lieblingstageszeit –, schien sie mit den Gedanken woanders zu sein. Und auch Bryan gegenüber war sie patziger als sonst; der arme Mann konnte ihr praktisch nichts recht machen, obwohl er sicherlich nur die besten Absichten hegte.

Die Aufregung nach Lytton Stracheys Beerdigung hatte sich allmählich gelegt, und ein paar Tage nach Dianas und Bryans erneuter Befragung machte sich die Familie auf den Weg nach Biddesden; Bryan war stets glücklicher auf dem Land, und auch Diana kehrte sonst gern dorthin zurück, doch diesmal beschwerte sie sich, dass sie all die Partys und sonstigen Abendveranstaltungen versäumen würde und auch allein in London bleiben könnte, aber Bryan hielt dagegen, Dora Carrington hätte sich für einen Besuch angemeldet, der angesichts der jüngsten Ereignisse wohl kaum abgesagt werden könne. »Das stimmt«, räumte Diana widerstrebend ein. »Sie hat mir netterweise geschrieben und angeboten, mir quasi als Erinnerung eine von Lyttons Anzugwesten zu schenken, die ich ändern lassen und selbst tragen könnte.«

Nachdem sie angekommen waren und Louisa sich um Dianas Wohl gekümmert hatte, ging sie nach oben in ihr Zimmer, das sich in der Etage unterhalb des Dachstuhls und damit näher bei Dianas Schlafzimmer befand. So schlicht es sein mochte, musste Louisa es wenigstens mit niemandem teilen, weder mit Kindern noch irgendwelchen Hausangestellten. Ihr kleines Reich war mit einem Einzelbett, einer Kommode und einem langen Spiegel möbliert, an der Wand hing ein Druck von John Constable, aber das Beste daran war ein großes Schiebefenster mit Blick auf den Garten, das Louisa nun aufschob, um die klare, frische Landluft hereinzulassen. Zwar waren die Bäume noch kahl, dank einer vorübergehenden Warmfront zeigten sich am Schwarzdorn jedoch bereits erste Triebe, was ihn aussehen ließ, als wäre er schneebedeckt. In der Ferne entdeckte Louisa drei Reiter – höchstwahrscheinlich war Dora Carrington gemeinsam mit ihrem Ehemann Ralph bereits angekommen, und Pam hatte sie zu einem Ausritt mitgenommen. Als junges Mädchen war sie die größte Pferdenärrin der Mitford-Schwestern gewesen. Louisa glaubte sogar, die einzelnen Gestalten ausmachen zu können: ein Mann, Pamela, die zwar nicht dick, wenngleich auch nicht so schmal gebaut wie Diana war, und schließlich die kleinste, zierlichste Gestalt, bei der es sich um Dora handeln musste. In diesem Moment bäumte sich Doras Pferd auf und stürmte los. Die winzige Gestalt schien sich mit aller Kraft im Sattel zu halten, wurde jedoch heftig durchgeschüttelt und zu Louisas Entsetzen schließlich abgeworfen, als das Pferd um die Ecke und auf die Straße galoppierte.

Louisa rannte nach unten und schlug Alarm, woraufhin Bryan herbeigelaufen kam, in seinen Wagen sprang und in Richtung Straße fuhr, in der Hoffnung, das Pferd einzufangen, bevor es weiteren Schaden anrichten oder vollends durchgehen würde. Zum Glück wurde Dora wenig später zurück ins Haus gebracht und mit einer Decke über den Beinen auf das Sofa in der Bibliothek gelegt. Diana bat Louisa, ihr eine heiße Schokolade zu bringen, dazu eine Schüssel kaltes Wasser und einen Waschlappen. »Mir geht's gut«, hörte Louisa Dora sagen. »Es war nur der Schreck, mehr nicht.«

»Trotzdem ist Vorsicht geboten«, erwiderte Diana, die sich neben die Künstlerin gekniet hatte, den Waschlappen auswrang und ihn ihr auf die Stirn legte. »Ich würde es nicht ertragen, wenn dir auch noch etwas zustieße … nach Lytton.«

Vielleicht hatte Dora nicht mitbekommen, dass Louisa immer noch da war, denn sie sagte leise zu Diana: »Ich wünschte, ich wäre auch tot, dann wäre ich wenigstens mit ihm vereint.«

So leise wie möglich verließ Louisa den Raum. Sie war nicht sicher, ob diese Form der Liebe tatsächlich erstrebenswert war, allerdings musste sie zugeben, dass ihr Leben ohne sie allmählich einsam und leer zu werden begann.

Am nächsten Morgen jedoch rückten all diese Gedanken in den Hintergrund, als der Butler – ein jovialer Mann namens Ellis, der stets nett zu allen Hausangestellten war, solange keiner ans Licht brachte, dass er den Vorräten in Mr Guinness' Weinkeller deutlich mehr zusprach, als es im Zuge einer gewöhnlichen »Verkostung« angemessen gewesen wäre – Louisa ans Telefon holte. Da sie so gut wie nie Anrufe bekam und sie, falls doch, zumeist schlechte Nachrichten bedeuteten, war ihr leicht beklommen zumute, als sie den Hörer nahm. »Hallo, hier spricht Louisa Cannon.«

»Louisa! Gott sei Dank, dass Sie da sind!« Lukes leicht atemlose Stimme drang durch die Leitung.

»Luke? Wo sind Sie denn?«

»Am Bahnhof in Andover. Ich weiß, dass ich eigentlich Diana anrufen sollte, aber ich will sie nicht sehen, sondern nur Sie. Könnten Sie mich für ein Weilchen in Ihrem Zimmer verstecken?«

»Wie bitte? Nein, Luke, das geht nicht. Wieso um alles in der Welt sollte ich das tun?«

»Bitte, Louisa, ich erkläre Ihnen alles, aber hier, in einer öffentlichen Telefonzelle, kann ich das nicht. Könnten Sie Turner losschicken, damit er mich abholt?«

»Nein, nicht ohne Mr und Mrs Guinness' Erlaubnis.«

Luke stöhnte frustriert. »Bitte, Louisa, ich würde Sie nicht darum bitten, wenn es anders ginge.«

»Nehmen Sie ein Taxi. Ich habe ein bisschen Geld gespart und bezahle es, wenn Sie hier sind. Der Fahrer soll zum Farmeingang kommen, da sieht Sie vielleicht Miss Pamela, aber Mrs Guinness nicht. Wir treffen uns in einer halben Stunde dort.«

Luke Meyer war ganz eindeutig auf der Flucht, und sie hatte sich soeben zu seiner Mitwisserin gemacht. Sie konnte nur hoffen, dass sie es nicht bereuen würde.

KAPITEL 51

Trotz des Sonnenscheins schlotterte Louisa in ihrem dünnen Mantel, als sie neben dem blau gestrichenen Farmtor wartete. Dankbarerweise sah sie wenig später das Taxi die Straße heraufkommen. Luke hatte Glück gehabt – nur ein einziger Wagen stand vormittags am Bahnhof, weshalb man stets Gefahr lief, dass er gerade anderswo im Einsatz war. Von Pamela war weit und breit nichts zu sehen, aber noch war es nicht elf Uhr und damit die Zeit, zu der sie üblicherweise zur Vormittagspause hereinkam (obwohl Pam keinen offiziellen Anlass für eine Tasse Tee und einen Ingwerkeks brauchte). Wahrscheinlich war sie noch im Stall, um sicherzugehen, dass die Farmarbeiter nach dem Melken ordentlich ausgemistet hatten.

Das Taxi hielt neben ihr an. Luke stieg aus, und Louisa bezahlte den Fahrer, Mr Suggs, wobei sie nur hoffen konnte, dass er nicht im ganzen Dorf herumerzählte, dass die Kammerzofe von Biddesden heimlichen Besuch von einem Gentleman aus der Stadt bekommen hatte. Luke sah aus, als hätte er die ganze Nacht nicht geschlafen. Sein Hut war zerknautscht, auf seinem Anzug prangte ein Fleck, die obersten drei Knöpfe an seinem Hemd, das er noch dazu ohne Krawatte trug, waren geöffnet, und er hatte noch nicht einmal einen Mantel an.

»Ich brauche einen Drink«, sagte er.

»›Vielen Dank für das Taxi, Louisa‹ meinen Sie?«

»Gott, ja. Entschuldigung. Danke für das Taxi.« Er hielt inne. »Und ich brauche einen Drink.«

»Ich bin nicht sicher, ob das so eine gute Idee ist. Ein Bad und frische Kleidung wären wohl eher das Richtige. Aber Sie haben ja gar nichts dabei.«

»Nein. Gehen wir rein, dann erkläre ich Ihnen alles.«

»Möchten Sie nicht zu Diana?«

»In diesem Zustand? Auf keinen Fall.« Die Ringe unter seinen Augen waren so dunkel, als hätte er den Kopf in den Kamin gesteckt.

Wahrscheinlich war es das Klügste, ihn erst einmal in Pamelas Küche zu bringen. Zwar wäre Pam wahrscheinlich nicht begeistert, doch sie und Louisa waren befreundet, deshalb ließ sich seine Anwesenheit leichter erklären als im Haupthaus. Sie klopfte, um sicherzugehen, dass tatsächlich niemand da war, öffnete die Tür und trat ein. Luke ließ sich in den abgewetzten, aber behaglichen Lehnsessel neben dem Kamin sinken – wo Pam es sich abends mit einem Buch und einem der Hunde zu ihren Füßen gern gemütlich machte –, während Louisa ihm eine Tasse Tee und einen Toast zubereitete. Er verschlang alles, als hätte er seit mindestens einem Monat nichts mehr in den Magen bekommen.

»Wollen Sie mir jetzt vielleicht erzählen, was passiert ist?«

Er wischte sich die Krümel ab und begann zu berichten, noch bevor er den letzten Bissen vollends hinuntergeschluckt hatte. »Ich wurde gestern Abend verhaftet … na ja, genauer gesagt, in den frühen Morgenstunden.«

»Verhaftet? Weswegen?« Louisa spürte Panik in sich aufsteigen. Hatte jemand ihn im Visier gehabt, während Guy und sie noch versuchten, dem Rätsel auf die Spur zu kommen?

Nein. Ausgeschlossen.

Er seufzte. »Ich war in einer öffentlichen Toilette in Covent Garden«, fuhr er fort, ohne ihr in die Augen zu schauen.

Louisa sah ihn ausdruckslos an.

»Um ein Uhr früh. Mit ziemlicher Schlagseite.« Er wandte sich ihr zu und zog nur vielsagend die Brauen hoch.

»Sie wurden also wegen Trunkenheit verhaftet?«

»Nein, Lou! Denken Sie nach! Ich war nicht allein …«

Jetzt ging Louisa ein Licht auf. »Oh … ja … verstehe.« Sie schenkte ihnen beiden Tee nach. »Und was ist passiert? Nicht auf der Toilette, meine ich, sondern auf dem Revier.«

»Es war grauenvoll, Louisa. Ich war ganz allein auf der Toilette, als ein Mann reinkam und mir ein eindeutiges Angebot gemacht hat. Wir … Sie wissen schon … ich werde es jetzt nicht laut aussprechen.«

»*Er* hat *Ihnen* ein eindeutiges Angebot gemacht?«

»Ja! Ich habe so was schon mal getan, aber diesmal hat er mich danach festgenommen. Im ersten Moment habe ich es nicht verstanden, sondern hielt es für eine Art Spielchen und habe gelacht. Aber dann dämmerte mir, dass er Polizist ist. Der Dreckskerl hat es tatsächlich ernst gemeint und mich aufs Revier mitgenommen.«

»Wieso haben Sie ihm nicht damit gedroht, ihn zu verraten?«

»Weil das Recht in dieser Situation nicht unbedingt auf meiner Seite ist, oder? Und er meinte, wenn ich den Mund halte, sorgt er dafür, dass ich mit drei Monaten Zwangsarbeit davonkomme. Am Ende hat er mich über mehrere Stunden in der Zelle schmoren lassen. Erst heute Morgen durfte ich auf Kaution wieder gehen.«

»Und wer hat sie hinterlegt?«

»Ich brauchte nicht zu bezahlen, sondern musste nur ein Dokument unterschreiben, dass ich mich nicht aus dem Staub mache. Und in zwei Wochen muss ich vor Gericht erscheinen.«

Louisa sah ihn mitfühlend an. »Das muss sehr schlimm für Sie sein, Luke, andererseits weiß jeder über Sie Bescheid, deshalb wird es für niemanden mehr ein großer Schock sein.«

»Für meine Tante schon. Wenn sie davon erfährt, setzt sie mich vor die Tür, und außer ihr habe ich niemanden.« Er brach in Tränen aus und wurde von heftigen Schluchzern geschüttelt, gerade als Pam die Hintertür öffnete. Glücklicherweise quietschte diese lauter als das Portal eines Geisterschlosses, sodass sie es zumindest rechtzeitig mitbekamen.

Louisa stand auf und hastete hinüber, um sie abzufangen. »Bitte entschuldigen Sie, Miss Pamela«, sagte sie, »aber Luke Meyer ist hier. Er ist ein Freund von mir und musste sich für eine Weile sammeln, weil er etwas ziemlich Schlimmes erlebt hat. Ins Haupthaus konnte ich ihn nicht bringen.«

»Verstehe«, erwiderte Pamela, trat in ihrer vollen Reiterkluft ein und baute sich vor Luke auf, der sich ebenfalls erhoben hatte und mit sichtlich wackligen Knien dastand, während er sich die Tränen abwischte. Bei einer Truppeninspektion wäre er mit fliegenden Fahnen untergegangen. »Kennen wir uns nicht? Sie kommen mir irgendwie bekannt vor.«

»Ich war bei der Hochzeit Ihrer Schwester«, sagte Luke. »Aber vielleicht haben wir uns auch auf irgendeiner Party in London getroffen. Es fühlt sich so an, als wäre ich bei den meisten eingeladen.« Er schnitt eine Grimasse, die höchstwahrscheinlich als Lächeln gedacht war.

»Das bezweifle ich, denn ich ziehe es vor, mich bei den

meisten nicht blicken zu lassen«, gab Pamela zurück, trat zum Herd und setzte den Wasserkessel auf. »Und haben Sie die Absicht, mir zu erzählen, was passiert ist?«

Louisa und Luke tauschten einen Blick – Lukes Augen sagten flehentlich »Nein«, doch Louisa formte ein lautloses »Ja« mit den Lippen. Pamela war ein Mensch, der den Tatsachen zumeist mit sachlicher Kühle ins Auge sah.

»Das Ganze ist eine ziemlich delikate Angelegenheit«, begann Louisa. »Mr Meyer wurde gestern Abend wegen Erregung öffentlichen Ärgernisses verhaftet und auf Kaution wieder freigelassen, muss sich jedoch vor Gericht verantworten.« Luke, der sich inzwischen wieder hingesetzt hatte, vermied jeden Blickkontakt mit Pamela, während Louisa fortfuhr. »Gerade kann er nicht nach Hause gehen, weil er bei seiner Tante, Lady Boyd, lebt und sie vielleicht …«

»Vor Schock tot umfallen könnte?«, unterbrach Pamela sie.

Luke wandte abrupt den Kopf. »Ja, genau«, sagte er. »Woher wissen Sie das?«

»Ich weiß, was Erregung öffentlichen Ärgernisses heißt, und kenne Ihre Tante«, antwortete Pamela. »Sie arrangiert spektakuläre Menüs. Letztes Jahr im Juni hat sie für die Harlesdens in Mayfair eine Dinnerparty auf die Beine gestellt, bei der ich eingeladen war. Als Horsd'œuvres gab es Eier mit Selleriesalz, der erste Gang bestand aus einer klaren Brühe mit karamellisierten Zwiebelringen, dann eine Ente *à l'orange,* gefolgt von einem Minzsorbet und einer Schokoladenbombe mit Schokoeis in der Mitte als Dessert.«

Luke fiel die Kinnlade herunter. »Ja, kann sein«, sagte er schließlich.

»Miss Pamela ist berühmt dafür, dass sie sich sämtliche Speisenfolgen merken kann. Innerhalb der Familie genießt sie deswegen Legendenstatus«, erklärte Louisa, womit sie Pam zum Lächeln brachte.

»Das Problem ist«, fuhr diese fort, »dass Sie mit Ihrer Vermutung recht haben. Ihre Tante wird dieses *débâcle* nie im Leben verstehen können. Die Frage ist allerdings, ob sie überhaupt davon erfahren muss.«

»Ich wüsste nicht, wie ich es ihr verheimlichen sollte«, räumte Luke kleinlaut ein. »Sie kann zuweilen schwierig sein, gleichzeitig ist sie alles, was ich auf der Welt habe. Meine Mutter und ich haben ein sehr distanziertes Verhältnis, mein Vater spricht überhaupt nicht mehr mit mir, Geschwister habe ich keine, und meine Cousins und Cousinen kenne ich praktisch nicht. Meine Tante hat mich bei sich aufgenommen und kümmert sich seit Jahren um mich. Nach dieser Verhaftung gelte ich als vorbestraft, und ich kann nicht versprechen, ob nicht sogar etwas davon in die Zeitungen durchsickert, ganz zu schweigen von der Vorstellung, ins Gefängnis zu gehen. Wie grauenvoll! O Gott! Vielleicht sollte ich einfach alles gestehen, bevor sie es auf anderem Weg erfährt.«

»Sie stecken mächtig in der Klemme, was?« Der Wasserkessel begann zu pfeifen. Pamela nahm ihn vom Herd und goss frischen Tee auf. Louisa konnte sie für ihre Gelassenheit nur bewundern, andererseits war sie innerhalb der Familie schon immer der Fels in der Brandung gewesen und inzwischen umso mehr, nachdem sie mit der Farm ihre Berufung gefunden hatte und schalten und walten konnte, wie es ihr gefiel. Endlich durfte sie all die Dinge tun, die sie liebte, und Beschäftigungen einer gewöhnlichen Hausfrau – wie es die anderen neckend bezeichneten – wie Kochen, Gärtnern und sogar Saubermachen nachgehen. Gleichzeitig war sie klug und hatte ein gutes Gespür für andere Menschen, konnte sie vielleicht besser als all ihre Schwestern das Bedürfnis nach einem Privatleben mit Gedanken und Gefühlen nachvollziehen, die man nicht zwingend dem Rest der Welt darzulegen brauchte. Folglich würde sie gewiss verstehen, wenn Luke sich schützen musste. »Und wann findet der Prozess statt?«

»In zwei Wochen.«

»Dann schlage ich vor, Sie bleiben einfach eine Weile hier, bis Sie sich entschieden haben, wie Sie weiter vorgehen wollen. Über den Ställen steht ein Zimmer leer, das der Stallbursche früher bewohnt hat. Heute beschäftigen wir keine Stallburschen mehr, weil der Gärtnergehilfe Pferde mag und sich um sie kümmert. Er wohnt drüben im Haus des Gärtners.«

»Aber was ist mit Mr und Mrs Guinness?«, fragte Louisa besorgt. »Was werden sie denken, falls sie Luke hier sehen?«

»Keiner der beiden kommt jemals zu den Ställen, aber irgendwo sollte noch die Kluft des Stallburschen herumliegen, eine alte Hose und eine Mütze und dergleichen. Darin würden sie Sie bestimmt nicht erkennen. Es ist schon erstaunlich, dass Menschen oft genau das nicht sehen, was sie direkt vor ihrer Nase haben.«

Luke überlief ein Schauder der Erleichterung. »Vielen herzlichen Dank, Miss Mitford. Nicht, dass ich verstehen könnte, weshalb Sie mir helfen, aber ich bin Ihnen unendlich dankbar dafür. Wie kann ich mich je dafür revanchieren?«

Pamela nippte an ihrem Tee und musterte ihn kühl. »Darüber mache ich mir gerade keine allzu großen Gedanken, mir fällt bestimmt irgendetwas ein.«

KAPITEL 52

Lieber Guy,
was ich dir mitteilen muss, ist zutiefst erschütternd, deshalb sollst du wissen, dass ich es nur aufschreibe, weil ich mich so genau an die Tatsachen halten muss, wie ich nur kann. LM hält sich hier in Biddesden auf. Er wurde heute in den frühen Morgenstunden wegen Erregung öffentlichen Ärgernisses in einer Toilette in Covent Garden verhaftet. Zwar wurde er auf Kaution freigelassen, muss sich aber in zwei Wochen vor Gericht verantworten. Falls er schuldig gesprochen werden sollte, muss er mit einer Gefängnisstrafe von drei Monaten oder sogar mehr rechnen.
Der arme Mann. Ich weiß, dass wir ihn im Verdacht hatten, trotzdem kann ich nur Mitleid für ihn empfinden. Die Vorstellung, dass seine Tante davon erfährt und ihn vor die Tür setzt, ist schlicht unerträglich für ihn. Er wohnt bei ihr und hat außer ihr niemanden, auf den er zählen kann. Er hat mich vom Bahnhof aus angerufen, und mir blieb nichts anderes übrig, als ihn herkommen zu lassen, allerdings hat ihn außer Miss Pamela bislang niemand gesehen. Freundlicherweise hat sie ihm angeboten, dass er im Zimmer des ehemaligen Stallburschen übernachten

kann, mehr oder weniger verkleidet, damit Mr und Mrs Guinness ihn nicht erkennen würden. Aber nur für ein paar Tage. Natürlich kann er mit niemandem reden. Alle seine Freunde wissen über seine Neigungen Bescheid, allerdings hat er Angst, dass die Verhaftung ihn in Verruf bringt. Solange er hier ist und ich ihn (sehr genau) im Auge behalten werde, geht meiner Meinung nach keine Gefahr mehr von ihm aus.
Alles in allem haben mich Zweifel an unserer Theorie beschlichen. Wenn du ihn sehen könntest, würdest du begreifen, dass ihn dieser Vorfall vollkommen am Boden zerstört hat. So benimmt sich kein kaltblütiger Mörder.
Bitte lass mich wissen, ob ich irgendetwas tun soll, während er sich hier aufhält.
Mit anderen Worten: Schreib mir!
Herzliche Grüße
Louisa

Louisa schob den Brief in den Umschlag, klebte ihn zu, bevor sie den letzten Satz bereuen konnte, und warf den an das Revier in Knightsbridge adressierten Brief in den Briefkasten. Sie würde Luke im Auge behalten, so wie sie es versprochen hatte. Die ganze Zeit hatte sie vergeblich versucht, etwas aus ihm herauszubekommen, doch sie hoffte darauf, dass er nun, in seinem angeschlagenen Zustand, endlich die Wahrheit sagen würde.

Allerdings gab es ein Problem: Diana war so unkonzentriert, dass sie Louisa ständig Aufgaben übertrug, nur um sie wenig später scheinbar grundlos zurückzupfeifen, deshalb fand Louisa kaum die Zeit, das Haus zu verlassen und Luke aufzusuchen. Als es ihr am nächsten Nachmittag endlich gelang, trat Pamela aus dem kleinen Kalksandstein-Cottage heraus, um sie abzufangen.

»Miss Pamela, ist alles in Ordnung? Ich muss mich nochmals für die Umstände entschuldigen, die ich Ihnen bereite. Ich hätte nicht erwartet, dass Sie Mr Meyer so großzügig aufnehmen würden.«

Pamela winkte ab. »Für einen Freund muss man doch einstehen. Das Problem ist, dass Dora Carrington hier war und mit ihm geredet hat.«

»Und glauben Sie, dass sie etwas gemerkt hat?«

»Nein. Sie ist in einem ziemlich üblen Zustand. Wahrscheinlich spielt es keine Rolle, aber da er genauso in den Seilen hängt, tut es keinem von beiden gut, vermute ich.«

»Glauben Sie, dass sie Mr und Mrs Guinness von ihm erzählt?« Allein bei der Vorstellung wurde Louisa panisch.

»Wer weiß. Aber vielleicht solltest du ihm sagen, dass er künftig ein bisschen vorsichtiger ist.«

Mit anderen Worten, Louisa war diejenige, die wieder einmal die Verantwortung für alles übernehmen musste. »Ja, Miss Pamela, das mache ich.«

Louisa ging um die Ställe herum, wobei sie im Geiste fluchte, weil sie keine Gummistiefel besaß – zurück im Haus, würde sie erst einmal ihre Schuhe putzen müssen –, lief die Außentreppe hinauf und klopfte an die Tür.

»Wer ist da?«, hörte sie Luke von drinnen rufen.

»Ich bin's.« Louisa öffnete die Tür und betrat das weiß getünchte Zimmer, das mit einem Einzelbett und ein paar leeren Bücherregalen möbliert war. Luke saß auf der Bettkante, immer noch bleich und angespannt, allerdings nicht mehr ganz so verstört wie am Vortag. Wie angekündigt, hatte Pamela eine alte Hose und ein leinenes Arbeiterhemd besorgt, die beide viel zu weit waren und wie ein Sack an ihm herabhingen. »Konnten Sie ein wenig schlafen?«

»Kaum. Das Bett ist steinhart, es ist eiskalt hier drinnen, außerdem muss ich von all dem Heu ständig niesen.« Er rieb sich das Gesicht, als wollte er seinen Kreislauf in Schwung bringen. »Aber in der Not frisst der Teufel Fliegen.«

»Haben Sie schon mit Ihrer Tante gesprochen?«

»Ich habe ihr geschrieben, dass ich spontan eingeladen wurde und ein paar Tage hierbleibe.«

»Gut. Haben Sie sonst mit jemandem geredet?« Das war ein Test.

»Nur mit Pamela. Sie hat mir etwas Suppe und ein Stück Brot heraufgebracht.«

Durchgefallen. Verdammt!

»Miss Pam meinte, sie hätte Sie mit Dora Carrington reden sehen.«

»Ach ja.« Luke tat so, als wäre es ihm gerade erst wieder eingefallen. Zumindest sah es so aus. »Aber nur kurz. Sie kam vorbei, um nach den Pferden zu sehen. Sie wollte dem einen Pferd, das sie abgeworfen hat, sagen, dass sie ihm vergeben habe. Sie ist so süß. Und so schrecklich traurig. Wie ein Gänseblümchen, das die Blütenblätter noch geschlossen hat, weil es nicht merkt, dass der Morgen längst angebrochen ist.«

»Hat Sie sie erkannt?«

»Nein. Ich habe meine Mütze aufbehalten und die ganze Zeit den Kopf unten gelassen. Ich sei der Stallbursche, habe ich ihr erzählt. Und dann habe ich ihr noch eine Geschichte von einem Dachs aufgetischt, der sich in einer Falle verfangen hätte, wonach ich ihn von seinem Leid erlöste. Das klingt doch authentisch, wenn man bedenkt, wie spontan die Idee war, oder? Also wenn Sie mich fragen, habe ich meine Rolle ziemlich gut gespielt.«

Louisa war nicht sicher, ob dies eine Geschichte war, die Dora unbedingt guttat. Wie unsensibel von Luke …

»Tja, ich sollte wieder zurückgehen, wollte aber hören, wie Sie weiter vorgehen wollen.«

»Was kann ich schon tun? Ich muss vor Gericht erscheinen und das Urteil annehmen, das sie über mich fällen, egal, wie es auch ausfallen mag.« Er ließ sich nach hinten fallen und blickte mit weit aufgerissenen Augen an die Zimmerdecke.

»Sie sind ein erwachsener Mann, Luke, haben einen Job und müssen sich endlich etwas Eigenes aufbauen, so wie die meisten anderen Leute auch. Vielleicht sollten Sie ja aus London weggehen und Ihr Glück in einer anderen Stadt versuchen.«

Er stützte sich auf die Ellbogen und wandte sich ihr zu. »Sie sind eiskalt«, sagte er. »Wenn das ein Versuch sein soll, mich loszuwerden, müssen Sie sich schon etwas Besseres einfallen lassen.«

»Seien Sie nur vorsichtig!« Louisa musste hier raus, bevor die Beklemmung endgültig die Oberhand gewann.

Sie hastete zum Herrenhaus zurück und betrat es durch die Stiefelkammer, als Stimmen an ihre Ohren drangen: Bryan und Dora Carrington. Die beiden konnten sie nicht sehen, und etwas an der Art, wie sie miteinander sprachen, bewog Louisa, sich ruhig zu verhalten, um sie nicht zu stören.

»Vielen lieben Dank, Bryan«, sagte Dora. »Ralphs alte Waffe ist wie vom Erdboden verschluckt, und die Kaninchen machen uns in Ham Spray House wirklich großen Ärger.«

»Das ist eine belgische Schrotflinte«, sagte Bryan. »Damit solltest du gut zurechtkommen.«

Louisa hörte das Schloss des Waffenschranks zuschnappen, gefolgt von Schritten, und dann verließen die beiden den Raum.

KAPITEL 53

Drei Tage nach Lukes Abreise erhielten Diana und Bryan einen Anruf von Doras Ehemann Ralph. Er war für einen Tag nach London gefahren, und bei seiner Rückkehr war seine Frau tot gewesen. Sie war in Lytton Stracheys gelbem Morgenrock in ihr gemeinsames Schlafzimmer gegangen, hatte das Gewehr, das Bryan ihr leihweise überlassen hatte, neben sich auf den Boden gestellt und mit der Zehe abgedrückt. Virginia und Leonard Woolf hatten sie entdeckt, als sie nach ihr sehen wollten, und allem Anschein nach hatte sich ihr Todeskampf über sechs Stunden hingezogen.

Die Nachricht löste tiefe Erschütterung aus. Dora war ein häufiger und gern gesehener Gast im Haus und auch sehr beliebt beim Personal gewesen. Bryan war zutiefst bestürzt, weil er Dora das Gewehr geliehen hatte, obwohl Diana ihn wieder und wieder beschwor, sich deswegen keine Vorwürfe zu machen. Dora sei kreuzunglücklich gewesen und hätte andere Mittel und Wege gefunden, sich das Leben zu nehmen, meinte sie.

Louisa war sich da nicht so sicher. Auch sie machte sich Vorwürfe, weil sie von Doras Gespräch mit Luke gewusst und Dora sich wenig später die Waffe besorgt hatte. War Louisa ungewollt zur Komplizin Lukes mit seiner beängstigend leichtsinnigen Lebenseinstellung geworden? Inzwischen fragte sie sich ernsthaft, ob es ein Fehler gewesen war, Guy in ihrem Brief von ihrem Mitgefühl für Luke zu schreiben. Guy hatte ihr bereits geantwortet, er verlasse sich auf ihren Instinkt, gleichzeitig beschwor er sie jedoch, trotzdem vorsichtig zu sein. Er ließ sie auch wissen, dass er endlich Bescheid von der französischen Polizei über Shaun Mulloney bekommen hatte, was ihnen allerdings nicht wesentlich weiterhalf: Mrs Mulloney hatte den französischen Behörden eine Autopsie verwehrt, und seine Leiche war ohne große Verzögerung direkt nach Irland überführt worden. Guy hatte sich bereits mit den dortigen Behörden in Verbindung gesetzt, da der Totenschein jedoch von einem Pariser Arzt ausgestellt worden war, hatte Shauns Familie keine weiteren Ermittlungen einleiten lassen, sondern ihn wenig später beerdigt. Bisher hatte die französische Polizei die Vernehmungsprotokolle von damals nicht herausgerückt, die Guy nun nachfordern würde, wenn auch auf Umwegen, denn er hatte seinem Vorgesetzten immer noch nicht erzählt, dass er den Fall neu aufrollte.

Nach seinem Brief und den grauenvollen Neuigkeiten über Doras tragischen Tod war Louisa zum Entschluss gelangt, dass endlich Schluss mit der kritischen Selbstprüfung sein musste. Sie würde nicht mehr auf die lange Bank schieben, was ihr am Herzen lag. Und Diana schien zum selben Entschluss gelangt zu sein.

Nach Doras Todesnachricht kündigte Diana an, dass sie so schnell wie möglich nach London reisen würde. Die Jungs sollten bei Nanny Higgs bleiben, während Turner sie, Bryan und Louisa in die Stadt brachte. Die lastende Stille im Wagen machte die knapp dreistündige Fahrt zur Tortur, da das junge Paar kaum ein Wort miteinander wechselte, lediglich die Aussicht auf ihre eigenen Pläne stimmte Louisa ein klein wenig zuversichtlich.

Kaum in der Buckingham Street angekommen, verschwand Diana im Morgensalon, um einen Anruf nach dem anderen zu erledigen, als sei es ihr ein Bedürfnis, mit so vielen Leuten in Kontakt zu kommen, wie sie nur konnte. Bryan hingegen ging in seinen Club, wo er aller Wahrscheinlichkeit nach den Rest des Tages verbringen würde. Irgendwann läutete Diana nach Louisa.

»Ich gehe heute Abend auf drei verschiedene Partys«, verkündete sie. »Um sechs Uhr breche ich auf und weiß noch nicht, wann ich zurück sein werde. Du brauchst nicht aufzubleiben. Bitte leg mein schwarzes Seidenkleid mit den Dreiviertelärmeln heraus, dazu ziehe ich meinen schwarzen Molyneux-Abendmantel an, und ich brauche die Guinness-Halskette aus dem Safe, die Lady Evelyn mir geschenkt hat.«

»Ja, Ma'am«, sagte Louisa. Ein ganzer freier Abend. Sie wusste sofort, wie sie ihn verbringen würde.

Kaum hatte Diana das Haus verlassen – ganz in Trauerschwarz und mit Rubinschmuck und ohne Bryan, allerdings keineswegs traurig, sondern jung und lebendig wirkend –, brach auch Louisa auf. Sie trug ihr schönstes Kleid, tailliert und aus blauer Seide mit großen weißen Blumen, das Nancy an sie weitergegeben hatte. Eilig ging sie zum Hyde Park Corner, nahm von dort den Bus bis zum National History Museum und eilte danach weiter zu Fuß nach South Kensington, was gerade einmal zehn Minuten dauerte. Es war kalt und bewölkt, und in der Luft hing die typisch metallische Spannung, als breche jederzeit ein Sturm aus, doch sie fühlte sich leicht und beschwingt. Als sie in die Pelham Street bog, erblickte sie von Weitem die rote Markise des Restaurants, unter der Guy, die Hände tief in den Manteltaschen vergraben, sichtlich nervös bereits auf sie wartete.

Louisa beschleunigte ihre Schritte, rannte förmlich zu ihm. Nun, da sie ihre Entscheidung getroffen hatte, löste sein Anblick ein Gefühl in ihr aus, als wäre sie eine prall gefüllte Konfettitüte, die im Begriff war zu platzen.

»Guy.« Sie berührte seinen Arm, woraufhin er herumfuhr und sie erschrocken ansah, als könne er kaum glauben, dass sie wie versprochen aufgetaucht war.

»Das ist alles ziemlich geheimnisvoll. Wieso sagst du mir nicht, worum es eigentlich geht?«

»Drinnen«, versprach sie. Schließlich hatten sie jetzt alle Zeit der Welt.

»Hier gehen wir rein?«

»Ja! Wir gehen rein, setzen uns an einen Tisch und essen zusammen zu Abend. Und reden.«

Er sah sie verunsichert an.

»Über schöne Dinge. Wir werden über schöne Dinge reden, versprochen.«

Erleichterung zeichnete sich auf seiner Miene ab. Er öffnete ihr die Tür.

Mit einem Anflug von Verlegenheit warteten sie, bis der Kellner die Servietten auf ihrem Schoß ausgebreitet und ihnen die Speisekarten und den Wein gebracht hatte, ehe er sich zurückzog. Guy schlug die Karte auf, blickte Louisa jedoch über den Rand hinweg an. »Ich kann erst etwas essen, wenn ich weiß, was hier los ist, Louisa«, sagte er.

»Ich weiß«, erwiderte sie und spürte, wie sich unter das regelrecht berauschende Wissen, was sie gleich tun würde, ein Anflug von Nervosität mischte, die wie Abertausende winziger Bläschen in ihrer Kehle aufzusteigen schien. Sie nippte an ihrem Wein und fürchtete einen Moment, sie würde ihn vor Aufregung nicht hinunterbekommen. Sobald sie den ersten Schluck geschafft hatte, spürte sie, wie die Wärme des Alkohols sie entspannte. Sie ließ die Speisekarte sinken und sah Guy an. »Es geht um uns.«

»Uns?« Sie sah ihm seine Angst an, das Ganze könnte sich in eine völlig andere Richtung entwickeln, als er es sich wünschte.

»Ja. Ich weiß nicht, wie du im Hinblick auf Sinéad empfindest, und mir ist bewusst, dass es noch ganz frisch ist. Nein, bitte«, sagte sie, als Guy etwas einwerfen wollte. »Ich muss es jetzt sagen. Also, ich kann es verstehen, wenn du noch Zeit brauchst, aber mir ist klar geworden, dass … na ja …« Schlagartig schien sich ihre sorgfältig vorbereitete Ansprache in Luft aufzulösen. Was, wenn er nicht genauso empfand? Doch nun, da sie angefangen hatte, musste sie es auch zu Ende bringen. »Alles, was in letzter Zeit passiert ist, diese tragischen Todesfälle, die vielen unglücklichen Menschen, die Nachrichten von überall her … die Welt scheint völlig aus den Fugen geraten zu sein, und alle sind verzweifelt und unglücklich. Und ich will nicht unglücklich sein. Ich will nicht das Gefühl haben, als wäre das ganze Leben an mir vorbeigegangen, ohne dass ich die Gelegenheit ergriffen habe, all das zu tun, was ich wollte. Nicht, dass ich so genau wüsste, was ich will, aber eines weiß ich.« Ihr ging die Luft aus, und ihr war bewusst, dass das, was sie hier erzählte, keinerlei Sinn ergab. Guy musterte sie belustigt, mit diesen hinreißenden kleinen Fältchen um seine Augen, die sie so liebte. »Ich will mit dir zusammen sein, Guy.

Ich denke, wir sollten nicht länger allein und ohneeinander leben, und ich sage das nicht aus Furcht, sondern aus purem Glück.« Sie blinzelte, weil sie fürchtete, ihr könnten gleich die Tränen kommen.

Guy streckte die Hand über den Tisch aus. Sie legte ihre Hand in die seine und spürte, wie sich seine Finger um ihre schlossen, warm und fest und sicher. »Du hast keine Ahnung, wie lange ich mir schon wünsche, genau das von dir zu hören«, sagte er leise.

»Ich glaube schon«, presste sie hervor.

Guy beugte sich noch ein Stück weiter vor. »Würden wir nicht hier sitzen, müsste ich dich jetzt küssen.«

Louisa lachte, und mit einem Mal war die Anspannung verflogen. Sie sah sich um. Nur noch ein weiteres Paar saß im Gastraum, dem der Kellner gerade Wein einschenkte und ihnen deshalb den Rücken zukehrte. »Ich würde sagen, wir können es riskieren.«

Guy hob die Brauen. »Ich muss schon sagen, Miss Cannon, Sie überraschen mich immer wieder.«

»Das möchte ich hoffen.«

Ganz kurz und dennoch lange genug, um die weiche Wärme der Lippen des anderen und die Schauder, die sie überliefen, zu spüren, küssten sie sich im Schutz der Speisekarten.

Die nächsten zwei Stunden redeten sie, wie sie noch nie die Gelegenheit dafür gefunden hatten. Natürlich wussten sie beide so vieles über die Vergangenheit des anderen, doch zugleich lag eine gleichermaßen unbekannte und dennoch klar gezeichnete gemeinsame Zukunft vor ihnen. Sie sprachen über Ferien am Meer, die sie unternehmen wollten, dass sie beide gern in London bleiben würden, aber vielleicht versuchen könnten, ein Häuschen mit einem kleinen Garten zu finden, das Guy sich so sehnlich wünschte. Das Thema Kinder mieden beide – es schien ein wenig zu früh, dass ihnen alles in den Schoß fiel –, schilderten einander jedoch neckend die Aussicht, wie sie eines Tages als altes Ehepaar in ihrem Häuschen am Meer inmitten einer Horde lärmender Enkelkinder sitzen würden. Schließlich verließen sie das Restaurant Hand in Hand und traten mit der unbeschwerten Selbstverständlichkeit eines Paars auf die Straße, das sich seit vielen Jahren liebte und auch immer lieben würde.

KAPITEL 54

Guy und Louisa schlenderten durch South Kensington – keiner von ihnen wollte, dass dieser schicksalhafte Abend schon jetzt ein Ende fand. Während sie im Restaurant gegessen hatten, war ein Schauer niedergegangen und hatte Tropfen auf den Automobilen und Pfützen auf den Straßen hinterlassen, die im Schein der Straßenlaternen glitzerten. Es war noch nicht allzu spät am Abend, und doch schien London belebt zu sein, als die Arbeiter der Tagschicht die Stadt an die Nachtarbeiter und die Feierlustigen übergaben.

Nahezu schweigend gingen Guy und Louisa nebeneinanderher, beide außerstande, ihre Gefühle in Worte zu kleiden, während jeder – vergeblich – versuchte, den Tumult in seinem Innern zu beruhigen. Schließlich bogen sie in die Old Church Street ein. Im *Chelsea Arts Club* schien eine Art Party zu Ende zu gehen, da mehrere Gäste auf den Bürgersteig strömten – sie machten den Eindruck, als kämen sie aus einer anderen Zeit und einer anderen Welt. Menschen wie sie, dachte Guy, würde man in seinem Wohnviertel niemals antreffen. Die Frauen waren stark geschminkt, sie trugen lange Mäntel und Umhänge aus feinsten Stoffen, in den buntesten Farben und vorne offen, sodass sie den Blick auf das Rot, Gelb oder Orange der

Kleider freigaben, die aufblitzten, als stünden die Leiber darunter in Flammen. Ihre Schuhe hatten hohe Absätze, und sie riefen wild und laut durcheinander, als hätten sie noch nicht gemerkt, dass es keine Musik mehr gab, die sie übertönen mussten. Die Männer waren ein wenig dezenter gekleidet, in dunklen Mänteln und Hüten, obwohl auch hier der eine oder andere Künstler durch seine Extravaganzen aus der Menge stach. Hatten sie Angst, man könnte sie ohne den obligatorischen Pinsel in der Hand oder die Staffelei vor ihnen für gewöhnliche Bürohengste halten? Stattdessen demonstrierten sie ihre Seriosität durch Krawatten, großzügig um den Hals geschlungene Schals und Pfeifen im Mundwinkel. Genüsslich beobachtete Guy diese seltsame Spezies für einen Moment, während sie sich sammelten und wie Pfauen beim Brauttanz davonstolzierten, als Louisa ihn am Arm nahm und ihn in die Schatten eines Hauseingangs zog.

»Was ist denn?«, fragte er, halb hoffend, halb schockiert, dass sie ihn womöglich mitten auf der Straße küssen könnte.

»Schhh!«, machte sie. »Sieh mal. Da drüben. Das Pärchen. Rechts.«

Guy brauchte eine Weile, bis sich seine Augen an die Dunkelheit gewöhnt hatten, obwohl die beiden Gestalten nur wenige Meter vor ihnen, etwas abseits des Grüppchens, standen. Doch wahrscheinlich hätten sie es noch nicht einmal gemerkt, wenn Louisa und Guy direkt an ihnen vorbeigegangen wären. Er erkannte die zierliche blonde Gestalt von Diana Guinness. Allerdings war der Mann bei ihr nicht Bryan, sondern ein hochgewachsener Gentleman, der seinen Hut in der Hand hielt, sodass sein dichtes schwarzes, aus dem Gesicht gekämmtes Haar, das breite Gesicht mit den hohen Wangenknochen und die kräftige Nase mit dem schwarzen Schnurrbart zu sehen waren. Er kam Guy vage bekannt vor, allerdings konnte er ihn auf den ersten Blick nicht zuordnen. Diana schaute zu ihm auf, hing förmlich an seinen Lippen, während er leise etwas zu ihr sagte, was nur für ihre Ohren bestimmt zu sein schien. Sie hatten sich einander zugeneigt, sodass man die magische Anziehungskraft zwischen ihnen beinahe mit Händen greifen konnte, und es sah aus, als würden sie sich jeden Moment küssen.

»Das ist Sir Oswald Mosley«, flüsterte Louisa. »Ich erkenne ihn aus der Zeitung wieder.«

»Der Politiker?«

Louisa nickte. »Diana hat ihn vor ein paar Wochen kennengelernt. Ich wusste, dass irgendetwas im Busch ist, weil sie neuerdings ständig merkwürdige Launen hat … abgesehen von allem anderen, was passiert ist, meine ich.«

»Ah.« Guy war nicht ganz sicher, ob er verstand, worauf Louisa hinauswollte, aber schlechte Augen hin oder her, selbst ihm entging nicht, dass zwischen Diana und Sir Oswald etwas bestand, das Bryan Guinness ganz bestimmt nicht gutheißen würde.

»Ich hoffe nur, sie macht keine Dummheit«, seufzte Louisa. Guy sah sie an, und gleichzeitig wurde ihm bewusst: Sie standen im Schatten. Er zog sie zu sich heran, und sie küssten sich ohne Wenn und Aber.

Am nächsten Tag konnte Guy nur staunen, wie positiv sich sein neu gefundenes Glück selbst auf die einfachsten Kleinigkeiten auswirkte: Der Tee auf dem Revier schmeckte besser, die Leute ringsum wirkten fröhlicher und freundlicher, und bei denjenigen, auf die es nicht zutraf, spielte es mit einem Mal keine Rolle mehr. Trotzdem galt es, eine Aufgabe zu Ende zu bringen – auch wenn es ihm ganz und gar nicht gefiel. Aber er hatte keine andere Wahl, nicht nur weil es das Richtige war, sondern auch weil Louisa ihn gestern Abend darum gebeten hatte.

Mit der Entschuldigung, er hätte etwas zu erledigen, verließ er das Revier und fuhr mit der U-Bahn nach Covent Garden. Am Zugang zum Bahnsteig spielte ein Straßenmusiker Saxofon; in seinem Überschwang ließ Guy eine Münze in den bereitgelegten Hut fallen. Er nahm den Ausgang, der auf die Long Acre führte, schlängelte sich durch die Marktstände und schlug den Weg zum Polizeirevier ein, wo er nach PC Marshall fragte. »Er ist heute auf Streife«, erklärte der Diensthabende. »Aber er ist gerade erst losgegangen. Wenn Sie sich beeilen, erwischen Sie ihn vielleicht bei *Joe's*. Normalerweise trinkt er dort vorher noch eine Tasse Tee. Die zweite Straße links.«

Guy hastete los. Gerade als er die Tür zu dem Café öffnete, kam ihm ein Streifenpolizist entgegen. Trotz seines niedrigeren Dienstrangs war er ein Stück älter als Guy, er hatte graue Augen und feiste Hängebacken. »PC Marshall?«, fragte Guy.

»Wer will das wissen?«

»DS Sullivan, Knightsbridge. Könnten wir uns kurz unterhalten?«

»Da werden Sie schon ein Stück mitkommen müssen. Ich bin im Dienst.«

»Bitte, nach Ihnen«, sagte Guy mit einem Selbstvertrauen, das er in Wahrheit nicht empfand. Sosehr er seine Arbeit und die Jagd auf Verbrecher genoss, war er kein großer Freund von Auseinandersetzungen.

Er ging neben DS Marshall her, wobei sie hier und da angerempelt wurden und zur Seite treten mussten, um entgegenkommenden Passanten auszuweichen. Als Guy endlich

Gelegenheit hatte, ein Gespräch zu beginnen, war er völlig außer Atem, was ihm, wie er fürchtete, etwas von seiner Autorität als ranghöherer Kollege nahm.

»Wie ich höre, haben Sie kürzlich einen gewissen Mr Luke Meyer festgenommen.«

PC Marshall ging unbeirrt weiter. »Ja. Und?«

Was auch immer vorgefallen sein mochte – dieser Mann fühlte sich in die Ecke gedrängt. Solange Guy PC Marshall nicht dazu gebracht hatte zurückzurudern, würde er mit großer Umsicht vorgehen müssen und sollte sich keinesfalls wegen Behinderung der Strafjustiz angreifbar machen.

»Er ist ein enger Freund von Mr Bryan Guinness.«

»Und damit glaubt er, dass er über dem Gesetz steht?«

»Nein, aber es verhilft ihm zu einem guten Anwalt.«

»Da kann ich ihm nur viel Glück wünschen.« PC Marshall würdigte Guy keines Blickes, sondern schaute stur geradeaus.

»Mr Meyer hat noch in derselben Nacht eine zweite Aussage gemacht. Bei uns auf dem Revier. Im Morddezernat.«

PC Marshall schien kurz aus dem Tritt zu geraten.

»Aha. Und was genau hat das mit mir zu tun?«

»PC Marshall, ich schlage vor, Sie denken lieber genau nach, bevor Sie diese Frage noch einmal wiederholen. Ich denke, Sie wissen, was Mr Meyer ausgesagt hat. Also, wir können entweder bis zum Gerichtstermin warten und dort alles noch einmal in aller Ausführlichkeit diskutieren, oder aber Sie sehen ein, dass Ihnen bei der Verhaftung ein Fehler unterlaufen ist, und sorgen dafür, dass die Anklage umgehend fallen gelassen wird.«

PC Marshall blieb stehen, sah Guy aber immer noch nicht an. »Sie und ich wissen genau, wie Polizeiarbeit funktioniert. Ich sorge nur für Recht und Ordnung, das ist alles.« Er wandte sich um und beugte sich näher zu Guy. »Können Sie dasselbe auch von sich sagen, DS Sullivan?«

Guy zuckte mit keiner Wimper. »Die Richter sehen das ein bisschen anders. Sie wollen doch kein zweiter Reginald Handford werden, oder?«

PC Marshall grinste höhnisch. »Mein Wort steht hier gegen das seine, und Sie glauben lieber dem Reichen. Geld siegt eben am Ende immer, was?«

»Schlimmer noch, PC Marshall, ich werde Ihre Verhaftungsstatistik künftig genau im Auge behalten. An Ihrer Stelle würde ich mich an einfache Diebe halten.«

Statt einer Erwiderung wandte PC Marshall sich ab und ging davon. Sekunden später war er um die nächste Ecke verschwunden.

KAPITEL 55

Im April 1932 zogen die Guinness von der 10 Buckingham Street in den 96 Cheyne Walk. Diana hatte das Haus nach ihren eigenen Vorstellungen gestaltet, die Wände streichen und mit weißen Holzvertäfelungen ausstatten und neue Badezimmer in Hellblau, Rosa und Gold einbauen lassen. Es war ein Traum von einem Zuhause, vor allem das Wohnzimmer im ersten Stock mit dem atemberaubenden Blick auf die Themse. Statt sich über das viele Licht und die Nähe zum Wasser zu freuen, litt Louisa zunehmend unter der Geheimniskrämerei ihrer Herrin, was nicht zuletzt auch daran lag, dass sie ihre eigenen Herzensangelegenheiten sorgsam unter Verschluss hielt. Aber sosehr sie es verabscheute, wie Diana mit Bryan umsprang, konnte Louisa den Zwang, unter dem ihre Herrin stand, zu einem gewissen Grad verstehen.

Louisa war Mosley nur kurz begegnet und beobachtete ihn ein- oder zweimal aus der Ferne, während sie diskret auf Diana wartete, solange diese sich mit ihm unterhielt, wenn sie sich irgendwo über den Weg gelaufen waren. Natürlich war die Begegnung nur in Ausnahmefällen *nicht* im Vorfeld sorgfältig eingefädelt worden. Rein zufällig befand sich das neue Heim der Guinness ganz in der Nähe der Zentrale des Youth

Movements von Mosleys New Party in der King's Road, wo er für die jungen Parteimitglieder Fecht- und Sportunterricht abhalten ließ. Zwar war die New Party aufgelöst worden, ihr Youth Movement war hingegen geblieben, und wenn Diana von Mosley sprach, verwendete sie stets das Wort »Anführer«. Es war ein Kinderspiel für Diana, unter einem Vorwand das Haus zu verlassen, um irgendwelche Besorgungen zu machen und mit Mosley zusammenzutreffen, der scheinbar genau dann zufällig auftauchte. Mehr als einmal bekam Louisa mit, wie ihre Herrin von seiner Stattlichkeit und ausgezeichneten körperlichen Verfassung schwärmte. Mosley war vierzehn Jahre älter als Diana, allerdings wurde Bryans vergleichsweise junges Alter ihm niemals zu seinem Vorteil ausgelegt.

Unterdessen schwelgten Louisa und Guy in ihrer eigenen heimlichen Romanze. Noch war Louisa nicht bereit, über eine Heirat nachzudenken, und glücklicherweise hatte Guy das Thema bislang nicht angeschnitten. Vermutlich wollte er verhindern, dass Sinéad gerade einmal zwei Monate nach ihrer Trennung von Guys neuerlicher Verlobung erfahren musste. Zumindest hoffte Louisa, dass dies der einzige Grund war, denn inzwischen war ihr klar geworden, dass sie Guy von Herzen liebte und sich ihre Gefühle füreinander nicht mit dem vergleichen ließen, was auch immer sich gerade zwischen Diana und Mosley anbahnte. Während der Gedanke an Guy eine wohlige Wärme in Louisa aufsteigen ließ und sie insgeheim von seiner Stärke und der Sicherheit schwärmte, die ein Leben mit ihm versprach, schien Diana in eine Art Fieberwahn verfallen zu sein, der sie kaum an etwas anderes als Mosley und ein heimliches Treffen mit ihm denken ließ. Mittlerweile hatte sie augenscheinlich keine besonders große Angst davor, dass Bryan ihr auf die Schliche kommen könnte, dennoch war Louisa ziemlich sicher, dass Diana ihre Empfindungen für den Politiker weder Pamela noch Nancy anvertraut hatte. Und sie glaubte auch nicht, dass Diana und Mosley eine Liebesbeziehung begonnen hatten. Diana war eine Dame der Gesellschaft, die ständig im Licht der Öffentlichkeit stand, stets von Bewunderern umringt und von der Presse beäugt. Es war überaus gefährlich für sie, ihrer erwarteten Rolle nicht zu entsprechen, außerdem liebte sie ihre beiden Jungen von ganzem Herzen. Gleichzeitig war es lediglich eine Frage, wann (und nicht ob) sie diese Grenze überschreiten würde.

Für Louisa brachte diese veränderte Situation einige Vorteile mit sich; sie konnte mehr Zeit im neuen Haus verbringen, vor allem da Diana die beiden Jungen bei Nanny Higgs in Biddesden zurückließ und sich stundenlang ihren »Beschäftigungen« hingab. Vornehmlich telefonierte sie herum, um irgendeine Veranstaltung zu finden, zu der sie und der Anführer gleichermaßen eingeladen waren, und besuchte diese später auch. Das bedeutete, dass Louisa während des Tages weniger zu arbeiten hatte und Dinge tun konnte, die früher undenkbar gewesen wären: Sie traf sich mit Guy in der Mittagspause, die sie beide in vollen Zügen genossen, und sei es nur, dass sie sich auf einer Parkbank ein Eier-Sandwich teilten. Sie unterhielten sich freimütig über ihre Vergangenheit, die Bücher, die sie lasen (Louisa war der größere Bücherwurm, doch Guy hatte inzwischen einige ihrer Empfehlungen angenommen), gingen zusammen ins Kino und spazierten durch den Hyde Park, wo die Frühlingsblumen zu blühen begannen. Aber immer wieder drehte sich ihr Gespräch auch um Mord.

Guy hatte bei der Pariser Polizei weitere Einzelheiten der Ermittlungen im Tod von Shaun Mulloney erbeten, allerdings hatten sie nur wenig preisgegeben. Der Küchenchef im Restaurant, wo die Guinness und ihre Freunde am fraglichen Abend diniert hatten, hatte ausgeschlossen, dass in Mr Mulloneys Essen auch nur die Spur von Sesam gewesen sei, er hatte jedoch eingeräumt, dass Sesam in seiner Küche durchaus Verwendung fand und womöglich bei der Zubereitung anderer Speisen etwas davon in Mr Mulloneys Essen geraten sein könnte. Der zuständige Kellner hingegen gab an, keiner der Gäste habe ihn vor einer Sesamallergie des Gastes gewarnt. Anhand der Symptome – Übelkeit, Magenschmerzen und Herzstillstand – blieb der Arzt bei seiner Diagnose, dass es sich um einen durch eine Allergie ausgelösten tragischen Unfalltod handelte. Alles in allem hatten sie nicht viel in der Hand.

Außer der Schokolade.

An einem sonnigen, recht windigen Tag schlenderten Guy und Louisa durch den Park – noch war der Frühling nicht da, aber eindeutig nicht mehr fern – und genossen eine ausgiebige Mittagspause, was für sie beide noch neu und ungewohnt war.

»Hast du in letzter Zeit mit Luke gesprochen?«, fragte Guy.

»Nein, seit seiner Verhaftung hat er sich ziemlich zurückgezogen. Er ist zu seiner Tante zurückgekehrt, weil er ja sicher sein konnte, dass sie nichts von dem Vorfall mitbekommen hat. Und er hat nichts mehr zu befürchten, da die Anklage gegen ihn fallen gelassen wurde. Aber ich habe den Eindruck, dass ihm das Ganze mächtig an die Nieren gegangen ist. Auch Diana erwähnt ihn in letzter Zeit nur selten, andererseits spricht sie ohnehin von nichts anderem als ihrem Anführer.«

Guy zog eine Braue hoch. Seine klaren Ansichten zu diesem Thema machten ihn nur noch liebenswerter: Weniger wegen seiner Moralvorstellungen, obwohl er auch diese ohne Zweifel besaß, sondern weil er für Grausamkeit nichts übrighatte.

Und die Art, wie Diana ihren Ehemann behandelte, indem sie sich einem anderen zuwandte, war schlicht grausam.

»Ich finde, du könntest mal wieder mit ihm reden«, sagte er. »Ich kann es nicht, das wäre viel zu offiziell.«

»Beim letzten Mal hat er ziemlich patzig reagiert.«

»Vielleicht solltest du ja nicht lange um den heißen Brei herumreden, sondern ihn rundheraus fragen, woher die Schokolade kam. Wo er sie gekauft hatte. Selbst wenn er glaubt, dass du ihn im Verdacht hast, ist es das wert, denke ich.«

»Na gut. Ich tu's für dich«, sagte Louisa.

»Du hast keine Ahnung, wie sehr ich mich darüber freue«, erwiderte er.

»Schön. Zeig's mir!«

Er ließ sich nicht lange bitten.

KAPITEL 56

Gleich am nächsten Tag rief Louisa Luke an und verabredete sich mit ihm. Auf seinen Vorschlag hin trafen sie sich im *Lyons' Corner House* im Strand. Als sie hereinkam, saß er bereits an einem der am weitesten vom Eingang entfernten Zweiertische.

Louisa war entsetzt über sein Aussehen. Im Schein der elektrischen Lampen wirkte sein Gesicht ausgezehrt und hohlwangig, seine Augen traten leicht aus den Höhlen, seine Haut hatte einen ungesunden Grauton, und sein Haar sah deutlich dünner aus.

»Was ist denn mit Ihnen passiert?« Sie zog ihren Stuhl heraus.

»Hallo, und ich freue mich auch, Sie mal wiederzusehen.«

»Tut mir leid, aber Sie sehen fürchterlich aus.«

Luke schnitt eine Grimasse. »Ist es so schlimm? Ich habe mich schon gefragt, wieso mich keiner in den Lily Pond eingeladen hat.«

»Den was?«

»So bezeichnen die Kellnerinnen die Tische in der Ecke.« Louisa wandte den Kopf und bemerkte, dass lediglich Männer dort saßen, einige von ihnen reichlich unkonventionell gekleidet, mindestens einer schien sogar Puder im Gesicht zu haben.

»Oh!« Louisa konnte sich nur fragen, weshalb ihr das nicht schon früher aufgefallen war. Aber dafür war jetzt keine Zeit. »Die arme Dora Carrington … Ist es nicht schrecklich traurig?«

»Ja, das war wirklich schlimm, nicht? Allerdings hat nach Lyttons Tod eigentlich jeder damit gerechnet, daher war es keine große Überraschung.«

»Sie haben doch noch mit ihr geredet, stimmt's? In Biddesden.«

Luke sah sie alarmiert an. »Ja, kurz.«

»Und haben ihr von einem Dachs in der Falle erzählt, den Sie erschossen haben, um ihn von seinem Leid zu erlösen.«

»Na und?«

»Nun ja, für jemanden, der so labil war wie Miss Carrington, ist das ein ziemlich gefährlicher Vorschlag, finden Sie nicht auch? Schließlich wussten Sie ja, wie unglücklich sie nach Mr Stracheys Tod war.«

»Wollen Sie damit andeuten, sie hätte sich wegen einer Bemerkung von mir erschossen?«

Louisa wandte den Blick ab. »Ich weiß es nicht.«

»Tja, das sollten Sie aber«, entgegnete Luke. »Wie können Sie nur so etwas Gemeines sagen?« Er begann zu husten, so heftig, dass es in einen regelrechten Anfall umschlug. Louisa wartete, bis er abgeklungen war.

Luke seufzte und wollte fortfahren, als eine Kellnerin an ihren Tisch trat, um die Bestellung aufzunehmen. Er nahm eine Tasse Earl Grey ohne Milch, dafür mit einer Scheibe Zitrone und nichts zu essen. Louisa bestellte ebenfalls Tee und einen Scone dazu. »Ich kann nichts essen«, erklärte Luke. »Mir dreht sich sofort der Magen um. Ich habe ein Schreiben von der Polizei bekommen, in dem sie bestätigen, dass sämtliche Vorwürfe gegen mich fallen gelassen wurden, trotzdem leide ich offenbar noch unter den Nachwirkungen dieser grauenvollen Zeit.«

Die Kellnerin servierte ihren Tee, verschwand jedoch dankbarerweise recht schnell wieder. Luke schmollte … entweder weil er wütend auf Louisa war oder aber um die Aufmerksamkeit der Herren aus dem Lily Pond zu erregen. Oder beides.

Louisa beschloss, lieber einen Rückzieher zu machen. So gern sie immer noch herausfinden würde, wie er Kate Mulloneys Tagebuch in seinen Besitz gebracht hatte, in dem sie ihrer Wut auf Clara und Shaun Luft gemacht hatte, war es vermutlich klüger, ihr Glück an einem anderen Tag zu versuchen.

»Könnten Sie mir meinen Tee einschenken? Danke! Also, erzählen Sie mir, was da zwischen Mrs Guinness und dem Anführer läuft«, sagte er.

Louisa hielt inne, das Milchkännchen noch in der Hand. »Ist das für Ihre Zeitung?«

»Nein, Darling. Neuerdings kann ich kaum einen Stift halten, ganz zu schweigen davon, einen Artikel in die Maschine zu tippen.«

Sie sah ihn prüfend an. »Es gibt nichts zu berichten. Was haben Sie denn gehört?«

»Die Frage ist eher, was ich *nicht* gehört habe. In London brodelt die Gerüchteküche doch ständig. Und Mosley ist immer in aller Munde. Ich kann mich nicht erinnern, dass über seine Frau jemals etwas erzählt wurde, ohne dass das Adjektiv ›leidgeprüft‹ darin vorkam.« Der Klatsch hatte seinen Wangen wieder ein wenig Farbe verliehen.

»Ich glaube nicht, dass sie ein Liebespaar sind, wenn es das ist, was Sie fragen wollen. Aber ich glaube tatsächlich, dass sie völlig hingerissen von ihm ist. Sie hält ihn für einen brillanten Politiker.«

»Hm. Gerüchten zufolge wurde seine New Party aufgelöst, weil einige seiner Mitgründer sich an seinen faschistischen Ambitionen gestoßen haben, sich zum Autokraten aufzuschwingen. Anfang des Jahres war er sogar in Italien, um Mussolini einen Besuch abzustatten. Das sagt einiges aus.«

»Das war mir nicht bekannt.« Louisa war aufrichtig überrascht. Abgesehen von den kurzen Artikeln des Italien-Korrespondenten in der *Times* über Mussolini wusste sie praktisch nichts über den Faschistenführer, hatte aber von den Ängsten und Bedenken gehört, die seine Ideen allgemein auslösten. *Der Faschismus baut Straßen,* so schien der allgemeine Tenor zu lauten, allerdings verschwand jeder, der sich seiner Ideologie entgegenstellte, aus dem öffentlichen Leben, entweder im übertragenen oder wahren Sinne des Wortes. Die Freiheit, die sich die Menschen im Krieg erkämpft hatten, schien nicht länger zu existieren.

Luke nippte erneut an seinem Tee, was prompt einen neuerlichen Hustenanfall auslöste, an dessen Ende sein Gesicht grünlich wirkte.

»Weiß Diana von seinen Ambitionen, was denken Sie?«, fragte sie.

»Sie kann wohl kaum nicht davon wissen. Bettgeflüster, meine Liebe. Das Problem ist, dass Mädchen wie Diana dazu erzogen wurden, sich zu verlieben und zu heiraten. Sie verstehen nicht, welche Gefährlichkeit sexuelle Anziehungskraft besitzen kann, lassen sich von ihr mitreißen, wenn sie sie erleben. Ich habe mein ganzes Leben lang jede Art von Sex unterdrückt. Das Mädchen braucht dringend eine Nachhilfestunde von mir.« Er erlaubte seinem Blick, kurz auf dem gut aussehenden Kellner zu verharren, der gerade an ihrem Tisch vorbeiging.

Was er sagte, hatte durchaus seine Berechtigung, trotzdem empfand Louisa tiefe Traurigkeit, nicht im Hinblick auf Diana, sondern eher auf Bryan und die beiden Jungs. Sie wünschte, sie könnte nach Hause laufen, die beiden schnappen und sie vor dem Leid bewahren, das mit offensichtlicher Unvermeidlichkeit auf sie zukam, wie die Wellen, die gegen die Felsen schlugen. Aber natürlich war das unmöglich.

KAPITEL 57

Louisa verbrachte drei recht ruhige, ereignislose Tage in Biddesden. Diana unternahm lange Spaziergänge mit Bryan am Fluss, und abends lasen sie in ihren Büchern. Als Louisa morgens das Frühstück servierte, wirkte Diana stiller als in London, weniger lebhaft und gesprächig und ohne Pläne für den Tag. Große Freude dagegen bereiteten ihr die Briefe ihrer jüngeren Schwestern Decca und Debo, die vor kindlichem Überschwang nur so strotzten. »Deccas Fluchtkonto füllt sich beträchtlich, schreibt sie«, berichtete Diana am zweiten Morgen, als Louisa den Nachttisch neben ihr aufräumte. »Und Debo sagt, acht Küken seien geschlüpft, und jetzt ist sie außer sich vor Wut, weil Muv ihr nicht erlaubt, sie im Hons Cupboard unterzubringen.« Diana lachte. »Das kann ich mir lebhaft vorstellen.«

»Was ist denn der Hons Cupboard?«

»Diese kleine Kammer in der oberen Etage, in der die Wäsche aufbewahrt wird. Die Mädchen verbringen viel Zeit dort, weil es im Rest des Hauses eiskalt ist. In Swinbrook ist es nicht mehr so gemütlich wie in unserem hübschen alten Mitford Manor.«

Diana öffnete einen weiteren Brief. »Lady Evelyn«, murmelte sie und überflog die Seiten. »Oh, sie überlegen, das Haus am Grosvenor Place zu verkaufen.« Sie ließ den Brief sinken und blickte ins Leere. »Wahrscheinlich wegen dieses grauenvollen Abends ... du weißt schon ... diese Dienstmädchen ...«

Louisa nickte. Sie erinnerte sich lebhaft daran. An diesem Abend hatte sie als Dienstmädchen in der Küche ausgeholfen.

»Das war unmittelbar vor Bryans Antrag. Er meinte, dieser furchtbare Unfall hätte ihm vor Augen geführt, wie kurz und kostbar das Leben ist.« Sie sah Louisa an. Ihre Augen waren so blau wie das südliche Polarmeer. »Und das ist es tatsächlich, deshalb dürfen wir keine Sekunde davon vergeuden, stimmt's? Man sollte das Leben in vollen Zügen auskosten und sich nur mit Liebe und schönen Dingen umgeben, statt sich mit Langeweile aufzuhalten.«

Louisa kehrte Diana den Rücken zu und räumte ihre Wäsche in die Kommode. Sie musste lächeln, obwohl Dianas Worte nichts Gutes für Bryan verhießen.

Doch Diana hatte noch etwas anderes gesagt, das Louisa keine Ruhe mehr ließ.

Am dritten Tag wollte Diana zurück in die Stadt. Louisa packte bereits die Koffer ihrer Herrin, die mit Bryan in einen heftigen Streit geraten war.

»Du würdest dich zu Tode langweilen«, sagte Diana. »Ich bin die ganze Zeit nur unterwegs, eine Cocktailparty nach der anderen, Mittagessen mit Nancy und Tom und so weiter. Er ist für eine kleine Weile aus Berlin gekommen, und wir wollen so viel Zeit wie möglich miteinander verbringen. Ich glaube, Nanny Blor kommt sogar mit den Kleinen, damit sie ihn wieder einmal zu Gesicht bekommen.«

»Ich mag deine Familie«, wandte Bryan ein. »Du weißt selbst, wie gut Tom und ich uns verstehen.«

»Das ist wahr, Darling, aber hör schon auf, so ein Theater zu machen. Du hast es viel schöner hier, wo du in Ruhe an deinem Buch weiterschreiben kannst. Und für die Jungen ist es auch besser, wenn du zu Hause bist.«

Und wie immer setzte Diana ihren Kopf durch.

KAPITEL 58

Wie prophezeit, war Diana nach ihrer Rückkehr nach London nahezu ständig unterwegs. Morgens musste Louisa zur Stelle sein, wenn ihre Herrin aufwachte, ebenso wie am späten Nachmitttag, während sie ruhte, ehe sie sich für ihre Abendveranstaltungen ankleidete. Allerdings erließ Diana ihr die Aufgabe, auf ihre Rückkehr zu warten, und Louisa wusste auch genau, warum: Diana hoffte stets darauf, dem Anführer »in die Arme zu laufen«, und wollte deshalb nicht riskieren, eine Party zu früh zu verlassen.

Natürlich kamen Dianas Pläne Louisa mehr als entgegen. Inzwischen hatte Guy einen Anruf von Rose Morgan erhalten, die sich mit ihm treffen wollte. Er hatte ihr versichert, dass Ronan hinter Schloss und Riegel saß. Deshalb hatte sie beschlossen, endlich Muriel Delaney zu besuchen, die sie damals hatte zurücklassen müssen, als sie überstürzt nach Paris aufgebrochen war. Rose hatte heute noch ein schlechtes Gewissen deswegen. Auf Guys Vorschlag hin begleitete Louisa ihn zu dem Treffen mit Rose, was sie nur allzu gern tat – teils aus Neugier, teils, weil sie und Guy jede freie Minute zusammen verbrachten.

Rose wartete in einer Teestube in Knightsbridge ganz in der

Nähe von Guys Revier auf sie. Sobald sie eintraten, konnte Louisa sich nur fragen, wie sie sie hatte vergessen können, obwohl sie in den Pariser Jahren einen Stil entwickelt hatte, den sie als Dienstmädchen höchstwahrscheinlich noch nicht gehabt hatte. Rose begrüßte sie mit einem nervösen Lächeln. Guy und Louisa setzten sich ihr gegenüber an den kleinen Tisch. »Das ist Louisa Cannon«, stellte Guy vor, doch Rose hob die Hand.

»Ja, ich erinnere mich. Genauer gesagt wusste ich zwar nicht, wie Sie heißen, aber ich habe Sie schon zweimal gesehen, stimmt's?«

Louisa schüttelte ihr die Hand. »Richtig. Seltsam, wie alles plötzlich wieder hochkommt, nicht?« Sie bestellten Tee, und Rose begann zu erzählen. Alles sprudelte in ihrem ausgeprägten Yorkshire-Akzent aus ihr heraus, der sich auch durch die Jahre im Ausland nicht abgeschliffen hatte. Louisa hatte das dumpfe Gefühl, dass sie ihrer Familie nichts von alldem hatte anvertrauen können, was damals vorgefallen war, und sie und Guy ihr nun die Schultern zum Ausweinen schenkten, die sie dringend brauchte. Als Erstes wollte sie wissen, ob Ronan auch tatsächlich hinter Gittern saß, was Guy bestätigte. »Er kommt frühestens in ein paar Monaten heraus.«

»Und er weiß nicht, dass ich Ihnen gesagt habe, wie Sie ihn finden können?«, fragte sie stirnrunzelnd.

»Nein. Irgendwo gibt es bestimmt jemanden, der sich an ihm rächen will, weil er von ihm über den Tisch gezogen wurde, deshalb tippt er darauf. Sie brauchen sich keine Gedanken zu machen«, beruhigte Guy sie.

Louisa schenkte ihnen Tee ein, während Rose weitersprach. »Ich habe Sie an dem Abend auf der Party gesehen, als Dot ums Leben kam, stimmt's? Am Grosvenor Place.«

»Ich hatte einem Mann die Tür aufgemacht, der behauptet hat, er sei ein Freund von Ronan – und dann kamen Sie auch schon angelaufen.« Louisa sah die Szene regelrecht vor sich. »Mir fiel auf, dass er Ihnen ein Päckchen übergeben hat, allerdings konnte ich mir nicht vorstellen, was es sein könnte.«

»Ich weiß«, sagte Rose. »Genau deshalb habe ich ja Panik bekommen, als ich Sie in Paris wiedergesehen habe.«

»Haben Sie jemals einen Mann namens Luke Meyer mit Drogen versorgt?«, hakte Louisa nach – obwohl es sie eigentlich nichts anging, erschien es ihr wichtig, das in Erfahrung zu bringen.

Rose dachte kurz nach. »Ich glaube nicht, aber mit Gewissheit kann ich es nicht sagen. Ich erinnere mich nicht an alle Namen.«

»Natürlich nicht.« Ihre Antwort stimmte Louisa nicht gerade zuversichtlich. »Haben Sie Mr Sullivan erzählt, dass Sie gesehen haben, wie Dot gestürzt ist?«

Rose stellte ihre Tasse ab. »Ja. Es war ein echter Schock. Dot und Elizabeth hatten das Türchen im Geländer aufgemacht und beugten sich über das Oberlicht, doch sie hielten sich beide noch am Geländer fest. Alles schien in Ordnung zu sein, aber dann hat Dot …« Sie blinzelte hektisch, als hätte sie die schauerlichen Details wieder vor Augen. »Irgendwie schien sie das Bewusstsein verloren zu haben. Ich habe es genau gesehen. Ihre Augen kippten in den Höhlen nach hinten, und dann hat sie das Geländer losgelassen. Deshalb ist sie durch die Scheibe gefallen.«

Sie sah Guy an. »Genau das hat mir ja solche Angst gemacht. Ich dachte, wenn mich jemand in der Nähe erwischt, noch dazu mit den Drogen, die ich bei mir hatte, ganz zu schweigen davon, dass man mich gesehen hatte, wie ich mit Ronan rede … ich musste weg.«

Während Guy neuerlich beruhigend auf sie einredete, rief Louisa sich jenen Abend ein weiteres Mal ins Gedächtnis, den Augenblick, als sie Elizabeth und Dot das letzte Mal gesehen hatte. Sie wusste, dass ihr irgendetwas aufgefallen war, allerdings hatte sie es sofort wieder vergessen, und nun bedauerte sie zutiefst, dass ihre Erinnerung sie bisher so sehr im Stich gelassen hatte. Dot hatte nämlich einige der Pflaumen im Speckmantel stibitzt, woraufhin die zweite Köchin geschimpft hatte, sie seien für den jungen Mr Guinness gedacht. Jemand in dieser Küche hatte versucht, Mr Guinness zu töten, und stattdessen hatte es Dot erwischt. Könnte es dieselbe Person sein, die mithilfe der für Diana gedachten Schokolade auch Shaun Mulloneys Tod herbeigeführt hatte?

KAPITEL 59

Nachdem sie sich von Rose verabschiedet hatten, begleitete Louisa Guy aufs Revier, wo sie ihm ihren Plan darlegte, ehe sie sich für den nächsten Tag um elf Uhr mit Mary Conlon im Haus der Guinness am Grosvenor Place verabredeten.

Den restlichen Tag beschäftigte sich Louisa mit Alltagsarbeiten, um möglichst nicht darüber nachzudenken, was passieren könnte, aber als sie morgens aufwachte, hatte sie trotz der behaglichen Wärme in ihrem Zimmer Gänsehaut an Armen und Beinen. Es war noch früh, doch die Sonne war bereits aufgegangen, und sie nutzte die Gelegenheit und ging nach unten in die Küche, um zu frühstücken, bevor alle anderen auf den Beinen waren. Wenn Diana allein in London war, beschränkte sich der Haushalt auf die Köchin Mrs Dudley, die auch im Haus wohnte, ein Küchenmädchen und ein weiteres Dienstmädchen, das täglich bei den Alltagsverrichtungen aushalf. Außerdem kümmerte sich ein Gärtner ein oder zwei Stunden am Tag um die Pflanzen im Haus, die regelmäßig gegossen werden mussten, wohingegen mehrere Mitarbeiter den weitläufigen Garten, der sich fast bis zum Themse-Ufer erstreckte, in Schuss hielten. Das Haus war ein stiller, kultivierter Rückzugsort, mit einer riesigen Auswahl an Büchern, die

Mr und Mrs Guinness regelmäßig lasen, einer wachsenden Schallplattensammlung für das Grammofon und einem Radio im Morgensalon. In der kurzen Zeit ihrer Ehe hatte Diana das Selbstvertrauen entwickelt, das Anwesen voll und ganz zu ihrem eigenen Heim zu machen.

Nachdem Louisa ihre Arbeit erledigt hatte und Diana das Haus verlassen hatte, um zu ihrer Verabredung mit Lady Halifax im Kaufhaus Peter Jones zu gehen, ehe sie in Mayfair zu Mittag essen würden, brach auch sie in Richtung Grosvenor Place auf. Sie hastete die Straße entlang, als triebe die frische Brise sie förmlich vorwärts, nicht etwa, weil sie spät dran wäre, sondern weil sie es kaum erwarten konnte.

Guy und Mary näherten sich dem Haus, gerade als Louisa um die Ecke bog, allerdings blieb sie abrupt stehen, als sie sah, dass sich ein weiterer Mann bei ihnen befand. Er war groß und elegant gekleidet, aber als er sich umdrehte und den Blick die Straße entlangschweifen ließ, erkannte sie ihn wieder: Es war der Detective, der sie befragt hatte, nachdem Mrs Mulloneys Leiche aufgefunden worden war. Das Gespräch war ihr in keiner sonderlich guten Erinnerung geblieben, da der Polizist keinen Hehl daraus gemacht hatte, dass er sie im Verdacht hatte. Sie konnte nur hoffen, dass er ihre Pläne nicht durchkreuzen würde. Mary, die sie als Erste erblickte, winkte ihr zu und löste sich von den beiden Männern, um Louisa ein Stück entgegenzugehen. Mary wollte sich bei Louisa bedanken, dass sie Guy gebeten hatte, sie als uniformierte Begleitung mitzunehmen, doch Louisa unterbrach sie.

»Ist das DI Stiles?«

»Ja, woher weißt du das?«

»Er hat mich befragt, als … egal. Wieso ist er auch hier?«

»Er hat die Ermittlungen im Fall um den Unfalltod des

Dienstmädchens damals geleitet, deshalb konnte Guy ihn nicht ohne seine Genehmigung wiederaufnehmen. DI Stiles hat darauf bestanden, uns zu begleiten. Aber bestimmt läuft alles glatt«, sagte Mary entschuldigend.

»Keine Ahnung«, gab Louisa zurück, während ihr das Herz in die Hose rutschte. »Ich glaube nicht, dass er mir über den Weg traut.«

»Wahrscheinlich wird er dich auch befragen müssen, schließlich bist du jetzt eine neue Zeugin.«

Louisa war klar, dass ihnen die Hände gebunden waren. Sie folgte Mary zu Stiles und Guy und stellte sich vor. Stiles musterte Louisa mit ausdrucksloser Miene. »Wir sind uns ja schon einmal begegnet. Natürlich interessiert mich, was Sie zu sagen haben, andererseits halte ich das Ganze hier für reine Zeitverschwendung.«

»Sir«, warf Guy ein. »Das wissen wir erst, nachdem wir die notwendigen Fragen gestellt haben, ich halte es jedoch für möglich, dass Miss Cannon Teile eines wesentlich größeren Puzzles zusammengesetzt hat, als sich irgendeiner von uns bislang vorstellen konnte.«

»Und wieso können wir die Befragungen nicht auf dem Revier durchführen?«

»Weil das den Hauptverdächtigen warnen könnte, Sir. Wenn wir die Befragungen hier durchführen, können wir ganz diskret vorgehen, ohne großes Aufsehen.«

»Na schön, Sullivan. Sie haben das Zepter in der Hand, Ihnen sollte jedoch klar sein, dass das alles auf mich zurückfällt, wenn es schiefgeht. Ich will, dass Sie das im Hinterkopf behalten.« Er wandte sich Louisa zu. »Und Sie, Miss Cannon, und ich werden uns ein wenig unterhalten.«

»Ja, Sir.«

Louisa führte sie um das Haus herum zum Hintereingang und klopfte. Augenblicke später wurde die Tür von einem Mädchen geöffnet, das beim Anblick der beiden Gentlemen und der Polizistin in Uniform erschrocken zurückwich. »Was ist passiert?«

»Keine Angst«, antwortete Louisa, die das Mädchen wiedererkannt hatte. »Ich habe gestern angerufen und mit Mrs Norris vereinbart, dass wir vorbeikommen. Sie erwartet uns … nun ja, genauer gesagt, mich.«

Das Mädchen bat sie herein und verschwand, um Mrs Norris zu holen, die kurz darauf mit dem typisch strammen Schritt der tüchtigen Haushälterin erschien. »Miss Cannon«, sagte sie und wartete darauf, dass Louisa sie den anderen Anwesenden vorstellte. »Darf ich fragen, was hier los ist? Sie sind ja eine ganze Truppe.«

»Entschuldigen Sie, Ma'am«, schaltete sich DI Stiles respektvoll ein. »Wir werden Ihre Zeit nicht über Gebühr in Anspruch nehmen, das verspreche ich, sondern nur ein paar Fragen stellen. Wie Sie sich vielleicht erinnern, habe ich damals die Ermittlungen unmittelbar nach dem tragischen Vorfall geleitet, doch nun haben sich einige neue Entwicklungen ergeben, daher müssen wir die Ereignisse des Abends erneut beleuchten. Wären Sie so freundlich und würden uns den Verlauf des Abends noch einmal schildern?«

»Kommen Sie bitte mit in die Küche.«

Sie folgten Mrs Norris durch den schmalen Korridor in die weitläufige Küche mit hoch in der Wand eingelassenen Fenstern, die so schmal waren, dass gerade genug Dampf und Hitze entweichen konnte. Heute jedoch war es ruhig, da die Herrschaften außer Haus waren und lediglich das Personal versorgt werden musste. Zwei Küchenmädchen standen an dem großen Arbeitstisch in der Mitte des Raums, ein drittes rührte am Herd mit dem Kochlöffel in einem großen Topf. Von der Küche gingen drei weitere Räume ab – eine Lagerkammer für die frisch zubereiteten Speisen, eine Spülküche und das Büro des Kochs, das im Grunde nicht mehr als ein begehbarer Schrank mit zahllosen Kochbüchern und einem Schreibtisch war, auf dem sich allerlei Blätter mit Speisefolgen türmten. Auf dem schmalen Holzstuhl davor thronte ein Mann von wuchtiger Statur.

»Mr McCaffrey«, rief Mrs Norris, woraufhin der Mann so schnell aufstand, wie es sein massiger Leib gestattete, und sich geistesabwesend die Hände an seiner Schürze abwischte.

»Was kann ich für Sie tun?«, fragte er freundlich, allerdings verblasste sein Lächeln beim Anblick von Marys Uniform.

»Die Polizei ist da«, sagte Mrs Norris. »Bestimmt bedauern sie sehr, Sie bei der Arbeit zu stören, doch sie haben ein paar Fragen zu dem Abend, als das Dienstmädchen umgekommen ist.«

»Ich war an dem Abend nicht hier«, sagte Mr McCaffrey und hob die Hände. »Ich wurde erst später eingestellt, habe aber alles darüber gehört. Das Personal hatte ja in den Monaten danach kaum ein anderes Thema.«

Louisa sah, wie die junge Frau am Herd stocksteif wurde, während die beiden, die Karotten und Kartoffeln schnippelten, lediglich kurz aufsahen.

»Meg«, sagte Mrs Norris. »Komm mal her!«

Die junge Frau am Herd ließ langsam den Kochlöffel sinken und kam herüber. Sie musste im selben Alter sein wie Louisa und wirkte reichlich sauertöpfisch.

»Bevor wir fortfahren«, schaltete Guy sich ein, »könnte vielleicht jemand PC Conlon den Treppenabsatz zeigen, von dem aus die beiden Mädchen auf das Oberlicht geklettert sind?«

Mrs Norris nickte. »Ich übernehme das.«

»Mach dir Notizen«, raunte Guy. »Vielleicht habe ich beim ersten Mal etwas übersehen … ein loser Riegel am Geländer oder so.«

Mary nickte und folgte der Haushälterin nach oben.

Stiles wandte sich Louisa zu. »Ich möchte, dass Sie hier warten. Mr McCaffrey, wären Sie wohl so freundlich und würden Miss Cannon gestatten, in Ihrem Büro zu warten, während wir Meg befragen?«

Der Koch nickte. Louisa wurde aufgefordert, sich auf den Stuhl neben dem Schreibtisch zu setzen; sie kam sich wie ein Dummkopf vor, der zur Strafe vom Lehrer in die Ecke des Klassenzimmers geschickt wurde. Immerhin war Guy dabei und würde ihr später alles erzählen, was sie wissen musste. Und das war das Wichtigste: Sie musste in Erfahrung bringen, dass sie mit ihrem Verdacht richtiggelegen hatte.

KAPITEL 60

Guy und Stiles hatten sich im Vorfeld darauf geeinigt, diesen noch informellen Teil der Ermittlung gemeinsam durchzuführen. Sollte sich das Ganze als Blindspur entpuppen, konnte Stiles später keiner an den Karren fahren, weil er offizielle Ermittlungen eingeleitet hatte. Falls sich hingegen weitere Entwicklungen aus der Befragung ergaben, war Stiles laut Vorschrift verpflichtet, ihr beigewohnt zu haben. Guy, der sich bewusst war, dass sein Vorgesetzter ihn genau im Auge behielt, wollte um jeden Preis zeigen, dass ein ausgezeichneter Detective Inspector in ihm steckte. Eine Gelegenheit wie diese, auf der Karriereleiter aufzusteigen, bot sich nicht an jeder Ecke.

Die drei traten ans andere Ende des Küchentischs, wo die schnippelnden Mädchen sie nicht hören konnten, und warteten, bis Mr McCaffrey sich einer anderen Tätigkeit widmete. Meg stand mürrisch da. Ihr Haar war zu einem ordentlichen Knoten unter einem Häubchen frisiert, und sie trug eine schlichte Leinenschürze – wie eine Figur aus einem Shakespeare-Stück, dachte Guy.

»Würden Sie uns bitte Ihren vollen Namen nennen?«

»Margaret Hawkins, aber alle nennen mich Meg. Worum geht es hier?«

Guy kannte diese Tour: Manche Leute benahmen sich, als wäre die Polizei bestenfalls bloß ein Haufen Wichtigtuer, die schlimmstenfalls andere irgendwelcher Vergehen bezichtigten, die sie gar nicht begangen hatten.

»Miss Hawkins, wir haben Grund zur Annahme, dass der Tod Ihrer Freundin Miss Dorothy Martin, kurz Dot, kein reiner Unfall war. Daher müssen wir die Ereignisse des Abends des 12. Juni 1928 noch einmal genau untersuchen.«

Meg zuckte die Achseln, was ihrerseits das Maximum an Einverständnis war, die Befragung fortzusetzen. Stiles zog eine Braue hoch und blickte auf seine Uhr.

»Mr McCaffrey war zu der Zeit noch nicht hier, aber Sie haben wir damals befragt.«

»Genau«, bestätigte Meg. »Deshalb verstehe ich nicht, weshalb wir all das noch mal durchkauen müssen.«

»Reine Routine.« Guy bemühte sich um einen beruhigenden Tonfall. »Für den Fall, dass Ihnen inzwischen etwas eingefallen ist, was Sie damals vergessen hatten. Könnten Sie uns sagen, wer an dem Abend die Köchin im Haus war?«

»Irgendeine feine Dame, die engagiert worden war, damit sie alles im Auge behält. Lady Boyle oder so was in der Art. Sie hat uns gesagt, was wir zu tun haben.« Guy würde seine Hand nicht dafür ins Feuer legen, doch Megs Unvermögen, sich den Namen ins Gedächtnis zu rufen, wirkte ein wenig gezwungen.

Guy notierte den Namen. Vielleicht würde sich die Information später noch als wichtig entpuppen.

»Mir ist klar, dass wir von Ihnen verlangen, sich an einen Abend zu erinnern, der sehr lange zurückliegt, aber wissen Sie noch, wer damals was gekocht hat?«

»Es war alles wie gewohnt. Jedes Mädchen hat seine Aufgaben, vom Gemüse bis zum Gebäck. Ich bin zweite Köchin und habe deshalb die Hauptgänge für das Dinner zuvor gekocht und die Zubereitung des Frühstücks für die Partygesellschaft übernommen.« Sie gestattete sich einen Anflug von Stolz in der Stimme.

»Nur noch einmal zum Verständnis. Sie und all die anderen Mädchen haben gekocht. Diese Lady Boyle hat selbst nicht Hand angelegt?«

»Nein, sie hat nur in den Töpfen gerührt und gekostet und uns gesagt, was wir tun sollen.«

Ein Hüsteln ertönte am anderen Ende des Tisches. Das Mädchen, unter dessen Häubchen Haar im selben leuchtenden Farbton wie die Karotten hervorblitzte, die es schnippelte, hatte das Messer beiseitegelegt und sah eindringlich herüber.

»Ja?«, sagte Stiles.

»Entschuldigen Sie, wenn ich unterbreche, Sir, aber ich habe zufällig gehört, was Sie gesagt haben.«

Meg kehrte dem Mädchen den Rücken zu. »Beachten Sie sie gar nicht, Sir. Sie ist ein bisschen einfach im Kopf.«

»Ich bin überhaupt nicht einfach im Kopf!«

Meg machte eine Handbewegung à la »Sehen Sie, was habe ich Ihnen gesagt?«.

Guy trat zu dem Mädchen. »Was wollten Sie denn loswerden?«

»Dass diese Lady Boyle sehr wohl etwas zubereitet hat, Sir. Die Pflaumen im Speckmantel. Extra für den jungen Mr Guinness, Sir.«

Guy spürte, wie sich seine Nackenhärchen sträubten – ein sicheres Zeichen, dass irgendetwas im Busch war.

»Sie waren an dem Abend hier eingeteilt, ist das richtig?«

»Ja, Sir. Ich war in der Spülküche und habe die Töpfe geschrubbt. Keiner hat mich bemerkt, Sir, aber ich war trotzdem da, all die Jahre, und inzwischen habe ich mich zur Gemüsemagd hochgearbeitet, Sir.«

»Gut gemacht«, lobte Guy. »Und Sie haben gesehen, wie Lady Boyle etwas zubereitet hat?«

»Ja, Sir. Es gab jede Menge Platten mit Pflaumen im Speckmantel, aber sie hat einige davon selbst zubereitet und beiseitegestellt. Für Mr Guinness.«

»Und hat Mr Guinness sie auch gegessen?«

»Das weiß ich nicht, Sir, aber Dot hat welche stibitzt.«

»Dot Martin? Die umgekommen ist?«

»Ja, Sir. Wie gesagt, ich war in der Spülküche und habe kurz Pause gemacht. Da habe ich gesehen, wie diese feine Lady den Teller zur Seite gestellt hat, und Dot hat im Vorbeigehen ein paar davon genommen. Die sind ja so klein, dass man sie mit einem Happs in den Mund schieben kann.« Das Mädchen hielt kurz inne. »Meg hat es gesehen und geschimpft. Ich weiß noch, dass ich auch ganz schön erschrocken bin. Danach habe ich mich gleich wieder an die Arbeit gemacht.«

»Danke«, sagte Guy. »Sie haben uns wirklich sehr geholfen.«

KAPITEL 61

Schließlich standen die vier wieder vor dem Haus der Guinness. DI Stiles entschuldigte sich in eine seiner gewohnten ausgedehnten Mittagspausen, während Guy, Mary und Louisa entschieden, das gute Wetter zu nutzen und gemeinsam zu Fuß zum Revier zu gehen. Die Nachbesprechung machten sie unterwegs. Mary meinte, ihr sei nichts aufgefallen, was Guys Notizen oder die Erkenntnisse der ersten Befragungen widerlegen würde. Das Oberlicht war ordnungsgemäß durch ein Geländer mit einem Türchen gesichert und der Zutritt lediglich zum Putzen gestattet gewesen, was, wie Mrs Norris erklärte, mit einem Wischmopp an einem extralangen Besenstiel geschah. Sollte überhaupt jemand das Glas betreten, dann nur eine einzelne Person, und aller Wahrscheinlichkeit nach war das Gewicht der beiden Mädchen der Grund, weshalb es geborsten war.

»Aber das Ganze ist ja nur passiert, weil sie das Geländer versehentlich losgelassen haben. Zumindest war dies die Aussage des Mädchens, das die Tragödie mit angesehen hat.« Auch Mary hatte Guys Notizen ganz genau gelesen.

»Ja, das passt zu dem, was Rose uns erzählt hat, obwohl sie ja dachte, es habe daran gelegen, dass Dot ohnmächtig geworden sei. Die große Frage ist, ob sie womöglich etwas gegessen hat, wodurch ihr schwindlig wurde. Etwas, weswegen sie den Halt verloren und das Geländer losgelassen hat?« Guy hob die Stimme, als wäre es eine Frage, doch in Wahrheit kannte er die Antwort längst.

»Diese Pflaumen im Speckmantel, meinst du?«, hakte Louisa nach. »Ich habe auch gesehen, wie sie sie stibitzt hat, mir aber nichts weiter dabei gedacht. Erst als Rose uns davon erzählt hat.«

»Ja, und es sieht ganz so aus, als hättest du recht gehabt. Meg und dieses rothaarige Mädchen haben bestätigt, dass Dot davon gegessen hat. Außerdem«, fuhr Guy fort, »wissen wir jetzt, dass ein Teller eigens für Mr Guinness bereitgestellt worden war. Aber wer ist diese Lady Boyle, und weshalb sollte sie Mr Guinness vergiftet haben wollen?«

»Nicht Lady Boyle, sondern Lady *Boyd«,* rief Louisa. »Luke Meyers Tante. Sie wohnen am Wilton Crescent, wo auch Rose in unmittelbarer Nachbarschaft bei Delaneys beschäftigt war. Das könnte die Verbindung sein.«

Guy starrte sie fassungslos an. »Bist du sicher?«

»Ja, ziemlich. Ich bin ihr das erste Mal in Venedig kurz begegnet und hatte das Gefühl, dass sie mir irgendwie bekannt vorkommt, doch ich konnte sie nicht zuordnen. Wahrscheinlich habe ich sie in der Küche am Grosvenor Place gesehen. Natürlich war sie nicht die ganze Zeit unten, weil die zweite Köchin ja das Frühstück vorbereiten sollte.« Louisa hielt inne. »Aber ein Diener wurde mit dem Teller nach oben geschickt. Vermutlich, um nach Mr Guinness zu suchen. Lady Boyd muss ihn beauftragt haben, doch die Haushälterin hat es mitbekommen und mich hinterhergeschickt, um ihn zurückzupfeifen, weil es noch zu früh war.«

»Welchen Grund sollte sie denn haben, Bryan Guinness zu vergiften?«

»Vielleicht war es ja gar nichts Persönliches«, meinte Mary.

»Aber der Teller war für ihn gedacht.« Louisa spürte, dass sie ganz nah dran waren, doch noch passten die Puzzleteilchen nicht richtig zusammen. »Ich glaube, ich muss Luke fragen, ob seine Tante jemals erwähnt hat, dass sie Mr Guinness nicht leiden kann.«

»Gute Idee«, meinte Guy. »Und ich werde erneut mit Meg Hawkins sprechen, weil ich das Gefühl habe, dass sie mehr weiß, als sie uns erzählt. Durchaus möglich, dass Lady Boyd nach dem Vorfall noch einmal mit ihr geredet hat, vielleicht um zu verhindern, dass sie diesen Teller erwähnt.« Guy schob seinen Hut ein Stück zurück und blickte zum Himmel hinauf. »Wir dürfen das nicht vermasseln. Wenn Lady Boyd tatsächlich die Täterin ist, brauchen wir entweder handfeste Beweise oder ein Geständnis. Und wir kennen nach wie vor das Motiv nicht. Ohne das können wir nicht sicher sein.«

»Was, wenn sie es war, die Luke diese Schokoladenschachtel nach Paris mitgegeben hat? Das könnte ein neuerlicher Versuch gewesen sein, an Bryan heranzukommen. Wir sind davon ausgegangen, dass sie ein Geschenk von ihm war, aber was, wenn sie in Wahrheit von ihr stammte? Sie könnte den Inhalt manipuliert haben.«

»Aber womit?«, fragte Mary. »Hast du nicht gesagt, Shaun Mulloney sei an einer Sesamallergie gestorben? Sesam kann ja wohl kaum in der Schokolade gewesen sein.«

»Vielleicht war ja das Gift schuld und nicht der Sesam. Das wissen wir nicht, weil es keine Autopsie gab. Seine Frau hatte Angst, seine Familie könnte erfahren, dass er Opium konsumiert hat, deshalb hat sie es verhindert«, erklärte Louisa Mary.

Sie blieb abrupt stehen und packte Guys Arm. »O mein Gott! Luke!«

»Was denn?«

»Rachel. Das ist Lady Boyds Vorname. Das ›R‹ in Kate Mulloneys Terminkalender muss für Rachel gestanden haben. Sie muss diejenige gewesen sein, mit der sie sich getroffen hat.«

»Kannten die beiden sich überhaupt?«

Louisa dachte scharf nach, durchforstete fieberhaft ihr Gedächtnis. »Ja, in Venedig sind sie sich zumindest schon einmal begegnet. Vielleicht ist ja Rose das Bindeglied. Lady Boyd wohnt am Wilton Crescent, wo auch Rose früher gearbeitet hat. Rose hat erzählt, sie sei von einer Köchin engagiert worden, die Feierlichkeiten für feine Leute ausrichtet. Lady Boyd. Und Rose hat Kate mit dem Opium versorgt.« Sie blieb stehen und schloss die Augen. »Luke. Ich dachte, er sei es gewesen, aber das stimmt nicht. Als ich ihn das letzte Mal gesehen habe, hat er fürchterlich ausgesehen, ganz blass, dünn und grau im Gesicht. Genau wie Clara Fischer vor ihrem Tod, und ich habe mich gefragt, welche Drogen er wohl nimmt. Was ist, wenn ich mich geirrt habe? Wenn seine Tante in Wahrheit auch ihn vergiftet?«

Guy verzog das Gesicht. »Möglich wäre es.«

Louisa spürte, wie ihr unter dem Hut der Schweiß ausbrach. »In diesem Fall muss ich mich beeilen. Ich muss zurück nach Hause, falls Diana mir eine Nachricht hinterlassen hat, wann sie nach Hause kommt, um sich für den Abend umzuziehen. Danach kann ich sofort zu ihm gehen.«

»Ich bleibe auf dem Revier, sobald wir da sind«, sagte Guy. »Falls du mich brauchst.«

Sie verabschiedeten sich, und Louisa machte auf dem Absatz kehrt, um schnellstmöglich nach Hause zu gehen. Doch statt der erwarteten Nachricht von Diana fand sie einen Brief von Luke vor – der ihr sagte, dass sie zu spät kam.

Liebe Diana,
vergeben Sie mir, dass ich Ihnen diesen Brief schreibe, aber ich wollte nicht ohne ein Wort des Abschieds gehen. Ich hoffe, Sie können verstehen, weshalb ich es tun musste. Sie waren mir all die Jahre stets eine gute Freundin, und die Vorstellung, Ihnen Kummer und Schmerz zu bereiten, ist entsetzlich für mich. Doch mir bleibt kein anderer Ausweg. Meine Tante kennt mittlerweile die Wahrheit über mich, sie weiß, wer ich wirklich bin. Sie ahnen, was das für mich bedeutet. Wenn ich nicht als der Mensch leben kann, der ich bin, will ich gar nicht mehr leben. Wo mir die Hände gebunden waren, wünsche ich mir ein anderes Schicksal für Sie und den Anführer. Daher habe ich einen letzten Artikel bei der Zeitung eingereicht, in dem ich Ihre Affäre öffentlich mache. Wenn die Welt erst Bescheid weiß, werden Sie frei sein!
In tiefer Verbundenheit,
Luke

KAPITEL 62

Der Brief steckte nicht in einem Umschlag, sondern war lediglich auf die Hälfte gefaltet gewesen, was nur eines bedeuten konnte: Luke hatte gewollt, dass andere ihn lasen. Diana würde sie ihn jedenfalls ganz bestimmt nicht zeigen. Hatte er tatsächlich einen Artikel an die Zeitung geschickt, oder war es bloß eine leere Drohung? Auch Kate Mulloney hatte einen Abschiedsbrief hinterlassen. Könnte es mehr als ein reiner Zufall sei? Am ganzen Leib zitternd, las sie den Brief ein weiteres Mal, ehe ihr mit einem Schlag bewusst wurde, dass sie kostbare Zeit verlor. Sie stopfte ihn in ihre Manteltasche und stürzte aus dem Haus, doch in ihrer Panik wusste sie einen Moment lang nicht, wie sie zum Wilton Crescent gelangen sollte. Weit war es nicht, aber was ginge am schnellsten? Ein Taxi, genau! Fluchend machte sie kehrt und stürmte durch den Seiteneingang wieder ins Haus und die Treppe hinauf in ihr Zimmer. Jeden Monat hob sie nach dem Zahltag eine kleine Summe auf der Bank ab, von der sie ihrer Mutter etwas schickte. Fünf Pfund behielt sie für sich, einzig und allein weil es ihr das Gefühl gab, etwas auf der Seite zu haben, das sie jederzeit ausgeben konnte, wenn ihr der Sinn danach stand. Gleichzeitig hinderte sie ihre Kindheit in Armut und ihre Erziehung zur Sparsamkeit daran, sich außer ihrer geliebten Rosenseife irgendwelche Extravaganzen zu leisten. Daher wusste sie, dass auf dem Boden der Blumenvase, in der niemals Blumen standen, genug liegen musste, um ein Taxi zu bezahlen. Das Adrenalin pumpte durch ihre Adern, ein leichtes Schwindelgefühl erfasste sie, als hätte sie sich zu schnell aufgerichtet, und eine Woge der Übelkeit stieg in ihr auf. Schnell! Sie musste sich beeilen!

Auf dem Weg nach draußen fiel ihr Blick auf das Aushilfsmädchen, das in der Küche zugange war. »Hast du diesen Brief angenommen, Tess?«

Tess, gerade einmal siebzehn, nickte.

»Wer hat ihn abgegeben? Es ist keine Briefmarke drauf.«

»Ein Junge auf dem Fahrrad. Er hat geklopft und gesagt, er solle diesen Brief abgeben und dafür sorgen, dass er so schnell wie möglich Mrs Guinness ausgehändigt wird.«

»Und wann war das?«

»Vor nicht mal einer halben Stunde, Miss.«

Jetzt war Eile angesagt. Wenn Luke den Brief erst vor Kurzem geschickt hatte, bestand die Chance, dass er sein Vorhaben noch nicht in die Tat umgesetzt hatte. Sie reichte Tess den Brief. »Du musst so schnell wie möglich zum Polizeirevier in der Pavilion Road. Frag nach DS Sullivan und gib ihn ihm.«

»Aber ich sollte doch hier arbeiten, Miss.« Tess wirkte besorgt. »Was, wenn Mrs Dudley nach mir verlangt?«

»Keine Angst. Das hier ist wichtiger. Ich erkläre Mrs Dudley später alles, falls es nötig ist. Bitte, Tess. Gib den Brief DS Sullivan und sag ihm, er soll zum 31 Wilton Crescent kommen. Ich sei dort.«

»DS Sullivan. 31 Wilton Crescent«, wiederholte Tess.

»Hol deinen Mantel und mach dich so schnell wie möglich

auf den Weg. Wir dürfen keine Zeit verlieren«, mahnte Louisa und stürzte davon.

Unmittelbar hinter Embankment befand sich die Themse, deren kaltes, graues Wasser dahinströmte. Louisa sah einen Mann langsam über die Albert Bridge gehen, ein anderer spähte über das Geländer. Bei dem Anblick fragte Louisa sich unwillkürlich, welche Methode Luke für seinen Freitod gewählt haben mochte. Kurz überlegte sie, ob sie womöglich einen falschen Rückschluss gezogen hatte – vielleicht hatte er ja einfach nur einen Zug bestiegen und die Stadt verlassen! Aber allein der Gedanke an den Brief genügte, um sie eines Besseren zu belehren. Erleichtert sah sie ein Taxi vorbeifahren und winkte es eilig heran. »Wohin soll's denn gehen, Miss?«, fragte der Fahrer.

»31 Wilton Crescent.«

Sie stieg ein, doch der Fahrer machte keine Anstalten loszufahren. »Wieso fahren Sie denn nicht?« Sie musste sich beherrschen, ihn nicht anzuschreien.

Der Fahrer sah sie erschrocken an. »Tut mir leid, Miss, ich dachte, Sie wollen, dass ich warte, bis Ihre Herrschaft kommt.«

Es war nicht der richtige Moment, sich darüber aufzuregen, dass er sie für eine Dienstbotin hielt, die noch nicht einmal ein Taxi für sich selbst rufen konnte. »Nein, ich bin allein. Und ich habe es eilig.«

Die Fahrt schien sich hinzuziehen wie Captain Scotts Expedition zum Südpol, während der Wagen in Wahrheit nicht einmal eine halbe Stunde später vor Lady Boyds Haus vorfuhr. Im Hintergrund erhob sich die St Paul's Church und schien mit beschaulicher Ruhe auf die Straßen zu blicken, ohne wirklich etwas vom Leben darin mitzubekommen. Louisa drückte dem Fahrer das Geld in die Hand, stieg aus, ohne auf das Wechselgeld zu warten, rannte die Treppe hinauf und rüttelte an der Haustür. Sie war abgeschlossen. Klopfen und Luke damit warnen wollte sie nicht – entweder er hatte noch nicht angefangen, seine Pläne in die Tat umzusetzen, würde es jedoch tun, wenn er sich unter Druck gesetzt fühlte, oder er würde sie ohnehin ignorieren. In diesem Moment bemerkte sie ein Fenster im Untergeschoss, das einen Spaltbreit offen stand. Sie lief die Treppe hinunter und schob das Fenster auf, das sich glücklicherweise ohne großen Widerstand bewegen ließ, und schlüpfte mit einem letzten prüfenden Blick zur Straße, ob sie auch niemand beobachtete, hindurch.

Ein muffiger Geruch empfing sie, wie er oft in alten, feuchten Häusern zu finden war, der Raum selbst war aber trocken und sauber. Vermutlich hatte er einst als Hauswirtschaftsraum gedient, doch statt der üblichen Werkzeuge und Utensilien stand lediglich eine Schachtel Seifenflocken auf dem Rand eines Handwaschbeckens, in dem irgendjemand dunkle Kleidung eingeweicht hatte. An einer Wäscheleine an der Decke hing eines von Lukes Hemden, knochentrocken und ungebügelt. Ein schlichter Holztisch und zwei nicht zueinanderpassende Stühle füllten den Raum, der Fußboden war mit Steinfliesen ausgelegt, die von der jahrelangen Abnutzung ganz glatt poliert waren. Im Regal stapelten sich ungeöffnete Dosen mit Katzenfutter, eine Schachtel Rattengift, mehrere Flaschen Bleichmittel und Scheuerbürsten. Louisa zog ihre Schuhe aus und spürte die Kälte der Fliesen durch ihre Wollstrümpfe. Die Tür war geschlossen, aber nicht verriegelt. Vorsichtig schlüpfte sie hinaus und hastete die Treppe hinauf, wobei sie spürte, wie sich die Angst wie eine klamme Hand um ihre Kehle legte. Die Tür am oberen Treppenabsatz war mit abgenutztem grünem Filz bezogen; bevor Louisa den Knauf drehte, presste sie das Ohr dagegen, doch es herrschte drückende Stille.

Ganz langsam öffnete sie die Tür und sah sich um. Sie befand sich in der dunklen Eingangshalle, lediglich ein schmaler Lichtstrahl fiel durch das gewölbte Fenster über der Haustür herein. Sämtliche von der Halle abgehenden Türen waren ebenfalls geschlossen, was die Stille und Düsternis noch deutlicher machte. Eine Hand auf dem Geländer, arbeitete sie sich stetig vorwärts, nicht zu langsam, nicht zu schnell, angetrieben von der Furcht, was sie erwartete, während sie noch immer hoffte, dass alles nur ein schreckliches Missverständnis war.

KAPITEL 63

Leise, aber zügig ging Louisa die Treppe hinauf, wobei ihr bei jeder Stufe weitere Einzelheiten in den Sinn kamen, eine nach der anderen, als würde sie in einem Fotoalbum blättern. Wie hatte sie übersehen können, was sich direkt vor ihrer Nase abspielte? Das Dienstmädchen, das von den Pflaumen im Speckmantel genascht hatte, zubereitet für Bryan Guinness von Lady Boyd persönlich, nur um kurz darauf in den Tod zu stürzen. Die Schachtel Schokolade, die Luke nach Paris mitgebracht hatte. Der plötzliche Tod von Shaun Mulloney. Ihre eigene Übelkeit, die sie die ganze Nacht wach gehalten hatte. Lady Boyds wachsam-argwöhnische Miene in Venedig.

Clara Fischers Leiche, so zerbrechlich, so bleich.

Das Blut, das aus der Wunde in Kate Mulloneys Brust strömte.

Mit jedem Schritt hallten die Vorwürfe in ihrem Kopf lauter wider.

Louisa ging an dem dunklen Salon mit dem Porträt des ernst dreinblickenden Sir William vorbei. Mittlerweile hatte sie ihre Schritte beschleunigt, rannte förmlich die Treppe ins nächste Stockwerk hinauf, bis sie vor einer geschlossenen Tür stand. Sie drehte den Knauf und öffnete sie, nicht wissend, ob es sich überhaupt um Lukes Zimmer handelte. Auch dieser Raum lag in Dunkelheit. Die Vorhänge waren zugezogen, wenn auch offenbar in Eile, denn ein Sonnenstrahl fiel durch einen Spalt in der Mitte, hell genug, um Louisa das Drama in seiner Gänze erkennen zu lassen. An der hinteren Wand stand ein einzelnes Bett mit einem Nachttisch daneben, auf dem sich Bücherstapel türmten, dazu eine Nachttischlampe, die jedoch nicht brannte. Luke lag vollständig bekleidet auf dem Bett. Sein Hemdkragen war geöffnet, ein Arm ruhte auf seiner Brust, der andere hing schlaff über die Bettkante. Aus der Entfernung konnte Louisa nicht erkennen, ob er noch atmete, er gab keinen Laut von sich. Rings um ihn herum verstreut waren leere Tablettenfläschchen, einige von ihnen mit abgeschraubtem Deckel.

Im hintersten Winkel des Zimmers saß Lady Boyd, beide Hände reglos im Schoß. Als Louisa eintrat, hob sie den Kopf, machte aber keine Anstalten aufzustehen.

»Luke!«, rief Louisa und stürzte an seine Seite. Sein Gesicht war kreidebleich. In diesem Moment legte sich eine Hand auf ihren Arm und riss sie mit einem Ruck zurück.

»Sie können nichts mehr für ihn tun«, sagte seine Tante. »Lassen Sie ihn!«

Louisa versuchte, sich aus dem Griff der alten Frau zu befreien, doch sie hielt ihren Arm mit eiserner Kraft fest – Louisa wusste schon jetzt, dass Lady Boyds Fingerspitzen blaue Flecke auf ihrer Haut hinterlassen würden.

»Er hat seinen Frieden gefunden«, sagte Lady Boyd mit monotoner Stimme, wie ein vierzigmal wiederholtes Rosenkranzgebet.

»Was haben Sie getan?«, stieß Louisa hervor, die sich fühlte, als schneide ihr die Gegenwart dieses herzlosen Ungeheuers förmlich die Luft ab.

»Ich?«, fragte Lady Boyd. »Ich habe überhaupt nichts getan.«

»Aber die Tabletten …«

Lady Boyd lockerte ihren Griff und strich mit der anderen Hand ihren Rock glatt. »Luke hat sie im Medizinschränkchen gefunden. Sie stammen aus meiner Zeit als Krankenschwester. Was für eine Tragödie, dass er sie nun alle auf einmal genommen hat.«

Louisa starrte sie an, während sie begriff, dass sie es mit einer geistesgestörten Person zu tun hatte, anders konnte es nicht sein.

»Wir müssen einen Krankenwagen rufen. Er braucht Hilfe. Vielleicht können wir ihn ja noch retten.«

»Für ihn gibt es keine Rettung mehr.« Ein eisiger Tonfall hatte sich in Lady Boyds Stimme geschlichen, wie der erste Frost des Jahres, der sich über das Land legte. »Mein Neffe ist unwiederbringlich verloren.«

»Warum denn?« Vielleicht sollte Louisa ja versuchen, diese völlig absurde Situation mit Logik aufzubrechen, versuchen, Lukes Tante zur Vernunft zu bringen, falls so etwas überhaupt noch möglich war.

»Dem eigenen Leben ein Ende zu setzen, ist der schlimmste Verrat an Gott, den man sich nur vorstellen kann.«

»Das hat er doch gar nicht, oder?«, wandte Louisa ein. Noch konnte sie es nicht wagen, den Vorwurf laut auszusprechen. Zuerst musste sie es schaffen, aus diesem Haus wegzukommen und einen Krankenwagen zu rufen, und dann beten, dass es noch nicht zu spät war. Wenn Guy rechtzeitig hier wäre, könnte er ihr helfen.

Obwohl ihr das Herz bis zum Hals schlug, sammelte Louisa sich, wirbelte herum und stürmte aus dem Zimmer und die Treppe hinunter, sorgsam darauf bedacht, sich ganz fest am Geländer festzuhalten, damit sie auf ihren bestrumpften Füßen nicht ausrutschte. Ihre Stiefel standen immer noch im Untergeschoss, doch jetzt war nicht der richtige Zeitpunkt, sie zu holen. Sie hörte, wie Lady Boyd ihr folgte, hörte ihre leichten, steten Schritte auf den Stufen. Inzwischen hatte Louisa das Erdgeschoss erreicht und rannte zur Haustür, warf sich förmlich dagegen und zerrte am Türknauf, aber die Tür ließ sich nicht öffnen. Oben und unten waren die Riegel eingerastet. Louisa streckte sich nach dem oberen Riegel und zog ihn zu sich herunter, aber als sie sich bückte, um den unteren zu öffnen, spürte sie, wie ihr einen Moment lang vom Sauerstoffmangel schwindlig wurde, weil sie vor Anspannung den Atem angehalten hatte. Sie richtete sich wieder auf. Erst jetzt merkte sie, dass Lady Boyd direkt hinter ihr stand.

Ruhig. Zu ruhig.

Louisas Haut begann zu prickeln. Wäre sie eine Katze, hätte sich ihr Schwanz aufgeplustert und ihr Fell gesträubt. Ihr fiel die Schachtel mit dem Rattengift im Keller wieder ein.

Guy sollte doch jeden Moment hier sein. Wo blieb er bloß?

»Sie waren es, stimmt's?« Wenn Louisa sich schon nicht umdrehen konnte, um den Riegel nach oben zu schieben, würde sie die alte Frau zumindest ablenken und am Reden halten, bis Guy eintraf.

»Was war ich, Liebes?« Lady Boyd stand im Schatten der Halle, sodass Louisa ihr Gesicht nicht sehen konnte.

»Sie wollten Bryan Guinness beim Ball vergiften, aber es hat nicht geklappt, deshalb haben Sie einen zweiten Versuch mit der Schokolade unternommen, die Sie Luke nach Paris mitgegeben haben. Dadurch kam Shaun Mulloney versehentlich ums Leben. Dann haben Sie Clara das Opium verabreicht. Und Kate Mulloney haben Sie geopfert, damit die Polizei Ihnen nicht auf die Schliche kommt.« Dies war ein weiterer Versuch, Lady Boyd zu einem Geständnis zu bewegen. »Was haben Sie mit Luke angestellt?« Louisa griff hinter sich und schloss die Finger um den Türgriff, spürte, wie ihr das Metall neue Zuversicht gab, dass Guy schon bald hier sein und die Tür aufgehen würde. Bald wäre sie in Sicherheit. Doch zuerst musste sie das hier zu Ende bringen.

»Was haben Sie getan?«, fragte sie noch einmal.

In diesem Moment bemerkte sie die Spritze in Lady Boyds rechter Hand.

KAPITEL 64

Louisa hielt den Türgriff fest umklammert. Bitte, Guy, dachte sie, komm doch endlich. War er überhaupt auf dem Revier gewesen, als Tess ihm die Nachricht überbrachte? Sicher sein konnte sie sich nicht, es blieb ihr für den Moment nur zu hoffen.

Lady Boyds Züge wirkten beinahe friedlich, wie sie da stand mit der Spritze, gefüllt mit einer dunklen Flüssigkeit, die Injektionsnadel auf Louisa gerichtet. Ein winziges Lächeln spielte um ihre Mundwinkel, aber ihre Augen blieben ausdruckslos.

»Es sind alles gottlose Menschen. Sie alle. Ungläubige, die sich gegen den Herrn versündigen. Wieder und wieder, mit ihren Körpern, ihren Drogen.« Sie spie die Worte förmlich aus. »Ich musste seinen Willen ausführen.«

»Selbst Luke?«

»Luke hat mir das Herz gebrochen. Er hat mich verraten, als er eröffnet hat, dass er …« Sie hielt inne. Abscheu zeichnete sich auf ihrer Miene ab. »Ich habe den Brief der Polizei gesehen. Luke hat versucht, ihn vor mir zu verbergen, doch der Herr sieht alles.«

»Was haben Sie mit Luke gemacht?« Sieh zu, dass sie weiterspricht, dachte Louisa, damit sie keine Zeit zum Handeln hat. »Haben Sie ihn vergiftet?«

Für den Bruchteil einer Sekunde wirkte Lady Boyd bestürzt, fing sich allerdings sofort wieder. »Langsam, aber sicher, ja. Hätte er Reue gezeigt und sein Schicksal in die Hände des Herrn gelegt, hätte ich aufhören können. Nur hat er sich geweigert.«

»Sie meinen damit also, Sie *konnten* nicht aufhören. Sie waren es, die die Nachricht an Mrs Guinness geschickt hat. Wieso mussten Sie sie da hineinziehen?«

Lady Boyd stand vollkommen unbewegt da. »Dieses Miststück. Verwöhnt und bis ins Mark verkommen. Sie hat alles, und trotzdem ist es nie genug, stimmt's? Nein, sie muss ja das Gelübde, das sie vor Gott abgelegt hat, entehren, indem sie Ehebruch begeht, eine Todsünde! Mrs Guinness sollte eigentlich jetzt hier sein, nicht Sie. Aber im Notfall gebe ich mich auch mit Ihnen zufrieden. Gott sagt mir, was ich zu tun habe.« Louisa wich zurück und stand mit dem Rücken gegen die Tür gepresst, als Lady Boyd vortrat. »Und zwar genau in diesem Moment sagt er es mir, Liebes.«

Louisa versteifte sich, als könnte sie allein dadurch eine Barriere errichten, die verhinderte, dass die Nadel ihre Haut durchstieß. Ihre Finger schlossen sich noch fester um den Türgriff, als sie plötzlich einen Widerstand spürte. Jemand hielt ihn auf der anderen Seite fest. Guy. In diesem kurzen Augenblick, da ihre Aufmerksamkeit abgelenkt war, erkannte Lady Boyd ihre Chance und trat einen weiteren Schritt vor – in derselben Sekunde ertönte ein Geräusch von der Treppe. In ihrer Verwirrung glaubte Louisa Luke zu sehen und wollte seinen Namen rufen – konnte er es wirklich sein? –, aber ein plötzlicher Schmerz ließ sie innehalten. Sie schnappte nach Luft, packte die Nadel, die sich in ihre Bauchdecke gebohrt hatte, und zog sie heraus.

»Ich habe es für den Herrn getan«, kreischte Lady Boyd und taumelte, zurückgerissen von ihrem Neffen, der schrie, sie solle sofort aufhören, es sei vorbei.

Alles war so laut, dachte Louisa, deren Sinne sich vernebelten. Sie spürte, wie ihre Kräfte sie verließen, während die Geräusche anzuschwellen und gleichzeitig zu verebben schienen. Sie spürte das dumpfe Hämmern gegen die Tür mehr, als dass sie es hörte, die gedämpften Stimmen, die ihren und Lukes Namen riefen. Taumelnd drehte sie sich um, löste den letzten Riegel und öffnete die Tür, um sie hereinzulassen. Endlich. Guy war gekommen, um sie zu retten.

KAPITEL 65

Danach ging alles ganz schnell, obgleich Louisa alles nur wie durch einen Nebel wahrnahm. Guy war nicht allein gekommen, sondern mit Mary in einem Einsatzwagen, gefolgt von einem Krankenwagen. Sowohl Louisa als auch Luke wurden ins Krankenhaus gebracht, begleitet von einem Constable. Nachdem Luke ein Brechmittel verabreicht worden war, ging es ihm recht schnell besser, und er drängte darauf, Louisa besuchen zu dürfen, kaum dass er aufgewacht war. Louisa fühlte sich zwar nicht gerade wohl, hatte aber zumindest keine schlimmen Schmerzen, da die Nadel nicht tief genug ins Gewebe eingedrungen war und keine ernsthaften Verletzungen verursacht hatte. Deshalb wäre sie nach ein paar Tagen Ruhe wieder auf dem Posten. Für den Moment war sie dankbar, umsorgt von den Schwestern in einem sauberen Bett liegen zu dürfen und den Frühlingshimmel vor dem Fenster zu betrachten, dessen leuchtendes Blau alles ein bisschen leichter und hoffnungsvoller erscheinen ließ.

Luke hatte ihr Zimmer ein wenig zögerlich betreten, doch sie freute sich über seinen Besuch. Mit einem erleichterten Schluchzer setzte er sich auf Louisas Bettkante, und die beiden umarmten einander. Es war vorbei. Zumindest dieser Teil der

Geschichte war für ihn beendet, trotzdem gab es noch einiges zu erklären.

»Woher wussten Sie, dass Sie ins Haus meiner Tante kommen sollten?«, fragte er.

»Ihre Tante hat Diana einen Brief geschickt, der so aussah, als stamme er von Ihnen. Darin stand, dass Sie sich das Leben nehmen wollten.« Sie drückte seine Hand. »Es tut mir so leid, Luke.«

Er schüttelte den Kopf. »Das muss es nicht. Ich bin dankbar, dass Sie aufgetaucht sind. Eigentlich hätte ich es kommen sehen müssen. Ich wusste, dass etwas mit ihr nicht stimmte, wollte es aber nicht wahrhaben. Sie war doch alles, was ich noch hatte.«

»Manchmal wollen wir die Dinge nicht sehen, wie sie wirklich sind. Das verstehe ich sehr gut.«

Luke blinzelte die Tränen weg. »Kann sein. Aber ich glaube, ich wusste mehr, als ich mir jemals eingestehen konnte.«

»Meinen Sie damit, Sie wussten, was sie getan hat?«

»Von den Pflaumen im Speckmantel für Bryan wusste ich nichts und natürlich auch nicht, dass das Dienstmädchen versehentlich davon gegessen hat. Aber das mit der Schokolade kam mir seltsam vor. Als mir klar wurde, dass jemand Clara das Opium verabreicht haben muss, hatte ich einen Verdacht, weil mir aufgefallen war, dass meine Tante kurz weg war, während wir den Markusdom besichtigt haben. Sie muss Clara nach draußen gefolgt sein und ihr die Tasche entwendet haben. Andererseits deutete nach Kates Tod einiges darauf hin, dass sie selbst die Täterin war. Kates Tagebuch hat meine Tante jedenfalls gestohlen. Nur, als ich es gefunden habe, war meine Neugier leider größer, und ich dachte, ich könnte vielleicht ein paar Details als Story für die Zeitung benutzen.«

Er wirkte tief beschämt, deshalb brachte Louisa es nicht über sich, ihm deswegen Vorhaltungen zu machen. Seine eigenen Schuldgefühle und das Wissen darum, wer seine Tante in Wirklichkeit war, schienen Strafe genug zu sein.

»Glauben Sie, Ihre Tante hat Sie absichtlich krank gemacht?«

»Für meinen Zustand gibt es eigentlich keine andere Erklärung, als dass sie mich langsam vergiftet hat.«

»Sie hat gesagt, sie hätte ein Schreiben von der Polizei gesehen. Das muss die Mitteilung gewesen sein, dass alle Anklagepunkte gegen Sie fallen gelassen werden.«

»Ja, sie hat mit Wasserdampf den Umschlag geöffnet und den Brief gelesen, bevor sie ihn mir gegeben hat. Ich dachte, sie hätte nichts mitbekommen, was natürlich vollkommen idiotisch war. Sie wollte mein Leben kontrollieren, jedes einzelne Detail. Eigentlich ist das nichts Neues, aber in den letzten Monaten ist es eindeutig schlimmer geworden. Trotzdem wäre ich ohne sie niemals so weit gekommen, und auch wenn es für Sie lächerlich klingen mag, hat sich sonst keiner je um mich gekümmert. Auf ihre eigene verkorkste Art und Weise schien ihr mein Schicksal all die Jahre am Herzen zu liegen.«

Louisa ergriff Lukes Hand. »So eine Situation wäre für jeden schwierig. Sie dürfen sich deswegen keine Vorwürfe machen.«

»Trotzdem hatte ich ein vollkommen falsches Bild von ihr, oder etwa nicht? Ich habe mich grundlegend in ihr geirrt.«

»Ja, aber nicht in uns«, wandte Louisa ein. »Nicht in Guy, nicht in Mary. Wir sind alle zu Hilfe gekommen, so schnell, wie es nur ging.«

Luke lächelte. »Also glauben Sie, es gibt eine Chance für mich?«

»Ja. Jeder verdient eine Chance«, antwortete Louisa. »Selbst wir.«

Einige Stunden später erschien Guy mit einer exotischen Köstlichkeit, einer Tüte Weintrauben. Trotz seiner unübersehbaren Erschöpfung schien ihn der Erfolg des heutigen Tages in Hochstimmung zu versetzen. »Sie hat ein Geständnis abgelegt«, verkündete er. »Das Ganze war ein moralischer Kreuzzug. Ihrer Ansicht nach versündigte sich Bryan Guinness auf übelste Art gegen Gottes Werk, weil sich der Reichtum seiner Familie auf Alkohol gründet.«

»Außerdem stand er im Weg, weil Luke sonst Diana hätte heiraten können«, warf Louisa ein.

»Wenn du mich fragst, ist Luke noch einmal gut davongekommen«, sagte Guy. »Sie meinte, sie bedaure den Tod des Dienstmädchens, allerdings hätte sie natürlich nicht gewusst, dass die eine von den Pflaumen im Speckmantel probiert habe und deswegen umgekommen sei. Die Schokolade war für Bryan und Diana gedacht. Als Shaun jedoch stattdessen gestorben sei, habe sie gedacht, der Herr habe seine Meinung geändert und seine Gründe dafür gehabt. Dass Shauns Untreue ans Licht kam, hat sie in ihrer Meinung logischerweise nur bestätigt.«

Louisa konnte nur den Kopf schütteln.

»Bei Clara hat sie ihrer Ansicht nach lediglich etwas nachgeholfen und beschleunigt, was ohnehin so gekommen wäre. Als Drogensüchtige habe sie es verdient, geradewegs in die Hölle zu kommen. Sie hatte gesehen, wie Clara die Kirche verlassen und den Stoff geraucht hat. Nach der Rückkehr ins Hotel hat sie das Mädchen abgefangen, das Clara den Tee aufs Zimmer bringen wollte, und das Opium hineingegeben.«

»Deshalb wollte das Mädchen nicht mit der Polizei reden«, folgerte Louisa. »Und was ist mit Kate Mulloney?«

»Lady Boyd wusste, dass die Polizei im Fall von Claras Tod ermittelte, deshalb musste sie sie auf eine andere Spur lenken. Als Luke aufs Revier zitiert wurde, hatte sie Angst, man würde ihn verhaften. Sie hat Kate zuerst vergiftet und es dann so aussehen lassen, als hätte sie sich in selbstmörderischer Absicht ins Herz geschossen. Sie war das ›R‹ in Kates Terminkalender: Sie hatten sich zum Mittagessen getroffen, und Lady Boyd hat dafür gesorgt, dass sie sie später zu Hause besuchen konnte. Die beiden waren sich ja in Venedig begegnet – danach muss Lady Boyd mit Mrs Mulloney in Verbindung getreten sein und ihr christlichen Beistand angeboten haben. Vermutlich haben sie sich ein paarmal getroffen, und mindestens einmal war Lady Boyd bei Kate zu Hause, denn wie sonst als bei einer solchen Gelegenheit soll sie an das Tagebuch gekommen sein. Wegen Claras und Shauns Verhältnis war Kate leichte Beute.«

»Und dann Luke«, sagte Louisa. »Auch ihn hat sie vergiftet. Langsam, aber sicher.«

»Das schien der schlimmste Teil gewesen zu sein, was vielleicht erklärt, dass sie ihm am Ende keine tödliche Dosis verabreicht hat. Ich denke, auf ihre eigene verkorkste Art hat sie ihn geliebt, aber ihre Liebe zu Gott war einfach größer. Sie hat es als eine Art ultimatives Opfer betrachtet, wie bei Abraham und seinem Sohn.«

»Und was passiert jetzt mit ihr?«

»Schwer zu sagen, aber aller Wahrscheinlichkeit nach wird sie im Hochsicherheitskrankenhaus Broadmoor inhaftiert werden und nie wieder freikommen.«

Louisa schwieg einen Moment betroffen. »Wir müssen Luke helfen, wieder auf die Füße zu kommen.«

»Er schafft das schon. Schließlich hat er jetzt so etwas wie eine Zukunft, was bei seiner Tante niemals möglich gewesen wäre. Jetzt kann er sein Leben so führen, wie er es will, ohne ständig Angst haben zu müssen.«

»Das ist wahr.«

Guy sah Louisa an. Sie spürte, wie sich eine wohlige Wärme in ihr ausbreitete und der Schmerz in ihrem Bauch einem angenehmen Kribbeln wich.

»Vielleicht haben ja auch wir jetzt eine Zukunft zusammen?«, sagte er sanft.

»Ja«, antwortete Louisa und wandte ihm das Gesicht zu. »Das haben wir.«

KAPITEL 66

Nach Louisas Entlassung aus dem Krankenhaus kehrte sie zur Arbeit zurück, allerdings mit der Einschränkung, dass sie Diana in London zur Seite stehen, aber nicht mehr nach Biddesden begleiten würde. Als Ausrede diente Louisas immer noch angeschlagene Gesundheit, doch in Wahrheit wussten sie beide, dass sie nicht mehr viel länger in Dianas Diensten stehen würde – dies schien die sanftere Art zu sein, langsam voneinander Abschied zu nehmen, während Louisa sich in Ruhe überlegte, wie es für sie weitergehen sollte. (Zudem schien für Diana genau dasselbe zu gelten; auch sie musste darüber nachdenken, wie sie weitermachen wollte.) Louisa hatte weiterhin vor zu arbeiten, worin Guy sie unterstützte; das Problem war nur, dass Louisa keinen nennenswerten Schulabschluss vorweisen konnte, der ihr eine Tätigkeit als Verkäuferin oder Dienstbotin ersparen würde, außerdem war Arbeit sehr schwer zu finden. Trotzdem schien die Depression in Amerika und somit auch die Auswirkungen auf die europäischen Länder allmählich überwunden zu sein, und es bestand Anlass zur Hoffnung, dass sich das Blatt bald wenden und die Lage für die Menschen verbessern würde – eine Hoffnung, die sich als großer Irrtum entpuppen sollte.

Louisa, die ihre Romanze mit Guy immer noch in vollen Zügen genoss, machte das Verhältnis zwischen Diana und Mosley zunehmend zu schaffen. Mittlerweile erkannte sie seine Briefe auf Anhieb, wenn sie sie Diana täglich zusammen mit ihrem Frühstückstablett ans Bett brachte und ihre Herrin sie ungeduldig aufriss und umgehend beantwortete, sodass sie bereits mit der Nachmittagspost wieder verschickt werden konnten. Zudem arbeitete sich Diana durch sämtliche Zeitungen – »Ich muss über alles Wichtige Bescheid wissen und es verstehen« –, und Louisa hörte sie mehrmals ihren Freunden erklären, der Anführer sei der künftige Premierminister, der nur auf die richtige Gelegenheit warte. »Das sagen alle im Parlament.« Bryan, der lieber über seine jüngste Lektüre oder das Theaterstück sprach, das er am Vorabend gesehen hatte, geriet angesichts der politischen Ausführungen seiner Frau, wie die derzeitige Regierung das Land in den Ruin trieb, mehr und mehr ins Abseits. Die beiden verband die Liebe zu ihren Kindern, doch wenn Diana ausnahmsweise einmal zu Hause war, konnte sie sich auf nichts konzentrieren und schien lediglich mit der Frage beschäftigt, wann sie Mosley das nächste Mal sehen konnte. Ihr Verhalten schlug sich auf die Stimmung des gesamten Haushalts nieder und war für alle gleichermaßen anstrengend. Dennoch ging Dianas gesellschaftliches Leben mit unvermindertem Tempo weiter – ihre Schönheit schien mit jedem Tag atemberaubender zu werden, und mehrere Porträtmaler hatten sie in Öl unsterblich gemacht. Für alle unerwartet, wurde sie sogar gefragt, ob sie nicht die Rolle der Perdita in Shakespeares *Wintermärchen* übernehmen wolle, was sie jedoch ablehnte.

Vor dem Hintergrund dieses regelrechten Fiebertraums aus Liebeswirrwarr und gesellschaftlichem Wirbel war es nicht weiter verwunderlich, dass Diana mit der Idee ankam, anlässlich ihres zweiundzwanzigsten Geburtstags im Juni eine große Party in ihrem Haus am Cheyne Walk zu schmeißen. Louisas Ahnung, dass der große Bruch unmittelbar bevorstand, verstärkte sich noch, als sie sah, dass Oswald Mosley und seine Ehefrau auf der Liste der dreihundert Gäste standen. Louisa war nicht eingeladen, Diana hatte allerdings vorgeschlagen, ob sie nicht als Anstandsdame der inzwischen vierzehnjährigen Decca fungieren könnte. »Streng genommen darf sie eigentlich nicht hier sein, es wäre nur so schade, wenn sie den Abend verpassen würde«, sagte Diana. »Aber wenn du sie begleiten würdest, könntest du dafür sorgen, dass sie zu einer angemessenen Zeit ins Bett geht, sie wäre glücklich und Muv auch.«

Louisa sagte zu, und so kam es, dass sie anwesend war, als die Schwestern und Tom sich versammelten, um Diana zum Geburtstag zu gratulieren, bevor die eigentliche Feier begann. Nebeneinandergestellt waren die Mitford-Kinder der Inbegriff von Schönheit und Charakter: Nancy mit ihrem dunklen Haar und den grünen Augen, mit wachsender Selbstsicherheit, nun, da sie sich als scharfzüngige Schriftstellerin langsam etablierte, wenngleich immer ein wenig betrübt, dass die Hochzeit mit Hamish noch immer nicht geplant war. Dann Pamela mit ihrer gesunden Gesichtsfarbe, die mit ihrem Leben auf der Farm ihr Glück gefunden hatte; Unity, inzwischen selbst frischgebackene Debütantin, mit ihren großen, tief liegenden Augen und den roten Lippen; Tom, groß, schlank und gut aussehend; Decca, die mit ihrer hohen Stirn und dem kecken Kinn wie eine jüngere Ausgabe von Nancy aussah, jedoch ein sanfteres, wissbegierigeres Wesen hatte. Und das Geburtstagskind selbst, dessen atemberaubende Schönheit selbst ihren Geschwistern Ausrufe des Entzückens entlockte.

»Ich trage so viele Brillanten, wie ich nur finden konnte«, erklärte sie neckisch und strich ihr hellgraues Kleid aus Chiffon und Tüll glatt, das sich mit der Geschmeidigkeit von frisch geschlagenem Eiweiß um sie bauschte.

»Nicht nur das«, bemerkte Nancy argwöhnisch. »Du siehst aus, als hättest du eine Glühbirne verschluckt. Du strahlst förmlich vor Glück, so sehr, dass einem fast übel werden könnte. Was ist hier los?«

Diana winkte ab. »Gar nichts. Ich freue mich nur, dass ihr alle gekommen seid. Es wird ein wundervoller Abend.«

Decca saß schüchtern mit Louisa im Garten, inmitten eines Meeres aus duftenden Rosen, während ein russisches Orchester für all jene spielte, die lieber im Freien als in dem holzvertäfelten Salon tanzen wollten. Sie sahen zu, wie immer mehr Gäste eintrafen, jeder noch exklusiver und feiner gekleidet als der vorhergehende, unter denen sich auch das eine oder andere bekannte Gesicht befand: Winston Churchill, Augustus John, Robert Byron, Evelyn Waugh. Die Hausmädchen trugen grün-weiß geblümte Kleider statt der üblichen Uniform, und der Champagnervorrat schien groß genug zu sein, um die Themse damit zu füllen. Die Atmosphäre war regelrecht berauschend, ein Fest für alle Sinne und dennoch ein wenig surreal. Als wäre es ein Gemälde, das zeigt, wie das Leben sein sollte, es aber niemals wäre, eine Leinwand, die die grotesken Gestalten und den sich unheilvoll verdüsternden Himmel dahinter verbarg.

Um elf Uhr brachte Louisa Decca ins Haus und sorgte dafür, dass sie zu Bett ging. Die Musik drang durch die geöffneten Fenster im oberen Stockwerk. Natürlich war Decca hellwach und bestürmte Louisa mit tausend Fragen über die Gäste, wer sie waren, warum es so viele arme Menschen auf der Welt gebe und ob sie nicht etwas von dem Essen, das am Ende der Party übrig blieb, mit den Armen teilen könnten – Fragen, die Louisa beim besten Willen nicht zu beantworten vermochte. Auch sie war immer noch damit beschäftigt, all ihre Eindrücke zu verarbeiten, daher erklärte sie sich ohne Umschweife bereit, Deccas Wunsch zu erfüllen und Unity zu holen, damit sie hochkam und ihr Gute Nacht sagte.

Louisa suchte das ganze Haus nach Unity ab, die jedoch nirgendwo zu finden war. Sie sah Nancy, die vergeblich versuchte, Hamish auf die Tanzfläche zu zerren, der sich zwar keineswegs unfreundlich, aber dennoch entschlossen wehrte. Tom wirbelte eine elegante Schönheit im Silberlamékleid oder mit blauer Federboa um den Hals nach der anderen übers Parkett. Pamela war tief ins Gespräch mit einem ernst dreinblickenden Mann versunken. Die Luft im Salon war geschwängert vom Zigaretten- und Zigarrenrauch, Parfum und anderen Gerüchen. Louisa ging in den Garten, um dort nach Unity zu suchen, als sie Luke inmitten eines Grüppchens Hof halten sah. Inzwischen hatte er sich von seiner Vergiftung erholt – Arsen, wie bestätigt worden war – und sein gewohnt gutes Aussehen mit dem dichten Lockenschopf zurückgewonnen.

»Hallo.« Er erhob sich und kam herüber, um Louisa zu begrüßen.

Sie lächelte. »Ich suche nach Unity. Decca will, dass sie hochkommt und Gute Nacht sagt.«

Luke verzog das Gesicht. »Ich habe sie gerade noch gesehen, wie sie mit Diana und diesem grauenhaften Mann gesprochen hat. Ich fand ja schon, dass Diana ihm vor Bewunderung zu Füßen liegt, aber Unity schlägt sie um Längen. Sie bekam den Mund gar nicht mehr zu.«

»Immer einen frechen Spruch auf den Lippen, was?«, meinte Louisa, um ihn aufzuziehen. Luke war vor Kurzem zum London-Korrespondenten einer Berliner Zeitung ernannt worden. »Und wo waren sie?«

»Hinten im Garten, glaube ich. Zwischen den Bäumen.«

Louisa schlenderte über den Rasen, vorbei an den Gästen, die mit ihren Getränken in der Hand angeregt plauderten. Keiner bemerkte sie. Von Unity war weit und breit nichts zu sehen, deshalb ging sie weiter bis zu den Bäumen, die die Grenze des Gartens bildeten. Unter dem letzten standen zwei Gestalten dicht beisammen. Aus einem Instinkt heraus schlüpfte Louisa ins Dunkel hinter einem Rosenstrauch. Lauschen endete nie gut, das wusste sie aus Erfahrung, doch heute Abend schien etwas in der Luft zu liegen, das ihrer aller Schicksal schon bald verändern könnte, deshalb wollte sie keinesfalls versäumen, was hier geredet wurde.

Diana und der Anführer erklärten einander ihre Liebe.

»Liebling, du weißt, dass ich Bryan verlassen werde. Ich kann nicht länger mit ihm verheiratet bleiben. Nicht nachdem ich so für dich empfinde und du für mich.«

Mosley küsste sie. »Das solltest du auch. Solange du verstehst, dass ich Cimmie niemals verlassen kann.«

»Das verstehe ich«, sagte Diana sanft. »Aber aus irgendeinem Grund schreckt mich die Vorstellung nicht, für den Rest meines Lebens weitgehend allein zu sein. Nicht solange ich weiß, dass du mich liebst. Du wirst immer an erster Stelle stehen, bei allem, was ich tue.«

»Bei allem, mein Liebstes?«

Diana nickte. Louisa musste sich abwenden. Sie ertrug es keine Sekunde länger. Sie ging durch den Garten zum Haus zurück und durch das Tor, hinaus auf die Straße, wo sich die Passanten drängten, jeder ungeduldig, an sein Ziel zu gelangen. Inmitten der Abertausenden von Menschen in der Stadt sehnte sie sich nur nach einem einzigen. Sie würde ihn finden, wo auch immer er gerade war, und diesmal würde sie ihn nie wieder loslassen.

NACHTRAG/HISTORISCHE ANMERKUNG

Dieser Roman basiert auf einer Reihe realer Menschen und Ereignisse. Dennoch möchte ich anmerken, dass die Mordgeschichte und alle Dialoge – mit Ausnahme der Zeilen, als Bryan um Dianas Hand anhält und sie und Tom sich in Venedig über die Nazis unterhalten (mit freundlicher Genehmigung von Anne de Courcy) – gänzlich von mir erfunden wurden.

Der Tod von Dorothy Martin bei einem Tanzabend im Haus der Guinness am Grosvenor Place im Juni 1928 ist ein wahres, tragisches Ereignis. Dorothy und ihre Freundin Elizabeth Tipping waren dort als Hausmädchen angestellt und wurden von der Haushälterin gegen Mitternacht zu Bett geschickt. Sie waren die Treppe zu den Dienstbotenquartieren hinaufgegangen und hatten versucht, durch das Oberlicht einen Blick auf die Partygesellschaft zu erhaschen. Dabei war das Glas gebrochen. Dorothy war fast zehn Meter tief gestürzt und praktisch auf der Stelle tot gewesen, Elizabeth hatte schwerste Verletzungen erlitten. Der Vorfall wurde als tragischer Unfall deklariert.

Dora Carrington war eine Künstlerin, die bekanntermaßen tiefe Liebe für den Schriftsteller Lytton Strachey empfand, allerdings mit Ralph Partridge verheiratet war, der ebenfalls eine Affäre mit Lytton hatte. Die drei lebten in Ham Spray House, nicht weit von Biddesden entfernt. Nach Lyttons Tod bat Dora Bryan, ihr ein Gewehr zu leihen, um damit der Kaninchenplage auf ihrem Grundstück Herr zu werden, stattdessen richtete sie es gegen sich selbst. Bryan war am Boden zerstört und wurde von tiefen Schuldgefühlen heimgesucht. Zudem war Diana bei ihrem ersten Wochenendbesuch in Ham Spray House fürchterlich übel gewesen, woraufhin das Gerücht aufkam, Dora hätte ihr aus Eifersucht Gift ins Essen gemischt (Lytton mochte Diana sehr gern), doch Diana hat diese Vermutung niemals bestätigt.

In der Zeit seiner Scheidung festigte sich die Freundschaft zwischen Evelyn Waugh, ursprünglich ein guter Freund von Nancy, und Diana zunehmend. Seinen Roman *Lust und Laster* widmete er sogar ihr und Bryan. Leider schien es nach der Geburt von Dianas zweitem Sohn Jonathan zu einem Bruch zwischen ihr und Evelyn gekommen zu sein, von dem sich ihr Verhältnis nie wieder erholte.

Der Vorfall von Lukes Verhaftung basiert auf den Ereignissen rund um PC Reginald Handford, einem Zivilpolizisten, der im Verdacht stand, 1927 mithilfe unzulässiger Praktiken gezielt Jagd auf Homosexuelle in öffentlichen Toiletten gemacht zu haben. Zwar galt er nach einem Gerichtsfreispruch offiziell als unschuldig, dennoch wurden derartige Polizeieinsätze und die Lockspitzelmethoden als unangemessen verurteilt. Vor dem Verfahren hatte Handford fünfzehn Verhaftungen innerhalb von achtzehn Monaten vorgenommen, in den darauffolgenden fünf Monaten keine einzige – folglich richtete er das Hauptaugenmerk seiner Dienstzeit nunmehr auf die Suche nach vermissten Personen und die Jagd nach Taschendieben (aus: *Queer London).*

Die Geschichte von Rose Morgan, die mit der kleinen Muriel weglaufen wollte, beruht auf Rose O'Grady und der elfjährigen Muriel Dunsmuir, die 1929 spurlos aus Lytton Hall in Putney verschwanden. Muriels Vater war drei Wochen zuvor verstorben, und sie und das Hausmädchen hatten beschlossen, wegzulaufen und sich einer Tanzrevue anzuschließen. Muriels Tante war tatsächlich mit dem *couturier* Molyneux verheiratet gewesen, doch die beiden Mädchen wurden nur drei Tage nach ihrem Verschwinden in Irland gefunden.

Die Figur der Lady Boyd entstand, um die zunehmende Entfremdung zwischen den Generationen nach dem Ersten Weltkrieg deutlich zu machen. Die lockere Moral und Schnelllebigkeit der jungen Generation der 1920er löste bei all jenen, die im Viktorianischen und Edwardianischen Zeitalter aufgewachsen waren, tiefe Bestürzung, um nicht zu sagen regelrechte Wut aus. Vor dem Hintergrund des wachsenden wirtschaftlichen Drucks weltweit ließen sich Konflikte – ob nun lediglich theoretischer oder gar gewaltsamer Natur – aufgrund der Klassen-, Geschlechts- und politischen Diskrepanzen nur sehr schwer lösen. Die raschen Entwicklungen in Technologie, Kultur und Mode befeuerten sich nicht nur untereinander, sondern wirkten sich auch auf die Politik aus, die an den jeweiligen Enden des Spektrums zunehmend extrem wurde. Wir alle wissen, worin diese Entwicklung mündete …

Im Juni 1932 erklärten Diana und Mosley auf Dianas Geburtstagsfeier einander ihre Liebe, wobei Mosley ihr klipp und klar sagte, dass er seine Frau niemals verlassen würde. Im Oktober 1932 rief Mosley die britische Faschistenpartei British Union of Fascists ins Leben, mit ihm als Parteiführer. Im Monat darauf eröffnete Diana Bryan, dass sie ihn verlassen würde, und zog im Januar 1933 gemeinsam mit ihren Söhnen in eine eigene Wohnung. Mosley blieb mit Cimmie bis zu deren Tod im Mai 1933 verheiratet, kurz bevor Dianas Scheidung rechtskräftig wurde. Im Oktober 1936 heirateten Diana und Mosley im Berliner Haus von Hermann Göring, in Anwesenheit Adolf Hitlers.

HISTORISCHE QUELLEN

Zur Vorbereitung dieses Buches habe ich eine ganze Reihe von Büchern gelesen, nachstehende haben mir jedoch ganz besonders geholfen:

Diana Mosley von Anne de Courcy; *Queer London* von Matt Houlbrook; *To Hell and Back* von Ian Kershaw; *Hons and Rebels* von Jessica Mitford (auf Deutsch erschienen: *Hunnen und Rebellen); A Life of Contrasts* von Diana Mosley; The Mitfords: Letters Between Six Sisters, herausgegeben von Charlotte Mosley; *We Danced all Night: A Social History of Britain Between the Wars* von Martin Pugh; *Lady Killers: Deadly Women Throughout History* von Tori Telfer sowie *Life in a Cold Climate: Nancy Mitford, the Biography* von Laura Thompson.

DANK

Mein tief empfundener Dank gilt Anne de Courcy und ihrer Biografie *Diana Mosley*, die sie verfasst hat, nachdem Lady Mosley ihr mehrere ausführliche Interviews gegeben und ihr umfassenden Zugang zu ihren Tagebüchern gewährt hatte. Die Details und der Eindruck von Dianas Persönlichkeit in diesem Werk haben mir sehr geholfen, ein Bild von ihr in diesem Roman zu zeichnen. Jedem, der an einer weiterführenden Lektüre über Lady Mosley interessiert ist, kann ich dieses Werk nur ans Herz legen.

Ohne die Erfahrung und großzügige Unterstützung von Sue Collins, Celestria Noel und David Strang kämen meine Romane niemals zustande. Alle Fehler in diesem Buch gehen einzig und allein auf mein Konto. Ich danke Mindy Stubbs und Lucie Dutton für ihre persönlichen Einblicke in Dianas Leben.

Wie immer danke ich dem hervorragenden Sphere-Team bei Little, Brown für die Unterstützung. Ich danke Ed Wood für Rat, Tat und Inspiration; Steph Melrose, Gemma Shelley und Laura Vile dafür, dass sie diese Romanserie bekannt machen; Andy Hine und Kate Hibbert dafür, dass sie die Rechte in so viele Länder verkauft haben; ebenso wie Catherine Burke und Charlie King, die dieses riesige Schiff durch die rauen Gewässer der verlegerischen Abläufe lenken, damit es eines Tages sicher anlegen und zu den Lesern gelangen kann.

Ein riesiges Dankeschön geht an Catherine Richardson und das wunderbare Minotaur-Team bei St. Martin's Press, ebenso an Hope Dellon, die maßgeblichen Einfluss auf meine Arbeit hat, und Sally Richards für all die freundlichen Ermutigungen über den großen Teich hinweg.

Danke an meine wunderbare Agentin Caroline Michael von PFD und ihre unermüdliche Assistentin Laurie Robertson.

Und natürlich danke ich auch meiner Familie. Ich tue all das für euch, aber ohne euch und eure liebevolle Unterstützung, eure Kreativität und vor allen Dingen euren herrlichen Sinn fürs Absurde würde ich es niemals schaffen. Danke, Simon, mein Liebster, Beatrix, Louis, George und Zola!